【限定版】
牝猟

綺羅 光

フランス書院文庫X

【限定版】牝猟

もくじ

フランス書院文庫X

【限定版】牝猟

第一章　狙う！

1

「十一時に営業本部長と打ち合わせ。十一時半からは……」

秘書の稲本麗子が澄んだ爽やかな声で、今日一日のスケジュールを読みあげている。

赤坂の高層ビルに本社を構えた東原商事の社長室。

東原尚文は社長椅子に深々と座り、いつもの癖でしきりに下顎をつまんでいる。秘書の声を軽く聞き流しながら、目だけは彼女の魅力的なボディから片時も離さない。この淫らな視線の愛撫が、東原の毎朝の楽しみなのだ。

東原は五十歳前後。黒々とした髪をオールバックに固め、太い眉、威光鋭い双眸の精悍な顔つきをして、野心的な実業家のイメージにぴったりだ。極端なワシ鼻がなければ、かなりのハンサムだったろう。仕事の合間にはVIP専用アスレチッククラブへ出かけてボディビルに励み、そのせいか肉体は三十代前半の若さを保っている。

秘書の麗子は今日、ペイズリー柄を優美に織りこんだオフタートルの純白のブラウス、それに細いウエストを強調したクリーム色のタイトスカートを着ている。いかにも社長秘書にふさわしい清楚さのなかに、匂いたつような優雅さを漂わせ、それが彼女の知的な顔立ちをいっそう美しく見せる。

これほどの女がよくウチへ応募してきたものだ、と東原はつくづく思う。

麗子が社長秘書の求人広告を見て面接に来たのは四カ月前。好条件につられてやってきた三十数人の応募者のなかでは、学歴といい美貌といいマナーのよさといい、とにかく群を抜く存在で、東原は一目見て採用を即決したのだった。

東原好みの肉感的なタイプだ。スカートの下にはむっちりと熟した太腿が隠されていて、オフィスのなかを歩くたびにそれがしなやかなラインで揺れ弾み、東原を妖しい気持ちにさせる。ゆったりとしたデザインのブラウスの下には、さぞや美しい形をした乳ぶさが息づいていることだろう。

麗子の身体をくまなく眺めているうちに、東原の股間は熱をもってキュウキュウと疼きだしている。ブラインド越しに入りこむ朝の陽射しに、麗子の綺麗にブロウした黒髪の輝きがまぶしい。

この女にフェラチオさせたらどれほど気持ちがいいだろうか……。

そんな不謹慎なことを夢想してみる。さぞや色っぽい顔で奉仕するのだろう。

麗子は二十六歳。見るからに頭が切れて有能な秘書というイメージだが、決してそればかりではない。挙措の端々にはムンムンと官能味が漂う。艶々とした美肌の輝きといい腰つきの熟し方といい、これまで好きな男にこってりと性の歓びを仕込まれた感じだ。

フェラチオする稲本麗子の表情を、東原は想い浮かべた。

白い肌が羞恥にポウッと桜色に染まり、カールしたような長い睫毛がそっと閉じ合わされる。知的にキリッと引き締まった朱唇が開き、真っ白な歯並びの奥から唾液をヌラヌラと光らせた濃い桃色の舌が、肉棒を愛おしげになぞりあげる。細くしなやかな指先は垂れ袋を優しく愛撫し、ゆるやかに根の部分を揉みしだくはずである。

やがて、黒髪を振り乱し、顔を激しく前後させ、口腔の粘膜をいっぱいに使って怒張を頬張る麗子。流行の太い直線的な眉が切なげに歪み、抒情的な頬が火にあぶられたように紅潮する。

ああ、たまらんな……。

東原は思わずブルッと武者震いした。

目の前で社長がそんな邪淫な妄想をしているとも知らず、麗子は、

「……六時に東亜銀行の前田様と京王プラザでご会食。以上です」

スケジュールを読み終え、セミロングの豊かな髪を悩ましい仕草でかきあげた。

やや細めの、形のいい切れ長の黒目で、東原をチラリと見る。その目つきにはゾクゾクする女っぽさが滲む。そこで初めて麗子は、自分の身体に注がれる社長の粘つく視線に気づき、美しい目の縁をほんのりと染めた。

「あの、それから……」

気まずさを隠すように言葉を継いだ。

「ユメイヌの間宮副支配人から連絡がありまして、今日の午後、お時間を割いていただきたいとのことですが」

「うむ、かまわん。君のほうで時間はアレンジしてくれたまえ」

「かしこまりました」

麗子は一礼し、ドアへ向かった。

うっとりするほどの後ろ姿だ。タイトスカート越しに、小気味よく盛りあがった双臀の形がくっきり浮かび、それがふるいつきたくなるほどの甘美さで、キュッキュッ

と左右にしなる。

まったくいい尻をしている。いくら見ても飽きがこない。それに、クリーム色のスカートから下の、透けた白のストッキングに包まれたふくらはぎや、思いきり細く締まった足首までの曲線ときたら……。

「稲本君」

つい東原は麗子を呼びとめてしまった。脳裏をさまざまな想いが駆けめぐる。

ドアを半ば開いたところで麗子はこちらを向いた。

「君ィ……」

東原はなおも顎を指先でいじり、思案しているふうだ。麗子はピンと背筋を伸ばし、社長の次の言葉を待っている。

「明日の晩だが……あいてるかね?」

威厳のある眼差しが麗子をとらえた。

「はい、今のところは別に」

「そうか。実は、久しぶりにウチの店をまわって見ようと思う。勉強だと思って付き合わんか」
二、三秒、考えた後、麗子はしっかりとうなずいた。

「ええ、お供させていただきますわ。私も以前からお店のほうへ出かけてみたいと思っていましたから」

それは本心だった。料飲グループを経営する企業の社長秘書なのである。たまにはプライベートの時間をつぶしても、チェーン店へ出向いてみるのはいい勉強になるだろう、と麗子は思った。

「せいぜいめかしこんでくれよ。みんなに俺の秘書を自慢してみせたいからね」

東原の軽口に麗子は白い歯を見せて微笑み、部屋から去った。

いよいよ収穫の時期が来たということだ。

東原は椅子を回転させ、窓の外に視線を向けながら、さっきの決断を反芻してみた。楽しみは後に延ばせば延ばすほど歓びも大きいだろう。しかしもう四カ月も辛抱しつづけたのだ。ぼちぼちいい頃合いのはずだ。

自分自身にそう念を押すと、東原はさっと頭を切り換えた。いったん仕事にとりかかると東原の表情には近寄り難いほどの凄味が漂う。今日一日も、会議や商談が目白押しだった。まず朝一番に待ち受ける営業会議のレジュメの束に、鋭く目を走らせはじめた。

2

東原商事は中堅クラスの料飲グループとして、都内に三十有余の直営店を展開し、年商は六十億にのぼる。高級クラブ、パブ、スナック、炉端焼と、直営店の形態は多岐にわたるが、創業わずか十余年の東原商事がここまで成長を遂げたのは、なんといっても会員制クラブの成功によるところが大きい。

『パルミラ』が他の会員制クラブと明らかに異なる点は、会員資格を企業の社長、重役クラスを中心に、医師、弁護士、会計士など高額所得者にのみ限定したことだ。資格審査が厳しい代わりに入会金はタダ同然、会員は低料金システムで一流クラブの雰囲気を楽しめる。とびきりの美女が揃い、趣向を凝らしたショウが毎晩楽しめるのだから、口コミを通じてたちまち会員は増加の一途をたどった。

『パルミラ』のチェーン化にともない、会員数は一万人に膨れあがった。そのいずれもが年収二、三千万以上のエグゼクティブばかり。以後、東原商事の経営戦略において、この会員リストは大きな武器となった。

業界では採算を度外視したようなパルミラ商法に、どうしてあんなやり方で経営が成り立つのかとやっかみ半分の声が起こりはじめた。いつまでも資金がつづくはずがない、そのうちつぶれるだろうという噂のなかで、東原尚文は次なる手を打った。一万人の会員からさらに優良会員をセグメントし、特別会員制度を設けたのだ。それまで投下しつづけた資本を、いよいよ回収しにかかったわけだ。

今度は入会金をべらぼうにふんだくられる代わりに、特別会員は『パルミラ』の飲食代が割引されるほか、新設された特別会員専用の超高級クラブ『ユメイヌ』へ出入りできるという恩恵に与かれる。

誰がそんな高い金を払うものか、という大方の予想を裏切り、優良会員たちはこぞって特別会員となった。優越感を巧みにくすぐられたこと、それにベールに包まれた『ユメイヌ』への好奇心が、成功の主な要因だろう。

やがてユメイヌ会員であることは、エグゼクティブの間の一種のステイタスシンボルとなった。その会員数、今や三千あまり。『ユメイヌ』の営業内容はいまだに明らかにされず神秘性は増すばかりだが、そこで特別会員たちの落とす金が莫大であることは想像に難くない。普通会員は、早く『ユメイヌ』へ行けるようになりたくて、競って『パルミラ』を利用しはじめた。年間の利用額が優良会員選定の目安となるからだ。

相乗効果だった。今では誰もが、東原尚文の会員制商法の成功を認めざるを得なくなっていた。

裸一貫で東原商事を興した東原尚文の過去は、その謎の資金力とともに闇のなかにある。わかっているのは五十歳をむかえてなお独身ということだけ。かつて国会議員の秘書をやっていた、いや芸能プロダクションを経営していた、あるいは暴力団に関係し土地転がしで儲けた、などさまざまな流言が飛び交うなか、真偽のほどは誰にもわかっていない。


「社長、いる?」

間宮拓二がオフィスに入ってきた。ちりちりのパンチパーマ、両手をズボンに突っこんで、相変わらず外股に脚を開いている。派手な色のスーツといいヤクザっぽい物腰といい、どうみても白昼のオフィスにふさわしい人品骨柄ではない。

「はい。社長室でお待ちかねです」

「あ、そう」

それでもすぐに行こうとはせず、舌なめずりするように麗子をねめつけている。

「あの……なにか?」

麗子は情感的な眼差しに珍しく嫌悪を漂わせ、間宮を見た。

「フフ。いつも綺麗だなあって思ってさ。一度デートしてくれないかな」

間宮は口もとに薄笑いを浮かべ、社長室へ消えた。

あんな男を『ユメイヌ』の副支配人に置いておくなんて……。

麗子は腹立たしげに溜め息をついた。

いかにも夜の世界を狡猾に渡り歩いてきた感じの男だった。美貌ゆえ、他人からジロジロ見られるのに馴れっこになっている麗子だが、女をモノとして、もっと悪くいえば玩弄の対象としてしか見ないような、間宮の濁った目つきには鳥肌がたった。

東原商事は水商売の古い体質を打破し、近代的経営感覚で大卒の若手社員をどんどん採用してチェーン店に送りこんでいる。それなのに本丸とも呼ぶべき『ユメイヌ』に、間宮のような男がいてはぶちこわしではないか。

どうして東原社長は彼を特別扱いなさるのかしら?……

社長室へ運ぶコーヒーを入れながら、麗子は首をかしげる。他の直営店の店長が社長に面会を望んでもなかなか時間がとれないのに、間宮だけは飛びこみでOKをもらえるのだ。やり手の実業家に見えても、しょせん東原は根っから水商売タイプの人間なのだろうか。そうあって欲しくない、と麗子は願った。

稲本麗子が、女子大を出て三年勤めた外資系の商社を辞め、東原商事に移ったのは、給与や労働時間など条件面がかなりよかったことと、東原尚文の持つ強烈なリーダーシップに惹かれたからだ。麗子はキャリアウーマン志向で、結婚してもずっと仕事をつづけるつもりでいた。東原に仕えた経験が今後、なんらかの形で役立つのではないかという麗子なりの皮算用もあった。

でも、社長には社長なりのお考えがあるのだわ、きっと。間宮という男は、ああ見えても客にとり入るのが案外うまいのかもしれないし……。

社長室のドアをノックしながらそう思い直した。せっかく明日の晩、社長と二人で出かけるというのに、そんなことにこだわって気を滅入らせたくない。不思議なことに麗子は、東原と二人で飲みに行くのはこれが初めてだった。麗子は、まるで恋人とのデートのように、明日の約束を心のどこかで楽しみにしはじめていた。

3

今、東原が目をとおしているのは、極秘資料だった。間宮は手持ち無沙汰といった様子で、麗子の運んできたコーヒーをすすっている。東原は煙草が嫌いで、そのため社長室のなかは喫煙を固く禁じられているのだ。

「なかなか稼いでいるじゃないか」

ポツリと言った。間宮は相好を崩した。笑うと目のあたりに幼さが滲む。ふだんは背伸びをしているが、まだ三十そこそこの若さである。

「どうです、ぼちぼち秘密会員のワクをふやしてみちゃ?」

「それは慎重にやらんとな。適当な会員はいるのか?」

「ええ」

間宮は待ってましたとばかりに身を乗りだした。

「折り紙つきのどスケベが五人ほど。いずれも口は固い連中です」

そう言って会員ファイルのコピーを差しだす。東原はそれをひと通り眺めてから言った。

「ウム、いいだろう。お前に任す」

間宮の口もとがまたほころんだ。

エグゼクティブサロンを隠れ蓑に、東原は高級売春組織をひそかに築きあげていた。本業の利益などタカが知れている。年商六十億といっても、経常利益はせいぜい三、四億。おそろしく資本効率が悪いのだ。そこへいくと、売春は危険をともなうものの客が上客であるだけに、濡れ手にアワで儲けることができた。おまけに度はずれた色好みの東原の性癖にもピッタリ合っている。今では東原は、本業よりも売春組織の拡大のほうに力を注いでいるくらいだ。

間宮拓二は陰のビジネスの参謀格であった。『ユメイヌ』の副支配人とは表向きの顔にすぎない。女の仕込みはもちろん、特別会員の顔ぶれから信頼できる上客を物色するのも、売上代金の管理も、すべて間宮が取りしきっていた。

「しかし今度の秘書は大変な掘りだしものですね。ああいう女がいたら客は大喜びだろうなあ。社長、まだ？……」

「ああ。だがボチボチ、と思っている」

「そうですか、フフ。そりゃお楽しみですな」

「響子はその後どうしている？」

「すっかり調教が進みましてね。来週あたりから店へ出そうと思っています」

間宮は得意げに髪に手を入れ、息を深々と吸いこんだ。分厚いプラチナのリングが指に光っている。

東原がチラリと秘書室のほうへ視線を投げかけた。

稲本麗子が彼らの会話を耳にしたら、さぞや慄然としたことだろう。響子という女は、前任の社長秘書だった。東原に強姦され、さんざん嬲り抜かれた後、秘密クラブへ渡されたのである。

「そっちの話はもういいとして、もうひとつ頼んでおいたことがあっただろ、間宮。あれはどうなったんだ？　ずいぶん時間がかかるじゃないか」

「はあ。何分ちょっと手を出しにくい状況でして」

急に間宮の口調が歯切れ悪くなった。ぐっと反りかえらせていた胸が縮みこむ。実際のところ『ユメイヌ』の仕事が忙しくて、それどころではないのだ。

「俺の長年の夢が実りかけたところでぶちこわしにした女だぞ、あれは。いつまでも野放しにしておくつもりか」

聖愛学園英語教師、木下真澄――。その女を思うたび、東原のはらわたはフツフツと煮えくりかえる。

間宮がしきりに弁解をしている。苛立たしげに東原はさえぎった。

「いつまで待てばいいんだ！　それだけ答えろ！」

「すみません、社長。夏休みの間には必ず」

上目遣いで間宮が言葉をつづけた。

「それに夏休みなら、一週間やそこら教師が姿を消しても騒がれる心配がありませんが、今へたに動くとこちらの致命傷にもなりかねません」

＊

裸一貫で事業を築きあげた東原尚文が、金の次に求めたのは名声であった。年商六十億の企業の経営者といっても、煎じつめれば水商売のオーナーにすぎぬ。東原は銀行の冷ややかな対応ぶりやマスコミの興味半分の取材ぶりから、それを実感させられた。

そこで東原が目をつけたのは名門女子高『聖愛学園』の理事の座である。聖愛学園は上流階級の子女が集まるところとして有名で、その学園の理事となれば名士の仲間入りができるうえに、さまざまな人脈を紹介してもらうことも可能だ。幸い、学園の教頭が『ユメイヌ』の会員となっていた。毎年多額の寄付を積む一方、その教頭になにかと学園人事の根まわしをしてもらい、東原の理事就任はかなりいい線まで近づいていた。

そんなある日、学園関係者の懇親旅行が行なわれた。今から半年前のことである。東原も実績が認められ、理事とほぼ同格の扱いで招待を受けた。東原の喜びようは大変なものだった。夜の宴会は大いに盛りあがり、東原はすっかり理事の一人になったつもりで痛飲した。そこまでは万事うまく運んでいたのだったが……。

フラつく足どりでトイレに立った。用を足して廊下へ出ると、英語教師の木下真澄が先を歩いている。学生時代には週刊誌の表紙を飾ったこともあるという評判の美人教師だ。どんちゃん騒ぎは嫌いなのか、宴会には姿を見せていなかった。

ただルックスがいいという女はいくらでも知っている。しかし木下真澄は水商売では到底お目にかかれない類いの美女だった。深窓の令嬢という形容がぴったりの優雅さを全身に漂わせ、くっきりと整った目鼻立ちは、輝くばかりの知性美にみちているのだ。たまに真澄を学園で見かけるたびに、年甲斐もなく東原は、切ないような息苦しさに襲われたものだった。

吸い寄せられるように後をつけていた。酒の酔い、解放感、木下真澄……あらゆる要素が運悪く重なりすぎた。ふだん女をモノにする時の野性的なカンが、その時に限って働かなかった。頭のなかにゴウゴウと血が渦巻き、浴衣の下で怒張が痛いくらいに跳ねかえった。

真澄は自分の部屋へ戻るところだった。ドアを開いたところで東原は襲いかかった。二人はもつれあって室内へ転がりこんだ。湯あがりの肌の匂い、柔らかな胸のふくらみが東原をさらに凶暴にさせた。狼狽した真澄の喘ぎ声もたまらなく悩ましかった。

ブラウスのボタンがはじけ飛び、真っ白なスリップが目に入った。清楚な下着から双乳がこぼれ落ちそうだった。意外にたっぷりした量感だと思った。

スカートに手を突っこんだ。ストッキングはつけておらず、スベスベと絹のような太腿の感触に、東原は我れを忘れた。この女とやれたら死んでもいい。そこまで気持ちは高ぶった。興奮しすぎて暴発してしまいそうなくらいだった。

真澄は美しい髪をバラバラに乱し、泣き、叫んだ。その繊細な頬を思いきり張った。二度か三度か。抵抗が萎えたところでスリップ越しに乳ぶさをわしづかみにした。ゾクゾクと感動がせりあがった。胸の隆起さえ気品をたたえて張りつめているようだった。

だが、ゆっくりと肢体の素晴らしさを鑑賞している暇はなかった。とにかく姦っちまうことだ。その後から、たっぷり時間をかけて楽しめばいい。

必死に下肢をバタつかせる真澄の腰から無理やりパンティをズリさげた。

この布きれを奪って、急所に一物をねじこんでしまえばもうこっちのものだ。東原はかつて強姦に失敗したことはなかった。一度その剛棒の味を知らされた女は、例外なく肉のとりことなった。

純白のパンティを太腿まで押しさげ、いよいよ美人教師の秘所が露わになるという時、背後ですさまじい悲鳴が起こった。真澄と同室の女教師が戻ってきたのだった。

その女教師は、旅館中に響き渡る声で助けを求めながら廊下を駆けていった。

その瞬間、東原の学園理事への夢は吹き飛んだ。そればかりではない。築きあげた事業もパアになる恐れがあった。社長が強姦未遂を起こしたと知れたら、客商売など成り立たない。せっかく集めた会員は逃げだすに決まっている。

木下真澄は警察に告訴すると強硬な態度を崩さない。東原は教頭に泣きつき、揉み消しを頼んだ。学園側としても不祥事が明るみに出るのを好まぬらしく、理事長や校長までが真澄の説得に出てきた。ついには真澄も折れ、示談ですませることになった。なんとか最悪の事態は免れたものの、東原は巨額の慰謝料を真澄に払う羽目になり、念書をとられたうえ、理事全員の前で土下座をさせられた。まさに生涯最大の屈辱であった。

それ以来、東原は、真澄に対して異常なくらいに復讐の炎を燃やしている。名声——理事の座への野心はもう捨て去ったが、煮え湯を呑ませた女教師だけはこのまま見逃すわけにはいかなかった。

絶対に地獄へ突き落としてやる……。

東原は今また呪詛の言葉を胸に呟いた。

「夏休み、か。それまで待っただけの甲斐はあるんだろうな、間宮」

「そりゃもう……」

「新しい秘書が入ってなけりゃ、とても待ちきれんところだ」

東原はまた秘書室を見た。怒りはおさまり、新鮮な獲物への欲望がそれにとって代わった。

4

稲本麗子の澄んだ黒目が次第にトロンとして、鈍い反応になっていくのを、舌なめずりして見つめている。

フフフ。もう少しの辛抱だぞ……。

東原はいきり立つジュニアを、そう言ってなだめた。

「酔ってしまったみたいですわ」

麗子は白く繊細な指先を、熱でもはかるように火照った頬へ押し当て、そのまま豊かな髪を後ろへかきあげる。綺麗にウエーブのかかった官能的な黒髪全体がどっと波打ち、桜色の耳朶を飾る金のイヤリングがまばゆくユラユラと揺れた。

「我々はお酒を飲むのも仕事のうちだ。酒飲みの心理がわからなければいい店作りはできない。そうだろ？」

「ええ、おっしゃる通りです」

麗子の目もとから頬のあたりにかけてがなまめかしい朱色に染まって、その美貌全体から、男なら誰でもが欲情してしまうような艶っぽさが滲んでいる。

「まだ飲めるよ。いや飲まにゃいかん。さ、ほら。社長命令だ」

「ああ、ひどいわ、そんな」

ペパーミント色のカクテル、その何杯目かのグラスを口元に突きつけられ、濃く直線的に描いた眉が八の字になる。それでも拒み通せず、麗子はその甘苦い酒をグイッと喉に流しこんだ。

パルミラ、一号店——。

百坪はあるフロアに、洒落たリビングといった趣きでゆったりと贅沢なスペースをとって、ボックス席が設けられている。天井が高く間接照明を巧みに取り入れた店内は、いかにも大人が落ち着いて飲む場所にふさわしい造りだ。厳しい審査をパスして採用されたホステスはいずれもスタイルがよく、制服のセクシーなチャイナドレスがさまになっている。フロアの中央には、水族館も顔負けの巨大な水槽が置かれ、初めて来た客の度胆を抜く。

ここの支配人はいわば東原の子飼いで、女をモノにしたい時、東原は最後の仕上げに必ずこの店へ来る。オーナーが自分の店で女をコマしていては従業員の士気に関わるが、三十余店のなかでここだけはそうした自由がきく店なのだ。

麗子のカクテルには強力なハシシュを液状にしたものが含まれており、すでに何杯かを飲んだ麗子の身体には、ゆっくりと、しかし確実に、麻薬の心地よい痺れが襲いかかっているのだった。

「ああ、不思議な気分……とっても」

麗子は溜め息をつき、虚ろな視線をフロアの中央へ注いだ。幻想的な青にきらめく水槽のなかで、名も知らぬ巨大な海水魚が悠然と泳いでいた。途端に、わけもなくおかしくなって、麗子はクスクスと笑いだした。

「なにがおかしいんだい?」

尋ねる東原も本当は笑いだしたかった。獲物がまんまと思うツボにはまってくれるからだ。麗子の眺めている水槽には強烈なトリップ効果が仕掛けられていた。

「ごめんなさい。自分でもわからないんです。妙に楽しくて……こんなこと初めて」

麗子の唇が少しめくれ、美しい歯がまばゆく輝いた。

こんな酔い方は本当に初めてだった。身体全体が妙に気だるく重いのに、もうひとつの自分はフワフワと宙に浮きあがる感じ。目の前にいる東原が愛しい恋人のように思え、ひとりでに頬の筋肉がゆるんでしまうのだ。

炉端焼店、パブ、パルミラ四号店、そしてここが四軒目。社長は時折り冗談を交えながら、店の造りやメニューについて、あるいは従業員教育についての話をあれこれ聞かせてくれた。会社にいる時は近寄り難い気配すら漂うのに、二人でそうして飲んでいると優しくて親しみやすくて、つい甘えたくなってしまう。いやそれだけではなかった。自分でも不思議でならないのだが、先程から社長に肌を愛撫されたいという欲求すら芽生えてきているのだ。

いけないわ、私ったら。調子に乗って飲みすぎてしまったんだわ……。

それが麻薬のせいとは夢にも思わぬ麗子だった。

もう帰ったほうがいい。帰らなければ……。

そう頭の隅で理性が囁くが、身体は心地よい浮揚感にどっぷりと浸かって、まるで言うことをきかない。

社長の手が髪に触れてきた。自分でも知らぬ間に身をくねらせ、喉を突きだし、黒髪全体を愛撫してもらおうとしている。

「綺麗な髪をしている……身体もきっと綺麗だろうね」

そう囁かれ、麗子はクスクスと笑った。

「早く君のヌードが見たいよ。オッパイもアソコも、舌でペロペロ舐めてあげる」

卑猥に囁かれ、気持ちがグラグラッと揺れた。

嘘っ。社長がそんなエッチなこと、おっしゃるはずないもの……。

現実と妄想の区別がつかなくなりはじめた。今度は急に悲しくなり、涙がポロポロとあふれてきた。

「いかんな、悪酔いしたね」

「……す、すみません」

「奥にオフィスがある。少し休んでいくといい」

「大丈夫です。帰れますわ」

せいいっぱいの強がりを言ってはみたが、社長に一笑に付された。

「俺の大事な秘書をそんな状態で帰せるか。さ、つかまって」

差しだされた社長の腕にすがり、ようやく立ちあがることができた。まるでゼンマイの切れた玩具みたいに、関節がガチガチで動かない。頭のなかも全体に膜がかかったようだ。

社長に抱きかかえられ、麗子はフロアの奥へと連れていかれた。それでもあのフワフワした浮揚感はつづいている。歩きながら、胸のなかは社長への信頼感でいっぱいだった。

よかったわ。素敵な上司にめぐりあえて……。

これから待ち受けている運命も知らず、稲本麗子は心からそう思った。

5

二人はソファーに並んで腰をおろした。

麗子は、ぴっちりとしたタイトスカート、大胆なカットで全体のアクセントとなっているベルト、胸の大きなリボンを、すべて濃いセピア系でシックに統一し、前身頃いっぱいにレースをふんだんに使ったブラウスだけが、くすんだオフホワイトだった。オフィスガールらしい装いのなかに女っぽい色香がみなぎるのは、この夜を意識したためだろう。いつもに較べてその官能的な肉体のラインが、洋服の上からもはっきり見てとれる。

東原の口元がほころんだ。胸ときめく瞬間だった。

夢見るように睫毛を閉ざした麗子の白い首筋に、まずチュッチュッと口づけし、高級なオーデコロンの香りに痺れながら、胸元のリボンをはずし、つづいてブラウスの前をはだけさせる。

艶々と光沢を放つ薄いセピアの妖美なスリップがのぞけ、大胆なVカットの胸の谷間から、涎れの出そうな隆起の裾野が脈打っている。

東原はおよそ社長らしくない下品さで舌をダラリと垂らし、谷間の白い肌をペロリ、ペロリと淫靡になぞりあげる。裸電球の光を受け、東原のネバつく唾液の跡が麗子の肌を走る。

そうやって鼻先を近づけていると、麗子の悩ましいスリップからもほのかに甘美な香りが漂って、東原の呼吸はいっそう荒くなる。

と、麗子が、重く鈍い瞼を懸命に開こうとする様子だ。

「……い、いけません、社長」

「いいんだよ、俺に任せておけば」

「こ、困ります、そんな」

煌々とした光のなかで尊敬する社長に下着をのぞかれていることに気づき、麗子の顔面はカーッと火照った。

事務机の並んだ普通のオフィスだとばかり思っていた。そこで介抱を受けているのだと。しかし、フロアの奥の従業員用の出入口を抜け、いくつものドアを通って連れこまれたところは、コンクリートが剥きだしの、冷えびえとした室内だった。裸電球がぶらさがり、壁際にはウイスキーの木箱が高々と積みあげられ、部屋の中央に粗末なソファーと、それになぜかベッドが一台置かれてある。男性と二人きりになる場所としてはどうも好ましくない。

麗子のなかに漠たる不安が生まれてきた。

社長はいったいどういうつもりなの？　まさかここで私を……。

不安はすぐに現実となった。社長の手が胸をまさぐってきたのだ。まずいことに深いVカットのスリップはすぐに肩紐がはずれてしまう。精緻なレース模様のベージュのブラカップごと手のひらに包みこまれた。

麗子は泣くような喘ぎをもらした。

「いつも……いつも会社で君を見るたびに、ブラウスの下はどんなだろうと思ってたんだ。フフ、下着も趣味がいいし、この手触りだと中身はもっと素敵みたいだね」

「いやです！　社長……なぜこんな、こんなことなさるの。う、うむ……」

唇が迫った。拒み通す力はなかった。鉛のように全身が重く気だるかった。

巧みな舌遣いで口腔の粘膜をヌラヌラ愛撫され、ついには舌先をからめとられる。

ああ、なんて上手なの……。

東原がしきりに唾液を送りこむ。真っ赤になりながら、麗子はそれを嚥下してしまうのだ。

じっとりと汗ばんできた。こんな体験は初めてだった。恋人でもない相手にキスを許し、うっとりしてしまうなんて。自分のどこにそんな淫らな部分が潜んでいたのだろう。

麗子の剝きだしの肩がピクッと震えた。東原の手がいよいよブラジャーのなかに入りこんできたのだ。

いけない……。

口を吸われたまま激しくいやいやをするが、防ぎきれない。首の後ろに東原の手が通り、身動きを封じられてしまっている。

敏感な柔肉の隆起が直につかまれた。すでに乳首は硬くしこっているはずだ。ふくらみをネチネチと揉みほぐされ、ジーンと快美感が身内をせりあがる。そして東原の荒い息が口腔に吹きこまれるたびに、媚薬でも嗅がされたようにトロリと肉が溶けてしまうのだ。

唇を振り離そうとしても無駄だった。異常なくらい執拗に、東原は接吻を強要しつづけた。社長がこれほど粘着質の男とは麗子は思ってもみなかった。恐怖が胸をかすめ、だがそれは、すぐに陶酔感に吸収されていく。

麗子の鼻先から甘いすすり泣きがもれるのを、東原は勝ち誇った気分で聞いていた。

たまらねえオッパイしやがって……。

片手ではつかみきれない豊満さだった。それでいて柔らかすぎず、甘美にしこって、なんともいえない揉み心地である。その尖った乳首を指の腹でこすってやるたびに、麗子はクネクネと情熱的に舌をからめてくる。

いつもながらあのハシシュは、大した効きめだった。暴力団とも深いつながりのある間宮が香港ルートで仕入れたものだ。あまり飲ませすぎるとバッドトリップして吐き気を訴える場合があるが、今夜はちょうどうまくトリップ効果が起きた。

倉庫の半分を東原専用に改造したこの部屋で、そうやっていったい何人の女を凌辱したことか。その女たちも今頃は『ユメイヌ』の秘密会員を相手に、汗みどろで肉体奉仕しているはずだ。

これまでの獲物のなかでは、清艶たる美貌といい均整のとれた豊満な肢体といい、麗子は最高の女だ。極上の獲物だからこそ、いきなり手をつけてしまうのがもったいなくて、今夜までギリギリにお楽しみを延ばしてきた。ズボンの下では分身が生血を求めてキュウキュウと泣き、黄金色の愉悦を今から予感させる。

すでに十数分間もキスがつづいていた。東原はいったん舌を引き抜いたかと思うと、麗子のルージュに輝く理知的な唇をヌチャヌチャと粘っこく舐めあげ、唇と唇を軽く触れ合わせて弄び、また再び口腔へ舌を差し入れる。麗子はボウッとなって、東原のされるがままだ。嚥下しきれない唾液があふれて口端に淫らに澱んでいる。

乳ぶさをこってりと揉みにじった後、東原の手が淡いセピア色の艶々としたスリップをすべりおり、タイトスカートの裾へもぐりこんだ。

麗子は鼻を鳴らし、むずかるように身をくねらせ、太腿を閉ざした。現代風のメイクで彩られた美貌に脂汗が噴きだしている。

ああぁ、駄目ェ！……

パンティストッキングの上からいきなり、熱く疼く股間を突かれた。それでなくとも気の遠くなるほど口づけを注がれ、胸を巧みに攻められて官能がグラグラなのだ。このうえ、女の急所をまさぐられたら、いったいどうなってしまうかわからない。早くも爪先から頭のてっぺんまでを、怖いほどの性の痺れが駆けめぐっていた。

東原の指先は布地越しに淫裂を探り当て、力強くグイグイと花びら全体を刺激する。布地はすでにねっとりと湿っぽい。指の腹でこすりなぞられるたびに、パンティのなかでクチュクチュと愛汁が跳ねるのがわかる。

「すごいな。ビチョビチョだ。会社じゃあんなに澄ましているくせに、スケベなんだなァ、君は」

ようやく唇を離した東原は、悶え喘ぐ美人秘書の耳もとに熱い息を吹きこみながら言った。

「ほら、下着の上から触っても指がベトベトになっちまう」

「ああっ、もう許してください。お願いです」

キスから解放された麗子の口から、震え声で哀訴の言葉がもれる。

「好きだったんだよ、稲本君。ね？」

今度は耳のなかをペロリとくすぐられ、麗子はヒイイッと激しく身悶えした。

「いい気持ちだろ？　ふふふ。身体が火照ってどうしようもないだろ」

「……い、いやぁ。帰して。帰らせてェ」

「さあ、脱ぐんだよ。上も下もこんなに汗かいちゃって」

ブラウスが肩から抜かれる。華奢な肩先が露わになり、心細げに身を縮こませるが、あっという間に悩ましいブラジャーだけとなる。麗子は美貌を横へねじってシクシク泣いた。

目に滲みるような白い肌、ブラジャーを突き破らんばかりに盛りあがった双乳。東原は思わず生唾を呑んだ。胸の深い谷間には汗がねっとり光っている。

「綺麗な肌だなァ。感激だよ、まったく」

「ああっ、社長、もういけません。本当にもう、こ、これ以上は……」

ブラジャーが荒々しくむしりとられる。麗子はすすり泣きながら胸元を必死に覆うばかりで、なんの抵抗もできない。身体にまるで力が入らないのだ。それに東原の女の扱い方はひどく手馴れていた。猫撫で声で淫靡に囁いたかと思うと、途端に乱暴に素早く衣服を奪う。お嬢さん育ちの麗子はただ戸惑うばかりである。

怖い人なのかもしれない……。

そんな凶々しい思いが胸を衝く。

麗子も二十六歳。当然何人かの男性体験はあるが、東原は今までの男とはまるで違う、いわば暴力的な気配を感じさせる。紳士の仮面の下に野獣の牙を隠しているようだ。

背筋に戦慄が走った。けれども今の麗子には、戦慄さえゾクゾクと不思議に心地よいのだ。

裸にされてしまう。見られてしまうのだわ、身体中……。

東原はすでに麗子のベルトをはずし、官能的なタイトスカートを細いウエストから引きさげにかかっている。こんな明るい部屋で、会社の上司である男に一枚一枚下着を剝がされ、肌を晒すのは、プライドの高い麗子には信じられないくらいの羞恥、屈辱だった。それが妖しい興奮を呼び、子宮を疼かせもする。

スカートが足首から抜きとられた。

もう逃げられない……。

麗子は瞳を閉ざし、綺麗な歯で唇を嚙んだ。

「ひっひっ。夢みたいだよ、稲本君の裸を拝めるなんて」

東原の目がギラッと光り、細い腰にくいこんだ濃紺のパンティストッキングに手をかけた。

第二章 剝く！

1

麗子のパンティストッキングを細く締まった足首から抜きとると、東原はいったん攻撃を中断した。フーッと大きく息をつき、額の汗を拭ってから自身も大急ぎで服を脱ぐ。

ついに麗子は、薄いココア色のなまめかしいビキニショーツ一枚だけになった。

ソファーの上で裸身をくの字に折り曲げ、露出した肌を少しでも東原の視線から隠そうとしているが、ムンムンと女っぽい身体のラインは覆うべくもない。丸みを帯びた腰まわり、よく発達した太腿、それにはちきれそうな尻肉にビキニショーツがきつくくいこんだあたりの悩ましさはどうだろう。

たまらんな。ケツから太腿にかけての格好のよさときたら……。しなやかな脚線は外人を思わせた。眺めているだけでパンツの下で一物がさらに肥大化し、東原はズボンを脱ぐのにも苦労するありさまだ。

待ってろよ、もうすぐあの女のベトベトの蜜をたっぷりと吸わせてやるからな……。猛り立つ分身に向かい、そう独りごちた。

麗子はといえば、その表情は相変わらず夢でも見ているように虚ろだ。麻薬を飲まされ、ねちっこいペッティングを強要されつづけたため、ふだんはキリリと知的に引き締まった美貌が朱く発熱したように潤み、かすかに開いた唇の隙間から、ハアハアと切なげな息をひっきりなしにもらす。

綺麗な黒髪のウエーブはしとどに乱れて絹糸のような妖しい筋を引き、それがハラリと顔全体に垂れかかっているさまは、このうえなく官能的である。

「セクシーだよ、稲本君。いいよ、たまらん。会社にいる時の君も素敵だが、今はもっといい」

相変わらずの猫撫で声で、催眠術をかけるように東原は囁いた。

「恥ずかしいわ、アアウン」

豊かな髪を揺すり、鼻にかかった甘え声をもらす麗子。ボウッと霞みがかった意識のなかに、東原の囁きが媚薬のように甘美に入りこんでくる。肉体はフワフワと空中を漂っている感じがまだつづいて、その気だるい感覚が妙に心地よい。

「俺はずいぶんたくさんの女を見てきたが、君みたいに肌の美しい女性は珍しい」

強い電光の下で、うっすらと汗をたたえた麗子の白い肌はまばゆいくらいに光り輝く。同じ二十六歳でも、水商売にどっぷり浸かった女の肌とはまるで較べものにならない瑞々しさだった。

「さ、隠しちゃ駄目だよ」

切なげに喘ぐ美人秘書の肩先を、東原はグイッとつかみ、引き寄せる。

ヌードのまま正面を向かせられ、麗子は狼狽した。そしてさらに、眼前に立ちはだかる社長がすでにボクサーブリーフ一枚となっていることに気づき、あわててハッと目をそらした。

その視界の隅にチラッと映った東原の肉体は、五十男のそれとは信じられぬほど野性的に引き締まっていた。それにブリーフの下では、今まで見たこともないような巨大な肉の塊りが、うねりのた打っているではないか。麗子の手足がブルブル震えだした。

「君ばっかり裸じゃ不公平だからね」

「ああ……い、いけません、社長」

「どうしたんだい、今さら。フフ」

「こんなこと、困りますっ」

その言葉とは裏腹に、麗子の動悸は妖しく高まるばかりだ。抱かれたい、社長の逞しい腕に抱きすくめられ、ケダモノみたいに激しい愛撫を受けたい、と麻薬に痺れた身体が、子宮が、訴えている。

「案外ウブなんだな。まさか処女でもないだろうに」

軽く笑いながらも東原は手に力をこめた。

「……駄目ェ」

胸と下腹部を覆い隠す麗子の両手を、東原は身体からもぎ離した。その拍子に、たわわな双乳がブルルンと波打って目の前に現われた。

東原はしばし息を呑んでそれに見入った。圧倒的な量感にみちた乳ぶさである。それが垂れもせず、上向きにツンときわどい緊張を保っている。完璧な円錐形——かりに少しでも油断したり淫蕩を重ねたら、下方へ崩れ落ちてしまいそうな、そのギリギリのところで、かろうじて踏みとどまっている感じなのだ。

一方、乳ぶさの成熟ぶりに反し、乳首は可憐で色彩もピンクに近い。そのアンバランスさがたまらない魅力だった。

これほどのグラマーとは気づかなかった……。

東原のこめかみが興奮にピクついた。

「素晴らしいオッパイじゃないか」

「ああ、恥ずかしいわ」

「こんな素敵なオッパイを服の下に隠していたのか」

熱く痺れる想いのまま麗子の前にひざまずき、ふくらみにむしゃぶりついた。

東原は硬くしこった鋭敏な乳頭を代わるがわるしゃぶりながら、両手で荒々しく揉みにじる。

「いやあ……」

麗子は白い喉を突きだし、悩ましげにすすり泣くばかりである。真っ白な隆起がたちまち指の跡で朱くなり、桜色した乳暈のあたりは唾液でベトベトに汚されていく。

「ひ、ひひ、熱いんだろ？　パンティ脱ぎたいんだろ？　俺にあそこを見てほしいんじゃないのかい」

「ああ……そんなっ」

東原の口調が段々いやらしく陰湿になる。だがそのいやらしささえもチクチクと麗子の意識を刺激した。

太腿が割られた。あわてて麗子は両腿をよじり、手を添えて中心部を隠そうとする。

「駄目です。社長、本当に……」

が、その手を軽くはねのけられる。そうして東原は官能的なビキニショーツの股間を、興味深げにのぞきこむのだ。

「あーあ、すごいぜ。オシッコもらしたみたいにぐっしょりだ」

「い、いやァ、見ないでぇ」

「あそこの形が濡れてくっきりとパンティに浮かびあがってるじゃないか。くっくっ。東原商事の美人秘書が、あの稲本麗子君が、まさかこんなに淫乱だったとはね」

「う、嘘です、そんな」

「嘘なもんか。ほうら、ここに」

その部分を指で差し、鬼の首でも取ったようにはしゃぐ東原。確かに、薄いココア色の布地の中央で、べっとり蜜にまみれて、花びらの全貌が卑猥に滲みだしていた。

「ひどいわ。あんまりですわ。こんな、こんなことって……」

東原のいたぶりに、麗子のほっそりした首筋からうなじにかけて、そして耳たぶまでがみるみる紅潮する。自分が秘書として仕える社長に、パンティをのぞかれ官能のもろさを指摘されるなど、女としてこんなつらいことがあるだろうか。かつて外資系企業では実務能力を大いに買われ、自他ともにピカ一のキャリアウーマンとして君臨した麗子であるだけに、なおさらショックは大きかった。

「い、いけませんっ、駄目ェ！」

ふと正気にかえったような悲鳴をあげる。ついに東原がショーツを脱がせにかかったのだ。麗子は最後の力をふりしぼり、懸命に脱がされまいと抗った。

「ね、ねえ、お願いっ。これだけは許して」

「こんなに濡らしてよく言うよ」

「これ以上なさるなら私、社長を、軽蔑します」

「フン、聞きわけのない子だ。ようし、それならこうしてやるっ」

東原はかたわらにあったネクタイを手に取り、端を口に咥えると、麗子の両手をつかんで強引に後ろへねじった。

「あ……な、なにを、なさるの？」

「いいからじっとするんだ」

「いやぁっ。縛らないでぇ」

素早かった。あっという間に麗子の華奢な手首にネクタイが巻きつけられた。

「好きなんだよ、ね？　結婚してもいいと思ってるくらいなんだ」

言っていることとやっていることがまるでチグハグだった。理不尽に相手の自由を拘束しながら、東原は甘く愛を囁くのだ。

「君みたいな女性を探していたんだ。ずっと独身を通した甲斐があったと、本当にそう思っているんだ」

なおも東原はしつこいくらいに囁きつづける。

みるみる麗子の抵抗が萎えた。現実には後ろ手に縛られ、抵抗を封じられてまさにレイプされようとしているのに、少しも危機感が起こらない。荒々しく振る舞っては甘く囁くという東原の変質的なペースに、完全にはまっているのだ。

男に屈伏することがこんなに熱く疼くものだとは知らなかった。こうなったら東原と行き着くところまで行ってみたい。そして自分の官能の極限を見届けたい。神経をハシシュに狂わされた麗子は、うっとりと東原に身を委ねてしまう。

2

ビキニショーツが一気に太腿まで剥きおろされた。縦長の臍から下方へつづく、優しく丸みを帯びた、いかにもうまそうな真っ白い下腹のラインの底で、艶やかな縮れ毛が二十六歳のとろけるヴァギナの味を予感させるかのように、濃いめの逆三角形をつくっていた。

フフフ。これが我が美しき社長秘書のマ×コの毛か……。

東原の目がランランと怪しく光り輝く。

豊満な双乳といかにもお似合いの深い茂みである。極端に多すぎるほどではないが、見るからに男心をそそる淫らな生え具合であった。

これからは、いつでも好きな時に、会社のなかでこのすけべなマン毛を拝めるんだ……。

スカートをめくり恥毛を丸出しにさせられて、社長室で一日のスケジュールを読みあげる麗子の姿を想像し、東原はたまらなく愉快になった。

「ほうら、これで素っ裸だ。さっぱりしたろう？」

ムチムチした下肢からココア色のショーツを奪いとり、床へ放り投げた。

「見ないで……お願いっ」

麗子は後ろ手にくくられた裸身を震わせ、ひとしきり喘いだ。

東原はニタニタと麗子の秘奥へ視線を這わせる。漆黒の翳りの底に、生々しい赤色の花弁の先っぽが、ちらりと顔をのぞかせる。深奥の峡谷をのぞきこめば、よく発達をとげた二枚の陰唇が不揃いに口を開け、今にも花蜜があふれんばかりの状態であった。

まさに熟れきったオマ×コそのものだな。これなら俺のモノを相手に充分太刀打ちできる……。

好みの牝奴隷に仕立てるのにさほど時間はかからぬはずだと思った。オフィスで毎日いたぶっても、まずは飽きがこない身体つきをしている。これなら木下真澄のことを当分は忘れていられそうだった。

木下真澄と犯る時も、こんなにスムーズに運ぶといいのだが……。

自分に煮え湯を呑ませた美人教師の顔が、身体が、まざまざと東原の脳裏に浮かんだ。

ムンムンと妖艶な肉づきの麗子とは対照的に、木下真澄はいかにも清楚な肢体をしていた。まだ熟しきらぬ硬質な肌の感触が、そして女学生のような乳ぶさの感触が今も鮮やかに手のひらに蘇る。

見ておれ、いつか必ずきっと貴様も……。

身体の底で荒々しい衝動が生まれ、それが螺旋状にうねり狂った。暗い欲望のほむらを宿した双眸が麗子に向けられる。

麗子はウエーブの乱れた豊かな黒髪のなかに、上気した美貌を隠すように埋めている。閉ざした睫毛が羞恥にフルフルわななく。目を開かなくとも、東原が固唾を呑んで自分の剝きだしの股間を見つめているのがわかる。

ああ、こんな明るいところで……。

見事なくらいツンと上を向いた乳ぶさが、苦しげに上下した。かつて恋人の前でもこんな大胆な姿態を晒したことはない。両手を縛られ、女の中心を晒す気の遠くなるような羞恥。その被虐感がなぜか懐かしく、ジンジンと心を震わせるのだった。

「脚を開くんだ」

グイッと両腿が大きく押し開かれた。ついに羞恥の扉をまるごと晒す羽目になる。麗子の甘え泣きが高まった。肉襞にチクチクと東原の熱い視線が突き刺さるようで、もうそれだけで達してしまいそうになる。

「さ、目を開けてみろ、麗子」

東原の威厳のある声が命じた。

初めて名前を呼び捨てにされた。もうすっかり東原の女にされてしまった感じである。安っぽく見ないで……。ふだんの麗子なら間違いなくそう反発しただろう。けれども不思議に悪い気はせず、それどころか自分はずっと以前から東原の女だったという錯覚すら芽生えてくる。

麗子は長い睫毛をしばたたき、あまり大きくはないが切れ長の美しい瞳を少しずつ開く。そして目尻をほんのり朱くしながら、ねっとり潤んだ眼差しを東原に向けた。

「あっ……」

鋭い叫びが思わずもれた。東原がいつの間にかブリーフを脱ぎ、仁王立ちしているのだ。毛むくじゃらの股間には、これまで見たこともないほど長大で毒々しい肉竿が、青紫色に隆々と反りかえって、麗子のすぐ目の前にあった。

「どうだ、頼もしいだろ？　ふっふっ。こんなヤツにはめったにお目にかかれんぞ」

東原は得意げに腰を突きだした。剛棒がブルンと麗子の前で脈打つ。ふだんの社長とは別人の、下卑た振る舞いだ。

麗子は火のように真っ赤になり、顔をそむけた。動悸が激しい。

あんな、あんなモノで貫かれたら……。

これまでに何度か経験してきたセックス——男たちはピストン運動を行ないながら、誰もみな有頂天の唸りを麗子の耳もとでもらし、つられて麗子もそれなりに快感を感じたものだが——それが、まるでおままごとのように思えてくる。東原は、その部分の巨大さといい野獣的な振る舞いといい、今までの男たちとはまるで違う、とてつもなく淫靡な雰囲気を漂わせるのだ。

ゾッと暗色の戦慄が走り、それがすぐに妖しい期待にとって代わった。

「こいつがさっきからお前のキスをせがんでしようがないんだが」

「……いやです、社長っ」

「まさかやり方を知らんわけじゃないだろ、麗子」

東原はソファーに片膝を乗せて下半身で迫る。うろたえる麗子の美しい髪を乱暴につかみ、顔面におぞましい屹立を押しつけた。

「や、やめて……」

それ自体が化け物のような巨大なエラが、鼻先をかすめる。男っぽい性の匂いがムッと鼻につく。

麗子はキュッと眉を寄せ、哀しげでそれでいて情感的な表情となる。奴隷のように扱われることが、これほど官能を揺さぶるとは夢にも思わなかった。自分で自分がまったくわからなくなる。

麗子の狼狽ぶりに、東原の肉の先端がさらに充血し膨れあがる。眉根を寄せた切なげな顔の色っぽさはどうだ。モリモリと嗜虐欲をかきたてるタイプの女じゃないか、と東原は実感した。

「やるんだ。さあ舌を出して舐めてみろっ」

居丈高に命じ、たっぷりとした乳ぶさをこねくりまわす。

「アウ……ウムム」

麗子の美麗な肌に、また脂汗が噴いた。

乳首がしこって熱かった。それに東原の陰茎から放たれつづけるホルモンの匂いが、その悪臭が、麗子の溶けかかった性感を微妙に刺激するのだ。

追いつめられた麗子は「アアン、アアン」と喘ぎながら、パールに似た綺麗な小粒の歯の間から、ついに艶やかなピンクの舌を差しだした。

3

ああ、娼婦みたいだわ、私。こんないやらしいことするなんて……。

麗子はフェラチオが嫌いだった。男性器を口で舐めるなどたまらなく不潔な気がする。それだけではない。女が、股間にひざまずいてペロペロと粘っこく男のものを愛撫するその姿は、まさに屈辱そのものに思えた。

そんな行為を、よく十分も二十分もつづけられるものだわ……。

結婚した友人が夫婦の閨房の話題を出すたびに、麗子は憤慨したものだ。プライドの高い麗子にはフェラチオは苦痛以外の何物でもありえなかった。

最愛の恋人に対しても、それを行なったのはごく数えるほどしかない。まして上役であり今日初めて親しく口をきいたばかりの東原にそんな献身的な奉仕をするなど、これまでの麗子からすれば恐ろしく異常なことだ。

麗子はポウッと頬を上気させ、瞳を閉ざしている。そして唾液にキラキラ光るなまめかしい舌先を、すすんで前へ押しだした。東原の、太ミミズがのた打っているように血管を膨張させた胴の部分を、恐るおそるひと舐めした。形のいい小鼻が苦しげにふくらむ。心臓がドキドキし、全身に鳥肌がたってくる。

ツーンと、アンモニア臭い味が口いっぱいにひろがった。が、嫌悪感は不思議に湧いてこない。五十代とは思えぬ硬く逞しい隆起の感触に、ひとりでに頬が火照ってくる。男性器をこれほど愛しいと思ったことはなかった。悩ましい鼻息をもらしつづけながら、麗子は次第に情熱的になっていく。惜しげもなく唾液を吐きかけ、根元から全体をペロリ、ペロリと舐めさすりだした。

「いいぞ、麗子。うう、たまらん」

東原は深い唸りを発した。あまり馴れたフェラチオではない。舌の使い方といい愛撫の単調さといい、秘密クラブの女たちの技巧とは較べものにならない。それがかえって東原には新鮮だった。麗子の口がまだそれほど男どものペニスで汚されていないことの証左でもあるからだ。

「俺のは特別デカいから、しゃぶり甲斐があるだろ、麗子。アアン？」

「ウフーン、うむむ」

「へへへ、気分出しやがって」

フェラチオしながら、麗子が官能をメラメラ燃えたたせているのは明らかだった。吐息はますます強まり、腰部をひっきりなしにもじもじさせている。乳首をギュッと強くつかんでやると、悶え泣きながら狂ったように肉棒を口腔へ深々と呑みこむ。

「紐を、ほどいて。もう、逆らいませんから」

呑みこんではペロペロさすりながら、麗子はつらそうに身悶えし、ゾクリとする眼差しを向けて言った。

「フン、お前は俺の奴隷になったんだ。縛られたまま奉仕するのが当たり前だろ」

「アアン、ひどいわ」

麗子はむずかるように鼻を鳴らした。いたぶりの言葉に反発するどころか、そうやっていると、本当に自分が東原の奴隷になった気がして仕方がなかった。

東原は、左手で乳ぶさをタプタプと責めながら、右手を麗子の股間へ這わせた。柔らかな繊毛をそっと撫であげる。グラマーな女体が、ブルッと感電したような痙攣をみせた。さらに奥へ割って入ると、入口のあたりはすでに汗と愛液で湿地帯のようにぬかるんでいる。

「すごいなァ、まったく。アソコの毛までがぐっしょりだ。くくくっ」

東原のいたぶりに、たまらなく艶っぽい表情で小さくいやいやをする麗子。

「ヌルヌルのベチョベチョのオマ×コだなあ、こりゃ」

「……いやっ！　いやよォ」

「そら、どうだ。こうしてほしいか？　ヒヒッ、すごいぜ。ほら、指が火傷しそうだ」

「アウウ……や、やめてっ、もう」

東原の中指が入りこみ、ドロドロにたぎった粘膜をこすってはグリグリと攪拌して弄ぶ。

ひとたまりもなかった。自分でもどうにもならないほど体液があふれでて、まるで排尿している錯覚すら抱く。その死にたくなるほどの恥ずかしさが子宮でジーンと溶け、さらに快感を増幅させるのだ。

「ねえ、ね？　いやっ、困ります」

麗子は髪を振り乱し、乳ぶさをブルンブルンと波打たせては、全身でよがり泣いた。男に淫婦のように扱われ、嬲られることが、こんな快楽だったとは。今まで二十六年間、築いてきた自分なりの価値観を根底からくつがえされそうだった。

「よがってばかりいておしゃぶりを忘れるんじゃないっ、こら」

苦しげに空気を貪る口に、ふたたび怒張が押しこまれる。

今度は半端な舐め方では容赦しなかった。すっかり充血し、青紫から赤紫へと不気味に変色した巨根で、ぐいぐいと麗子の口腔を犯していく。指先でしつこく美女の陰部を抉りながら、そのリズムに合わせて東原の腰が卑猥に前後する。

「どうだ。おいしいだろ？　そら、そら」

「ンム、ングググッ」

麗子の美貌がグラグラ揺れた。ワイン色のルージュに濡れた官能的な唇が今や裂けんばかりだ。苦しそうに白目を剝き、悶えては呻く。そんな巨大なモノがすっぽり呑みこめるわけがない。そう言いたいのだ。けれども東原は黒髪をわしづかみし、なおも容赦なくイラマチオを繰りかえす。

へっへっ、いい顔でしゃぶるじゃないか……。

麗子の美貌が被虐的に歪むさまを鑑賞し、東原はうっとりとなった。思った以上の悩ましさだった。

これでナマをぶちこんだら、いったいどうなることやら……。

「ぐぐっ、ぐむむっ！」

一段と苦しげな麗子の唸りがあがる。東原が、中指に加えてさらに人差し指をこじ入れ、二本の指で淫裂を貫きはじめたのだ。

生き物のようにヒクヒク収縮する肉襞を、いっぱいにこねくりまわしては、淫靡にズボズボと抽送を行なう。いくらでも果てしなく愛液があふれ、白い太腿を伝って流れた。

「あっ……あワワッ」

「たまらないんだろ、麗子？」

下半身を執拗に責めつづけながら、片方の手で美人秘書の垂れかかる髪をかきあげかきあげ、その悩ましい表情に見惚れ、せわしなく口腔へ剛棒を埋めこむ。麗子の色っぽい唇から、唾液でネトネトに濡れ光る自分の一物が出たり入ったりする眺めが、なんとも刺激的だった。

「へへへ、俺もいい気分だぜ。このままイッちまいたいくらいだ」

「うむ、うむむっ」

口腔へ精液を流しこまれると思ったらしく、麗子は不安げに瞳を開き、頭を振った。

もちろんこれまで男の吐きだす白濁を呑んだことなど一度もない。こんな巨根を深々と咥えさせられたまま粘液を嚥下したら、窒息死してしまうのでは、という恐怖がこみあげてくる。

「安心しろ。そう簡単にイクものか、ひひひ。出すときはオマ×コのなかへ、ドバッとぶちまけてやる」

せせら笑う東原。もはや気鋭の実業家の面影はかけらもなく、陰湿なサディスト丸出しであった。

「先にイッていいんだぜ、麗子。レディーファーストが俺の主義だ」

休みなく「うーん、うーん」と喘ぎっぱなしの麗子を、そう言って東原はさらに追いこんでいく。

二本の指を女の急所に埋めこんだまま、親指を恥骨の部分に押し当て、蜜壺の上方を思いきり抉る。充血したクリトリスを真んなかに挟み、内と外から激しく突きあげられた格好で、たまらず麗子は腰を淫らに揺さぶっては、鼻の奥でよがり泣く。

「ほら、ほら、すごいな、オマ×コがキュウッと縮んできた。うーん、指が折れちゃいそうだ。スケベだねぇ、麗子は。澄ました顔してオマ×コが大好きなんだろ」

「ひいぃぃ……ひいいっ」

肩先がピーンと突っ張った。狂ったように首を振りたてて巨根をかわすと、麗子はソファーの上でブリッジのように身を反りかえらせた。ネクタイで後ろにくくられた両腕が痛々しい。

「ほうら、きたきたっ」

東原は二本指でむごいくらいに粘膜を抉りつつ、乳ぶさをつかんで肉丘をギュウギュウ締めあげるのだ。

麗子の全身がさらに後ろへのけ反った。汗びっしょりの優美なボディが張りつめた糸のように硬直し、ただ腰だけが東原の指を貪って淫らに左右へローリングする。最初の小さなエクスタシーが去り、ひと呼吸置いて、今度は激烈なうねりがどっと押し寄せた。腰がカックンカックンと上下に波打つ。

「へっへっ、またイクのかい?」

「ウググッ、ウウウッ……」

喉がつぶれて、喘ぎが声にならない。ひしゃげたような呻きが絶頂のすさまじさを如実に物語っている。

東原はホクホクした表情でそれを眺め、麗子の上気した顔面をあちこち肉棒で突つく。お高くとまった有能な美人秘書を、まずはコテンパンに粉砕してやったのだ。愉快で愉快でならなかった。

どうだ、この狂い方ときたら。ふふ……。

麗子は、力なく首を振りながら、涎れをだらしなく口から垂れ流して、痴呆のようだ。それでもなお内腿をピーンと突っ張らせ、秘肉でグイグイと東原の指を締めつけて、最後の最後まで官能の波を逃すまいとする。その貪欲さに東原は舌を巻いた。秘密クラブに行かせて客をとらせるのはさすがに残酷かと思ったが、この調子なら娼婦の素質が充分にある。たっぷり弄んでから間宮に引き渡すか。そう思い直すのだった。

4

東原は壁際へ行き、冷蔵庫から缶ビールを出すと、ゴクゴク飲み干しながら戻ってくる。赤紫色をした股間のものは麗子の唾液でしとどに濡れ光って、相変わらず隆々とした勢いを誇示している。

これからが本番だ。体に新たな力がみなぎってくる。

強引に奪いとった麗子の衣服が目に入る。洒落たブラウスやタイトスカート、それにセピア色の悩ましいスリップ、ブラジャーなどが、無残な感じでコンクリートの床に投げ散らかっていた。

ここへ連れこまれるまで麗子は、美しいキャリアガールそのものといった雰囲気で、それらの上品な服を身にまとっていた。その時のあでやかさと、今ソファーで素っ裸で横たわる麗子の姿の際立つ対比が、東原の胸を疼かせた。

先ほど麗子は、東原の指を咥えこんだまま三度、四度とたてつづけにオルガスムスを迎えたのだった。

今は背中をこちらに向け、ぐったりとソファーに倒れこんで、しくしくと泣きじゃくっている。ネクタイで縛られた両手は、無念さを表わすようにギュッと強く握られ、ほっそりした肩先が上下に揺れている。東原が目を凝らすと、艶美な双臀から腿の裏側のあたりにも、垂れ流した蜜汁の残滓がヌラヌラとこびりついているようだ。

「あー、指がまだ痛む。麗子があんまりオマ×コ締めつけるから、本当に骨折するかと思ったぜ」

「ああ、おっしゃらないで」

麗子はクッションに顔をこすりつけ、身も世もあらずといったふうに啜泣をもらす。

「ずいぶんと溜まってたんじゃないのか、くくく。指だけで連続して四回もイッちまうなんて。あんまり激しいから、さすがの俺もつい怖くなってきたよ」

東原はからかいながら戻り、麗子のムチムチしたヒップをぴたぴたと叩いた。

「やっぱりそうだ。すごいなァ、ケツの裏までおツユがべっとりだ」

はちきれそうな尻たぼをつかみ、意地悪く内側をのぞいて言う。

「……ウウッ、早くほどいて。早く帰してください」

額から瞼に悩ましくセミロングの髪をほつれさせ、涙まじりに哀訴する麗子。淫夢にうなされたいっときが去った今、こうして裸を晒し、両手をくくられているのが、つらくおぞましいだけである。

なぜあんなに燃えてしまったのだろうか。いや、それよりなぜ東原の誘惑に負けて淫戯を許してしまったのか。後悔がとめどなく胸を衝いた。

まだ身体が妙に重たい。それでいて内臓全体はガランドウになったようにスースーと空気が吹き抜け、落ち着かない気持ちだ。熱い塊りで中心部を思いきり抉ってほしい、と肌はなお鈍く火照ってもいるのだった。

酒の酔いならいい加減にさめていいはずだった。

ひょっとして……。

疑惑がふと湧いた。

なにかを盛られたのかしら?……

東原は最初からここで自分を犯すつもりだったのではないかと思うと、ゾオッと寒気を覚えた。

まさか、東原商事の社長ともあろう者が、そんなことを……。

しかし、さっきの自分の信じられない狂態を想い起こすと、そうとしか解釈がつかないのだ。

それ以上、推理をめぐらす余裕はなかった。東原がソファーに腰をおろし、麗子を膝に乗せあげようとしはじめていた。

「さあ、俺の女になるんだよ、麗子」

「社長、許して。こ、この次は、きっとお相手しますから」

「フフフ。今さらなにを言う。せっかく俺のデカいのを入れてやるというのに。指で四回だろ、今度は十回ぐらいイクか」

「い、いやぁ。ああ、駄目ェ」

社長の逞しい肉体の上に麗子はダッコされてしまった。凶々しい肉竿が襲いかかる。麗子は腰をくねらせ、身をよじり、懸命にそれをかわそうとする。縛られた両手が忌まわしかった。

「ハハハ、そりゃ、そりゃ、そりゃっ」

麗子の狼狽ぶりを眺めるのが東原には楽しくてならない。へらへらと下品に笑いながら、女の微妙な部分を肉棒であちこち意地悪く突いてみせるのだ。

ハッ……。

麗子の顔から血の気が引いた。心臓がとまりそうなショック。東原の先端部が、濡れきったままの秘苑の扉をネチャネチャと叩いた。

「そらそら、もうちょっとだぞ」

「いけません……ああ、社長っ」

麗子の濃く描いた眉が歪み、縦皺が深く刻まれた。東原は美女の切なげな表情の変化をじっくり観察しつつ、怒張をグイッと肉襞めがけて突き入れた。

「ほうら、入った。麗子のビッチョビチョのオマ×コに刺さったぜ」

膝を振動させ、乗せあげた麗子に上下の揺さぶりを加える。

「……………」

ズーンと脳天まで衝撃が走る。中心部が真っ二つに裂けんばかりのすさまじい圧迫感だ。麗子の黒髪がさらに乱れ、美貌に垂れたウエーブが、ユサッユサッとなまめかしく波打つ。

な、なによっ、これはいったい。こんなすごいのって……。

後ろ手にいましめを受けた裸身が、男の膝の上で弓なりにのけ反った。そのため、ミルクを溜めこんだような白くまばゆい双乳がブルルンと前へ突きだされる。待ってましたとばかりに東原がむしゃぶりついた。

「いやあ！　ああっ」

「へっへへ。オッパイが敏感だな、麗子」

アンダーバストを舌先で繰りかえしねちっこくなぞられ、麗子は甲高く喘いだ。ふくらみの裾野のあたりが麗子の性感帯なのだ。職人がお椀にウルシを塗るごとく、東原はペロリペロリと念入りに舐めつづけ、隆起を攻めのぼってくる。焦れったいようなおぞましさがなんとも麗子の官能を刺激した。

そしてついにはむず痒い乳首をとらえられる。もうたまらない。麗子は訴えるように身をくねらせ、悩ましい啜り泣きをはじめるのだ。

「いいなあ、麗子のオマ×コ。俺のチ×ポと相性ぴったしみたいだぞ」

両手で麗子のツンと吊りあがった双臀を抱えこみ、東原は連結した麗子の肉体を執拗に揺さぶりつづけている。

麗子は早くも達しつつあった。せっかく取り戻しかけた理性が、東原の肉の魔力でぐちゃぐちゃに溶かされていく。

「いやぁぁ……ね、ねえ、お願い」

口惜しくてならなかった。愛と呼べるものもなく、女陰をペニスでガンガン突きまくられる。その野獣的とも言える荒々しい交わりで、たちまち昇らされてしまうのだから。

「ふふふ、これで五回目か」

「イ、イッちゃう。もう駄目ぇ」

東原は小休止し、薄笑いをたたえて美人秘書の悶絶ぶりを眺める。抽送をやめても麗子のそこは、勝手に肉棒をクイックイッと奥へ引きずりこむのだ。

「おっと、こりゃすげえや」

「あ、ああ……ひ、ひいいっ」

なぜなの？　私はこんなに淫乱な女だったの……違うわっ。絶対に違うわ……。

極めながら麗子は心で叫び、ボロボロと涙をこぼした。

5

「よかったなあ、麗子。こんなにいいのは初めてだろ?」

「……………」

ソファーに倒れこみ、乱れた呼吸をつづける麗子の顔を、東原は床に膝をついて意地悪くのぞきこんだ。その汗にまみれた美貌を見ていると、東原の裡にムラムラと嗜虐欲が燃えあがる。

「さて、お次は六回目か」

「いやよっ、いや。これ以上つづけられたら、ほんとにどうかしちゃう」

縛られたまま、両脚を引き寄せられる。麗子は狂ったように首を振った。

セックスとはこんなものではないはずだ。互いの肉体をいつくしむ心と心。優しい愛の言葉や満ち足りた雰囲気。そして、二人でなだらかな快感曲線をゆるやかに昇りつめること――それが麗子にとってのセックスのイメージなのだ。

ところが今はどうだ。ムードもなにもなく、一足跳びに、しかもたてつづけに、グイグイ恍惚境へと向かわされるのだ。麗子のようなタイプの女にはたまらなく屈辱的な体験であった。

「今さら照れるなよ、麗子」

東原が覆いかぶさってきた。再び、キューンと抉られる。同時に、東原の厚い胸板が乳ぶさに強くこすりつけられる。全身がゾクゾク痺れた。いやでも被虐的な快感を意識させられた。

「ふふふ。すごいぞ、さっきからずっと締まりっぱなしだ。名器なんじゃないのか、麗子のココは」

東原は卑猥に腰をグラインドさせ、蜜壺の素晴らしい感触を堪能する。ひさしぶりの手応えだった。長大な肉塊を相手に負けじと粘膜がからみついてくる。加えて麗子の肌からたちのぼる甘やかな体臭が、カッカと情欲を煽った。

「あ、あ、ああ……ひ、ひいいっ」

下半身を抉られるリズムに合わせ、麗子のよがり声がほとばしる。

「ようし、口を吸ってやろう」

グラグラ揺れる顔を押さえ、東原は唇を奪いとった。と、麗子は自らも舌を突きだし、積極的に東原の舌にからめてくる。

自分の負けを、麗子ははっきりと悟ったのだった。いいわ、もう、奴隷でも淫婦にでもなってしまうのよ。そんな心境で淫らな接吻を繰りひろげるのだ。

しっとりと甘い粘膜を相手に好きなだけしゃぶらせては、自分も自棄気味に東原の口腔を愛撫する。唾をヌルッと流しこんだり、相手の唾を吸いとったり、さっきまでとは別人の熱っぽさである。

東原のピッチがあがった。

「ああ、麗子っ。いいぞ」

「ひどいわ。ねえ……私、またァ、また、イッちゃう」

麗子は鼻を鳴らし、腰をうねらせ、東原の男根をしゃにむに咥えこみながら、一段と激烈なクライマックスを迎えた。

「好きよ、好き。社長、ねえ、もっとォ」

「お前は俺の奴隷だぞ。これから毎日こうしてハメてやる、いいな」

胸と胸を合わせ、恥毛と恥毛をこすり合う二人の肌は汗がドロドロで、その汗がひとつに溶けてソファーに滴る。

「いやん。あ、ああっ。ねえ」

「ようし、ウーム、ムムッ……」

ついに東原から重い唸りが発された。競馬の騎手のように激しく体が前後する。

とどめの楔を打ちこまれ、麗子が白い泡を吹き、失神した。

第三章　縛る！

1

不夜城のにぎわいを見せる六本木界隈も、裏通りから溜池方向へ、迷路のように曲がりくねった路地を歩いていくと、ひっそりと昔ながらのたたずまいを残したあたりにまぎれこむ。

エグゼクティブサロン『ユメイヌ』は六本木のはずれ、そんな閑静な住宅街の一角にある。かつてはアフリカの小国の大使館として使われていたそこは、白塗りの瀟洒な洋館で、門に『東原』と小さな表札がかかっているだけ。知らぬ者にはただの宏大な屋敷としか映らないはずだ。

大使館時代の名残りの堅牢な鉄柵の門は、特別会員がＩＤカードを挿入すれば自動的に開閉する。会員はそこでまず自分たちの特権意識をいやでもくすぐられる仕組みである。

さすが東原商事の本丸だけあって、『ユメイヌ』の内部はいたるところ贅を凝らした造りにできている。ゴージャスなインテリアのなかで選り抜きの美女と高級な酒、それに一流のエンタテイメントショウを楽しみ、特別会員は居ながらに欧米のハイソサエティのパーティの雰囲気を満喫できる。

しかし超高級クラブ『ユメイヌ』も、実は秘密売春クラブの隠れ蓑にすぎない。本館の裏手に、大使館員の住居用に使われた建物があり、そこが売春のアジトになっている。特別会員のなかからさらに選び抜かれた秘密会員は、『ユメイヌ』の裏出口をこっそり抜け、その別棟で思う存分に色事を楽しむことができるのだ。

副支配人の間宮拓二は、顔馴染みの席で何杯かひっかけてから『ユメイヌ』を抜け、別棟に足を運んだ。九時をすぎ、そろそろ娼婦たちも身づくろいをすませている頃である。仕事前の点検をするつもりなのだった。

ヤクザっぽい白い麻のスリーピースに鍛えこんだ体を包み、ポケットに両手を入れて外股で廊下を歩く。さっきまで『ユメイヌ』で愛想をふりまいていた顔つきがガラリと変わって、冷酷な調教師のそれになる。

秘密クラブとして使われる別棟には、廊下を挟んで両側にずらりと部屋が並ぶ。部屋のドアはすべて開いており、客の好みの衣装をそれぞれまとった女たちが控えている。

女たちは仕込まれたとおりに礼儀正しく深々と頭をさげ、間宮はそれに鷹揚にうなずく。日頃かなりハードな調教を受けているのだろう、間宮に向けられる娼婦の視線には脅えの色がありありと浮かぶ。

「いいか、ありったけの色気ふりまいて客をよろこばせろ。モニターで監視して、サービスの悪かった女は後でこってりヤキ入れるからな」

ドスのきいた声で怒鳴ると、女たちは震えあがった。

ここでは予約客は自分の好きなコスチュームを女に指示することができる。いかにも娼婦っぽい黒のオールインワン姿があり、かと思えば色鮮やかな朱い長襦袢の女、また清楚な令嬢風のブラウスとプリーツスカートの女や、可憐なセーラー服を着たものなど、娼婦たちの出で立ちは実にさまざまだ。

セーラー服の娘は化粧っ気がなく、まだあどけない顔立ちをして、どうやら本物の女学生のようだ。おそらく間宮たちに言葉巧みにだまされて強姦され、色地獄に堕とされたのだろう。制服の胸に厳しくくいこんだ荒縄がなんとも被虐美をそそる。

「三発でも四発でも、好きなだけ抜かせてやれ。おまえら、安淫売とは違う。一晩にせいぜい二、三人の客を相手すりゃいいんだからな。楽なもんだろ」

娼婦たちに気合を入れながら廊下を歩き、間宮は一番奥の部屋まで来ると足をとめた。

「ほほう、今日はヤケに色っぽいじゃねえかよ」

急ににやけた顔になり、煙草を咥えて火をつけながら歩み寄る。

女は、細い肩を剝きだしにした官能的な黒のキャミソールドレス姿で、虚ろな表情のままベッドに腰かけている。さりげなく横組みして裾からのぞける脚のラインが、涎れの出るほど美しい。

稲本麗子の前任の社長秘書、赤井響子であった。東原に凌辱され、愛人兼秘書として一年あまりの間さんざん弄ばれた後、間宮に下げ渡されたばかりだ。

新任の稲本麗子は目鼻立ちがキリッと冴えて、どちらかというときつい感じのする知的な美人だが、響子は対照的におっとりとして目もとも優しく、山手の令夫人といった優雅さを漂わせる。年は麗子より二つ上の二十八歳。どこもかしこもムチムチの熟れ盛りである。

「お前、そういう女っぽい格好がばっちり似合うな。ふふふ」

間宮は目を細め、タイトなドレスにぴっちりと包まれた響子の身体を、改めて観察した。

ツヤツヤした黒のサテン地に、真っ白い美肌がことさら引き立って見える。ドレスの胸元からは豊満な乳ぶさがこぼれんばかりだ。それに、ふっくらと情感的な唇に、濃い目のルージュが赤くぬめぬめと光って、間宮の官能をくすぐる。

「こんなおめかししても、どうせすぐに脱がされてしまうんでしょ」

今夜の客はセクシーなフォーマルウエアの女が好みだと、響子は聞かされていた。気に入られるよう念入りにドレスアップしてみたが、つくづく虚しさを覚えるのだ。

「へっへっ。そりゃ、お前らはファッションモデルとは違う。見せるだけじゃなく、オマ×コするのが仕事だからよ」

間宮が下品にそう告げると、響子の細い眉が哀しげに歪んだ。

かつては美貌のオフィスガールとして男たちにチヤホヤされた響子だ。身も心も娼婦に改造されてはいるものの、ふとした拍子にモロさがのぞく。それがまた間宮の嗜虐欲をムラムラと煽るのだ。

「スカートまくってみろ、響子」

「……ああ」

響子は屈辱に喘いだ。真っ赤に塗られた唇から印象的な白い歯がのぞけた。それでも立ちあがって艶美なキャミソールドレスの裾をおずおずとめくりあげる。間宮の命令には絶対服従と、いやというほど教えこまれているのだ。

「けっ、たまらねえな。下着まですっかりめかしこんで」

まばゆい濃紺の絹の靴下がスラリと長い脚線を包み、それをガーターベルトが艶めかしく吊りあげている。申しわけ程度に下腹部を覆うビキニショーツもやはり濃紺で、男なら誰でも思わず生唾を呑む眺めだ。ストッキングからはみだした太腿の付け根の、ミルク色の輝きの美しさはどうだろう。

間宮は咥え煙草で響子のそばをぐるりとまわり、濃厚な色香でむせかえりそうなボディを堪能した。

2

「ゆうべの客も上機嫌で帰ったぜ。よっぽどお前が気に入ったらしく、次の予約までしていきやがった」

「……つらかったわ。あの方、二度も三度もお尻を求めるんですもの」

「おまえのケツは最高なんだとさ、フフ。仕上げの尺八もよかったらしいぜ」

「ああ、恥ずかしいわ」

響子は初々しく目もとを赤らめ、顔を伏せた。アップにしたうなじの悩ましさが、ぐっと際立つ。

すっかり媚態が板についてきやがった……。

間宮は舌を巻いた。

響子が客をとるようになってまだ日が浅く、昨夜の男が三人目だ。良家の若奥様風の美貌、いかにも素人っぽい応対が客にはたまらないらしく、早くもナンバーワン的存在になりつつある。

社長室でいつも露骨に自分を嫌悪するあの稲本麗子も、いつかはこんなふうに娼婦にされるんだ。そう考えると愉快でならない間宮だ。聞けば東原はすでに麗子をモノにしてしまったという。あのお高くとまった傲慢な美女を、早く調教でさめざめと泣かせてみたい、と間宮は切実に思った。

「今夜の相手のことはもう聞いたか?」

「……いいえ」

聞きながら背後から響子を抱きすくめた。肌から立ちのぼる淡いフレグランスの香りに、間宮の股間が疼いた。

「今夜の客は新入りの会員だ。写真を見て、最初のパートナーはぜひお前がいいと指名してきたんだぜ。光栄だろ?」

ドレスの胸を愛撫する。響子の身体がブルッと震えた。

スベスベした上質のサテン地を通して、なじみのある豊かな隆起の感触が手に伝わってくる。愛撫にいっそう力がこもった。すでに調教を通じて響子の身体は知り抜いている間宮だが、優雅にドレスアップした姿に新鮮な興奮を覚えるのだ。

「ああ……ねえ、間宮さん」

剝きだしの首筋にチュッ、チュッとキスを注がれ、たまらず響子は甘え声を出した。

貴婦人の顔立ちが早くもねっとり潤みだしている。

「進学塾のオーナーで、がっぽり稼いでるらしい。せいぜい可愛がってもらえ」

「……う、うふーん」

「ミルクでもオシッコでもうまそうにゴクゴク呑んでやるんだぞ。ケツの穴だって奥までていねいに舐めてやるんだ。ウチのお得意さんになるかどうかは、お前のサービスにかかっているんだからな」

キャミソールドレスほど乳ぶさを攻めやすいものはない。頼りなげな細い肩紐ははずれやすく、胸もとは大胆にえぐれているから、すぐにふくらみが飛びだして、男は乳ぶさにじかに触れることができる。

響子は、淑女のたしなみか、下にストラップレスのブラジャーを着けていた。パンティとお揃いの濃紺のその官能的なブラジャーをぐいと押しさげ、間宮はまるごと隆起をつかんだ。

「い、いやっ。間宮さん」

「客をとる前に少し肉を揉みほぐしてやろうってんだ。ありがたく思え」

「ああんっ」

響子は切なげに腰をくねらせた。

粘っこく乳ぶさを揉みにじりつつ、間宮は硬化した太棹を響子のヒップにこすりつける。シリコン入りの自慢の商売道具だ。

「今日は、あとでこってりとこいつで可愛がってやるぜ、響子。欲しいんだろ、こいつが。アーン？」

「駄目ェ……ほんとに欲しくなっちゃう」

「仕事が終わるまでお預けだからな」

「ウウン……つらいわ」

「甘ったれるなっ」

サテンのドレスの下ではちきれんばかりの尻肉をピシャッと叩いた。

この調子なら、あのスケべな客もきっと気に入るだろう……。

今夜の響子の相手、進学塾のオーナーと交わした会話を間宮は思いだしていた。四十代半ば、頭がすっかり禿げあがり、顔全体がテラテラと脂ぎって関西弁を使ういやらしげなデブだ。

「こういう女や。こういうのんが好みなんや。ひひひ」

響子の写真を見て、その男は今にも涎れを垂らさんばかりだった。

「服は、フォーマルがええ。それも肩が剥きだしの、うんとセクシーなやっちゃ。綺麗なドレス着たこんな別嬪を縛りあげて、ねちねちスケベするのんが大好きなんや、わし」

「響子はかなりマゾっけがあります。お客さんとは相性ぴったりだと思いますよ」

「ほ、ほんまか? こ、こんな美人が、マゾなんか? そりゃたまらんのう。久しぶりにハッスルできそうやで、間宮ハン」

話をしていてムカつく好色オヤジだった。

あんな野郎のためにこんなお洒落して……。

響子を激しく愛撫しながら、間宮は柄にもなく感傷的になった。

体が熱かった。仕事前というのにこれほど興奮するのは珍しい。矢も盾もたまらずズボンをおろしはじめた。

「しゃぶるんだ、響子。フェラチオがどれだけ上達したか、調べてやる」

「そ、そんな……もうお客様が」

「五分で俺をイカせてみろ」

乱暴に髪をつかみ、響子をひざまずかせた。シリコン玉が不気味に膨れている。

「本気なの？　おしゃぶりしていいの？」

響子はキャミソールドレスの胸もとを無残に乱し、乳ぶさを露わにしたまま色っぽい表情で間宮をあおぎ見る。

間宮はうなずいた。響子の姿態のあまりの悩ましさに股間がピリピリした。

相手が本気だとわかると、響子はすぐに右手を肉茎にからめ、左手で垂れ袋をさすりながら、ペロリ、ペロリと先端を舐めはじめる。

「ああ、おいしい。響子、うれしいわ」

「ウ、ウウッ……響子っ」

しっとり唾液に濡れた舌先が、充血した肉を巧みに愛撫する。間宮は喉を突きだし、喘いだ。

「ここ、こんなふうに舌で攻めるんでしょ？　ねえ」

「……いいぞ、そうだ。うーん」

「好きよ、好きなの、間宮さん」

「へっへっ。泣かせるじゃねえか」

間宮はすっかり官能を痺れさせている。ふと見おろすと、響子のフェラチオ姿はなんとも凄艶だ。桜色の耳でイヤリングがキラキラと揺れ、おくれ毛が繊細な頰にまといつく。額には汗が浮かび、唇からルージュがはみだして、せっかくのメイクが台無しだった。キャミソールドレスの盛装も今は乱れに乱れ、顔を動かすたびに、乳ぶさがプルルンと左右に妖しく波打つのだ。

「欲しいわ。間宮さんのミルク、呑ませてぇ」

舌先をすぼめ、シリコン玉を愛おしげに刺激する。両手はひっきりなしに動いて下半身全体をマッサージし、肉茎を唾液まみれにして憑かれたように熱っぽく口唇愛撫を繰りかえすのだ。

「ああん……その代わり、あとで響子のこと、うんといじめてくださるわね」

「よし、その調子だ。その調子でお客にも色っぽく迫るんだ」

響子は大きくうなずき、美貌を艶っぽく歪めて怒張を深々と呑みこんだ。

3

響子の口腔で思いきり射精した後、間宮は二階にあがった。モニター室で舎弟分の興児と打ち合わせをすることになっていた。

くくく。あの女、後始末の時までウマそうにペロペロとしゃぶりやがって……。

響子のフェラチオがご機嫌だったので、つい口元がゆるみがちだ。

秘密クラブの二階には、その部屋の名を聞いただけで女たちが震えあがってしまう拷問具の揃った調教室がある他、客室の様子をチェックするモニター室や、間宮の寝泊まりする居室、調教中の女を監禁する密室などがある。

このところ新しい獲物が入荷せず馴致の必要がないため、間宮は仕事がひけた後、レッスンという名目でお気に入りの娼婦をベッドに呼び、性の奉仕をさせていた。初々しい美少女から熟れきった人妻まで、あらゆるタイプの女が揃い、まさに間宮にとっては性の黄金郷なのだ。

モニター室には興児ともう一人、興児が最近どこからか連れてきた後輩格のリョウが、間宮の来るのを待っていた。

「なにか耳寄りな話か、興児?」

間宮は椅子にふんぞりかえり、煙草を咥えた。すかさず興児がライターの火を差しだす。

部屋のなかにはスーパーの守衛室のように十数台のモニターが並び、女たちを映しだしていた。すでに今夜最初の客をとっている女も何人かいる。モニターでくまなく監視されているので、どの女も必死のサービスぶりだ。

「ええ、間宮さん。この間の聖愛学園の女教師の件なんですけど」

「おお、あれか」

間宮は身を乗りだした。東原にせっつかれ、しようがなく夏休みにはケリをつけると約束したが、なんのメドもなく頭を痛めていたところなのだった。

「リョウ、言ってみな」

興児が連れのリョウをうながした。

リョウはその甘いハンサムぶりを買われ、このところ興児と組んでスケコマシを行なっている。暴走族出身の興児と違いサーファー系の遊び人で、お嬢様タイプに強かった。興児、二十一歳。リョウは十九歳である。

間宮も三十近くになり、人妻やＯＬはとにかく、十代の娘をひっかけるのが苦痛になってきて、そのあたりをもっぱら若い二人に任せていた。

「あのゥ、クラブでよく会う女がいて、結構マブいんですけど、それが聞いたら聖愛学園の二年なんですよ」

リョウは緊張した面持ちで話す。間宮の下で働くようになってまだ日が浅く、今までこれといった仕事もしていないリョウにとって、初めての手柄になるかもしれないチャンスだった。

「結城里美っていうんです。そのスケ。親は会社を経営していて大金持ちで」

「もう姦ったのか？」

間宮が興味深そうに身を乗りだす。

「いえ、まだ……」

間宮がチッと舌打ちすると、リョウはピョコッとすまなさそうに頭をさげた。

「いいとこまではいくんですけど、なかなか本番までは……」

「だらしねえな。処女じゃねえんだろ」

「ええ、たぶん。でも、まだそんなに経験はないんじゃないかなァ」

「タレントなんかと付き合って目が肥えてるから、そう簡単に安売りしないんですよ」

興児が助け舟を出した。

そういう小生意気な娘をここへ連れこんで、クソもオシッコも垂れ流しで監禁して、半狂乱にさせたら面白いだろう、と間宮はふと思った。

「その里美に、夏休みは新島でサーフィンやらないかって誘ったら、ずっと伊豆の別荘ですごすから駄目だっていうんです」

「別荘か。結構なご身分だぜ、まったく」

間宮は溜め息をつき、チラッとモニターに視線を投げた。

画面では響子があでやかなドレス姿のまま柱に縛りつけられていた。盛装した美女が胸もとに縄をくいこませ、羞恥に悶えるさまは、確かにジーンと肉が痺れる眺めだ。

間宮にフェラチオをして精液を呑まされた後、すっかり化粧を直したらしい。響子は陰影をくっきりとつけたドキッとするほど妖艶な面差しを、挑むように男に向けていた。

男はちびちび酒を飲んでは、響子のドレスの裾に手を突っこんだり胸に触ったりしながら、しきりに卑猥な言葉を浴びせている。

〈へへん。お上品な顔して、ほんまはセックス大好きなんやろ、お前。だから娼婦になって毎日オマ×コしてんやろ。ええ気持ちになって金をもらって、ええ身分やないか。

どうなんや、オラッ〉

男は自分の言葉に次第に興奮し、響子の髪を乱暴にわしづかみにし、それから軽くビンタを浴びせた。綺麗にアップした響子の髪がバサリと垂れ落ち、被虐的に顔にまとわりつく。

〈ああ……許して〉

〈どや、このいやらしいドレスは。まるで下着と変わらんやないか。こんなオッパイがのぞけそうな服着て、パーティでいつも男を誘惑してたんか？　なあ、淫売〉

〈そ、そうですわ。おっしゃる通りです。ごめんなさい……だ、だから、もう堪忍〉

〈ほら、すぐにオッパイが飛びだすで、まったく。ダンスしながら男にこいつをチュウチュウ吸わせたんか〉

響子の美しい乳ぶさを胸もとから丸出しにし、荒々しく揉みしだいた切なげな響子の啜泣が画面から聞こえてくる。

男は、社交パーティで優雅に着飾った美女に対し、ひどくコンプレックスを抱いているらしかった。あるいは、フォーマルドレスフェチなのかもしれない。

いろんな趣味の奴がいる。性の好みは百人百様だと間宮はつくづく感心した。

モニターに気をとられすぎて、リョウの話を途中で聞きのがしてしまった。

「……里美の他もう一人の女生徒と、木下真澄って教師が、今年もその別荘で一緒にすごすらしいんです」

「えっ、本当か？　ちょ、ちょっともう一度その話を聞かせろ」

間宮は目が覚めたようにハッとして、リョウのほうへ向き直った。それまで間宮が話にあまり関心を示さず、いささか腐っていた感じのリョウも、急に元気づけられ言葉に力がこもる。

リョウが里美から聞いた話というのはこうだった。

里美には沙絵子というクラスメイトがいて、二人は中等部から今までサークル活動もずっと同じ英語部で大の仲よしである。そのクラブの顧問をしているのが木下真澄で、三人は中学の時から教師と生徒というより実の姉妹みたいに付き合ってきた。そして二年前から、三人は夏休みには必ず里美の別荘ですごす習慣になっている、というのだ。

「ちょうど今年は、里美の両親がヨーロッパに一カ月ほど旅行して留守になるんで、保護者代わりにその先公が長期滞在するってわけです」

「ふーん。しかしなんでまた生徒と先公がそんなに仲がいいんだ」

「私学にはありがちなんです。特に中学からエレベーターの女子校は、部活の教師とは六年間の付き合いですからね。結構べったりになっちゃうんですよ」

リョウは得意げにまくしたて、小鼻をピクつかせた。

「へえ、馬鹿に詳しいじゃねえか。ちっとは取り柄があるんだな」

ようやく間宮もリョウを見直したようだった。弟分が認められ、興児も勢いこんで口を挟む。

「とにかくこりゃ絶好のチャンスですよ、間宮さん。その先公だけじゃなく、女学生が二人もおまけにつくんだから」

もう一人の沙絵子という生徒も里美とはタイプが違うが清純派のすごい美少女だ、と興児は言い、その通りだとリョウもしきりに大きくうなずく。

こりゃ面白くなってきたぞ。木下真澄の件で社長に顔が立つばかりではなく、美少女がいっぺんに二人も手に入る……。

聞きながら間宮の口もとがほころんだ。このところ秘密クラブの会員が増え、いい女が足りなくて困っているのだ。名門、聖愛学園の女生徒なら、商品として申し分ない。

「よし、その話をもっと細かく調べあげろ。本当に女三人だけなのか、他に邪魔な奴が来ないかどうか、別荘に行く正確なスケジュールや、それに建物の見取り図なんかもな。もしこれがうまくいったら、お前ら二人、社長に目をかけてもらえるし、待遇もぐんとアップするはずだぞ」

「はいっ」

興児とリョウの目が輝いた。このチャンスを生かせば、しがないスケコマシから脱皮できるのだ。いずれは間宮のように女たちの管理を任されるようになるかもしれない。

「まず、その里美ってスケをどうにかすることだな。そうすりゃ仕事がうんとやりやすくなる」

間宮は、財布から一万円札をまとめて取りだし、当座の活動資金として興児に渡しながらアドバイスした。

4

朝九時。東原商事の社長室。いつものように秘書の稲本麗子が、背筋をぴんと伸ばし、澄んだ声で一日のスケジュールを読みあげている。

今日の麗子は大人っぽいモノトーンのコーディネイトだ。白地に水玉のブラウスと、まばゆい白のタイトスカートの組み合わせ。腰には太い黒のベルト、それに首から垂らした黒のチェーンが全体のアクセントになっている。相変わらずファッション雑誌から抜けでたような見事な着こなしである。タイトスカートの腰つきがムッと悩ましい。

東原尚文は、一応しかつめらしい顔でスケジュールを聞いている。が、麗子の白いストッキングに包まれた形のいいふくらはぎや、細い足首をしみじみ鑑賞しては、まったく美術品のような綺麗な脚だと思った。心のなかでひそかに彼女との昨夜の激しい情事を反芻しているのだ。

ゆうべは何回イッたんだ。八回か、九回か? あんなにツンと澄ました顔して、とにかく一晩中マン汁の垂れ流しだもの……くっくっ。派手によがり声はあげるわ、シーツはぐしょぐしょに汚すわ、気がひけてホテルにチップをはずんだくらいだ。あの純白のタイトスカートの下に、男根を一度咥えたら離さない淫乱気味のオマ×コがある……。

東原はせせら笑った。

四日前、『パルミラ』で麻薬を飲ませ、半ば強姦の形で抱いて以来、東原はためらう麗子を脅しすかしては毎日ホテルに連れこんでいた。一度モノにした女は日を置かず集中的に姦りまくり、強烈に剛棒の味を覚えこませて離れられなくするのが東原のいつもの手だった。今は秘密クラブで客をとらされている前任の秘書、赤井響子も、そうしてたらしこまれた女の一人だ。

麗子の場合は、いつもほどはスムーズに事が運んだわけではない。凌辱の翌日、泣きはらした瞳で出社して辞職を申しでてきた。上司とあんな関係になってはとてもこれ以上仕事をつづけていく自信がない、とシクシク泣きじゃくりながら言うのだった。

だが、それはこちらの本心を探る口実にすぎないと東原は見抜いた。麗子のように知的でプライドの高い女は、セックスにも自分自身が納得できるような大義名分を求めるものだ。

そんな女の扱いは馴れていた。東原は大袈裟に途方に暮れたポーズをとり、やめないでくれと懇願した。

「俺には君のような女性がどうしても必要なんだ。秘書として、それに恋人として。君のいないオフィスで仕事なんかできるもんか」

女心をくすぐる言葉を巧みに並べたて、麗子を慰留した。腹のなかではペロリと舌を出しながら。

麗子はなかなか辞意を撤回しなかった。冷静に話し合おうと、帰りに再び『パルミラ』へ強引に連れて行き、ひそかにまたハシシュ入りの酒を飲ませた。あとは前の日とまったく同じ。麻薬で官能を溶かされた麗子を相手にドロドロの淫戯を繰りかえし、東原は三発も射精したのだった。

今、目の前の麗子は、ファンデーションでいくらかごまかしてはいるものの、顔色は蒼ざめ、目のまわりには隈ができて、荒淫のやつれをくっきりと滲ませている。無理もない。この四日間というもの、連日明け方近くまで肌と肌が溶け合うような濃厚なセックスを強要されているのだから。

徹底的に姦られまくって、すっかり色ボケの状態だな……。

四日間で、すでに東原は十発以上もブチこんでいた。それでも少しも食傷を覚えない。あそこの締まり具合といい濡れ具合といい、麗子の女体は最高なのだ。

犯されつづけて、今の麗子にはおそらく、ふだんの判断力の半分もあるまい。いまだに朦朧として夢でも見ている気分なのではないか。こんな状態があと数日つづけば、次第に人格が喪失してくるだろう。現に昨夜はハシシュも飲まないのに、それまではいやがっていたフェラチオをすすんで行なったではないか。

ざまあみろ。色地獄のどん底へ突き落としてやるからな。麗子のような気品のある美女を、身も心も完膚なきまで打ちのめし、足下にひれ伏させるのが、東原には至上の歓びなのであった。

「どうした。疲れてるのかい？　元気がないぞ」

スケジュールを読み終えた麗子に、トボけて尋ねた。

「い、いいえ、別に……」

麗子は黒髪をかきあげ、羞じらいがちに東原を見つめる。

「なんだか顔色が少し悪いみたいだな」

「そうでしょうか。あの……社長は……お疲れじゃございませんか？」

「俺か？　俺は全然。この通りピンピンしてる」

「わ、私も……大丈夫、です」

口ごもりがちに言う麗子。東原に向けられたその瞳はねっとりと潤み、媚びるような色さえ浮かんでいる。明らかにもっと違う別の言葉を待っている様子だ。

が、東原はことさらにそれを無視し、冷たく言う。

「そうか。しっかり頼むぞ。アフターはともかく、会社では仕事優先だからな」

それから机に向かうと、せわしげに書類をめくりはじめた。

麗子ははぐらかされたように何秒かそこにとどまっていた。やつれの浮かんだ美貌には失望の色がきざしている。が、気をとり直して一礼すると、美しい背中のラインを見せて社長室から出ていった。

深い関係になってからも、東原は会社ではわざとそうやって事務的に接し、麗子の戸惑いぶりを楽しんでいるのだった。

麗子は有能なキャリアウーマンタイプの女だ。職場に私情を持ちこむのがいけないことぐらい百も承知だろう。だが、夜はあれほど激しい愛撫で自分を燃え狂わせる東原が、昼間一緒のオフィスに二人きりでいて、私語も交わしてくれないのはなぜだろう。当然そう疑問を抱いてくるはずだ。

ああ、どうして社長は会社ではこんなに冷たいのかしら……。

やがて麗子は東原の甘い言葉が欲しくて、プライドをかなぐり捨て、オフィスでも媚態をとるようになる。東原にはそれがわかっていた。

思うツボだった。そうなればもう東原のどんなハレンチな要求にも喜んで応じるだろう。社長机の下にもぐり、フェラチオしてうまそうに東原の精液を呑むことだって拒まぬはずだ。かつての赤井響子がそうだったように。

5

リョウは結城里美の攻略にてこずっていた。あらゆる口説きのテクニックを駆使して迫ってみるのだが、どうしても身体を許そうとしないのだ。

この日もリョウは、間宮から借りたメルセデスで里美の学校帰りを待ち伏せ、横浜までのドライブに連れだした。

「あと一カ月足らずで夏休みだろ。いいよな、学生は」

車は第三京浜を百五十キロで飛ばしている。里美が大変なスピード狂で、とにかく先頭を走らないとうるさいのだ。

雨はさっきからやんでいる。梅雨空の重い雲のかたまりが風に流れ、その隙間から時折り夏の青空が顔をのぞかせる。

「ふふ。リョウちゃんだって毎日が夏休みじゃない」

「よく言うよ、お前も」

一本とられたとばかりに苦笑いし、助手席の里美をちらりと見る。里美は自分の言った冗談をもう忘れたように、カーステレオから流れる音楽に合わせて英語の歌詞を口ずさんでいる。

六本木界隈のクラブで少しは知られた存在のリョウも、このブルジョワのわがまま娘にはすっかり手を焼いていた。

まったくいい身体しやがって……。

横目で里美の制服姿を眺め、ムラムラと高ぶりを覚える。このピチピチの新鮮なごちそうを前に、いつまでもお預けをくわされるのは、たまらなくつらい。

ピンタックをたっぷり使ったお洒落な白のブラウスに臙脂の可憐なリボン、膝頭がのぞける短めの紺色のプリーツスカート。聖愛学園の夏服は、男どもの憧れの的である。電車でその制服を見かけただけで、露骨に股間を膨らます不謹慎な大人もいる。

その清楚な制服が、早熟な里美の身体に少し窮屈そうだ。量感のあるバストがブラウスの胸のボタンを弾け飛ばしそうに盛りあがっている。何度かの軽いペッティングで、里美の発育ぶりの素晴らしさはリョウも確認ずみであった。

「なあ、やっぱり夏はずっと別荘ですごすのか？」

「ええ、そうよ」

「ずっと里美に会えないなんて寂しいぜ。そっちへ俺、遊びに行っていいかよ」

「えーっ、困るわ。だって先生も一緒だもん」

「いいじゃんか。その木下真澄って先生、すっごい美人なんだろ？　ついでに紹介してくれよ」

「だーめ、先生は男嫌いなの。私たち女三人、今年の夏はお勉強とスポーツで清く美しくすごすの」

　里美はにべもない。

「ケッ。お前らレズかよ」

「うふふ。そのケ、なくもないなァ。真澄先生とだったらそうなってもいい。沙絵子も美少女してるし。けっこう絵になるかも……なァんちゃって」

　いつまでもこんな調子では間宮にドヤされそうだった。里美とハメまくって彼女を籠絡し、自分を別荘へ招待させる。そして内部から間宮たちを手引きするのが、リョウの役目なのだ。

「女三人だけで平気なのか。夏はおかしな奴がウロウロするぜ」

「リョウちゃんが来たらもっと危ないでしょ。フフフ。それに先生の大学生の弟がたまに寄ってくれることになってるし。これが美形なんだなあ、また」

　木下真澄の弟か……くそ、とんだ邪魔者だな……。

　リョウはますます苛立った。とにかく今日中にこいつのカタをつけちまおう。

　リョウはおしゃべりをやめ、黙って車を走らせた。第三京浜をおりて、ラブホテル街へと向かう。寂しくなる外の景色と、突然無口になったリョウの顔を代わるがわる見較べ、さすがに里美は不安な様子だ。

「ねえ、中華街へ行くはずでしょ？　道が違うわ」

「ああ、後で連れてってやるよ。その前に、いいだろ、なっ？」

運転しながら、片手で里美の肩をグイッと抱き寄せた。

「いやっ！　やめてよ」

「面白いホテルがあるんだ。のぞくだけでもいいから付き合えよ」

「冗談なしよ、リョウちゃん。そういうのいやだって言ったでしょ」

だがリョウは無視してそのまま車を走らせ、やがて白塗りの洒落たラブホテルの駐車場にメルセデスの鼻先を突っこませた。

「帰してっ。私、絶対いやよ」

「なんだよ。いったいいつまで焦らすんだ。バージンでもねえだろ」

運転席からリョウはにやけた表情で唇を寄せてきた。抗う里美。しかし、無理やり押さえこまれ、キスを奪われる。

リョウの舌が口腔をヌメヌメと這う。里美は決して舌をからませようとせず、石のように身を固くしている。こういう強引なやり方をする男は大嫌いなのだ。

執拗に里美の舌を吸いつづけながら、リョウは制服の可憐なリボンをはずしはじめた。激しくいやいやをする里美。そのたびに甘いリンスの香りが悩ましく漂う。

「ウウッ……」

里美が鼻の奥で呻いた。リボンの次にブラウスのボタンがはずされ、胸もとに手が入りこんできたのだ。純白のブラカップごと、熟したばかりの果実がユサユサ嬲られる。かつてリョウに服の上から胸を愛撫されたことが何度かある。しかしそれ以上のタッチは決して許さなかった。自分の肌を自由にできるのは、たった一人だけだ。

「いやああっ！　触らないでっ」

キスをふりほどき、里美は暴れた。

「いいじゃねえか。南条一生とはバンバンやってんだろ」

南条一生は人気の高いロック歌手だ。里美とは以前から親密な仲にあると、リョウはクラブにたむろする連中から聞いていた。

「そんなこと関係ないでしょ。悪いけどあんたとは、そういう気にならないの」

「なら、その気にさせてやるさ」

完全に頭に血がのぼった。ここまで女にコケにされたのは初めてだった。

紺色のプリーツスカートの裾を思いきりはねあげる。スラリと伸びた健康的な太腿、それに白のコットンショーツが、まばゆく目を打って飛びこんできた。新鮮な色気にクラクラしながら、矢も盾もたまらず少女の股間を乱暴にまさぐった。女と姦りたいとこれほど欲望を覚えたのも、リョウにとっては初めてのことだ。

突然、クラクションが鳴り響いた。里美が腕を伸ばしたのだった。リョウは焦ってハンドルからその腕をはずそうとする。が、里美も必死だ。

「こら、やめろっ。馬鹿、離せ」

「誰かァ、助けて。強姦されちゃうゥ」

ラブホテルの管理室から男が出てきた。

やばい……。

リョウは里美を解放した。

里美は後部座席の通学鞄を取り、素早く車からおりた。

「最低よ、あんたなんか。二度と私につきまとわないで。バーカ」

すごい目で睨みつけ、乱れたブラウスを直しながら、里美は管理室の男のほうへ駆けだした。

第四章　奪う！

1

稲本麗子はパソコンのキーボードを打つ手を休め、オフィスの壁時計を見た。もう正午近かった。

いけない……。

あわてて東原社長のスケジュールを調べ直す。

幸い、きわめて珍しいことに、誰とも昼の会食の予定は入っておらず、麗子はほっと胸を撫でおろす。朝から頭の芯がボウッとしっぱなしで、まったく時間の感覚がつかめないのだった。切れ長の美しい瞳はトロンとして、いつもの強い意志の光が失せている。

やつれが色濃い。目のまわりに腫れぼったい隈が浮かび、頬はげっそりとして、それを隠すためか、化粧は以前よりずっと濃くなってきている。その端整な顔から理知性が後退しただけ、かえってゾクゾクするほど妖しい色香が増したようでもある。

お昼、どうなさるのかしら……。

社長に聞こうと椅子から立ちあがり、眩暈にフラッとした。

このところ十日間、ずっと寝不足だった。東原が眠らせてくれないのだ。意識は霞がかかり、思考力はゼロに近くて、とても仕事のできる状態ではない。おまけに身体はだるく、関節は鉛のように重たい。それでいて官能の芯だけは火が消えず、ズキズキと肉の内側で微熱を放っているのだ。

五十歳になるというのに東原の精力絶倫ぶりは異常なばかりである。連日連夜、その並みはずれた逞しいモノで、麗子が拒もうと拒むまいと暴力的にズブズブと貫いてくる。いったいどれほどの精液で汚され、そして何回頂点へ昇らされたことか。

デスクに寄りかかったまま乱れた黒髪をかきあげ、白い指先でそっとこめかみを押さえた。東原への甘い屈伏感がジーンとひろがる。

私、いったいどうなるのかしら……。

自立したキャリアウーマンであることを誇りとし、これまで決して男性に弱みを見せず、情事に溺れることもなかった麗子である。けれども、東原の存在の前に、しょせん自分もただの弱い女であることをいやというほど悟らされるのだった。

気を取り直してハイヒールの音を響かせ、社長室へと向かう。

今日の麗子は女っぽく、それでいて活動的な服を選んでいる。ダークブラウンの麻のスーツは上着がかなり短く、スカートはたっぷりとしたフレアーで、細いウエストが思いきり強調されたクラシックデザインである。オフィスでは豊かな胸を隠したいのか、清潔な白いブラウスの身頃はたっぷりとした作りだ。

社長に会う前にもう一度身なりを点検し、気持ちを引き締めてドアをノックした。

東原は机から離れ、立ったまま窓の外を眺めていた。肩幅がひろく、しゃんと背をのばした後ろ姿は精力にみちみちている。これが五十歳の、しかも毎日三度四度と濃厚な情交にふける男の後ろ姿だろうか。

「お食事はいかがいたしますか、社長？」

圧倒されながら麗子は尋ねた。

東原が振り向いた。威光鋭い双眸がギョロッとこちらを見据える。それだけで麗子は金縛りにあったようになる。

「ウム。食事の前に……大事な仕事をぼちぼち覚えてもらおうか」

ブラインドがおろされた。床に太い縞模様の影ができ、その隙間で陽射しがキラキラと跳ねる。近づいてくる東原の顔には、淫らな薄笑いが浮かぶ。夜、密室で麗子をいたぶる時に決まって見せる、あの表情だ。

まさか、ここで……。

これまでオフィスにいる時は私的な感情をいっさい持ちこまない東原だった。麗子が寂しさを覚えるほどに仕事一本やりで、またそこがいかにも辣腕の事業家らしくて魅力だったのに。

胸がドキドキし、肌がじっとり汗ばむ。と同時に、ジーンと甘い痺れ。内心ひそかに愛撫されるのを待ちのぞんでいたのだろうか。麗子ははっとなった。

いけないわ。ここは会社なんですもの。絶対に駄目。いくら社長でも……。

「ふふふ、澄ました顔して。そうやってるとあの狂い方が嘘みたいだな」

「い、いけません」

身体に東原の太い腕がまわされ、グイッと抱き寄せられる。

「もっとも、このところ姦りすぎで、ちと淫乱の相が出はじめているか」

「ああ……会社ではいやっ」

「嘘つけ。本当は昼も夜も可愛がってもらいたいって目つきだぜ」

いきなり口を吸われた。麗子は小さくいやいやをする。だが東原の舌が小刻みに動き、口腔を甘く淫らに愛撫してくると、もう駄目だ。すぐに「ウフン、ウフン」と吐息をもらし、自らも舌をからませてしまう。

ああ、また引きずりこまれてしまう……。

東原の口づけは麻薬のようだった。舌を伝って送りこまれる唾液を呑みくだしながら、身体がどんどん熱く火照った。軽く胸を愛撫され、さらに情感がつのっていく。

ねちっこいキスを繰りかえした後、東原はようやく唇を離した。麗子がほっとする間もなく、今度はその優雅なフレアースカートをまくりあげた。

「ほほう、感心に会社でもパンストをやめたんだね」

スカートの裾をつまんだままなかをのぞきこみ、美人秘書の優雅な太腿のラインに息を呑む。

「離して、離してください」

淡いピンクのガーターベルト、それにパールピンクの絹のショーツを見られ、麗子は真っ赤になった。ここが社外だったらまだいい。真っ昼間、しかもオフィスのなかで下着を見られるのはたまらなかった。

東原はパンティストッキングが嫌いなのだ。その好みに合わせ、麗子はいつも夜になると下着をはき替えていたのだが、二、三日前からは会社にくる時も自然とガーターを着用するようになっていた。

「東亜銀行の前田専務が君の大ファンでね。初めはいかにも社長秘書でございい、とお堅い感じだったが、ぐんぐん色っぽくなってきたってほめていたよ。この格好を見せてやりたいもんだ」

「いや、おっしゃらないで」

前田はぞっとするほど嫌いなタイプの男だった。あんな好色そうな中年男に肌をのぞかれると思うだけで、麗子は鳥肌がたつ。

「さあ、真昼のオマ×コといくか」

「え?……」

「朝からずっとろくでもない企画書を読まされてね。スカッと気分転換したいんだ」

「そんな……嘘ですわね? からかっていらっしゃるんでしょう?」

「ふっふ。それくらいでうろたえちゃ俺の秘書は務まらんぜ。さあ、スカートを脱げ」

「あ、あんまりですわ、社長。私、失礼します」

踵をかえし、ドアに向かう。キスぐらいなら許せる。しかし、自分はあくまで秘書であり、社長のペットではないのだ。たちの悪い冗談に、忘れかけていたプライドがにわかに蘇った。

2

「待たんか、こらっ」

東原が後ろから手首をギュッとつかんだ。そして麗子の振り向きざま、いきなりパーンと頬を張った。

一瞬なにが起こったかわからず、きょとんとする麗子。今度はかえす手で左の頬にビンタが飛んだ。そこでようやく悲鳴があがった。

「いやああっ！」

脅え、後ずさる。生まれて初めて受ける暴力だった。恐ろしさで息がつまりそうだった。

「スカートを脱げと言ったんだ。それとも、もっとお仕置きがほしいか」

「ひどい。こ、こんなことって……ど、どうしてです？　なぜなんです？」

切れ長の瞳に涙を滲ませ、訴える。社長は気でも違ったのではないか。

返事の代わりに、また強烈な平手打ちが見舞う。ギャッとつぶれた悲鳴。綺麗にブロウした麗子の髪が無残に乱れた。

「俺の命令に逆らうんじゃない。貴様、情婦だろ！」

軽くピタピタと頬を叩きながら、東原の目が異様に光る。いよいよ麗子を精神的に追いつめ、本格的な奴隷教育をほどこすつもりらしかった。

「どうだ、まだわからんのか、おい」

髪を根こそぎつかみ、ぐいぐい揺さぶる。そうして被虐的に歪んだ麗子の端整な顔を、東原はさも愉快そうに眺める。

「ぬ、脱ぎますっ。脱ぎますから、ぶたないでェ。ううっ……」

哀願しながら、あまりのみじめさに涙がどっとこぼれた。

情婦、という言葉が胸に突き刺さっていた。女はこんなふうに男の奴隷になっていくものなのか。この十日間、脳髄まで痺れるセックスの快楽を教えこまれているだけに、理不尽な要求をはねのける気力は、麗子には残されていなかった。

「ウッ、ウッ……」としゃくりあげながら、フレアースカートを脱ぎ落とす。

上半身はキャリアウーマンらしい軽快な麻のジャケットと白のブラウス。ところがその下は、打って変わって官能的なピンクのガーターとまばゆい絹のショーツ。それがほどよく肉が乗ったしなやかな脚線美を引きたてている。その取り合わせが妙に新鮮で悩ましく、東原の情感をゾクッとこすりあげた。

「パンティも取るんだ。麗子」

冷酷に東原が命じる。

ガクガクと震えつつ麗子は、女の最も大切な部分を覆うその艶っぽいピンクの布地を、腰から少しずつおろしていく。目に滲みるような美しい雪肌の下腹部、それとガーターで吊られた濃紺のストッキングとの妖しい対比に、今度は豊かな漆黒の飾り毛が顔を出して、まさに凄艶な眺めとなる。

「ふっふっ。こうやって会社で眺めると、また一段とスケべっぽい生え具合だぜ」

たまらずズボンのなかで怒張が跳ねた。下半身だけ丸出しにさせると、こうも卑猥に見えるものかと思うのだ。

「う、ううっ……あっ、あぁぁ」

身を焦がす汚辱に耐えかねて、ついに麗子が号泣をもらす。まさかこの自分がオフィスで股間の恥毛を晒し、揶揄されることになろうとは。

「よがり泣くのはまだ早い。俺がハメてからにしろ」

東原はせせら笑い、美人秘書の身体をつかんでマホガニーの机の前に引きたてた。

上半身を机にこすりつけるように押し倒すと、ムチムチの双臀が思いきり後ろへ突きだす。

「あれっ、もう濡らしてやがる。へへえ、呆れたもんだ」

「いやああ……」

ヒップの間から東原の指がもぐりこみ、花びらをネチネチまさぐる。樹液がピチャピチャと音をたて、麗子は机にへばりつきながら身をよじって喘いだ。こんな身体ではないはずだった。こんなにも淫らな身体では。

すべて社長のせいだ。東原が、清らかな私を、すぐにびっしょり濡らして反応してしまう、淫乱な女体に変えたのだ……。

やがて背後から、いつもながらの熱い剛棒が、粘膜をこすりあげつつ、ギューンと奥まで貫いてくる。

「へっへっ。欲しかったんだろ、これが」

勝ち誇ったように言い、極太のシャフトでぐいぐい抉り抜く東原。麗子は豪奢なマホガニーのデスクにへばりつき、早くもやるせない甘え声を発するのだ。

「うれしそうにパクパクと食いつきやがって。しようがねえオマ×コだな、まったく」

「ああ、ごめんなさい……だってェ……あ、ああ」

身を大きく反らせ、艶やかな髪をユサユサ揺らし、麗子は淫靡に腰をうねらせる。

荒淫にただれたような粘膜が、東原のひとこすりごとにジュルルッと熱く溶ける。狭まった肉路を押しあけられていく拡張感。ここが会社なのだという意識はもうなかった。ただこの狂おしい悦楽の銀波に、どこまでも流されたかった。

東原はブラウスの前をはだけさせ、ブラジャーを押しあげた。今にも弾けそうな真っ白な隆起が勢いよく飛びだす。乱暴にこねまわすと、麗子はひしゃげたような呻きをもらした。乳ぶさが大きいと感度が悪くなるというが、麗子の場合は胸が人一倍敏感なのだった。

「刺されながら、こうモミモミされるのが好きなんだろ、麗子。ふふふ、そらそら」

「あっ、いやああ」

律動が大きく力強くなる。そのたびに果肉がはみだし、また巻きこまれる。加えて、乳房は両手で激しく揉みまくられる。麗子の美貌はみるみる火を噴くように紅潮した。頂上が近づいたらしかった。

木下真澄もこうやってそのうち……。

理性もプライドもなくして快感にのた打つ麗子を眺めながら、東原は思いをめぐらした。あの女教師をバックから犯してヒイヒイ泣かせたら、どれほど気持ちいいだろう。間宮の話では木下真澄を陥れる準備が着々と進んでいるという。

真澄のことを思うと東原の情欲はムラムラ膨れあがる。いっそう猛り狂った太棹を、麗子の子宮の奥へ容赦なく突き立て、それからクイッ、クイッとこねまわす。肉層がはしたないほどの蜜をはじいて、ぴりぴりと収縮した。

「ううぐっ、う、ああっ」

麗子の口から甲高い嗚咽がこぼれた。髪をつかまれ、「イクと言わんか!」と叱咤され、麗子は絶頂を告げる言葉を二度、三度と口走りながら、妖しく腰を振りたて、東原を道連れにしていくのだ。

3

その日の放課後。英語教師の木下真澄は、聖愛学園の女子更衣室にいた。

テニスウエアに着替えをすませると、鏡に向かい、ワンレングスの美しい髪にヘアーバンドをとめる。その新しい髪型を真澄は気に入っていたが、サラサラした髪を左から右へ大胆に流しているため、顔に垂れかかるのを絶えず気にしなければならないのが難点だった。

二十五歳になるというのに、日焼け止めクリームを塗っただけでほとんど化粧気のない顔は、少女のような桜色の美肌につやつや輝く。目鼻立ちがくっきりして彫りが深いため、メイクの必要がないらしい。

抜けるような色の白さ、長い睫毛とキラキラと澄んだ大きな瞳、薄く形のいい唇はキリッと固く結ばれている。繊細で匂うように女っぽく、それでいて強い理性の力を相手に感じさせる。フランスの映画女優に時折りこういう知性派がいるが、日本人にはちょっと珍しいタイプの美人だ。学生時代には、素人のモデルを使うので有名な写真家にスカウトされ、週刊誌の表紙を飾ったこともあるという。

身体つきはいかにも華奢で、決してギスギスした感じではないが曲線にやや固さが見られ、これからようやく熟そうかというところだ。水商売の美女ばかり見てきた東原尚文の目には、少女と大人が同居したような真澄の不思議な美しさが、さぞ鮮烈なイメージで飛びこんできたことだろう。酔いがまわったところで彼女を見かけ、クラクラしてしゃにむに襲いかかったのも無理はないとも言えた。

純白のテニスウエアが清純な顔立ちによく似合う。身長は百六十センチぐらいか。半袖のシャツの胸もとは優しくふくらみ、お洒落っぽいスコートからは細くしなやかな脚がまっすぐに伸びている。

急がないと、みんなにブウブウ言われちゃう……。

ようやく準備が終わり、ラケットを手に、小走りで出口へ向かった。

聖愛学園には教職員専用のテニスコートがあり、真澄は同僚の女性教師と週に一、二度はダブルスを楽しむ。すでに他の教師三人はコートに行っているはずだった。真澄は、妹のように仲のいい結城里美と東沙絵子に英語部の部室でつかまり、つい話しこんで着替えるのが遅れてしまったのだ。

更衣室を出るとすぐそこに男が立っていて、一瞬ドキッとした。腫れぼったい黒ずんだ顔、血走った気味の悪い三白眼。アル中と噂のある歴史担当の横倉先生だ。

もしかしたら着替えをのぞかれていたのでは……。

真澄はそんな不安に襲われた。

「て、手紙、読んでくれましたか、先生」

横倉は思いつめたような声で途切れ途切れに尋ねる。

またたわ。なんてしつこい人なのだろう……。

真澄は内心うんざりした。すでに何度も横倉からラブレターを受け取っていた。今朝も下駄箱のなかになにやら入っていたが、読まずに破り捨てたのだった。

肌が黒ずみ、四十男の不潔感が全身からプーンと漂うため、女教師からゴキブリと呼ばれる、まだ独身のこの男に、真澄は嫌悪以外のなにものも抱いていない。肌を露出したテニスウエアで横倉と対峙していると、真澄はまるで下着姿でいるような心細さ、おぞましさを覚えるのだ。

「ねえ、いいでしょ？　一回ぐらいデートしてくださいよ。木下先生」

「困るんです、私。前にも申しあげたとおり、今は男性の方とお付き合いする気は全然ないんです」

「恋人になってくれなくてもいいんだ。ぼ、僕は、その、あなたと一緒に酒を飲んで、あれこれ話がしたいだけなんだよ」

そう言って迫りながら、横倉は三白眼のねちっこい視線を、女教師のテニスウエア姿のまばゆい肢体に注ぐ。胸の隆起にゴクリと唾を呑み、細い柳腰から雪白のすらりとした太腿へとなぞってはハアハア息を荒げる。その分厚い唇から今にも涎れがこぼれそうだ。

「お断りします」

真澄はきっぱりと告げた。

「お願いですから、もう私につきまとわないでください」

全身が粟だつのを感じながら、真澄は立ち去ろうとした。

「待ってくれ。どうしてそんなに冷たくするんだ。同じ学園の教師じゃないか」

叫びつつ、真澄の華奢な肩をムンズとつかんだ。ブラジャーの肩紐の感触が手のひらに伝わり、横倉はいっそう力をこめた。真横から見るとテニスシャツ越しに乳ぶさの形がよくわかって、たまらない気持ちだった。

「好きなんだよ、死にそうなくらい。わかってくれてもいいだろう」

「いや、離してっ」

吐きそうなほどの不快感である。もう我慢できない。

「これ以上しつこくなさると、校長先生に話しますわ」

汚らわしい手をふりほどき、黒目がちの美しい瞳でキッと睨みつける。相手がひるんだ隙に、真澄は一目散に駆けだした。

残された横倉は、その後ろ姿にボウッと見惚れる。少女のように可憐でキュートなヒップだ。走るたびにスコートがヒラヒラし、純白のアンダーが見え隠れする。

邪険にされればされるほど、想いはつのる一方だった。それに今怒りも露わに自分を睨んだ真澄の悩ましさときたら……。

絶対にあきらめんぞ。いつかきっと、俺のモノにしてみせる……。

テニスコートでは他の三人が、待ちくたびれた様子で真澄を迎えた。

「ごめんなさい。遅くなって」

「どうしたの。心配していたのよ」

「更衣室のところで横倉先生につかまってしまって」

「えっ。ゴキブリの奴、まだ諦めないの」

真澄をのぞくと皆、中年だけにかなり口が悪い。

「あいつも分不相応に望みが高すぎるわね。よりによって真澄さんにお熱なんて」

「こりゃ、いよいよゴキブリに効く強力な殺虫剤がいるわ」

勝手なことを口走っている。内心、真澄ばかりがもてるので、ひがんでもいるのだ。

「しかし、どいつもこいつも、真澄さんの男嫌いを知ってるくせに。ねえ」

そこで三人は大きくうなずき、興味津々と真澄を見た。

学園では、生徒も、教師も誰もが木下真澄を男嫌いと見ている。確かに、懇親旅行で東原尚文にあやうく強姦されそうになって以来、かなりの男性不信に陥ってはいるが、決してレズでもなければ男嫌いでもない。弟の準一のために、恋愛は当分すまいと決めているだけだ。

真澄は大学四年の時に交通事故で両親を亡くしていた。現在は、大学一年になる弟の準一と二人暮らしである。多額の保険金がおりたため生活の心配はないが、準一が就職するまでは、なにかにつけ真澄が親代わりとして面倒をみなければならない。とても男性と交際する心のゆとりなどもてなかった。

では、いまだに処女なのかというと、それは微妙なところなのだった。学生時代、まだ両親が健在の頃、週刊誌の撮影が縁で例の有名なカメラマンに口説かれ、しばらく付き合ったことがあるのだ。真澄はそのとき二十歳。この人なら処女を捧げてもいいと思った。

初めてのセックスの時、男がペニスを自慢げに真澄に見せた。心臓が凍った。それが事実なのか錯覚かはわからない。しかし、処女の真澄の目には、コーラ瓶ほどの大きさに映った。恐怖で身体がこわばり、そのため前戯をしても粘膜は少しも潤まず、とても相手を受け入れる状態にならない。

やがて男が挑んできた。すさまじい激痛だった。「やめて!」と泣き叫ぶと男は、「まだ先っぽを入れただけだ」と呆れ顔でいう。殺されてしまうと思った。なぜこんな恐ろしい目にあわなければいけないのか。

あまりの真澄の痛がりように、いったん男が離れた。なにもしていないはずなのに、シーツに出血がひどかった。男のペニスがまたも目に入り、その巨大さに改めて震えあがった。これが全部体内に埋めこまれたらどうなるのか。気が遠くなりそうだった。

結局、それで終わりだった。そのカメラマンは真澄のすさまじい脅えように同情し、行為を中断してくれた。ブツブツこぼしながらトイレに行き、カーッと火がついたままの欲望を自分で処理したようだった。

何度かそれから電話があった。「生殺しはひどい、あの時のつづきをしよう」と泣き声で訴えてきた。悪いとは思ったが、真澄は二度と会うつもりはなかった。

一年後、カメラマンは有名な美人女優と結婚した。女優はすでに妊娠しているとのことだった。真澄はそれを聞いて、あんな巨大なモノをいったいどうやって受け入れることができたのか、不思議な気がした。

以来、今日まで四年間、一度も男性と付き合ったことがない。言い寄る男のなかには何人か真澄のほうで好意を抱いた相手もいたが、準一のことを考え、また恐ろしいセックスを思うと断るしかなかった。

話を元に戻すと、だから真澄は完全な処女かというとそうではない。あの時、多少なりとも処女膜は傷つけられたのだから。が、男を知っているというのも正確ではない。あえていうなら半処女だろう。はたして真澄を女にすることができるのは誰か。それは神のみぞ知ることであった。

4

二年C組の結城里美と東沙絵子は、部室から出て下校するところだった。

廊下を歩きながら、少女たちの頭のなかは、西伊豆の別荘ですごす夏休みの計画でいっぱいである。里美のうるさい両親はヨーロッパへ行って留守だし、大好きな真澄先生と三人だけで、海で泳いだり美味しいものを食べたりして、二週間もすごせるのだ。ウキウキしないほうがおかしかった。さっき部屋で真澄先生と話していて、二人ともついはしゃぎすぎ、「その前に期末試験をがんばらなくてはいけませんよ」としっかり釘を刺されてしまった。

沙絵子は腰近くまで長くまっすぐ伸びた髪が印象的な美少女だ。隣りの里美は、どちらかというとバタ臭くハーフを思わせる顔立ちだが、対照的に沙絵子の美しさはしっとりと情緒があって、まるで日本人形のようだ。

「ねえ、里美さん。このまえ話していたリョウっていう不良の人、あれからなにも言ってこないの？」

沙絵子が尋ねた。遊び好きでおマセな里美とは対照的に、おっとりとして、いかにも優雅な令嬢らしいしゃべり方である。

「ああ、あいつ。ぜーんぜん。だって今度会ったら警察に行くって脅かしてあるもん」

「もう絶対そういう人と付き合ったらいけないわ。いつまた危ない目にあうか知れないでしょう。だいたい里美さんは警戒心がなさすぎるのよ」

「はいはい」

また沙絵子お得意の説教ぐせがはじまったと、里美は舌を出した。

二人は外見もそうだし、性格もまったく異なる。タイプが違うからお互いにうまくいくのかもしれない。里美はわがままいっぱいに育てられた奔放な性格だが、沙絵子はもの静かで思慮深くて人望が厚く、クラスでは学級委員を務めている。

「それに里美さんにはちゃんと決まった人がいるじゃない。南条さんとはうまくいっているんでしょう?」

「うーん。まあね。でもイッセイはしょっちゅうツアーでいないから、一緒に遊べなくてつまんなくて」

「困った人ね。南条さんも大変」

沙絵子は大人びた口調で言い、そのあとでクスッと、今度はいかにも少女っぽく笑った。

里美の恋人、南条一生は実力派のロック歌手で、一年の半分はコンサートツアーで東京を離れてしまう。だからこそ、たまに会った時のセックスは最高なのだけど、と里美は思うが、そんなことはおカタイ沙絵子には話せない。

「沙絵子のほうこそどうなのよ。ほら、準一さんとは？」

里美が逆襲に出た。純情な沙絵子は、可哀相なくらいに狼狽する。

「わ、私たちは、そんなんじゃないわ」

「あら、真っ赤になっちゃって。ますます怪しい」

「うそ、うそだわ。里美さんの意地悪っ」

沙絵子は眉間に皺を寄せ、ムキになって否定しようとする。それが里美にはおかしくてならない。

里美たちは真澄の弟の準一も交えて、四人で何度かカラオケに行ったことがある。沙絵子と準一が次第にいい雰囲気になっているのは、里美だけでなく木下真澄も認めていることだ。

「でも楽しみね、沙絵子。準一さんも別荘に顔を見せてくれるっていうし。今年の夏はなにか起こりそうじゃない？」

「知らないっ。もう」

「わあ、沙絵子が怒った、怒った」

二人はキャアキャア言いながら校門を抜けていった。

学校を出て少し歩くと、里美が突然、黙ってしまった。怪訝そうに顔をのぞく沙絵子の脇腹を、グイグイ肘でつつく。

二十メートルほど先の公園のブロック塀に背の高い若者が寄りかかっている。よく目を凝らすと、他ならぬ木下準一ではないか。

「他人のことばかり言って、隅におけないなァ、沙絵子も」

「ち、違うわ。私、関係ないもの」

本当になぜ準一がそこにいるのか知らないのだった。

真澄先生と待ち合わせてるのかしら……。

知らずしらず頰がポウッと赤らんでくる。

「じゃあね」

里美が駆けだした。「待って」と沙絵子があわてて呼びとめるのも聞かず、準一のところでぴょこんと頭をさげ、そのまま走っていってしまった。

沙絵子は準一と並んで歩きはじめた。こうして二人きりで会うのは初めてだった。心臓がドキドキし、手足は自分のものでないみたいにぎごちなかった。

準一は、友だちの車に乗って学園の近くを通ったので、ひょっとしたら沙絵子に会えるかもと思い、待っていたのだという。

「下校する生徒をずっと眺めていて、さすがに綺麗な子が多かったけど、それでも聖愛学園のナンバーワンとナンバーツーと、幸運にして僕は知り合いなんだとわかったよ」

「まあ。お上手ね。うふふ。それで、ナンバーワンのほうはどっちなのかしら？」

「聞きたいかい？」

「…………」

そんな他愛もないことなのに、沙絵子は緊張してしまうのだ。

「ふふ。もちろん君さ。残念ながら里美ちゃんは準優勝」

うれしかった。それも飛びあがりたいほどに。他の男にはどんなにけなされてもいいから、世界中で一番ほめてもらいたいと思うその人に、綺麗と言われたのだから。

「今日は時間があるから、途中まで送るよ。でも、まだ姉貴には内緒だよ」

準一はいたずらっぽくウインクした。

純愛に燃える二人が横を通りすぎるとすぐに、路上にとまっていた外車から一人の男がおりた。サングラスをかけ、テラテラ光る玉虫色の派手なスーツに身を包んでいる。間宮拓二だ。間宮は、運転席の興児に小さくうなずき、その初々しいカップルの後を、いつもの外股でゆっくりと歩きはじめた。

5

まずリョウが結城里美をたらしこみ、美しい獲物たちが一堂に揃ったその別荘へ入りこんで手引きする、という最初の計画が頓挫したので、間宮は作戦を変えなければならなかった。実力行使しかないだろう。別荘に強引に押し入り、女たちを縛りあげる。女教師だけは社長の東原に残しておかねばならないが、女学生二人はこちらの嬲り放題にできるはずだった。新鮮な柔肉にむしゃぶりつくことを思うと今から胸が疼く。それに木下真澄にしたって、つまみ食いぐらいならいいだろう。あんないい女を前に、お行儀よくなどできるわけがない。

凌辱の舞台となる西伊豆の別荘の下検分には、すでにリョウを送りこんでいた。今日、間宮は、里美と沙絵子がどれほどの上玉かを確かめるために、わざわざ聖愛学園まで出向いてきたのだ。

二人とも予想をはるかに上まわる美少女だった。秘密クラブにも女学生はいるが、毛並みのよさといい容貌の輝きといい、まるで較べものにならない。この二人を店に出した時の会員たちの驚嘆ぶりが今から目に浮かぶようだ。

とりわけ東沙絵子の無垢な美しさに、間宮はひどく心を動かされた。身体の熟し具合や色気では連れの結城里美の足下にも及ばない。しかし、最近の女学生にはない気品、優雅さといったものが、細身の制服姿からあふれんばかりに漂う。漆黒の長い髪、しっとりした繊細な美貌、彼女こそ、間宮が昔からずっと描いていた理想の女学生像そのものだった。

沙絵子が目の前を通りすぎると、もうじっとしていられなかった。どうするというアテもなく二人の後をつけはじめたのである。後ろから彼女をただ眺めているだけで、股間がカッカと騒いだ。

興児の情報によると、沙絵子と一緒に歩く幸運な男は、木下真澄の弟らしい。スポーツマンタイプの好青年で、真澄に似て彫りの深い顔立ちをしている。二人があまりにお似合いなのが癪にさわった。なにかいやがらせをしてやりたかった。

二人はやがて電車に乗った。どうやら真澄の弟は沙絵子を送っていくようだった。六時をすぎ、車内はすでに夕方の通勤ラッシュを迎えていた。間宮は二人の横に巧みに身をすべらせ、ピタリとへばりついた。

すぐ真横から鑑賞すると、沙絵子の清らかな美貌はますます冴えた。制服の肢体も清艶そのもので、白のブラウスに臙脂の可憐なリボンを垂らした胸もとは、つつましく恥ずかしげなふくらみを示している。

「準一さんも里美さんの別荘へいらっしゃるんでしょう?」

沙絵子がうれしそうに目を輝かせて聞く。

「うん。先輩の実家が伊豆にあってね。そこへ行った帰りにでもちょっと顔を出すつもりなんだ」

準一たちは、まさかすぐ隣りで聞き耳を立てている男がいるとも知らず、夏の計画を話しだした。混雑がひどく、時折りいやでも互いの体に触れてしまうので、ウブな二人の会話はどこかぎごちない。

「それに女性三人だけじゃ心配で、放っておけないもの」

「まあ。それじゃもし強盗が入ってきたら守ってくださるの」

「こう見えても空手初段だよ」

準一は胸を反らした。

「姉貴たちはさておき、沙絵ちゃんだけは誰にも指一本触らせない」

「まあ、いけないわ。みんな平等に守ってくださらなくちゃ、いやっ」

「ハハハ。そうだよ、もちろんさ」

間宮は、ムカムカしながらその会話を聞いていた。

調子に乗りやがって。後で吠えづらかくなよ、色男……。

別荘に押し入ったら、特にこの若造にゃ沙絵子の真ん前で大恥かかせてやろう。そう心に決めるのだった。

それにしても、さっきから沙絵子の髪の甘くとろけるような香りが鼻孔にひろがり、一物が疼いてしようがない。少女にぴたりと体をくっつけると、ムチムチと柔らかな肉の感触がじかに伝わり、それでまた股間はぐんと勃起をみせる。

ああ、たまんねえ。もう我慢できねえ。よーし、痴漢してやる。騒がれたらその時はその時だ。シャレたことをぬかしたガキを、沙絵子の前でぶっとばしてやってもいい……。

いきなり少女のヒップに手を伸ばした。紺色のプリーツスカートの上から、いやらしく全体を撫でまわす。プリプリと張りがあって、意外に肉づきのいい手応えがかえってくる。

沙絵子はまだ反応を見せない。準一が昨日見た映画について話すのを、相槌を打ちながら聞いている。車内がこんでいるから不可抗力だと思っているのか。間宮はにんまりし、円を描いて尻を愛撫する手にぐっと力をこめつつ、中指を肉丘の谷間に入れてアヌスのあたりをまさぐる。

さすがに沙絵子がギクッとした。

いったい誰が？……

右を向き、次に左を向いた。そこで初めて自分をニタニタ見つめている間宮と目が合い、ハッとして視線をはずす。みるみる顔一面に朱色がひろがる。細く流れるように美しい眉が哀しげに歪み、真っ白な前歯で小さな唇をギュッと嚙みしめる。

いいなあ。どうだろ、この表情の初々しさ。へっへっ……。

ズボンの下で充血しきった肉棒を、少女の左の腰骨あたりにぐりぐり押しつけた。そして羞恥に喘ぐ美しい顔を堪能しながら、間宮はハレンチにも制服のスカートのなかへと手を突っこむ。

「どうしたの？」

沙絵子の様子がおかしいのに気づき、準一は映画の話を中断した。

「……ううん、なんでもないんです」

沙絵子はうつ向きがちに、ブラウスの胸を苦しげに上下させながら言った。

変質者の手はどんどん大胆になって、スカートの下で内腿からヒップにかけてを何度も何度も撫でさすり、ショーツの布地をねちっこく触っていた。

暴力団ふうの怖そうな男だった。もし自分がここでなにか言ったら、準一にも災いが及ぶのではないか。それが心配で打ち明けられない。それに身体にエッチなことをされているなどと、沙絵子には恥ずかしくてとても口に出せなかった。自分が少しの間だけ我慢していればすむことなのだ。

あと十分くらい……。

でも気の遠くなるほど長い時間だ。よりによって、なぜ準一と一緒の時にこんな目にあわなければならないのか。

「……それでね、その主人公が相手をピストルで撃つんだ」

「あら、それから?」

準一がまた話しはじめ、けなげにも沙絵子は聞くふりをする。

ああっ、助けてっ、準一さん……。

心の裡ではおぞましさに絶叫していた。

男がいよいよパンティをくるりと剝きおろした。双臀を丸出しにさせてじかに肉をつかみ、深い亀裂へも指を走らせる。おまけに、腰には熱く硬直したモノが容赦なく迫ってくる。

泣きたくなった。胸にこみあげる感情の塊りを吐きだしたかった。だが沙絵子はぐっと呑みこんだ。

電車がとまり、新たに乗客がどっと乗りこんできた。波に呑まれ、押し流される。少しでも準一に近づこうとするが、その男に邪魔され、二人はどんどん遠ざかるばかりだ。

いや。沙絵子から離れないで……。

どうにも身動きがとれず、準一がこちらへおどけたような苦笑いをして見せる。沙絵子は半泣きで、無理に笑みをつくった。

今や沙絵子は、そのヤクザのような男に、真横から完全に抱きすくめられているのだ。男はへらへらと笑いながら、少女の剝きだしのヒップを執拗にいたぶり、今度は胸にまで手を伸ばしてくる。痴漢などという生やさしいものではなく、沙絵子は自分が強姦されていると感じた。愛する準一がすぐそこにいるというのに……。

間宮はいつの間にかシリコン入りの怒張をズボンから出し、少女のスカートにこすりつけている。ブラジャーに守られた可憐なふくらみを愛撫していると、興奮がさらに高まってきた。すでに白っぽい涎れがプリーツスカートを汚していることだろう。がっくりと垂れた顔を真っ赤に染め、汚辱に懸命に耐える少女の風情はこたえられない眺めだった。

乳ぶさを揉む手を下にすべらせ、身体の前からスカートにもぐりこませた。禁断の部分をついに触られ、沙絵子は「アッ」と小さく叫びをもらした。

へへへ。オマ×コいじられるのは初めてかい、可愛いお嬢さんよ……。

沙絵子は泣き顔になって、スカートの上から男の手を押さえこもうとする。

甘い髪の香りが鼻をくすぐる。少女の弾力のあるヒップ、無駄な肉のない、締まった下腹部を弄んでいると、放出の瞬間が近づいた。


地獄の時を逃れ、沙絵子は駅におりたった。肌という肌は生汗を噴いてぐっしょりだ。スカートの下でパンティはおろされたまま、直すこともできない。

「ひどい混雑だったね」

準一は沙絵子の恥辱にはまるで気づいていない。

「あれ、どうしたの、コレ?」

聞かれて沙絵子はドキッと自分の腰を見た。白い粘液がべっとりこびりついていた。

「きゃあああっ!」

泣き、わめき、錯乱してホームを駆けだした。

第五章　貫く！

1

一学期最後のホームルームが終わった。

いよいよ明日から待望の夏休みである。聖愛学園二年C組では、女生徒たちが教室のあちこちにいくつも輪をつくり、バケーションの計画を目を輝かせて語り合っている。家族と外国旅行に出かける者、軽井沢の別荘でひと夏をすごす者。さすがにブルジョワの子女が集まる名門校だけあって、リッチな話題ばかりだ。

教壇の上では担任の木下真澄が、結城里美と東沙絵子の二人と、三日後に迫った西伊豆行きについて話していた。

「あれこれ手はつくしたけど、やはり最初の日はどうしても無理なのよ。せめて一日延ばせないかしら」

他の教師のピンチヒッターで急遽、教員研修に出席することになり、どうしても調整がつかないと真澄は言うのだ。

「でも、もう電車の予約もとってあるし」

里美は口をとがらせた。待ちに待った旅行である。一日だって延期するのは我慢ならないのだ。

「しようがないから私たち先に行きます。ね、沙絵子」

「……え、ええ」

沙絵子は、どちらともとれるように曖昧にうなずく。できるなら真澄先生と一緒に行ったほうがいい。この間、電車のなかでおぞましい痴漢の被害にあって以来、すっかり用心深くなっていた。世のなかにはどんな変質者がいるかわからない、とつくづく思う。

でも里美さんは言いだしたらきかないし……。

「心配だわ。本当にあなたたちだけで大丈夫？　まさかとは思うけど、万一のことがあったらご両親に合わせる顔がないわ」

二人の生徒の顔を代わるがわる見つめる真澄。その色白の、誰もがうっとりするほど抒情的な美貌に、いくらか不安がきざしている。

「もォ、先生ったら。たった一日ですよォ。私たち子供じゃないんだから。それにあのあたりは環境がいいのは先生も御存知でしょ？」

「そりゃそうだけど」

「しっかり鍵かけて用心しますから大丈夫でーす。先生は次の日、ゆっくりいらしてくださいませ、ふふ」

結局そうして里美に押しきられる格好となった。

木下真澄にしても、担任とはいえ里美の別荘へ招待される身だ。自分の都合ばかりを主張できない弱みがある。それに沙絵子ちゃんがついているし、と考えた。お調子者であぶなっかしくて目の離せない里美と違い、思慮深い東沙絵子が一緒なら安心だ、と真澄は自身を強引に納得させるのだった。


その夜遅く、興児とリョウは、親分格の間宮を六本木の秘密サロンに訪ねた。

「……というわけで、俺たちの準備のほうはバッチリです、間宮さん」

三日後に別荘を襲う時の段取りを、興児がざっと説明し終えた。

彼らは木下真澄の自宅に盗聴器を仕掛け、女教師が一日遅れて伊豆へ行くという情報をつかんでいた。

秘密サロンの二階にある調教室。興児たちは調教ベッドの縁に窮屈そうに並んで腰かけている。そこには室内狭しと拷問具が並び、日夜いたぶられる女たちの分泌した汗と体液の匂いがムッとたちこめている。

間宮は、床に敷かれたエアーマットに長々とうつぶせに横たわり、美女の柔らかな舌先で愛撫を受けていた。

「そうか。当日、別荘に木下真澄がいないのは、かえってこちらにゃ好都合だな」

ようやく目を開け、そう言って、体をこちらへ横向きに変えた。シリコン入りの隆々とした肉塊が腹までせりあがって、いやでも興児たちの目をひく。間宮の体はさっきからたっぷり一時間、足の指の一本一本から腿、尻の穴、そして中心部と、美女の舌によって唾液でヌルヌルと甘く包まれているのであった。

女が前にまわり、すかさず巨根を含んだ。「ウフン、ウフン」と悩ましく鼻を鳴らしながら、細い指は優しくアヌスをまさぐる。いじらしいほど懸命に間宮に奉仕しているその美女は、かつての社長秘書、赤井響子である。間宮は響子を情婦代わりにして、このところ仕事がすむと毎晩呼びつけ、その二十八歳のムチムチと熟した肉体を、巧みな愛撫テクニックを楽しんでいた。

「はい。あんな小娘二人、こますくらいワケないですからね」

そう答える興児の目は、響子の行なうセクシーなフェラチオに釘づけだ。

「お膳立てが整ったところで、翌日ヒロインの女教師の到着を待つって寸法です」

室内に漂う濃厚な淫靡さに、そして響子の人妻ふうの熟れた色香に、興児もリョウもいささか気押されている。スケコマシが仕事とはいえ、二人ともまだ二十そこそこの若さなのである。

響子がこの秘密サロンにデビューしてあっという間にナンバーワンになったことを、興児たちはすでに聞いている。こういう大人の雰囲気の女と一度はしっぽり濡れてみたいと、二人はかねがね心のなかで思っていたのだ。

「いいか、お前ら。沙絵子ってスケにゃ、ちょっかい出すな。ああいう清純なお嬢様タイプは今時ちょっと珍しい。きっとバージンだろうし、俺がいただく」

「は、はあ……」

「大体、リョウが里美をモノにしてりゃ、もっと話は簡単だったんだぞ。あん？」

「ハア……すみません。今度こそうまくやります」

リョウは頭をぴょこりとさげ、無念そうに唇を噛んだ。一カ月前、里美に逃げられたと報告した時、こっぴどく間宮に殴られたリョウだった。

クソッ、あの女、今度こそたっぷり仕かえししてやる……。

里美への怨みはふつふつと胸の裡で煮えたぎるばかりだ。

「今度はリョウの奴も気合入ってますから。見ていてくださいよ、間宮さん」

興児は弟分をかばった。

「当たり前だ。ここで気合の入らねえ野郎なんぞ用無しだ。東原商事がバックについて、成功すりゃ金も女も思いのままなんだからよ。お前ら、こんな大仕事をつかめて本当に運がいいぜ」

その時、「アアーン……」と響子が泣いた。間宮はいつの間にか腹の上に女を乗せ、交合を開始している。下から剛棒でグリグリ突きあげられ、響子は弓なりに大きく反って美しい双丘をブルブルと揺するのだ。

「いいのか、響子。へへへ」

間宮は形のいいヒップを両手でつかみ、より深くぴっちりと結合して、響子の粘膜の奥までシリコン玉でグイグイと抉る。

「あ、ああっ……間宮さん、イイッ」

「すげえマン汁垂らして、こっちまでビチョビチョだ。見ろよ、お前ら。これで元社長秘書だぜ。いつもオフィスじゃお高くとまっていてよ」

「ひどい。ひどいわ。アーン、あっあっ」

響子は貴婦人の顔立ちにべっとり汗をにじませながら、はしたないほどに悦楽の喘ぎをふりまいた。

興児たちはムンムンと充満する淫猥な熱気にあてられっぱなしだ。顔を赤くし、ズボンの前をもっこりとさせて、間宮たちの濃厚なからみを凝視する。

「うひーっ、食い千切られそうだぜ。いつハメてもいいオマ×コだな」

「うれしい。もっと、もっとよォ、間宮さん」

「そりゃっ。どうだ」

間宮が上下に揺さぶった。響子は口から涎れを垂らし、なにやら呻いた。リョウが興児の腕を突ついた。もう我慢できなくなったらしい。興児もうなずく。

「じゃ間宮さん……お、俺たち、帰ります」

「待ってろ。こいつとやりてえんだろ、お前ら」

「…………」

二人は顔を見合わせる。

「抱かせてやる。前哨戦ってところだ。この女もたまには若いイキのいいチ×ポを咥えさせたほうがいい」

「間宮さん、そんなっ。私、今日はもうくたくたですわ。ねえ」

狼狽する響子。すでに今夜は二人も客をとらされているのだ。そのうえ、若くて精力ありあまる興児たちを相手にするのではたまらなかった。

「なにを言ってやがる。てめえ娼婦だろ。オラ、オラァ」

間宮は毒づくと、本気で女芯を揺さぶりにかかった。

「ウ、ウムムッ……いやあ！」

「へっへっ。ほうら、マ×コはこんなに歓んでるじゃねえかよ」

激しく粘膜を突き破られ、昇りつめていく響子。室内に淫らな絶叫がとどろく。

その光景をわくわく眺めながら、興児とリョウは、ズボンを脱ぎはじめた。

2

午後二時十五分。社長室には東亜銀行の前田専務が訪れている。『パルミラ』の新規出店計画にともなう融資の相談をしているらしい。

高級クラブ『パルミラ』チェーン、そして、超エグゼクティブのためのサロン『ユメイヌ』と、見た目には華やかに事業展開する東原商事だが、先行投資がやたら多く、金利負担もかさむようだ。社長秘書の稲本麗子は、社長あての業務報告を見ていて、東原商事の投資効率の意外な低さに驚くことがある。

東原からのインターホンが鳴った。コーヒーを運ぶよう頼まれた。

お話、まとまったのかしら……。

稲本麗子は備えつけのキッチンへ行き、サーバーを手に取った。

麗子は前田が大の苦手である。さっきも社長室でさんざん不愉快な思いをしたところだ。ただ身体をジロジロ見られるのなら馴れている。社長室を訪ねるほとんどの客がすることだから。が、前田の視線はもっと無遠慮でねちっこく、いやらしさ剝きだしなのだ。

お茶を置くため姿勢をかがめると、すかさず首をまわしてヒップラインを眺め、ヒヒと卑猥に笑う。さらにはスカートのなかをのぞき、太腿へ舐めるような視線を浴びせ、しきりに奇声を発するのである。

一流銀行の専務のくせに、本当になんて失礼な人なのかしら……。

大事な取引先でなければ、そのあまりの無礼さをたしなめてやるところだ。

麗子は美貌をややこわばらせて、コーヒーを運びに社長室へ入っていった。

「おお、来た来た、わしのマドンナが。ヒヒヒヒ」

麗子を見るなり前田がうれしそうに大声を出した。

「ウーン、本当に色っぽい。あの顔といい、身体つきといい、眺めているだけでもムラムラするわ、社長」

まただわ……。

歩きながら麗子は、不快感にゾッと鳥肌たつ。前田のいやらしさはひどくなる一方だ。ここを歌舞伎町かどこかと間違えているのではないか。

それにしても社長はなぜ見て見ぬふりをなさっているのだろう。目の前でこの私がからかわれているというのに……。

麗子は切れ長の瞳ですがるように東原を見た。その眼差しは完全に情婦のそれだ。昼は会社で、夜はホテルで、一日中気も狂うほどにハメまくられ、今や身も心も東原の思いのままの麗子である。

「こんな素敵な秘書がそばにおったら、わしなんか一日オッ立ちっぱなしやで。きっと仕事が手につかん」

「ふふ。相当お熱ですな、前田専務」

「本気です。はっきり言うて彼女目当てにここへ通うとるもん、わし」

関西弁と標準語のちゃんぽんで下品にしゃべる前田。吊りあがり気味の細い目は、白の優雅なツーピースの麗子から片時も離さない。

東原とほぼ同年輩なのだが、前田のほうがずっと老けてみえる。てっぺんの薄いのを隠すため、無理やり髪を横へ撫でつけ、顔には黒い斑点が目立つ。話す時は歯茎が丸出しで、おまけにキンキラの金歯ときている。銀行家というより、地方の陰湿な高利貸しといった感じだ。

麗子は嫌悪感をぐっとこらえてコーヒーカップを置く。と前田に、はちきれんばかりの双臀をソロリと撫でられた。

「きゃっ！」

小さく叫び、飛び退いた。カップが揺れ、テーブルに琥珀色の液体がこぼれた。

「な、なにを、なさるんです」

キッと前田を睨みつけた。キャリアウーマンらしい現代的な美貌に、灼熱の怒りがにじむ。

「ひゃあ、怒った、怒った。その顔もたまらんなあ」

「社長っ……」

直線的な眉をしかめ、東原に助けを求める麗子。だが東原の口から信じられない言葉を聞かされるのだ。

「そんなことぐらいでうろたえていちゃ、俺の秘書は務まらんぞ。前田専務はウチの大事なお客様じゃないか。せっかくお前を気に入ってくださっている。もっとサービスしてさしあげんか」

融資の約束がかかっているのか、東原はいつになく前田に対して卑屈だ。

「ひひひっ。そうこなくっちゃ」

「今のお詫びに尺八させせましょうか、専務?」

「ほ、本当かや」

目を丸くし、金歯を剝きだす前田。口端から今にも涎れがこぼれんばかりだ。

「そんなことっ、絶対いやです!」

麗子は身体を震わせて叫んだ。あまりの恥辱に涙がこぼれそうだった。

「なんだと。客の前で俺に恥をかかす気か」

「い、いくらなんでも、そんなことできません。あんまりですわ、社長」

「ちょっと来い」

東原の顔つきが変わった。立ちあがり、隣りの秘書室に麗子を引っ張っていく。

「まあまあ、社長。いいんですよ、わしなら。彼女が好いてくれるまで、じっと辛抱できるんやから」

汚い歯茎を見せてニタニタ笑い、声をかける。だが東原をなだめるのではなく、明らかに成り行きを楽しんでいる。

二人の姿が向こうに消えた。前田は聞き耳をたてながらコーヒーをすする。ドアの向こうでビシッビシッと頬を張る音。「馬鹿野郎ッ！」と東原の怒鳴り声。「ああ、許して」と麗子が激しく泣きじゃくるのも聞こえる。

へへへ、やっとる、やっとる……。

前田は相好を崩した。あの見るからに芯の強そうな美女が、会社のなかで東原にネチネチ嬲られているのだ。麗子の無念の胸中を思うと興奮に肉茎がピクピクしてくる。待ってろよ。すぐにあの美人秘書が、ピンクの舌先でウマそうに舐め舐めしてくれるからな……。

そう心のなかで呟き、猛り立つ一物の根元をズボンの上からしごいてやるのだ。

3

五分ほどしてドアが開いた。

「どうもお待たせしちゃって」

東原が照れたような顔を見せ、つづいて後ろから麗子がうなだれて現われる。

「ほら、専務に謝らんかっ」

「ど、どうも先ほどは、失礼な態度をとって……本当に申しわけございませんでした」

「いや、かまわんて。ただ、あんたのおケツがプリプリとあんまり素敵だったもんでな。ヒッヒッ」

麗子を眺めながら、前田は相変わらずズボン越しに棹をしごいている。不潔感に麗子は思わず顔をそむけた。

「さあ、そのつづきを言いなさい」

東原が肩を小突いた。

「お、お詫びに……麗子にフェ、フェラチオさせてくださいませ」

赤く泣き腫らした瞳を虚ろにさまよわせ、つっかえつっかえしながら、教えこまれたセリフを言うのだ。

「麗子は……ま、まだ、おしゃぶり、上手ではありませんけど……もし前田様がミルク出してくださったら、一滴ももらさず呑んでご覧にいれますわ」

「うひゃー、どうしよ、愛しのマドンナにそんな言われたら。なあ、東原社長」

「う、ううっ……」

こらえきれずにシクシク麗子は啜り泣いた。虫酸の走る前田を相手にそんな媚態をとってみせるのは、麗子にとってまさに死に勝るほどの屈辱だろう。しかもここは会社のなかであり、今は勤務時間ではないか。

しかし、そうやって麗子が汚辱の底で苦しめば苦しむほど、東原も前田もゾクゾクする嗜虐的な満足を覚えるのだ。

「ふっふっ。どうせならもっと色っぽい姿でペロペロさせたほうがいいな。麗子、上着を脱げ。きっと専務もいっそう元気になる」

命ぜられ、麗子は信じられないという表情で東原を見る。

いったいなぜ？　なぜ私にこんなひどい仕打ちをするの……。

「どうした？　なんだ、そのツラは」

東原が厳しい表情で、カサにかかって美人秘書を追いつめる。

女っぽい肩先をブルブル震わせ、立ちつくしていた麗子だが、綺麗な指を伸ばして純白のツーピースのボタンをはずしはじめた。隆起を包んだブラジャーが見えだすと、前田のいやらしい細い目がさらに吊りあがった。純白のブラジャーは、カップの上半分が透けた悩ましいチュールレース。そこからムッと挑発するように豊満なふくらみの九合目までがのぞける。

「ほうっ……たまらん眺めや。下着も洒落て色っぽいし、稲本君てこんなボインやったんかい」

ブラジャーに白のタイトスカートという姿で、麗子は端整な顔を真っ赤に染め、羞恥に喘いでいる。美しいキャリアウーマンの新鮮なヌードに、前田はズボンの前をいっそう露骨に膨らませるのだ。

「ああ、痛うて切ない。社長、悪いけど、マラ晒すで」

下卑た調子で言うとファスナーをおろす。毒々しく傘を開いた巨大な肉の塊りが、ニョキッと姿を現わした。全体は不気味な鉛色にぬめり、雁首の縁だけが奇妙に赤みがかっている。

「いつ見ても立派なエラですなあ」

「ひひひ。ココを舌の先っぽでツンツンされるの、大好きなんです、わしは」

麗子はなにも見まいと長い睫毛を固く閉ざしている。が、二人の卑猥な会話はいやでも耳に入ってくるのだ。つらそうに真珠色の前歯をのぞかせ、ギュッと唇を嚙みしめた。

「いつまで突っ立ってるんだ。前田専務はもう準備オーケイなんだぞ。黒々とした雁高で舐め甲斐のある素敵なチ×ポだ。ふっふっ。そら」

「ああっ……」

肩をつかまれた。否応なしに前田の足下にひざまずかされる。男のおぞましい生肉が目に飛びこむ。麗子はハッと顔をそらした。優雅に冴えた美貌にみるみるカーッと血がのぼった。

こんな男に、フェラチオなんて……こんな汚らわしいモノをしゃぶるなんて……。

もともとはフェラチオの大嫌いな麗子である。その潔癖性を東原によって無理やりに変えられ、あげくは変質的な技巧まで覚えこまされた。今は東原のモノなら、口に含んでいると自然に下半身が熱くなるほどである。けれども相手が他の男、それも嫌悪する前田となると話は別だ。不潔感ばかりが先立ち、近づくと嘔吐感すら湧いてくるのだ。

躊躇する麗子に、後ろから東原がタイトスカートの双臀を思いきり叩いて叱咤する。そうやって繰りかえし叱咤され、ついに麗子は観念して唇を開き、美しいピンク色の舌を差しだした。

「アアン、こんなこと……」

つらそうに眉根を寄せ、唾液にキラキラ光る舌先でおずおずと二度三度、肉の胴体を舐める。それだけで前田は唸りをあげ、快感に身悶えた。

「あやあ、いい気持ち。ずっと惚れてた女に尺八させるのんて、ほんと極楽です。おまけに稲本君たら、どこもかしこも痺れるくらい、いい匂いさせて、ひっひ」

麗子の黒髪に顔をつけては上機嫌でまくしたて、両手は白く艶々とした肩先をしきりに愛撫している。ブラジャーの肩紐が前田にはずされるたびに、麗子は赤くなり、あわてて掛け直す。

「うらやましいなあ、社長。毎日こんないい思いしておるの？　あ、ああ、そこ……そう、たまらん」

雁首のミゾの部分を、麗子の丸めた舌先で強くさすられ突つかれ、前田はうわずった悲鳴をもらす。先端からは粘っこい涎れが噴きだしている。

「よかったら会社へ来られるたびにサービスさせますよ」

「いやあ、うれしなぁ、そりゃ」

よそのオフィスへやってきて、臆面もなくそこの秘書にフェラチオさせている前田が異常なら、それを楽しそうに眺める社長の東原も普通の神経ではない。そして稲本麗子は、そのあまりの美貌が災いし、彼ら異常性欲者の世界にぐいぐい引きずりこまれていくのだった。

「その代わり、融資の件はなにとぞよろしく」

「わかってる、わかってるて」

前田は大きく首をうなずかせた。

麗子は次第におぞましさを忘れ、東原に対する時のように、情熱的に愛撫を注ぎはじめている。丹念に唾液を吐きかけ吐きかけ、太棹全体をヌラヌラと舐めまわすと、今度はゆっくり口腔へ含んでいく。

「うまいもんだねえ。よっぽど東原社長のお仕込みがいいとみえる」

抒情的な頬をピクピク収縮させ、怒張を呑みこむ麗子。その表情を、前田は右から左から熱心にのぞきこむ。思い焦がれた美女が、自分の一物をどんなふうに咥えているのか、しっかり確かめておきたいのだ。

東原は、ななめ横のソファーに座り、口もとに薄笑いをたたえて二人を眺める。

ふっふ。麗子のやつ。すっかり堕ちたな……。

なにもかもが思惑どおりに運んでいた。美貌のキャリアウーマンから、娼婦への道を一歩一歩着実に歩かされる麗子。それに、昨夜の間宮からの報告だと、いよいよ木下真澄を襲う計画が実現しそうなのだった。

これで木下真澄がこちらの手に入ったら……。

そう思うと無性に気持ちが高ぶる。あの美人教師をモノにできれば、いよいよ東原にとって念願の性のユートピアが具現することになるのだ。

「ウフン、ウフン……」

麗子が鼻先から甘ったるい吐息をもらしはじめた。嫌悪する男への口唇奉仕を強制されるうちに、倒錯的な性の痺れに襲われたらしい。

「へっへっ。あんなに毛嫌いしておったのに、今じゃうっとりマラを咥えとる。どうだ、こら、うまいんか？」

「……え、ええ、おいしいですわ。ア、アアウン」

悩ましく喘ぎながら、指先で肉塊の根元をキュッキュッとしごき、王冠部に舌をからめてチューーッと強く吸いあげる。

「専務。オッパイを揉んでやってください。この女、ヒイヒイ歓びますよ」

「ようし」

両手で純白のブラカップを押しさげ、ボリュームたっぷりの乳房をすくいとる。

「ひひひ。柔らかくてコシがあって、いいオッパイしとる」

「ん……んぐぐっ」

敏感な胸を揉みしだかれ、麗子はくぐもった呻きを鼻の奥であげた。黒髪を振って小さくいやいやをするのだが、逆にその仕草は男の情欲を刺激するばかりである。

「稲本君、あんた澄ました顔してこんな素晴らしいオッパイ隠しとったんか。アァン？」

両の乳ぶさがさらにいっそう激しく、無残なほどに形を変えて揉みにじられた。

「ああ、最高や。こんなん初めてや。ええで、ええで」

社長秘書の柔らかな双丘をモミモミするうちに、前田は感極まったらしく、うわごとのように呟く。そして麗子が顔を前後するのに合わせ、腰をクイックイッとうねらせるのだ。

「ア、アアッ……イクで、稲本君。しっかり呑んでくれや」

発作がはじまった。嫌悪する男の粘液を浴び、麗子はつらそうに美しい眉をしかめ、顔を離そうとする。

「一滴ももらすんじゃないぞ、麗子」

東原が一喝した。閉じた瞳から涙がポロポロこぼれる。汚辱にむせびながらも麗子は、上気した顔面を深く沈める。

「いいっ、たまらんっ」

前田は大きくのけ反り、醜く絶叫する。麗子もよがり泣くような吐息をもらしている。頬をすぼめ、口腔に亀頭をすっぽり咥えこみ、指では肉茎を激しく揉みしごいた。

そして喉を鳴らし、ねばつく男の臭液を嚥下するのだった。

4

運命の夜——。

里美と沙絵子は、別荘の居間で音楽を聞きながら、トランプ占いをしている。

今日一日はあわただしくすぎた。午後にここ西伊豆へ着くと、すぐ邸内を軽く掃除し、タクシーを呼んで町のスーパーへ一週間分の食料を買いだしに出かけた。戻ってから庭のプールでひと泳ぎし、その後二人でスパゲティやらサラダやらをわいわい騒ぎながら作り、さっき食べ終えたところである。

さすがに疲れたらしく、遊び好きの結城里美も、今夜は外へ出ようとは言わない。缶ビールを片手に床に寝そべっている。

「うわ、すごいっ」

カードをめくり、ハートのキングが出ると里美が叫んだ。

「どうしたの、里美さん」

「沙絵子。あなた、この夏にいよいよ初体験するんだって」

「嘘よ、そんな……でたらめ言わないで」

「だって、カードにそう出てるんだもん」

私が初体験？　冗談じゃないわ……。

清純な沙絵子は、日本人形のような色白の顔をぽうっとさせ、怒ったように里美を睨んだ。たとえ準一が相手でも、最後まで許すつもりはない。自分はまだ学生なのだ。プラトニックな付き合いがふさわしい。他にするべきことがたくさんあるし、大人の恋愛は大学に入ってからでも遅くはない。心のなかで沙絵子はムキになってロストバージンの可能性を否定するのだ。

「沙絵子が怖いから占いはやーめた。あーあ、ちょっと酔ったみたい」

「もう飲まないほうがいいわ」

「今夜くらいはいいでしょ。どうせ明日先生が来たら飲めないんだもの」

しようがないな、というふうに沙絵子は大きく溜め息をつく。

お酒を飲んだり六本木のクラブに出入りしたり、上手に遊んでいる里美を、優等生の沙絵子はうらやましく思うことがある。が、臆病な自分には決してそんな奔放な生き方はできない。お互いにタイプが違うからこそ、こうしてうまくいくのかもしれない。きっと里美が自分と同じような優等生なら、息がつまってしまうだろう。

二人が寝そべっているその居間は、優に十五畳はある。グリーン系の豪奢なペルシャ絨毯を敷きつめ、プラスターの白壁と対比させている。居間から一段さがったところには、イタリアンタイルを敷いた広いキッチンが見える。

その別荘は山の中腹に、海を見おろして建てられている。二つの棟をV字型に置いた変わったデザインで、まんなかの逆三角に開いたところに、高級な板張のテラスと二十五メートルのプールがある。貿易会社の社長の別荘だけあって、いかにも贅を凝らした造りだ。

里美たちのいる居間は東側の棟にあたり、西棟には寝室が二つと書斎、バスルームがある。一家族で使うには大きすぎるくらいだが、里美の父親は接待ゴルフの時にもここを利用しているのだった。

「ね、沙絵子……」

「なあに?」

「真澄先生って、本当に男嫌いなのかしらね。どう思う?」

缶ビールを手に持ち、天井をあおぎながら里美が言う。アルコールで目の縁がほんのり赤い。ショートパンツから伸びた脚がスラリと綺麗だ。

「わからないわ、そんなの」

「まさかバージンってことないわよね。二十五歳になるんだから」

「よしましょう、そんな噂するの」

酔ってくると、エッチな話や他人の噂をするのが里美のいつもの悪い癖だった。

「ふふ。でも、とにかく心配性なのね、先生は。ここは環境もいいし警備システムもばっちりなのに、今夜のことあんなに心配していたでしょ」

庭には侵入者を探知する赤外線レーダーがいたるところに設置され、警備会社と直結している。また、それぞれの窓にも電子アラームがついていて、まず賊に入られる危険性はないといえた。

「そういえば真澄先生、懇親旅行で強姦されそうになったって話、あなた知ってる?」

「うそよ。やめて。もう聞きたくない」

「ほんとだって。私、ちゃんと聞いたのに」

里美がガバッと起きだした。里美にとって木下真澄は、いい意味でも悪い意味でも、つきぬ興味の対象らしい。

その時、玄関のチャイムが鳴った。居間から玄関はすぐそこにある。二人は壁にかかった防犯カメラのモニターをのぞいた。実直そうな若い警察官がライトを浴びて立っていた。

「実はこの付近で強盗事件が発生しましたァ。犯人は近くに潜伏している模様です」

インターホンから大きな声がキンキンと耳に響く。

「うそォ」

二人は思わず顔を見合わせた。

「緊急注意事項がありますので、お渡ししたいのでありますがァ」

「冗談みたいじゃん。面白そう」

里美が玄関にすっ飛んでいった。

電子ロックをはずし、二重の内鍵をあける。

「夜分遅く、恐れ入ります」

敬礼しながら警察官が入ってくる。近くで見ると帽子からパーマの髪がはみだしている。

変なお巡りさんだわ……。

里美は怪訝に思う。

玄関に足を踏み入れるや、そのニセ警察官は、牙を剥いて里美に襲いかかった。

いやっ……。

悲鳴をあげようとした。口をふさがれ、腹にドスを突きつけられる。そのまま壁まで身体をもっていかれた。

ドアが開き、また別の男が入ってきた。やはり警察の制服を着ている。横顔に里美は見覚えがあった。

あいつ……リョウ？　そうだ、リョウよ……。

自分を横浜のラブホテルへ連れこもうとした女ったらしだ。

どうして、ここが？……

チリチリと恐怖が皮膚をこすりあげる。

物音を聞き、奥から沙絵子が出てきた。

来ちゃ駄目。逃げて！……

しかし里美の声は言葉にならない。

リョウが土足で框を駆けあがり、沙絵子に向かっていった。

5

「うまくいったなあ、兄貴」

「へへへ、警報器のスイッチも切ったし、これで警察へ通報される心配はねえ」

互いに暑い暑いとこぼし合いながら、興児とリョウは警察の制服を脱いでいる。

「ガキのくせに酒なんか飲みやがって」

トランクス一枚となった興児は、飲みかけの缶ビールを見つけ、ぐいとあおった。

「うめえっ」

「俺にもくれよ」

まわし飲みしながら二人のチンピラは、ギラギラの視線を少女たちに注いだ。

美しくも哀れな生贄たち、里美と沙絵子は、黒のゴムロープで後ろ手に縛られ、居間の絨毯に転がされていた。その口には手拭いできつく猿轡をかませてある。

裸になりビールを喉に流しこむと、ようやく興児たちは人心地ついた。汗をかいた肌にクーラーの冷気がこたえられない。

「こんなイカした別荘で、おまけに美女に囲まれて暮らせるなんて、涙が出そうだ」

「里美のアマ、これからたっぷりとヤキを入れてやる」

「へっへっ。とんだ夏休みになっちまったなあ、お嬢さんたちよ」

興児は、楽しくて仕方がないといった感じで少女たちを眺めた。

それぞれ違うタイプなのがいい。ＣＭモデルのような派手なつくりの里美、清楚な令嬢そのままの沙絵子。里美はもうムンムン熟しきって見るからにウマそうで、その逆に沙絵子のほうは、まだ蕾の身体つきである。

と、リョウがいきなり里美を蹴った。たまらず背を丸める里美。

「このアマッ、さんざん人をコケにしやがってよ」

肉づきのいいショートパンツの尻にも、Tシャツの背中にも、容赦なくキックが炸裂する。ひしゃげた悲鳴がそのたびにもれた。夜の六本木でちやほやされているクイーンも、今はなす術がない。

興児は、舌なめずりして沙絵子に近づいた。

腰までの見事な漆黒の髪が、しどろに妖しく乱れている。猿轡のせいか脅えを浮かべた黒目がちの瞳の、その美しさがいっそう強調されて、興児の胸を痺れさせた。

「東沙絵子、か。間宮さんが惚れこむだけのことはあるな。これほどの美少女、ちょっと珍しいぜ」

沙絵子は緊縛されて転がったまま、絨毯の上を後ずさった。

なぜ私の名前を知っているのだろう。間宮って、誰？……

チンピラたちの野卑な振る舞いが、処女の沙絵子の戦慄をいっそう煽った。

後ずさるうちにブルーのフレアースカートがまくれ、雪白の太腿がこぼれた。ピンクの愛らしいブラウスの胸にむごくロープがくいこみ、可憐なふくらみが上下からムッと押しだされた。

「なんだか恐れ多くて手が出せねえよ、ふふ」

そう言いながらも、興児は少女の長い髪にそっと触れる。シャンプーしたての髪が、フローラルの芳しい匂いを濃厚に放つ。トランクスの股間がもっこり膨れた。

「バージンだろ、お前？　可哀相に。間宮さんのシリコン入りのでっけえチ×ポで犯されちゃうんだぜ」

「うぐ、うぐぐっ」

スカートからこぼれた優美な太腿を、ドスの先でくすぐられた。沙絵子は黒髪を揺すり、猿轡の下で激しく呻いた。女らしい眉間にキュッと縦皺が刻まれ、その澄んだ瞳に、生まれて初めて味わう絶望の色がひろがる。

一方リョウは、つもる恨みの丈を口にしながら、里美の顔を、頭を、踵で思いきり踏みにじっている。

「てめえ、これから何十発もブチこまれるんだぞ、いいか」

金持ちで美人で何不自由なく育ってきた少女をいたぶる快感に、リョウの甘いマスクがサディスチックに歪む。

「よォ、兄貴、その女は放っといてさ、先にこいつを輪姦そうぜ」

「でも、見てるとジンときちゃってよ」

「やばいよ。間宮さんが怒るぜ」

しぶしぶ興児は沙絵子から離れた。

まあいい。あっちの獲物も、負けず劣らずの悩ましさだからな……。

リョウの足で無残に踏みにじられる里美を見てひとりごちた。

「縄をほどいて、ストリップでもやらすか」

「ほどくと暴れるぜ、こいつ」

「暴れたらよ、顔が変わるまで殴ってやれ」

「そうだな。里美にはなにしても文句は言われねえもんな。さからったら顔をドスで抉ってやるか」

木下真澄は東原社長、沙絵子には間宮と、それぞれ分担が決まっているが、里美の肉体だけは彼らの思いのままだ。

男たちの恐ろしい言葉に、里美はゾッと震えあがった。リョウを甘く見すぎたことを死ぬほど悔んだ。

リョウがゴムロープをはずした。腰を乱暴に蹴り、少女を立ちあがらせる。さっきの脅し文句が効いたのか、自由にされても里美はさほど抵抗をみせない。

「ついでに猿轡もとってやれ。高慢ちきなお嬢さんの声が聞いてみたい」

「あ、あなたたち、どういうつもり⁉　こんなことして、刑務所行きよ」

震える声で、せいいっぱいに里美が強がった。

「へへへ、そうこなくちゃ。その調子でリョウに肘鉄くらわせたのか」

「ねえ、お金なら銀行に行けばあるわ。百万でも二百万でも。だから……」

いきなりリョウが殴りつけた。モロくも里美は大声で泣きだした。気丈に見えてもやはりまだ少女だ。

「ブン殴るって言ったろ？　早く脱がねえと、今度は本当にドスで刻むぞ」

リョウの声は興奮にうわずっている。

しゃくりあげながら、里美は、パーソンズのお洒落なTシャツを脱ぎはじめた。ノーブラだった。現われた美しい乳ぶさに、リョウも興児も思わず息を呑んだ。里美の彫りの深いエキゾチックな美貌が羞恥に火照った。

「ウウッ……私が悪かったわ。リョウちゃん、ごめんなさい。だから、もう許して……」

「おやおや、今度は泣き落としかい」

「冗談こくなよ、今さら。早く下も脱げ」

リョウが非情に腰のあたりを蹴飛ばした。白のショートパンツを、恥辱にブルブル震えながら腰から引きおろした。少女は、白とブルーのストライプの、挑発的なビキニショーツ一枚となって立ちつくした。のびのびと健康的な美しさいっぱいの肢体である。

「けっけっ。腰がキュッとくびれて最高の身体じゃん。こんなスケに逃げられちゃ、リョウも熱くなるよなァ」

「オラァ、まだパンティが残ってるぞ。南条一生とズブズブ姦ったマ×コ、見せてみろ」

男たちの突き刺すような視線がそこに向けられた。里美はシクシク嗚咽をこぼしながら、最後の一枚に手をかけた。

第六章　抉る！

1

　チンピラ二人に強制され、里美は色っぽいビキニショーツを途中までおろしたものの、なかなか脱げないでいる。

　勝ち気に見えても、根っからの令嬢育ちである。恋人の南条一生にしか見せたことのない裸身を、野卑な連中の前で晒けだすのは、死にたいくらいに恥ずかしい。

「このアマ！　グズグズしてやがるとケツが血だらけになるぞ」

「きゃああっ、やめて」

　ショーツから半分顔をのぞかせた涎れの出そうなヒップ。その柔肉をリョウがドスの先で、チクリチクリと刺すのだ。少女の美肌からはうっすらと血が滲みだしている。

「ひっひっ。この素敵なボインちゃんにも、ぐっさり刺したろか」

前へ身体を突きだすと見事な乳ぶさがブルルンと揺れ、今度は待ってましたとばかりに興児がドスで双丘を嬲る。

「痛っ、痛い！」

パンティ一枚のあられもない姿で美少女は泣きわめき、そのピチピチの肢体が、行き場なく前後にのた打つ。

「ほらほらっ」

「や、やめてえ……」

「六本木の女王、結城里美の裸踊りか。酒の余興にゃ最高だな」

ドスで乳首をいたぶってはうまそうにビールを喉に流しこむ興児。高慢なブルジョワ令嬢を絶体絶命まで追いこむその歓びときたら……。チンピラたちは、ともにパンツの前を露骨に膨らませ、カサにかかって里美を責め抜くのだった。

「ぬ、脱ぎますっ、脱ぎますからァ」

前と後ろから恐ろしい刃物で脅され、里美はたまらず薄いショーツを腰から引きおろした。こらえてもこらえても嗚咽が噴きこぼれる。口惜しさ、恥ずかしさより、肌に傷つけられる恐怖のほうがまさった。

「ヨオヨオ。こりゃ相当なすけべって感じ」

「うむ。聖愛学園の女学生にしちゃ、濃すぎる生えっぷり。へへへ」

「てめえ、制服の下にこんないやらしいマン毛、隠してやがったのかよ」

ニタニタと男たちがそこをのぞきこむ。里美は今にも血を噴きあげんほどに顔面を赤くして立ちつくす。

すでに色香たっぷりの下半身、その中心に、小判型のふんわりした恥毛が黒々と咲いていた。早熟ぶりを示すように、その生え具合は一人前の女そのものだ。

「あー、このパンティ、石鹼のいい匂いがするぜ」

里美が脱ぎ捨てた白とブルーのショーツを拾い、ふざけて興児が顔にかぶった。

「リョウ。後でこいつの下着、全部いただいてクラブで売り飛ばそう。結城里美のはき古しのパンティなら高く売れる」

「へへ、そのうち中身も買ってもらおうか」

リョウは背後からゆさりゆさりと少女の豊満な胸を揉みはじめた。細い首筋を舌で舐めまわす。

「あ、ああっ……」

里美の口から、絶え間なく悲憤の呻きがもれつづける。

興児が少女の唇を吸いとった。いくら首を振り身をよじっても、里美は暴漢のキスをかわすことができない。唇をこじ開けられ、ヌルッと男の舌が侵入する。

前後から、荒い息を吐いて淫靡にからみつく男たち。パンツの下では怒張が猛り狂い、それをグリグリと里美の腰やら太腿へ押しつけるのだ。その熱くおぞましい肉感に少女はゾッと震えあがる。この先に自分を待ち受ける運命は、あまりにも明らかだった。

「へへへ。舌までチューチュー吸って、見せつけてくれちゃってよ。たまんねえな」

ねちっこいキスを強要され、みるみる艶っぽく紅潮していく里美の表情を、乳ぶさを揉みこむリョウが舌なめずりして見つめる。興児は深々と接吻しながら少女の股間をしきりに指でいたずらし、そのたびに里美の優美な腰つきが左右にうねる。

「オラァ、俺の唾を呑めってんだ」

「い、いやっ。いやよ！」

「ふっふ。なら、こうだ」

「きゃああっ」

秘部を指で犯されたらしい。里美の切羽つまった悲鳴が起こる。

今や男たちはとろけるような里美の肌触りに有頂天だった。

いたぶりに夢中になるあまり、もう一人の美少女、東沙絵子に注意を払うのを忘れた。後ろ手に縛られ、猿轡をかまされた不自由な姿で床から起きあがった沙絵子は、忍び足でそっと広い居間を横切る。

もう少しだわ。がんばるのよ……。

なんとかして自分が里美を救いださなければならない。破れんばかりの心臓の鼓動と必死に闘って玄関に出た。背中まで高くくくられた両手で鍵を開けようとする。無理な姿勢をとり腕が肩がキリキリ痛い。

用心深く何重にも備えつけた内鍵が、皮肉にも邪魔をした。かろうじてひとつ、そしてふたつめを開けた時、ガチャリと大きな音が響いた。

「あのアマァ」

興児が血相を変えて飛びだしてきた。

2

どうしよう。殺される！……

猿轡をかまされた沙絵子の、印象的な切れ長の黒目に、恐怖がひろがった。

「逃してたまるかよ！」

腰までの光沢のある髪をいきなりつかまれた。そのままグイッグイッとたぐり寄せられる。

「ン、ンムムッ……」

手拭いでふさがれた口腔で悲鳴がほとばしった。

「こらァ、こっち来い」

有無をいわさず居間へと連れ戻されていく。いとおしい黒髪が、根こそぎ引き抜かれそうな激痛。涙でなにも見えなくなる。

これは、現実なのか。とても信じられなかった。つい十分前まで、自分たちはこの部屋で楽しくトランプをしていたはずだった。もしかしてそのままウトウト寝入って悪夢にうなされているのだろうか。いや違う。この髪の千切れるほどの痛みは、確かに現実のものなのだ。

あまりの痛みに、沙絵子はたまらず腰から崩折れた。あお向けに倒れたまま、絨毯の上を引きずられる。

どうして、どうしてこんな目にあわなければいけないの……お父様、お母様、沙絵子を助けて……。

なにひとつ汚れを知らず清らかに育ってきた沙絵子は、心のうちで叫んだ。

「おとなしい顔して、油断も隙もねえぜ。まったく」

元の位置まで引き戻すと、ようやく興児は長い髪から手を離した。

横たわる沙絵子の姿態はあまりに悩ましく、里美と熱いキスを交わして性感の高ぶっている興児には、いかにも目の毒だった。スカートの裾は乱れに乱れ、純白のスリップのレース刺繍、そして形のいい腿がすっかり露わになっているのだ。

「ナメやがって。てめえも素っ裸にひん剝いてやろうか」

ブルーの上品なフレアースカートが思いきりまくりあげられた。

優雅そのものといった下肢のライン、股間にくいこむ清楚な白のパンティが丸出しとなる。抒情的な沙絵子の目もとは血を噴くように真っ赤になった。

「へっへへ。たまんねえな。もうビンビンきちゃうぜ」

興児の目が淫欲にギラついた。と、なにを思ったか、突然トランクスをさげはじめる。

太い血管をミミズのように膨れあがらせた肉茎が、恐怖にすくむ少女の眼前に現われた。

「お前、コレ見るの初めてかよ。でっけえもんだろ？　ひひひ。こいつで今すぐ女にしてやろうか」

興児は一物を自慢げに晒したまま、手を伸ばして沙絵子の太腿をまさぐり、ブラウスの胸をつかんだ。

「ん……ンンムグッ」

沙絵子は長い黒髪を左右に打ち振り、狂ったように身悶えする。若い野獣の手が、無防備な胸もとを犯し、太腿のきわどい箇所を責めて、純潔をおびやかす。気も狂いそうな汚辱感である。

ああ、いやあ。沙絵子、どうすればいいのよ……。

グロテスクな肉塊が、今にも身体を貫いてきそうで生きた心地もない。電車で変質漢に襲われた時以上の恐怖だった。

優雅さの匂いたつ令嬢の、羞恥の極限のさまが、興児にはこたえられないのである。レースのついた上品なパンティ越しにねちねちと繊毛を愛撫しては、ギュンと怒張をそそり立たせる。

本当に、どこかのお姫様みたいだな……。

犯しがたい気品だった。こんな美しい女学生は初めてだ。乳ぶさも太腿の感触も、これからがようやく食べ頃の感じだ。成熟したら恐ろしいほどの美女になるのはまず間違いなかった。

「ちょっとオッパイ見せてもらうか」

ごくりと生唾を呑んで胸もとのボタンをはずしにかかる。

「ンググ……ン、ンンムム」

沙絵子は美しい黒目を剝いて激しく呻いた。黒髪がひるがえり、その悩ましい媚香が興児の鼻をくすぐる。

「やめてよ。沙絵子にはなにもしないで！　ねえ、私が、私が相手をすればいいんでしょ」

里美が、リョウの腕のなかで絶叫した。

男たちの背後にある遠大な企みを知る由もない。フラれたことを根にもったリョウが、兄貴分を連れて復讐に来ただけと思っている。ならば犠牲になるのは自分だけでたくさんだ。親友の沙絵子まで巻きこみ、野獣たちの餌食にするのは耐えられなかった。

「なんでもするわ。だから……お願い！　沙絵子には手を出さないで」

「へへえ。お前みたいなわがまま娘でも、ダチを助ける気持ちは一人前だな。俺たち二人相手に、なんでもするってか」

リョウが憎しみをこめて里美の裸の腰を蹴りあげた。

「兄貴よォ、そのスケはどこかに縛りつけておこう。間宮さんもうるせえし。そんで酒飲みながらさ、里美にしゃぶらせたりケツ振らせたりして、ハメまくろうぜ」

そう言われて興児が手をとめた。親分格の間宮に厳命されていたことが胸に蘇ったのだ。

「うむ。そうするか」

少女の、縄に緊めあげられた胸もとのボタンがはずれ、白いスリップに包まれた妖しいふくらみがムッと飛びだしている。興児はそれを恨めしそうに見つめた。

「こいつがいるとどうも気が散ってしようがねえ。ひとまずどこかへ閉じこめておくか」

そう呟くと、悩ましく服を乱れさせて横たわる沙絵子を起きあがらせた。

間宮が来るまで西棟の寝室に縛りつけておこうと思った。この別荘の間取りはちゃんと頭に入れてあるのだ。

「ひとりでいい子にしてるんだぜ」

勃起した男根を少女の身体にこすりつけるようにしながら、興児は沙絵子を西棟へと引きたてていく。

肩を抱かれ、双臀を撫でられ、沙絵子は緊縛された身体をガクガク震わせる。押しつけられるおぞましい肉塊を必死でかわしては、ちらっと振りかえり、涙に濡れた美しい瞳で里美を見た。

負けちゃ駄目。がんばるのよ、里美さん……。

背後からリョウにしつこく乳ぶさを揉まれて喘いでいる里美に向かい、心で叫んだ。

3

東沙絵子を閉じこめると、いよいよ里美への執拗な色責めが開始された。

十五畳の広々とした居間の真んなかに、籐製のがっしりした肘掛け椅子が持ちだされ、そこへ里美は幼児がオシッコをするような姿勢で下肢を開いて縛りつけられた。

目鼻立ちのくっきりしたハーフっぽい美貌が、生まれて初めての屈辱にぐしゃぐしゃに歪んでいる。上体は後ろ手に緊縛され、白く柔らかな隆起がぷっくり飛びだして、大きく左右に割られた両肢の中心には、生赤い秘肉がヒクヒク恥ずかしげに蠢きをみせる。

「けっけっ、毛だらけの赤貝剝きだしちゃって、クラブの女王もざまねえなァ」

「いかにもスケベなオマ×コだけどよ、けっこう綺麗な色じゃんか。噂ほど遊んじゃいねえのか」

男たちは冷蔵庫からビールやつまみを出して飲み食いしながら、里美の裸身にネチネチといたずらするのだ。二人とも素っ裸で、股間のモノを隆々とオッ立てている。

「南条一生には今まで何発くらいハメさせたんだよ、なあ里美」

「……や、やめてっ」

「十発か、二十発か？　あの野郎も好きそうだもんなァ、フフフ。よォ、俺のチ×ポとどっちが大きい？」

リョウがうれしそうに、里美の鼠蹊部を淫靡な手つきで撫でさする。里美は悲鳴をあげ、ムチムチの内腿をピーンと突っ張らせた。興児は繊毛をしきりに梳きあげながら、

「えらいよなァ。沙絵子を守るために俺たち二人とファックするってんだから」

リョウと顔を見合わせ、にたりとする。

「俺たちのセックスはハンパねえんだぜ。お口やおケツまでとことん使わせてもらうからな。ふっふ」

「あ、あなたたち、最低よっ。こんな卑怯な手段を使うなんて、人間の屑だわ」

「馬鹿野郎ッ！」

リョウが痛烈にビンタを張った。里美は負けじと、ものすごい形相となってリョウを睨みつける。

「私、強姦されたって平気よ。絶対警察へ訴えてやるから」

「へえ。二週間ぶっ通しで姦られても、まだそれだけの元気があったら大したもんだけどな。ひひひ」

興児がすでに酔いで赤らんだ目を輝かせ、毒づいた。

里美の顔色が変わった。

二週間？……

男たちは自分たちが滞在している間、ここで狼藉を繰りかえすつもりなのだ。ということは真澄先生も……。

「どうした？　怖くなったのか、里美？」

興児は上唇をペロリと舐め、ビールを浸した指先をクレヴァスへあてがう。里美の腰がブルッと震えた。折り重なった肉門がこじ開けられ、妖しいピンクの果肉が顔を出す。

「へへへ。ウッマそう」

男たちはこぞって少女のその部分を指でまさぐった。

「あ……い、いやあ」

たたみこまれた肉襞が抉りだされ、花芯を嬲られる。勝ち気な里美もさすがに脂汗をドッと噴きだすのだ。

「お嬢様はどうやらここをペロペロ舐めてほしがってるぜ。リョウ、得意技で泣かせてやれよ」

「よしきた」

リョウの舌が少女の急所をとらえた。下方からゆっくり花弁をなぞりあげると、里美は椅子の上で身悶えし艶っぽく啜り泣いた。

「ほう。けっこういい声で泣くじゃん」

興児はにやりと笑い、はちきれんばかりの重量感の乳ぶさを揺さぶっては、乳頭へチュッチュッとキスを注ぐ。

「……ひいい、駄目ェ」

里美がウエーブのかかった綺麗な髪を振り乱して喘いだ。リョウの舌先が肉層を抉ってきたのだ。そうしながら指先ではクリトリスに微妙な刺激を送りつづける。

たまらなかった。感じてはいけない、いけないと身体にいいきかせても、早熟な官能はひとりでに反応してしまう。

　ボウッとなっている隙に興児に口を吸われた。胸を揉まれ、口腔をヌチャヌチャ舌でこねくりまわされ、里美の鼻から切なげな吐息がこぼれはじめる。のけ反らせた白い喉が苦しげに上下する。

「けっ。トロトロに濡らしやがって。ほら見ろよ、兄貴」

　リョウが花びらを開いた。充血を帯びた秘口から果汁がヌラリと光り、赤くふくらんだ肉芽が露わになった。

「もうナマが欲しいんじゃねえのか」

「ううっ……堪忍」

「へへへ。そんじゃ兄貴、俺が先にいくぜ。里美にゃなにかと因縁があるからな」

　さっそくリョウは淫裂に狙いを定めた。初めて里美を見かけて以来、どれほどこの瞬間を待ちのぞんだことか。自分がナンパ師となって口説き落とせなかった最初の女でもあった。

　軽く一突き二突き。少女の肉門は、唾液とそれに里美自身の分泌した果汁が溶け合って、トロリと甘くリョウの先端部を迎え入れる。その快楽に思わずリョウの口もとがゆるんだ。

ああ、これでもう、このスケもおしまいだな。一生、東原商事の食い物にされちまうんだ……。そう思うと痛快でならない。

「あ……だ、駄目ェ……いやなのよォ」

椅子の上でせいいっぱい身をずりあがらせようとする。が、どうにもならない。憎むべき男の切っ先は、容赦なく粘膜を突き破ってくるのだ。

「あうう……ひ、いいっ」

ファッションモデルのような端整な顔を真っ赤にさせ、右に左にキリキリとよじっては重く唸る里美。

「あーあ、とうとう入っちゃった。南条一生と穴兄弟になったな、リョウ」

興児は乳ぶさをつかんでは首筋をペロペロ舐め、愉快げに言う。

「へへ。悪かねえよ。けっこうキツい感じ」

美少女が恥辱の嵐にのた打つさまを男たちは骨の髄まで楽しんでいる。

いったん連結してしまうと、里美の身体から嘘のように力が抜けた。根元までたっぷり埋めこんだリョウは、会心の笑みをもらしながら、規則的にシャフトを繰りだしていく。そのたびに籐椅子が軋み、里美の艶美な肢体が上下動する。

興児が立ちあがった。毛むくじゃらの腿を少女の顔にこすりつけるようにして、その眼前で卑猥に剛直をしごきたてる。

「わかるな？　お口でサービス、できるよなっ」

「やめてェ！　あ、あっちへ行って！」

毒々しくエラの張った亀頭からは涎れがひっきりなしに噴出している。総毛立つ思いに里美は絶叫を放った。

「てめえ、なんでもするって言ったろ！」

グイッと突きを入れ、リョウが怒鳴る。

「ふふふ。いやならいいんだ。沙絵子のあそこに突っこむだけさ」

興児がネチネチといたぶりの言葉を吐く。

「沙絵子は関係ないでしょ。ねえ、お願い、沙絵子には手を出さないで」

「じゃ、咥えろよ。なにも初めてじゃねえだろが。アン？　あのナンパ歌手のチ×ポならうまそうに舐めんだろ、お前」

「……ウウ……うぐぐッ」

顔面を押さえつけられ、無理やり口腔に突っこまれた。

「へっへへ。このツラ、南条一生の野郎に見せてやりてえなあ」

「はは、はっは。いい気味だぜ」

ピストン運動をつづけるリョウが狂ったように笑う。

結城里美といえば、六本木界隈じゃ美少女として知られた存在だ。その里美が自分たちのようなチンピラ二人に両方の口をふさがれ、ズッコンバッコンされているのだ。愉快で愉快でならなかった。

これもみんな俺をコケにした報いだ……。

「ウリャ、ウリャ」

腹に力をこめ、左右に大きくグラインドさせて、それから一気に秘奥へ貫通する。すると里美の粘膜が入口でキューーッと猛烈に収縮するのだ。

「お、おお。緊めつけやがって、こんないいマ×コしてやがったのか、くそっ」

唇を舐め舐め、リョウは本格的に抽送を繰りかえす。すると肉擦れの音が淫らに響いて、野獣たちの情欲をさらに煽る。

「このスケなら文句ねえ。最高の値段で売れるぜ、リョウ」

「ああ。この濡らしようだと、仕込むのにも手間がいらねえや」

興児とリョウは互いにほくそ笑む。

両方から犯しながら男たちの手が、少女の肌という肌をこねまわす。乳ぶさが、腹部が、クリトリスが、内腿が、ねちっこい愛撫を受けてぐっしょり汗まみれだ。里美の彫りの深い顔はみるみる紅潮し、泣き声ともよがり声ともつかぬ呻きが露骨に口からもれてくる。

その声に誘われてリョウが唸った。いよいよ切迫してきたらしい。椅子ごと押し倒さんばかりに、激しい勢いで体を前後させる。

粘膜が破れ、内臓まで貫かれる感じだった。たまらず里美が口から肉塊を吐きだし、パクパクと苦しげに空気を貪った。

ひと呼吸あって、灼熱の体液がなかではじけ飛んだ。

「あっ……もう……いやああ」

白い喉を突きだし、絶望に身悶えする里美。粘液が子宮で飛び跳ねるその嫌悪感。こんな……こんな最低の男に汚されるなんて……。

嗚咽にむせぶ少女の顔面に今度は興児が噴射した。黒髪に、額に、その頬に、白い粘液が飛び散った。

「やった、やったァ。くくくッ」

最高の射精を遂げ、男たちの満足げな哄笑が響き渡った。

4

二つの棟をV字型に開いて造られたその別荘の、居間とは反対側、西棟の寝室で、沙絵子は一人しくしく泣きじゃくっていた。黒のゴムロープを腕から足までがんじがらめに巻きつけられ、芋虫のごとく床に転がっている。

さっきまで断続的に聞こえてきた里美の甲高い悲鳴。それが耳に届くたびに、沙絵子は身を切り刻まれるようなつらい思いをしたのだが、今はそれも聞こえてこない。

ここに閉じこめられ、もう数時間はたったはずだ。

里美さん、どうしたのかしら？　ああ、あの恐ろしい人たち、いったい里美さんになにをしたのかしら？……

いくらウブな沙絵子でも、その答えがなんであるかは薄々はわかっていた。が、そんなことは信じたくない。今はただ、里美の身体が無事であるようにと祈るばかりだ。

これから自分たちはどうなるのだろう。神経がおかしくなりそうな底深い恐怖が、ジワッと胸にせりあがってくる。

あのヤクザのような連中は、おそらく明日になっても出ていきはしないだろう。

すると、すると、真澄先生は……いいえ、まさか先生が……。

木下真澄があんな男たちに捕われるとは、絶対に思いたくない沙絵子である。

いや、それとは逆に、事前になにか異常を察知して、警察を呼んできてくれるかもしれない。

そうよ。あの真澄先生のことだから、きっと私たちを救ってくれるわ……。

暗闇のなかで一人置かれ、ともすれば気の狂いそうになる恐怖と闘いながら、沙絵子はこの窮地から脱出できる可能性を少しでも見出そうとするのだ。

平気よ。大丈夫。きっとみんな助かるわ……。

最悪、真澄がとりこになっても、まだ沙絵子には最後の希望が残されていた。真澄の弟、木下準一である。準一はおそらく数日中にここへやってくるはずだ。空手の有段者だという。あんな連中二人を退治するくらい、わけないのではないか。

そう考えるといくらか気持ちが休まった。となると、準一に助けだしてもらうまではなんとしても純潔を守り抜かなければならない。そう強く自分に言い聞かせるのだった。

廊下を誰かが歩いてくる気配がして、沙絵子はハッと息をひそめた。

ドアが開く。

冷汗が背中をツーッと伝う。

入ってきた男のかすかな体臭が部屋に流れる。若いチンピラとは違い、もっとギトギト脂ぎった感じなのに沙絵子は鋭く感づいた。

ライトが灯された。シャギーのカーペットを敷いた八畳ほどの洋間だった。西棟には二つの寝室がしつらえてあるが、そこはもっぱら来客用で、中央にはセミダブルの分厚いマットレスが置いてある。日本では珍しいウォーターベッドだ。

「おやおや、可哀相に。簀巻にされちまったのかい」

聞き覚えのない、ひび割れた太い声。床に転がったまま、沙絵子は男の足もとを見た。派手なライトブルーのズボンが外股に大きく開いている。

別の男がやってきたのだ。沙絵子は震えあがった。チンピラが間宮と呼んでいた男、おそらく連中の親分格だろう。いったいここでなにが起ころうとしているのか。沙絵子には知る由もない。ただこれで脱出がいっそう困難になったのは確かだった。

「苦しかったろ?　さあ、ほどいてやろう」

猫撫で声を出し、沙絵子の長い髪を愛撫すると、男は猿轡を解きはじめた。

何時間も沙絵子の口を拘束していた手ぬぐいをはずしてやると、男は、それを自分の顔に近づけてにんまりする。

「あー、いい匂いだ。美しいお嬢さんは、唾の匂いまで素敵なんだな」

沙絵子の唾液でぐっしょり濡れたそれを、愛おしげにペロペロ舐めてはうっとりする。そんな変態じみた仕草を見て沙絵子の愛らしい顔が嫌悪に歪んだ。

「里美さんを……どうしたんです？　里美さんに会わせて」

「へへ。元気なもんさ。すっかり連中と仲よくやってらァ」

間宮は手ぬぐいを大事そうに背広のポケットにしまうと、少女の身体に巻きついたゴムロープをはずしはじめ、なにげない調子で言う。

もしかしたら……。

沙絵子の心に希望がひろがった。この柄の悪そうな男は案外いい人間で、自分たちを守ってくれるのだろうか。それが証拠に、今こうして縄をほどいてくれているではないか。

「わ、私たちを、助けてくださるの？」

「へっへへ。そうしてやりてえのは山々だが、そうもいかねえんだ。その代わり、お前だけはこの俺が面倒見てやる」

間宮は足のロープをほどき、少女の雪白のスラリとしたふくらはぎに見惚れつつ言った。

「それ……ど、どういう意味なんです？」

「俺の言う通りにしてりゃ、奴らの玩具にはさせねえってことさ。わかるか？」

不安にわななく沙絵子の顔をのぞきこんだ。

どうだい、この可愛らしい表情は……。

間宮はつい抱きしめたくなる衝動と必死で闘っていた。あの日以来一目惚れした永遠の美少女が、とうとう今、自分の手のなかにあるのだ。絹のような光沢の黒髪、それに令嬢らしい服から、なんともいえない清楚な香りが立ちのぼってくるではないか。ズボンのなかでシリコン入りの一物がキュウキュウ騒ぎだす。

東京から車を飛ばしてきた甲斐があったってもんだ。『ユメイヌ』が閉店してから大急ぎで駆けつけたのだ。こんな熱い感情は青臭いガキの時分にとっくに失くしたと思っていた間宮であった。

「里美はよ、アソコやら口やら、もう連中のザーメンでベッタベタだぜ。二人合わせて六発は姦ったたってよ。ひひ。まだまだつづけるらしいぜ」

「そんなっ……ひどい」

「安心しろ。お前にゃそんな思いはさせねえよ」

ようやくロープが解かれた。沙絵子は男に背を向けるようにして、痺れきって感覚のなくなった腕や足をしきりにマッサージする。

「しかし、沙絵子のクラスメイトは相当なおマセちゃんだな。腰は使うわ、涎れは垂らすわ、ヒイヒイよがり泣いてすごい騒ぎさ。あれじゃとても強姦とは呼べねえ。サービスしてるようなもんだ」

「嘘っ、嘘です。里美さんは、そ、そんな人じゃないわ」

振りかえり、涙の滲んだ瞳で訴える。

「嘘じゃねえさ。なんなら後で見学させてやろうか。今さっきも、イクゥ、イクゥって叫んで、七回だか八回目かの絶頂を迎えたところさ」

「ああ……もう、そんな恐ろしい話、聞きたくありません」

耳をふさぐようにして、がっくり首を垂れる沙絵子。

絶望に胸が張り裂けそうだった。自分をかばってくれた里美は、狼たちの毒牙にかかって大変な目にあっているのだ。

ああ、可哀相な里美さん……。

いったいなんと言って慰めたらいいのだろうか。

けれども悲嘆に暮れている暇はなかった。間宮がマットにあぐらをかき、沙絵子の身体をグイッと引き寄せたのだ。抵抗を許さぬ強い力だ。

「あっ……い、いやァ。やめて!」

「いいじゃねえか。な?」

少女の長い髪がハラリとひるがえり、間宮の顔をくすぐる。

「お前にぞっこん惚れちまったんだよ」

間宮の声が震える。絹の黒髪に顔を埋めながら、少女の華奢な身体をひしと抱きすくめ、感極まった様子である。

いやよ、こんなの……準一さん、どうすればいいの?……

肩を抱かれ、脇腹から腰のあたりを愛撫され、沙絵子はゾッと鳥肌たつ。男の手つきは獣そのものの興児の振る舞いと違い、ヒルを思わせる粘着質のいやらしさがあった。どちらも吐きけがするほど汚らわしかった。が、沙絵子は戸惑いがちに、拒むとなにをされるかわからない不気味さも手伝ってか、間宮のされるがままになっている。

「おとなしく俺の言うことを聞いてりゃ、あいつらに手出しはさせない。その代わり、今日からお前は俺の女だ」

それはいたいけな少女の心臓を凍りつかせる言葉であった。自分がこのヤクザ者の女にされる——。さっき抱いた甘い幻想が無残に砕け散ったことを沙絵子はいやというほど思い知らされるのだ。

「教えてください。あなたは……誰なんです。どうしてここに来たんです?」

「ふふ。俺の顔に全然見覚えないのか。確か一回会っているはずだぜ」

沙絵子はハッと髪をあげた。日本人形のような透きとおった美貌を、へらへら笑っている男に向け、まじまじと相手を見据えた。

パンチパーマ、細く鋭い目、薄い唇――。さっきから、どこかで見た男だという気がしてならなかったのだ。

「電車のなかさ。お前は素敵な彼氏と一緒だったっけ」

すべてが蘇ってきた。なんということだ。準一の眼前で肌という肌を触りまくり、あげくにスカートに精液をこすりつけた、あの憎んであまりある変質者ではないか。

「きゃあ!……は、離してェ。あっちへ行って!」

男の胸のなかで狂ったように身をバタつかせる沙絵子。

「へへへ。あの時からお前は俺のスケになる運命だったらしいぜ」

「誰が……誰が、あなたの言いなりなんかになるもんですか。死んでも、殺されても、絶対にいやよ。ウウッ……ひ、ひどいわ」

理知的でもの静かな沙絵子の、いったいどこにそんなエネルギーが潜んでいたかと思うくらいの暴れようである。髪をバラバラに振り乱し、涙で顔をぐしゃぐしゃにしながら、手足を激しい勢いで動かす。

「うるっせえ、このアマ！」

初めは笑っていた間宮も、さすがに手にあまってビンタを張り、鳩尾へ正拳をたたきこんだ。途端にぐったりとなった少女を、舌なめずりしながら、間宮はマットレスに押し倒した。

5

上で身動きするたびに、ウォーターベッドがチャプチャプと水の音を響かせる。

けったいな代物だ、と間宮は思った。でも人肌のようにしっとりと体を包む感じが心地よかった。それに、床にじかにマットレスを敷いただけだから、なにかと普通のベッドよりプレイがしやすい利点があった。

間宮は添い寝するように沙絵子と横たわっている。沙絵子のブラウスのボタンははずされ、純白のスリップの胸が飛びだして、その隆起を間宮の手がゆっくり揉みこんでいる。

その手は時折り下半身へと伸び、フレアースカートをまくってスリップのなかへ入り、パンティ越しに処女の扉をそっとなぞったりもするのだ。

そうしながら、はだけた白い胸もとから繊細な首筋へ、さらにはピンク色の耳たぶまで、少女の美しい肌へチュッ、チュッと執拗なキスを注ぐ。

「あ、ああ、怖い。怖いわっ。沙絵子、どうすればいいの」

「へっへへ。馬鹿だなァ。まだなんにもしちゃいねえのに。どうだ、少しずつ気持ちよくなってきたろう」

「……いやっ。もう許してください」

「こうやって徐々に馴らしていこうな、沙絵子。そのうちペッティングだけで気をやれるようになったら、いよいよ本番ＯＫってわけだ」

間宮はうれしくてならないといった調子で沙絵子の耳に囁く。

「ああ……身体は、沙絵子の身体は、守ってくださるっておっしゃったわ」

「ふっふっ。そうさ、お前がオマ×コしたいって言わない限り、こっちから無理やりハメたりしねえ。約束するぜ」

「本当に……それだけは、お願いします」

沙絵子の表情は真剣そのものだ。

「純潔は準一のためにとっておくってわけか。泣かせるぜ、まったく」

今度の計画がいかに周到に準備されたものであるかを、間宮はすでに話していた。

自分たちの背後にどれほどの組織がついているか、木下真澄を含めて三人の女たちは絶対にもう逃げられないこと、弟の準一は場合によったら殺すかもしれない……等々。

ホラも入りまじったその内容は、世間知らずの沙絵子を震えあがらせるのに充分だった。ネチネチと暴力的にいたぶられ、ドスのきいたセリフを聞かされ、すっかり錯乱状態に追いこまれた沙絵子。やがては、準一の命を助けることを条件に、間宮の色責めを受けることを死ぬ思いで承諾したのである。

「お前も運がいい。俺がいなきゃ、とっくに興児たちに輪姦されていたんだぜ」

ゆっくりと沙絵子に愛撫をつづけながら、ズボンの下のカッカと熱い勃起を少女の腹にこすりつけている。早くそれを剝きだしにしたかったが、いきなりシリコン入りの肉棒を見せたら、沙絵子はショックで卒倒してしまうだろう。

その気になればいつでも凌辱はできる。沙絵子との約束を守るつもりなど毛頭ない間宮だが、といってこのまま純潔を奪ってしまうのは惜しかった。せっかく、これほどの清純な美少女を手に入れたのだ、おそらく生涯二度とめぐりあえないほどの。だから合体する楽しみは最後の最後までとっておき、じっくり時間をかけて調教して、無垢の女体が変化していく過程を味わいたかった。

その前に、まず、少女の衣服を脱がしていく楽しみも間宮にはあった。

ひっひっ。楽しみだなあ。いったいどんなヌードが拝めるんだろ……。

艶っぽいレース刺繍のついた清楚で上質なスリップの姿態を眺め、生唾を呑む。

「キス、したことあるのか？」

そう尋ねられ、沙絵子は瞳を閉ざしたまま激しく首を横に振る。ぎりぎりの羞恥と、淫靡な熱気に、その透きとおった美貌は真っ赤である。

「なら、やり方を覚えねえとな。これから俺たちは、この部屋で仲よく夫婦同然に暮らすんだ。キスをしねえのは不自然だからな」

「いやです。そんな、そんなこと……」

「今どきキスも知らないんじゃ笑われるぜ。口を開けて舌と舌をからませ合ったり、口のなかを舐めまわしたり、お互いに唾を呑ませ合ったりするんだ」

間宮は言いながら興奮して、沙絵子のいかにも美味そうな朱唇を涎れをたらさんばかりに凝視する。

男の唇が、チロチロと卑猥に舌をのぞかせ、近づいた。

沙絵子は、苦しげに喘ぎつつ、小さくいやいやをする。

助けて、準一さん……。

恋人同士のキスとは、いつか準一と交わすはずの接吻とは、もっと美しいもののはずだった。が、男の口から聞かされた行為は、なんと不潔でおぞましいものだろうか。この男と口腔を触れ合わせると想像するだけで、沙絵子は吐き気を催すほどだ。

ついに唇が重ねられた。ヤニ臭い息とともに、意外なほど熱くヌラヌラした男の舌が、口腔を犯す。唾液と唾液がひとつに溶け合う不潔感、粘膜と粘膜のこすれる汚辱感に、沙絵子はボウッと頭の芯が重くなる。

唇を半開きにされたまま、間宮の舌がピストン運動のように口から出たり入ったりする。本当に、肉体そのものを犯されている感じだった。

けだるい不思議な痺れが少しずつ少女を襲う。

深々と舌を吸いあげながら、間宮はピンクのブラウスを少女の身体から奪いとっていく。肩を抜かれ、まばゆい白のスリップ姿にされて、下着の上からしつこく胸を愛撫される。沙絵子は朦朧となって、男のされるがままだ。

真珠のような美しい沙絵子の歯を一本一本しゃぶるように舌を動かしながら、間宮は巧みな手つきでスカートのファスナーを引きおろしはじめた。

第七章　貪る！

1

優に十五畳はある広々とした居間。その絨毯の上で、三つの肉体が折り重なって倒れている。里美は、騎乗位で連結したまま気を失ってリョウの胸に倒れこみ、背後からは興児が覆いかぶさっている。三人のまわりには、丸まったティシューが数えきれないほどに散らばって、いかにも交合のすさまじさを物語っている。

それに生臭く濃厚な匂い——若い獣たちの放った精の淫臭と、里美が絞りとられた蜜の匂いが、息苦しいくらいムンムンとたちこめていた。

里美の縄はとうにはずされていた。男二人が同時に交わるのに、少女が縄つきでは負担が大きすぎる。それに、もはや里美には抵抗する気力など残っていないのだから。

磨きこまれた宝石のような十六歳の瑞々しい肌、ムチムチと一分の隙もなく張りつめた美しい肉体が、時折りピクッと痙攣する。それらは男たちの激しい愛撫で淫らなほどに紅潮し、汗が一面ぬめ光って、まるでずっと釜風呂に浸けられていたかのようだ。

少女を真んなかに挟み、興児とリョウが顔を見合わせ、ニヤリとした。

「へっへへ。小生意気なお嬢様も、これで完全にとどめを刺されたって感じだな」

激甚なる射精の余韻からようやく醒め、興児が口を開いた。

「ケツの味はどうだった、兄貴?」

「いいなんてもんじゃねえよ。あんまりキュッキュッすぼまるんで、マラがこわれちまうかと思った」

おぞましくも里美は、前門と後門を同時に犯されたところだった。

「そうかい。しかしよ、いきなりケツの穴に突っこまれてこれほど狂う女も珍しい。あの結城里美がさ、まさかこれほどの淫乱とは知らなかったな。ふふ」

リョウがうれしそうに呟く。とにかくこれで今までの借りはかえした気分だった。

「よっこらしょっと。アア、きつゥ」

興児がゆっくりと少女の肛門からペニスを引き抜いた。

「どんないい女でも、ケツでつながった後はやっぱ臭えや」

「ヒヒヒ。里美にしゃぶらせてテメエの糞の味を教えてやればいいじゃん」

「そうだな。今日の仕上げはそれでいくか」

男たちは残忍に笑い合う。リョウはいまだに里美とぴったりつながったままだ。

これで互いに四発ずつを里美の身体にブチこんだ計算である。あと一発ずつ姦ってひとまず打ち止めにするつもりらしかった。

ペニスを引き抜き、興児は少女の菊座を確かめる。可愛いおちょぼ口が、今はザクロの実のようにぱっくりと無残に裂け、ドロドロの白濁にまじって周囲に鮮血がにじむ。それらが一緒くたになってタラリ、タラリと、里美と下で連結するリョウの下腹部へ流れ落ちていくのだった。

それを眺めて、興児の口もとが不気味に吊りあがった。引き抜いた己れの肉棒も血に染まっている。

「いつまで気絶してやがるんだ、まったく」

興児がピシャリと尻肉を叩いた。汚れた肉棒を少女に清めさせたいのだ。

里美の反応はすさまじかった。リョウによる最初の一発目こそなんとか持ちこたえたものの、それから先はもうメロメロ。二人の淫棒でグイグイ執拗に貫かれると、早熟な官能は燃えに燃え狂い、いったい何度オルガスムスに達したか、誰も数えきれないほどだ。

そして今、両方の穴を責められると、狂乱は頂点に達した。涎れを口から垂らして小刻みにイキっぱなしの状態となり、とうとうしまいには絶頂と同時に失神してしまったのである。

「アーア、姦ったなあ。ほんと姦りまくった」

里美の身体から離れると、興児は肩や首をグルグルまわしながら歩き、ソファーにドサッと倒れこんだ。滴る顔の汗を里美の脱いだTシャツで拭い、喉を鳴らしてビールを飲む。

「ひゃー、うんめえっ」

満足げに唸る。久々に強姦の醍醐味を満喫した感じだった。

相手は美少女で名だたる結城里美。その愛らしい口腔に、ピンクの淫裂に、さらには肛門にと、たてつづけに四発もブチこんだのである。いつもと充実感がまるで違うのも当然だ。

男に生まれてよかったよなあ、ふふ。上玉をこってり輪姦にかけたこの感激、女にゃ絶対わからねえもんなあ……。

血をすったその肉棒は、今はだらりと首を垂れ、股の間におとなしくおさまっている。が、四時間余りもずっと勃起しどおしだったため充血が引かず、異様に赤黒い色をして、静脈は依然として何本も膨れあがったままだ。

と、里美と折り重なっていたリョウがまたモソモソ動きはじめた。引き抜かないままシャフトを繰りだしたのだ。

「ああ、堪忍……」

気絶から覚め、里美が弱々しい悲鳴を発した。

「やめて。離して、ねえッ」

「へっへへ。スケがまぶいと何発でもできるもんだな、兄貴」

ソファーにいる興児は、弟分のいつもとまるで違う張りきりように苦笑をもらした。

「里美のオマ×コ、また締まってきたぜ」

精液にまみれてヌラヌラの蜜壺の感触を楽しみ、こねくりまわす。すると里美の肉層は貪欲にキュッとからみついてくる。

「ああ……もういやっ。そんなにつづけられたら、死んじゃう。ねえっ」

「死んじゃうくらいいいのか、里美？　オマ×コがもっともっとって催促してやがら」

「許してっ。リョウちゃん、お願い」

「コクんじゃねえって。てめえ、もう俺たちの奴隷だぞ。これから毎日ハメてハメてハメまくるからな」

気合もろとも下から腰を激しく突きあげる。里美の豊満な双乳がタプタプ揺れる。その乳ぶさをリョウがつかんだ。乱暴に揉みにじってはズンズン抽送する。

と、里美は弓なりになって喉を震わせ、か細い甘え泣きをもらしていくのだ。

それを見て刺激されたのか、興児がやおらソファーから起きだし、里美の前に立ちふさがった。

「オラッ。後始末は女の務めだぜ。ケツに刺してもらったお礼にペロペロしろよ」

「い、いや……いやよォ」

「てめえの血やらクソがついてるんじゃねえか。なあ里美よ。フッフッ」

不潔な、あまりにいまわしい一物が、無理やり口に押しこまれる。里美の濃いめの眉が苦しげに歪んだ。小鼻がピクつき、形のいい唇が裂けんばかりとなる。やがてみるみる剛棒が根元まで口腔へ消えていった。

地獄だった。なにも感じなければまだ救いがある。が、それには里美の官能はあまりに熟しきっていた。悪鬼たちの巧みな手管でギュウギュウに色責めされ、今まで味わったこともない激烈な快感を、いやというほど知らされていく。どうにもならないその事実が、里美の自意識をなにより苛むのだ。

今また男たちに屈辱的に犯され、背骨あたりに絶えず電流のような痺れを覚えつつ、里美は、突きつけられた興児の肉棒を舌を尖らせて舐めさすっていく。

2

西棟の寝室から沙絵子が、間宮に肩を抱かれて出てきた。

純白のスリップ一枚の姿にされ、手首を後ろにくくられてある。

間宮に粘っこいペッティングを強要されつづけ、清楚な美貌がポウッと靄がかったように潤んでいる。絹の黒髪が乱れに乱れ、その美しい顔先に垂れかかって、まばゆい白の下着との対比がなんとも妖しい。

「いいか、里美の正体を見てどんなに驚いても、声を出すんじゃねえぞ。せっかくのお楽しみの邪魔になるからな」

そう言って沙絵子の優雅な頰にチュッとキスを注ぐ。これから、里美のまんじどもえの狂態を見せつけ、初心な沙絵子にショック療法を試みようというのが間宮の腹づもりであった。

長い廊下を歩く間もネチネチと沙絵子の尻を撫で、胸のふくらみを揉んだりする。そのたびに沙絵子は哀訴し、優美な身をくねらせるのだ。

「金持ちのお嬢様ってのは、さすがに下着まで贅沢だな。こんなスリップ、高いんだろ? なあ、沙絵子」

質素なデザインだが、それでいて上質な綿地を使い、胸元のレース刺繍も凝っている。イタリア製らしい。間宮の目がギラついて美少女の下着を舐めまわす。

「お母様に買ってもらうのかい? それとも自分で選ぶのかな。どっちだい、沙絵子」

「……し、知りません」

細い肩をすくめ、消え入りたげな沙絵子。そんなことを答えられるわけがない。野卑な男の前に下着姿を晒すだけで気が狂いそうなのだった。

その初々しい羞恥の風情が間宮の灼熱の情欲をそそるのだ。スリップからたち昇る甘い体臭を嗅いでみては、ねちっこく少女の肌をあちこちいたずらする。

「ああ、もういやですっ」

「いいじゃねえか。俺はこうしていっときも休まず、いつだってお前の肌を触っていたいんだよ」

そうやって廊下を引きたてられ、やがて居間の入口に立った沙絵子の目に、信じがたい光景が飛びこんできた。思わず叫び声をあげそうになり、間宮がその口をふさいだ。

「な、わかったろ。あれがお前の親友の本当の姿なんだ。野郎二人を相手に実に頼もしいじゃねえか」

カッと瞳を見開き、硬直した表情で成り行きを見つめる沙絵子。その耳もとでネチネチ囁いて間宮はにんまりする。

四つん這いでバックからリョウに犯されながら、里美は、興児の肉棒を一途に口でしゃぶり抜いていた。まさに淫獣の交合であった。

こんなことって……。

友人のあまりの変貌に、沙絵子のつぶらな瞳には、涸れはてたはずの涙が再びあふれだす。

後ろからリョウが卑猥にクイックイッと腰をグラインドさせた。すると里美は顔をあげ、ひとしきりよがっては身を震わせる。その間も里美の左手は馴れた調子で興児を上下にしごいている。男のテラテラ赤く光る亀頭は、巨大な毒キノコのように沙絵子の目には映った。

ああ……里美さん……。

極限までのおぞましさに全身が総毛立った。フェラチオも、性交も、こうして目撃するのはもちろん初めてだった。

里美の双臀を割ってリョウの濡れ光ったペニスが出たり入ったりする。あんな大きなものを受け入れて死にはしないかと思うのだが、信じられないことに、里美はうっとりした表情で呼吸を合わせて腰をうねらせる。その鼻先からは途切れることなく
「アハン、ウフフン」と嬌声すらもれるのだ。

「へっへ。おいしそうに興児のアレを舐めてやがる。相当フェラチオも馴れてんなあ」

スリップの胸をしきりに揉みほぐし、耳のなかに舌をこじ入れては間宮が囁く。

沙絵子はされるがままだ。執拗な愛撫に頬を火照らせ、肩を喘がせている。全身から力が少しずつ抜け、美しい黒目はトロンとして、里美たちのからみ合いを凝視する。

親友の狂態ぶりが清純な沙絵子の心に深い衝撃を与え、変化をもたらしたのは明らかだった。

「いつかお前だって、あんなふうにされるんだぜ」

「ああ……いやです、そんなこと」

「安心しな。俺が一から十まで優しく教えてやるから」

「怖い……沙絵子、怖いわ」

「ハハハ。馬鹿だな。里美の奴、あんな気持ちよさそうに腰振ってるじゃねえか」

乳ぶさを揺らし、汗を飛び散らせ、里美は淫情にのた打つ。またも絶頂が近づいているらしかった。

リョウのピストン運動がいっそう力強くなる。興児が容赦なく口腔に怒張を突き立てていく。里美の顔がグラグラになる。

「そろそろ、気をおやりになるぜ。何回目だろ。十回や二十回じゃきかねえはずさ」

間宮はそう言って陰湿に笑った。

もう見ていられず、沙絵子は目を閉じる。

里美さん、負けちゃ駄目。お願いよ。先生たちが来るまで、頑張るのよ……。

それは自分自身に聞かせるための祈りでもあった。

その耳に、里美の淫靡な絶叫、男たちの獣の咆哮に似た唸り声が響いた。

3

再び沙絵子は寝室に連れ戻された。汚れを知らぬ無垢な肉体に、これから淫猥な調教が行なわれようとしているのだ。

「里美のよがりっぷりを見て身体が熱くなってきただろ？　へへ。さあ、お前のヌードを拝ませてもらおうか」

沙絵子は脅えきっていやいやをする。

「調教するのに下着は邪魔さ」

「ああっ、お願いです、間宮さん。これ以上は……もう許してください。これをとられたら、私、どうすればいいんですっ」

黒髪を勢いよくひるがえらせ、まばゆいスリップ姿で身悶えるのだ。そんな仕草がかえって間宮の欲情をあおる。

「フン。いつまでわがまま言ってんだよ。ダチは何時間もぶっ通しでオマ×コされてるってのに、自分は裸になるのもいやだってのか」

「ううっ……」

やがて別荘へやってくる準一の命を助けることを条件に、間宮の調教を受ける決心をした沙絵子ではある。しかし、いざこのヤクザ者の前で肌を晒すとなると、たまらない恐怖に襲われるのだ。

「準一の命は助けてくれだの、スリップを脱ぐのはいやだの、ちと虫がよすぎるんじゃねえか。処女は守ってほしいだの、いくらこの俺でも腹に据えかねるぜ。おうっ！」

間宮が細い目をさらに細くさせ、ドスをきかせた。お嬢様育ちの沙絵子は、たちまち震えあがってしまう。

「ほ、本当に……身体だけは守ってくださいますか？」

純日本的なしとやかな顔立ちを真っ赤に染めて尋ねる。

「わかってるって。準一に顔向けできなくなるようなことはしたくねえんだろ。俺だってそれほどのワルじゃねえ。調教はするが、最後の一線だけは守ってやる」

ようやく沙絵子は、純白のスリップの肩紐をはずしはじめた。

長く美しい髪を前へいっぱいに垂らして、できる限り肌を隠すようにしながら、布地をおろしていく。黒髪の隙間から、雪のように白く艶やかな肌が見え隠れする。

間宮は椅子に腰かけ、煙草をふかし、ジンジンと痺れる思いでそれを眺めた。

ズボンの前はもう粘液であふれている。相手は人妻でも娼婦でもない。一目見た時から年甲斐もなく惚れ抜いた憧れの美少女だ。それが目の前でストリップをはじめているのだ。これが興奮せずにいられようか。

ついに沙絵子はスリップを足下へ脱ぎ落とした。

「よく見えねえな。髪をどけるんだ」

沙絵子はアアッと大きく溜め息をつくと、がっくり顔を伏せながら、長い黒髪を両手で後ろへ払った。

「そうそう。いいぜ、最高の眺めだぜ」

いかにも清純そうな白のブラジャーとショーツが、ほっそりと伸びた華奢な肢体を包む。予想した以上の悩ましさに間宮は重く唸った。

「ヒッヒッ。やっぱりお前にゃ白い下着が一番似合うな」

間宮の視線を痛いほどに肌に感じて、沙絵子は死にそうな思いで立ちつくす。

恐ろしいヤクザの眼前に、ヌード同然の姿を晒す。ふだんの沙絵子ならもうそれだけで卒倒していただろう。しかしさっき目撃した里美の強烈な痴態が、少女の理性をいくらか麻痺させていた。頭の芯がクラクラして重く、そのせいで羞恥心もいつもより薄れている。

準一さんのためにも、なんとかこの試練を耐え抜かなければ……。

そんなことをいじらしく念じるのだ。

間宮は立ちあがり、落ち着かなく沙絵子のまわりをうろつく。

ナイロン地の純白のブラジャーから、まだ半熟のふくらみがはっきりうかがえた。少年の尻のような愛らしいヒップをセミビキニのショーツがぴっちり包んでいる。その白づくしの幻想的な姿態と、きらめくほどの長い黒髪が見事な抒情美をかもしだす。

「さあ、ブラジャーを取れよ。聖愛学園のお嬢様はどんなオッパイしてるんだい」

沙絵子の肩がピクッと動いた。切れ長の黒目が揺れて間宮を見、すぐにその目を弱々しげに伏せた。かすかに唇を開いて白い歯をのぞかせ喘ぎつつ、命ぜられるまま純白のブラジャーのホックをはずす。

我慢するのよ。準一さんを救うために……里美さんだって、あんなにもひどい目にあっているんですもの……。

崩れそうになる気持ちを、そうやってけなげに奮い立たせる沙絵子。

しかし、肩紐がハラリとすべり落ちると、あわてて両手で胸を押さえた。無理もない。まだ誰にも見せたことのない乙女の秘密の部分なのだから。

「おいおい、焦らさねえでくれよ。それとも力ずくで取ってほしいのか」

「ああっ、いや……」

長い髪を揺すって身悶えしつつ、両手をそろそろおろしていく。

ようやくふくらみきったばかりという綺麗な双乳がこぼれた。青い果実に似て生硬さを感じさせる隆起の頂点に、透きとおる桃色の乳頭が、恥ずかしげに咲いている。

間宮の喉がごくりと鳴った。大勢の女を見てきたが、これほど初々しくも清らかな乳ぶさを目にするのは初めてだった。幼い少女のものにしては隆起が目立ちすぎる。

といって成熟した女のものでもない。これから大人へと女体が変化していく、そのちょうど境目にある美しさなのだろう。

そのことは、まだ肉づきの少ない下半身にもいえた。腰まわりや太腿はどこまでも華奢でほっそりしているが、上品なレース刺繍のついた白のパンティの股間は、ムッと悩ましく肉を盛りあげているではないか。

もう我慢できなかった。少女の美術品のような裸身を充分に鑑賞しつくすと、間宮は鞄から麻縄を取りだした。

4

沙絵子のいる来客用の寝室には、粋な装飾として天井に梁が井桁に組まれてある。太くがっしりとして、かなり立派な古木がそこに使われていた。

間宮はその梁に縄を投げて反対側へ渡すとスルスルたぐり寄せた。そして沙絵子の両腕を高手小手に吊りあげていくのだ。

「あ……なにをなさるんですっ。離して」

「こうしたほうが調教がやりやすいんだよ。さっきのおままごとみたいなペッティングじゃ話にならねえ。とにかくお前は里美と較べてネンネすぎるからな。ふふふ」

「どうなるの、私……。わずかにパンティだけを残して拘束される心細さに、沙絵子は、腕に顔をこすりつけて啜り泣いた。

「その前に俺も服を脱がせてもらうぜ。さっきから体がカッカと火照ってどうしようもねえんだ」

「そ、そんな……いやです。困ります」

すでにズボンを脱ぎはじめた間宮に気づき、沙絵子は滑稽なくらいに狼狽した。

「脱がないでください。ねえ、お願い」

「馬鹿だな、へへ。お前の純潔を散らす気はねえよ。その気ならもうとっくに姦っちまってら」

美少女のあまりの清純ぶりにゾクゾクする感動を覚えながら、パンツを脱ぎおろす。すでにシリコン入りの一物は、てっぺんから透明な粘液をふりまいている。

「沙絵子、ほら見ろよ。あいつらとはちょっとモノが違うだろ?」

グロテスクにそそり立った怒張を誇示して沙絵子の正面に立つ。

少女の背筋を戦慄が鋭く駆け抜けた。ところどころコブのできた形状といい、不気味に黒ずんだ色といい、この世のものと思われない醜悪さではないか。

沙絵子のしなやかな下肢がブルブル震えはじめた。長い睫毛を閉ざし、歯を食いしばって、喉奥を突きあげようとする熱い嗚咽を必死にこらえた。

耐えるのよ、負けちゃ駄目……。

「ハッハ。そんなに怖いか。処女じゃ無理もねえな。でもよ、一度こいつの味を覚えたらもう病みつきになるんだぜ。このイボイボがたまらねえってよ」

「ウウゥッ……ああ、お母様ァ」

ついに恐怖に耐えかねて泣いてしまう。母親の顔が瞼に浮かぶと号泣に変わる。高々と吊られた細い腕が激しく痙攣する。

「馬鹿野郎、ふふふ。そんな泣くことはねえだろ。よしよし、いい子だ」

間宮は顔を挟みこみ、濡れた舌先を伸ばして、その涙をすくいとる。やがて舌を尖らせて少女の長い睫毛をくすぐり、目尻をちろちろ舐めまわす。ふっと沙絵子が切れ長の瞳を開けると、その眼球へもソロリとこじ入れてくるのだ。

「いやっ！　いやん」

目玉を犯される異様な感覚に沙絵子はおののいた。

こんな卑劣な男に、そんな部分まで汚されるなんて……。

「見れば見るほど可愛い顔して、へへ。この目も鼻も口も、みんな俺のもんだ」

沙絵子の端整な顔立ちをうっとり眺めまわしては、犬のように舌をいっぱいに使ってヌラヌラ愛撫していく。

沙絵子の色白の美貌が血を噴かんばかりに赤く染まる。男の舌先が顔中をナメクジのように這いまわる、その汚辱感をなににたとえればいいか。粟肌が身体に鋭く走った。ヌラリ、ヌラリと唾液が糸を引き、繊細な皮膚にこびりつく。

ああ、もう後でいくら拭っても、その不潔な唾液は決して拭いとれないのでは……。そんな絶望に襲われるのだ。

そんな少女の悲憤などおかまいなしに、間宮は有頂天で顔面中を舐めつくす。そうやって神秘的なまでに美しい沙絵子の顔に己れの刻印をつけ、肉体のみならずその美貌までも独占するつもりであった。

「へへへ。これで顔中俺の唾だらけ」

「……ウ、ウウッ」

顔を舐めつくすと、今度はすかさず背後から少女にまとわりついた。間宮の毛むくじゃらの手が、ゆさりと乳ぶさをつかむ。

「可愛いオッパイだな。てへへ。硬い手触りがたまらねえ。こうやって毎日モミモミされるうちに、里美みてえなボインになるんだぜ」

「……い、いやァ……」

「どこもかしこもいい匂いさせやがって。お前、香水風呂にでも入ってんのか？」

雪白の可憐な隆起を荒々しく揉みほぐす一方で、黒髪に鼻をつけ、甘い香りを貪り、しなやかな首筋を舌でなぞる。

あー、姦りてえ。たまらねえな……。そうやって愛撫していると、一刻も早く交わりたい衝動に駆られてしまう。

プロの間宮がこれほどノボせるのは珍しかった。とにかく、この絶世の美少女を犯したい。その無垢な肉体に、是が非でも己れの刻印をつけてやりたい。そう狂おしく思い、太棹をぐりぐり沙絵子の腰にこすりつける。

「好きなんだよ、沙絵子。なあ、大好きなんだ」

「あ……許して、もう許してください」

双乳を強く揺すられ、顔といわず首といわずキスを注がれても、沙絵子にはなす術もない。ただ吊られた手のひらでギュッとこぶしを握り、黒髪を打ち振るだけだ。

間宮の呼吸が荒くなり、情欲がどんどん高ぶっていくのが沙絵子にはわかった。後ろから、ほとんど丸ごと沙絵子の身体を思いきり激しく抱きしめてくる。

密室で互いに裸となり、こんな行為を繰りかえしていたら、純潔を守り抜くのは奇跡に近いのではないか。現に今も、野獣の猛り狂ったペニスは、自分の腰のあたりに迫ってきている。

どうすればいいの。準一さん、助けて……。

こんなおぞましい相手に操を奪われるくらいなら、死んだほうがましだった。自分には里美のような淫らな行為は絶対にできない。

と、間宮の手がショーツを引きおろした。

「ヒイイッ……そ、そこは、いやです」

「沙絵子のマ×コ、俺のもんだぜ。そうだろ?」

「違いますっ。ああん、いやよ。触らないでェ」

いくら太腿を閉ざしても、間宮の手はショーツをグイグイおろして、ついには恥毛が丸出しとなる。

ショックに呼吸がとまりそうだった。いや、このままいっそとまってくれたほうがいい。そう願う沙絵子である。

「へっへっ。触られるのは初めてじゃねえだろ。いつか電車のなかでこいつを撫でまわしたっけ。こんな素敵な生えっぷりだったのか」

下着を太腿の途中までおろして、ようやく生え揃ったかのような淡い小判型の繊毛をしげしげとのぞき、手触りを楽しみながら撫であげる。

「俺のスケになれよ。準一のことなんかすぐに忘れさせてやるぜ」

荒々しい息を耳もとで吐きだしながら、禁断の花びらをかき分けた。沙絵子の裸身がいっぱいにのけ反った。

「いいだろ？　ここに、沙絵子の可愛いマ×コに、突っこみたいんだよ」

「いやっ。そ、それだけは、絶対いやです」

狂ったように黒髪を打ち振る沙絵子。

「ああ、沙絵子っ」

間宮はクレヴァスに指をこじ入れ、粘膜の裾野をまさぐりつつ、背後から思いきり強く少女を抱きしめた。

「ウームムッ……」

沙絵子の口から重い唸りが噴きこぼれた。

骨も折れんばかりにさらに激しく抱擁し、少女の細いウエストに充血した巨根をグリグリこすりつける。

「いやァ……」

錯乱するその背中へ粘液が次々に弾けた。

なんという汚辱であろう。高手小手に吊られた裸身をブルブル震わせ、ひとしきり泣きじゃくる沙絵子であった。

5

針のむしろに座るような気分で、稲本麗子は秘書室のデスクに向かっていた。

ああ……早くお昼休みにならないかしら……。

壁時計は十一時少し前。まだ休憩まで一時間以上ある。憂いのあるその現代風の美貌に脂汗がべっとりとにじむ。

趣味のいい白絹のブラウスに濃紺のボウタイ。いつもの有能な美人秘書のイメージにぴったりの服装である。しかし、デスクに遮られた下半身は、わずかに純白のガーターとストッキングをまとっただけで、女性器を丸出しにしているのだ。

朝、社長室に入るとすぐに東原にスカートとパンティをとるよう命じられた麗子だった。そして恥毛を晒したまま一日のスケジュールを読みあげさせられた。

「お前のような淫乱は、オマ×コ丸出しで仕事するのがいいんだ」

「おい、露出狂。見られながらアソコをぴちょぴちょにしてんだろ」

「スケベな生えっぷりだねえ。その格好を社員みんなに見せてやりたいよ、まったく」

たっぷりと卑猥なからかいを浴びせられ、あげくに午前中はずっとその格好で仕事をしろと命令されたのである。しかも社長室を出る時、怪しく銀色に光る座薬まで局部に押しこまれてしまった。

その薬はなにか媚薬の一種に違いなかった。すぐに膣のなかでジュクジュクとあぶく状に溶け、その後カーッと熱く粘膜を刺激して麗子を悩ます。今も麗子はズキンズキンと脈打つ媚肉の疼きと懸命に闘っているのだ。

あ、ああ、熱い……どうすればいいの……。

肉層に指を入れて思いきりかきまわしたかった。けれども一度そうしたら後を引いて、何度もオルガスムスに達するまで指を使わなければすみそうもない。オフィスでそんな淫らな行為ができるわけがなかった。

早く昼休みになって……。

それだけを念じて、泣きたいほどの羞恥、狂おしいまでの秘苑の疼きをこらえている。

このところ麗子に向けられる東原の異常性欲は、ひどくなる一方だった。どんなアブノーマルな要求にも、悲しいことに今の麗子は逆らうことができない。東原の嗜虐性を恐ろしいと思う反面、馴致されることに馴れ、もっともっと恥辱を加えられたいと願うことすらある。毎夜のように東原に辱しめられ、精液を注がれるうちに、男まさりのキャリアウーマンであったはずの麗子が、美しいマゾヒストへと次第に変貌を遂げているのだった。

今日の午前中にこれまで社長室を訪れた客は、店舗設計のスタッフと、食品メーカーの取締役の二組。いずれも麗子はデスクで応対しただけでお茶を運ぶことはしなかった。スカートもショーツも東原に取りあげられている。接待したくとも、まさかこの格好で人前に出られるわけがなかった。

二組の客は、帰り際いずれも不思議そうに麗子を一瞥していった。東原商事の新しい社長秘書といえば美人で有名で、しかも応対マナーも申し分ない。みな麗子がお茶を運んでくるのを内心ひそかに楽しみにしているのだ。それが今日に限って愛想もなく、顔には脂汗すら苦しげに浮かべているのだから、不審を抱くのも当然である。

ある食品メーカーの重役は、社長室を出てから秘書室で足をとめ、デスク越しにしつこくこちらをのぞきこみ、麗子を狼狽させた。

「今日はどうかしたの、君?」

「……い、いえ、別に……」

「そう。いつコーヒーを運んでくれるかと待ってたのに」

いつもその男は馴れなれしく麗子に話しかけてくるのだ。まさかその美人秘書が、優雅な白絹のブラウス姿の下は陰部丸出しとは夢にも思っていない。

「今度食事に付き合ってよ。いいだろ?」

「……さあ、どうでしょうか」

「つれないなあ。私は君の大ファンなんだよ」

男はぐいとデスク越しに身を乗りだし、麗子の手をつかんだ。

ああ、見られてしまう……。

麗子はあわてて椅子を前へ動かし、剝きだしの下半身をさらにデスクの下に隠した。

「フフフ。意外と初心なんだね、稲本君。手を握られたくらいで震えちゃって」

「こ、困ります。やめてください」

「君、手のひら、すごい汗だよ。熱があるんじゃないかい」

男は心配するふりをして、デスクをまわって麗子のところまで来ようとした。

「やめてっ。来ないで!」

麗子は激しく取り乱し、絶叫した。もしスカートをはいていないことがばれたら破滅だ。

「社長を呼びますわ」

そう言うと、ようやく男は諦めて帰っていった。

熱い疼きは間歇的に子宮を襲う。今またキューッと粘膜が痙攣し、ひとり麗子は切なく喘ぐのだ。この悩みを解消するには社長室へ行って東原にセックスしてもらうしかない。が、秘書である自分が社長にそんなハレンチな行為を頼めるわけがない。

来客予定の十一時になった。麗子は緊張する。次の面会は東亜銀行の前田であった。麗子の最も嫌悪する相手、先日ザーメンをこってりと麗子の口腔に噴いた、あの好色漢が、もうすぐここへやってくるのだ。

どうしてこんな日にあの男が……。

我が身の不運を麗子は呪った。

6

東原尚文は落ち着かない気持ちで一日をすごしていた。

西伊豆の間宮からは昨夜来、何度も電話を受けている。万事うまく運んでいるらしかった。別荘襲撃に成功して聖愛学園の女生徒二人をとらえ、後は今夕、木下真澄が来るのを待つばかりという。

　自分に煮え湯を呑ませたあの美人教師に、いよいよ今夜にも復讐を果たせるのだ。そう思うと、とても仕事どころではなかった。

　気が高ぶって夕べは珍しく熟睡できなかった。はやる心をまぎらわすため、今朝から稲本麗子をいたぶっていた。木下真澄がこちらの手に入れば、いずれ麗子は間宮のところへ下げ渡すことになろう。『ユメイヌ』でホステス修行を積ませ、その後は秘密クラブでの仕事が待っている。高貴さと理知性を備えた麗子が娼婦になれば、すごい評判を呼ぶのは間違いなかった。

　東亜銀行の前田が、相変わらずの下品なエロ話を嬉々とまくしたてている。汚い歯茎を剝き、金歯をモロだしにして、どこそこのＳＭクラブは本番までやらせるとか、ソープへ行って二輪車で四発やったとか。

　東原は適当に相槌を打っては聞き流していた。なにしろ前田は三億円もの大金を破格の好条件で融資してくれた功労者だ。当分は甘い汁を吸わせてやらねばなるまい。

「ところで社長、なんや喉が渇いたわ。秘書の稲本君、どうしたんやろ。さっき会ってもえらいツンツンしておったし」

「ウム。なにか持ってこさせましょう。コーヒーでいいですか」

「はあ、頼んますわ」

前田の細い目が狡猾げに光った。邪念を寄せる美人秘書にまた卑猥なサービスをさせたくて仕方ないのだ。

東原がインターホンを取った。

「……いいから早くコーヒーを持ってきなさい。前田専務が喉が渇いたとおっしゃっているんだ」

麗子は必死に哀願しているのだろう。しばらくインターホン越しに二人のやりとりがつづいた。

「おい貴様、社長の俺に恥をかかすのか！」

最後に声を荒げ、乱暴に受話器を切った。社長椅子に座り、デスクに置いた指を苛立たしげに動かして東原は待った。

数分して、ドアがノックされた。トレイを片手に入ってきた稲本麗子の姿を見て、前田が素っ頓狂な声をあげた。

「ウッヒャッヒャ。こ、こりゃ参った。美人秘書がノーパン嬢に早変わりか」

満面に好色な笑みをたたえ、麗子の露わな股間を凝視するのだ。

「この間は素敵なボインを拝めたし、今日は今日で愛しのマドンナのアソコの毛まで

「……へへ、へっへ。もうたまりませんなあ」

白絹のブラウスに濃紺のボウタイという、優艶そのものの上半身。ところがまったく対照的に、下半身はムンムンと官能的な白のガーター、ストッキングという出立ちなのである。スラリと長い脚線美、蕩けそうな太腿、それに濃いめの逆三角形の恥毛が幻想的にけぶって、前田の情欲をこれでもかというようにそそってくる。

「どうも困ったもので、コレは露出狂の気があるんですよ。あそこ丸出しで仕事をしたいなんて言うから、それなら会社をやめて風俗へ行けと叱ったんですがね」

「ホホウ。信じられませんなあ、こんな気品のある別嬪さんがねえ」

「嘘です。そ、そんな、あんまりです」

トレイを机に置くと、麗子は片手で下腹部を隠しながら、グラマーな身体をくねくね揺すり、真っ赤になって抗議する。

東原が近づき、いきなりその股間に手をもぐりこませた。

「いやぁ……おやめください、社長」

「ほら見ろ。もうドロドロじゃないか」

「あ、ああ……ひどいわっ。ウウウ」

「見てくださいよ、前田専務。会社でオマ×コ晒して、こんなに濡らしちゃって」

麗子の愛液でヌルヌルになった指を、来客の前で非情にもふりかざすのである。前田はぽかんと口を開け、その露出狂の動かぬ証拠に見入った。

麗子はどっと汗を噴きだし、切なげに身悶えを繰りかえす。媚薬に火照った粘膜を今東原にいじられ、どうにもならないところまで追いこまれてしまったのだ。

「オマ×コほしいんだろ、麗子」

東原はムチムチのヒップを撫でまわし、紅潮した頬にキスを注ぎながら囁く。

「……ああ、ねえっ、社長、あんまりですわ。私、どうしたら……ヒ、ヒイッ」

「前田専務のナマ棒で思いきり突いてもらったらいいだろ？」

早くも前田はズボンをおろし、毒々しく傘を開いた一物を晒している。

「さあ、おいで、麗子ハン。こないだのフェラチオのお礼に、ワシの魔羅でたっぷり泣かせたる」

「いやよ、いやです。そんなこと、絶対いや」

グイグイと手もとへたぐり寄せられながら、麗子は半狂乱で叫ぶ。こんないやらしい年寄りと、オフィスのなかでセックスするなんて考えられない。けれどもその被虐感が、さらにトロリと粘膜を溶かしていく。

ついに膝に乗せあげられた。おぞましい淫棒が、下からズンと肉門を貫いた。

「あー、最高やで。麗子ハンと、とうとうオマ×コでけた。ええで、麗子ハン。キューッと奥が締まって絶品や」

痴呆のように涎れを垂らし、しゃにむに麗子を揺さぶる前田。

「あ、ああっ……いやっ、狂っちゃう」

「ええのか？　ワシの魔羅、そんなにええのか、なあ、麗子ハン？」

媚薬の効き目とも知らず、有頂天で膝に乗せた麗子を抉り抜く。そんな二人の痴態を東原だけが冷やかに見つめるのだった。

第八章　嬲る！

1

さあこれでよし、と……。

荷造りを終え、いっぱいにふくらんだ旅行鞄をぽんと叩いて、木下真澄は立ちあがった。

二つの鞄はいずれもかなり重そうだ。二週間にわたる滞在予定だからそれも致し方ない。猛暑の都会を離れ、美しい環境のなかで気の合う生徒たちとひと夏をすごせる──。鞄の中身だけでなく真澄の気持ちも楽しい予感でいっぱいにふくらんでいた。

今日の真澄は、純白の地に小さな水玉模様の入ったシックで気品のあるワンピースを着ている。上質なコットン素材のため艶々としてシルエットラインも美しく、彼女のスリムな肢体を流麗に包んでいる。ノースリーブと半袖の中間のフレンチ袖から、雪白の美しい二の腕がすらりと伸びて目をひく。

「まあ、もうこんな時間」

時計は三時をまわっている。西伊豆に着くのは六時をすぎてしまうだろう。

きのう聖愛学園の教師のピンチヒッターで教員研修に出席し、そのリポートをまとめるのに思ったより時間を食ってしまったのである。「先生、遅いわ」と里美が口をとがらせるのが目に浮かぶようだ。

そういえばさっき電話に出た里美ちゃん、あまり元気なかったみたい……。

真澄は部屋から出ながらふっと首をかしげた。

いつもなら電話でかまびすしくおしゃべりする里美なのだが、妙に沈んだ声を出していた。今日一日なにをしていたのかと尋ねても、気のない返事をするばかり。沙絵子と代わってくれと頼んだが、お風呂に入っていると言われ、やむなく受話器を置いたのである。わがままなところのある里美だから、もしかすると沙絵子と喧嘩でもしたのかもしれない。

まさか西伊豆では底なしの淫靡地獄がぱっくり口を開いて自分を待ち受けているとはつゆ知らない真澄である。

「支度できたのかい、姉さん?」

リビングにいた弟の準一が声をかけた。そのマンションに真澄たちは姉弟二人きりで暮らしている。

「ええ、すっかり遅くなってしまったわ」

「…………」

姉の優艶なワンピース姿に準一は圧倒された。

ふだんは女教師らしく質素なスタイルが多いから、たまにそんな女っぽい服を身に着けると強烈な印象を覚えるのだ。タイトなデザインのため胸のふくらみがくっきり浮かび、ウエストはキュッと絞りこまれ、妖しい太腿の量感すらスカート越しにうかがえる。二十五歳の色香をムンムン感じさせ、弟の自分がどぎまぎするくらい魅力的だ。

それに珍しくメイクをして、理知性にみちた美貌がいっそう引き締まっている。黒目が蠱惑的にキラキラ輝き、薄く形のいい唇は淡いパープルに塗られ、吸いこまれそうな妖しさだ。

ああ、姉さん。なんて綺麗なんだ……。

こんな美しい姉を、よその男どもの目に触れさせたくない。ついそんなことを考えてしまう。街中にはきっと姉の姿を見て淫らな妄想をする奴がいるはずだから、もっと地味で目立たない装いをしてほしかった。

四年前に両親を事故で亡くし、以来姉弟二人だけで仲よく暮らしてきた。準一の姉への想いは、東沙絵子に寄せる愛情と負けないくらい強いものがある。

昔から姉は美しかったが、ここ最近、弟である自分の目から見ても、ふるいつきたい衝動に駆られるくらいの艶美さになっている。たまに姉の悩ましい下着が洗濯場にぶらさがっているのを見ると、胸のなかが熱く締めつけられることさえあるのだ。

「なあに、準ちゃん。どうかして？」

真澄が顔をのぞきこむ。近づくと姉の胸の隆起がいやでも目について準一は焦った。おまけにその肌から官能がとろけるような香りが放たれている。

「い、いや別に。さあ、駅まで送っていくよ」

顔を赤らめ、ひったくるように真澄の荷物を持つと足早に玄関へ歩く。

姉を見て股間が硬くなってしまっている。準一はそんな自分が恥ずかしくて恥ずかしくてならない。

「ひょっとして準ちゃん、沙絵子さんになにか言づけしてほしいんじゃないの？」

「いやだなあ。そんなんじゃないぜ、俺たち」

「あら、赤くなったわ。ふふ」

自分の色香が相手を戸惑わせているとも知らず、真澄は弟の純情ぶりを微笑ましく思った。優等生の東沙絵子とはまったくお似合いのカップルである。なんとかうまく二人の仲がつづいてくれればいいと真澄は思っていた。

マンションの外は、相変わらずの酷暑。どろりと半流動状の熱気がよどんでいる。

「準ちゃんも早くいらっしゃい。あちらは山のなかだから涼しいのよ」

「うん。四、五日のうちには行けると思う。その時はよろしく頼むよ」

「はいはい。その代わり美女三人のボディガードをしっかりやってもらうわよ」

冗談めかして言うと白い歯がこぼれる。

任せておけって。誰が姉さんに指一本触れさせるものか。それに愛しい沙絵子たちにも。おかしな奴が来たら空手で退治してやる……。

準一は心に誓った。

2

その頃別荘では、間宮たち三人がリビングに集まり、ソファーにめいめい座ってビールを飲んでいた。ちょっとした労働で汗を流したため、ことさらビールがうまく、男たちは上機嫌だった。

この別荘にはワインや食料を貯蔵しておくための地下室があり、午後を費やしてそこを改造したのだ。その地下室へ木下真澄を監禁し、糞もオシッコも垂れ流しにさせて、牝奴隷の恥辱をいやというほど味わわせるつもりなのだった。

「さあ、あとは女教師の登場を待つばかり。へっへ」

「せっかく別荘まで来て、まさかあんな薄気味悪い地下室に放りこまれるとは、夢にも思わないだろうな」

興児とリョウは手ぐすね引いて真澄の来るのを待っている。

「社長も感激するだろうぜ。誰にも邪魔されない場所で二人きり、恋焦がれた木下真澄と再会できるんだからな」

間宮が弾んだ声で言う。地下室で木下真澄と対面した時の社長の喜ぶさまが、今から目に浮かぶようだった。

「さあ、これからまた里美を相手に姦りまくるぞォ」

興児が大きく伸びをした。本命の木下真澄がやってくるまであと、二時間はある。その間にまた結城里美を嬲ろうというのだ。

リョウもつられて伸びをした。荒淫のあげく、二人とも一晩ですっかり頰がこけ、寝不足で腫れぼったい目をしている。

「お前ら、夕べはいったい何発ハメたんだ?」

「うっへへ。ええと……マ×コだけじゃなく口やケツの穴にも入れて、俺が七発、リョウは八発か?」

「よおやるよ、まったく」

さすがの間宮も呆れ顔だ。

「やっぱ八発もやると、チ×ポがひりひり痛みますよ」

リョウが顔をしかめながらも、ニヤついた笑みを口もとに浮かべた。

里美は一晩中犯されたのち朝になってようやく解放され、今は沙絵子の隣りの寝室で寝かされている。

「てめえの糞のついたマラをしゃぶらせた時の里美の顔ときたら。けっけ、思いだすだけで小気味いいや。この調子であと二日つづけりゃ、あの鼻っ柱の強い高慢ちきな娘も、完全に堕ちるなあ」

「それにいいマ×コしてんですよ。セックスが根っから好きみたいだし、客をとらすにゃもってこいの女です」

興児たちは意気揚々と話す。なんといってもこれまでで最大の手柄なのだ。親分格の間宮の前でも自然と口が軽くなる。

「それじゃ俺も一発試してみるか。沙絵子を仕込むのは相当時間がかかりそうだし、体がカッカしてもたねえや」

「本当に夕べはあのスケと姦らなかったんですか、間宮さん？」

興児が目を丸くした。あれほどの美少女と一夜をともにして、間宮がモノにしなかったとは到底信じられないのだ。

「姦ってねえよ。とにかく珍しいくらいウブくてな。ま、それがたまらねえんだが」

ニタリと笑い、ビールを流しこむ。

「最初、泣きわめいてどうにも手がつけられねえから、準一をぶっ殺すとかなんとか、ずいぶん脅したんだ。そのうち泣くなく俺の調教を受けることをＯＫしたんだが、純潔を守ることが条件なのさ。キスしたりオマ×コに指入れたりはさせるんだが、とても本番はまだ無理だ」

「しかし、よく我慢できましたねえ」

「楽しみを後に延ばすってのもいいもんさ。お前らみたいにさかりのついた色餓鬼にはわからねえだろうがな」

色餓鬼と言われ、興児とリョウは苦笑した。間宮の好色ぶりは自分たちも舌を巻くくらいなのに。

「それに、そのほうがなにかと都合もいいんだ。社長が来た時、沙絵子のバージンを餌にして木下真澄をいたぶることができるだろ。それだけじゃねえ。恋人の準一が来てから純潔を散らしてやったほうがずっとおもしれえ」

「なあるほど」

「里美に沙絵子、女教師の真澄、そしてその弟か。いろいろ組み合わせが楽しめてワクワクすらあ。里美と準一を無理やりつながらせたり、あるいは真澄と姉弟で近親相姦させて、沙絵子が妬くのを見るのもいい」

さらにあれこれと妄想をつづける。

「ウム。女教師と生徒のレズもいいだろうし、女三人にフェラチオさせて俺たちから誰が一番早くミルクを絞りだすか、競争させるのも楽しそうだな」

自分で言って間宮は興奮し、細い目を異様にギラつかせる。とにかくこれほどの美女が三人いっぺんに手に入る機会は、もう二度とめぐってこないはずである。思いっく限り淫猥でぜいたくな遊びをしようと思った。

「とにかくお前たち、これから社長に目をかけてもらえるぞ。楽しみにしておけ」

「はあ、どうも」

二人の顔がほころんだ。どうやら東原商事での出世の足がかりをつかめたのだ。女も金も思いのまま、という生活も夢でない。

「ねえ間宮さん」

リョウが口を開いた。

「里美と沙絵子の仲を裂くのも面白いんじゃないですか。あいつ今は沙絵子をかばったりしてますが、そのうち自分ばっかり何十発もズブズブと太い注射されてるのに、なぜ沙絵子は処女でいられるのか、きっと癪にさわってくるはずですから」

純潔の沙絵子と較べてますます差別待遇をして、プライドの高い里美に精神的な汚辱を加え、二人の友情にヒビを入れようと言うのだ。里美に恨みをもつリョウならではの提案であった。

「そうだな。女どもを分断したほうがなにかと仕事がやりやすくなるだろう」

間宮がうなずく。そのうち里美をけしかけて沙絵子を嬲らせるのも一興である。

「さっそく里美を連れてこい。酒の肴にしようじゃねえか」

「そいつぁいい」

リョウが西棟へ飛んでいった。

3

「オラァ、とっとと歩かねえかよォ。このアマ！」

素っ裸のまま ぐるぐるに緊縛された里美が、リョウに背中をド突かれながらリビングルームへやってくる。

相変わらずムチムチと肉がのって涎れが出そうなグラマーな肢体が、突かれるたび喘ぐように揺れる。間宮がそれを見てペロリと舌なめずりした。

好きそうな肉づきしやがって。清純な沙絵子とはまるでタイプが違うところがいい……。

そのハーフっぽく端整な美貌は、哀れなほどにやつれきっている。泣き腫らした赤い瞼。顔色は真っ蒼で目のまわりに深く隈が浮かび、髪はバサバサに乱れ放題。これがあの結城里美かと、彼女を知るものなら誰しもが目を疑う変貌ぶりである。

「てへへ。高慢ちきな社長令嬢も見る影ねえな」

目の前にやってきた里美のはちきれんばかりに見事な裸身を、間宮はしげしげと見やった。

胸の上下を三重巻きに縄で緊められ、豊かな隆起がそそるように前へ飛びだしている。しかも、その双乳には赤いキスマークや歯形の痕跡が痛々しかった。なおもよく見ると、それらの印は首筋から腹部、そして太腿一帯まで無数に刻まれているのだ。

「キスマークをたくさんつけちゃって。どうだ、よく眠れたかい？」

「……………」

里美は無念そうに唇をギュッと嚙みしめている。

間宮が立ちあがり、性奴と化した美少女に愛撫をする。手に吸いつくような肌の感触を楽しみ、成熟ぶりを示す濃いめの恥毛を、ねちっこく指先で荒らしていく。

「おめえ、身体中の穴という穴にたっぷりブチこまれたんだってなあ」

耳もとでいやらしく囁きつづける。

「歩くたんびに奴らのザーメンがチャプチャプ音たてたりしてよ。クックク」

里美の太い眉が泣きそうに折れ曲がった。

「いったい何十回、気をやったんだ、あーん？　もう一人のお嬢様と違ってずいぶんおマセなんだな、おめえ」

「……さ、沙絵子は？　沙絵子はどうしているの」

「へえ、彼女のことが気になるのか。友だち思いなんだな。夕べ俺がちゃんとお守りをしてやったから平気さ」

「まさか、まさか沙絵子にまで？……」

「安心しろ。いくら俺たちでもあんなウブな娘にゃ手を出せねえ」

間宮の手がじわじわ這いのぼり、充血したままの尖った乳頭を嬲り、隆起を揺さぶる。いい身体してやがるとばかりに頰をゆるめ、しきりに感心するのだ。

里美の表情がみるみる嫌悪に歪んだ。

「これだけ辱しめればもう充分でしょ。早く、早くここから出ていって！」

「ノボせんなっ、馬鹿ッ。てめえなんか前座もいいとこよ」

いきなりリョウが悪罵を浴びせ、少女の尻を強く蹴りあげた。

「アアッ！」
二、三歩よろめいて、間宮に抱きとめられる。
「やめて。乱暴にしないでっ。ウウッ」

「フッフッ。リョウの奴、あれだけハメてもまだおさまらねえらしい。ずいぶんと恨まれたもんだな、里美」

しっかと少女の裸身を抱きすくめ、肌をまさぐりながら間宮がせせら笑う。華奢な沙絵子とは異なり、弾力のある見事な肉づきがムラムラと興奮を誘う。

「だが、リョウの言う通りさ。俺たちの本当の狙いはお前なんかじゃねえ。今夜やってくる木下真澄なんだよ」

「えっ？」

「あるお方が、えらくその美人教師にご執心でよ、言ってみりゃ、お前らはとばっちりを受けたわけだ。俺たちの組織はでかいからな。気の毒だがお前、もう逃げられねえぜ」

「あ、ああ……いやよ、いやっ、そんなの」

いかにもヤクザっぽい間宮の、ドスのきいたセリフに、恐怖のあまり里美は嗚咽を絞りだす。

「ま、お前の出方次第じゃ悪いようにはしねえ。せいぜいオマ×コ緊めて、俺たちにサービスするこった。へっへ」

間宮は服を脱ぎだしている。その場で里美と肉交するつもりらしい。

一方、興児とリョウはビールを片手にソファーにふんぞりかえって、里美の哀しみの風情をニタニタ眺めている。これから間宮のシリコン入りの肉棒で田楽刺しにされるのだ。少女の狂乱ぶりが見ものだった。

「いいか、里美。俺をコケにしたらどうなるかわかったか」

「こんな金持ちの家に生まれ、十六歳の今まで男たちにチヤホヤされて遊んできたんだ。もう思い残すこともないだろ。これからはその身体でたっぷりと稼いでもらおうか」

「ちゃんと金取れば、南条一生とだってセックスさせてやっからよ。ハハハッ」

リョウが、そして興児が軽口を飛ばす。

里美はがっくり首を垂れて啜り泣くばかり。

「さ、どんなマ×コか俺が試してやろう」

赤黒く隆々とした一物を晒し、間宮がまといついた。

「いやっ。もう許して」

「馬鹿野郎！　俺は昨日から沙絵子のお守りでまだ一度もハメちゃいねえんだ！　ウリャア、まず舌を使って舐めてみろ！」

仁王立ちする間宮の足下に正座させられ、その顔面に肉塊を突きつけられた。

涙に濡れた目に飛びこんできたものを、里美は信じられなかった。

こんな、こんな不気味な形って……。

「驚いたか？　シリコンで膨らませてあるんだよ。このイボイボで擦りあげられると、どれだけいい気持ちか、すぐ教えてやるぜ」

激しく泣きじゃくり、いやいやをする里美だが、後ろ手に縛られていてはどうにもならない。朱唇に押しこまれ、ぐいぐい抽送される。と、観念したのか、やがて自らも舌を動かし愛撫しはじめるのだ。

醜悪な肉柱はみるみる角度をあげて勃起し、それにともなって瘤もいっそう赤く膨らんで、里美をおののかせた。

「ああ、たまんねえ。聖愛学園の女学生におしゃぶりしてもらうなんてよ」

肉の裏側を念入りに里美の舌が行きつ戻りつする。怒張はたちまち唾液でぬめ光る。

「けっこう、フェラチオうまいでしょ、こいつ」

「南条一生のマラ、ヒイヒイ歓んで口に咥えたんだろなあ」

興児たちも煽られ、ビールを飲みながら背後から少女の乳ぶさを揉んだり、脇から太腿をまさぐったりする。

里美は、彫りの深い顔を真っ赤にして身悶えしつつ、おぞましい剛棒をしゃにむに舐めさすっていく。

「あれ、もう濡らしてやがる」

股間をいたずらするリョウが、その部分の潤みに気づいた。

「しようがねえな。ホントにオマ×コが好きなんだよ、このスケ」

「……ン、ング、ンムムム」

口いっぱいに間宮を頰張り、里美が否定するように首を振った。

「よし、往生させてやるか」

「ああ……助けてっ」

里美は絨毯の上に転がされた。間宮のそのグロテスクなもので貫かれると思うと、チリチリと戦慄が肌をかすめた。

「いやっ！　痛っ、痛い。ねえっ」

「すぐに痺れるくらいよくなるからよ。へっへ」

「やめてっ。入れないで。お願い！」

イボイボで粘膜を擦りあげられるたびに、里美の緊縛された裸身がもんどり打ち、凄絶な悲鳴がこぼれた。興児たちが二人の連結の瞬間を目を血走らせて凝視する。

「そうら、そら。なあ」

深々と結合を果たすと、間宮の尻が卑猥に円を描いて動く。

「ヒ、ヒイッ……ウムム」

「どうだ。気に入ったろう、里美？」

「う、うふん……アフン」

肉層のツボを憎いくらい巧みに間宮がシリコン棒で突きあげてくる。次第に里美の反発が弱まり、甘ったるい吐息をもらしはじめた。

「おめえ、素敵なマ×コしてるぜ。俺も気に入ったよ」

余裕たっぷりにピストン運動を行ないながら、間宮は興児たちに得意げな顔を向けた。それから少女と向き合い、ぴたりと唇を重ね、濃厚なディープキスを開始するのだ。早くも里美は完全に間宮のペースに巻きこまれていった。

4

里美を相手に激烈な噴射を遂げた間宮は、すっきりと身軽になって沙絵子のいる寝室に戻った。

沙絵子はパンティ一枚をわずかにつけて、後ろ手錠をかけられたまま行儀よく正座していた。漆黒の長い髪、日本人形のような美しい顔立ち、清らかさが匂いたつその肢体に、一発抜いたばかりの股間がまたムクムク騒ぎだしてしまうのだった。

「な、いいか。木下真澄先生がインターホンを鳴らしたら、なんにもなかったような顔でお前が出迎え、家のなかに入れるんだ。変な細工しやがったら里美の顔をズタズタに刻んじまうぞ」

木下真澄を屋敷のなかに誘いこむ片棒を沙絵子に担がせようともくろんでいるのだ。先生をだますなんてできない、と初めは頑強に拒んでいた沙絵子であった。が、もし真澄が逃げだしたら組織の殺し屋が必ず見つけて口封じをするだろう、もちろんそうなれば準一だって生きてはいられない、と間宮に脅迫され、死ぬ思いでその役目を引き受けたのである。

「それじゃ風呂へ入るか。身ぎれいにしておかねえと、先生が怪しむからな。俺がていねいにお前の身体を洗ってやろう」

「……………」

沙絵子の顔が引きつった。愕然とするのも無理はない。つい昨日までは、そう、間宮にいやらしいペッティングを強要されるまでは、口づけさえも知らなかった清純な沙絵子である。こんな恐ろしい男と一緒に風呂へ入るなど、考えただけで気が変になってしまいそうだった。

「さ、立つんだ」

「……お風呂なら、一人で入ります。ぜ、絶対に逃げたりしませんから。お願いです」

赤く泣き腫らした双眸を向けて真摯に訴える。しかし、そんな初々しさがますます間宮の嗜虐欲を煽りたてるのだ。

「へへへ。照れるなよ。ここじゃ俺たちは夫婦同然なんだぜ、沙絵子」

強引に少女を引き起こすと、背後から抱きしめ、白桃のような美しい双乳をムニュッと揉みつぶす。沙絵子はきらめく黒髪を揺すっておぞましさに喘いだ。

「だからよ、あそこを丸出しにして仲よく風呂に入るのが当たり前じゃねえか」

「ああっ……そんなこと、できません」

「フフ。準一にゃ内緒にしといてやるからよ。お前と風呂に入ってオマ×コまで綺麗に洗ってやったなんて、言いやしねえ」

沙絵子の繊細な神経を切り裂くような、卑猥な言葉を次々に浴びせる間宮である。

この淫獣の前にあっては沙絵子はあまりに無力だった。後ろ手錠をかけられたまま恐怖に打ち震えながら、廊下を隔てて斜め向かいにある浴室へと連れていかれた。

四、五十分たって、二人は風呂からあがってきた。
鏡台の前にボウッと朱に火照った顔で沙絵子はたたずむ。なおも手錠をはめられ、一糸まとわぬ姿である。その洗い髪を間宮が備えつけのドライヤーで乾かしてやっている。そうしながら時折り、少女のうなじにキスしたり、乳ぶさをつかんでは上機嫌に笑うのだ。

恐ろしいヤクザ者と入浴した羞恥、屈辱はいかばかりだったろう。おそらく処女喪失に値するくらいの激甚なショックだったのではないか。

「お前のような上品なお嬢様は、人に見えないところまで、ちゃんと綺麗にしておかなきゃいけねえ」

変な理屈をつけては身体の隅々まで検査されたのだ。

汚れを知らぬ秘苑をのぞかれ、肉扉をこじ開けられ、ピンクの粘膜をいっぱいに露呈させられた。さらにはヒップにまわり、双丘をこねまわされ、あげくは石鹸を塗りたくった指をアヌスに挿入されもしたのである。

沙絵子の身体を洗う間中、間宮は醜怪な一物をピンとおっ立てていた。その凶器がいつ自分を襲ってくるかと、沙絵子は生きた心地もしなかった。

今、沙絵子は涙も涸れたように瞳を固く閉ざし、間宮にいたずらされてもほとんど反応をみせない。恥辱にみちみちた入浴で精も魂もつき果てたのだろう。

「ほらもう乾いたぜ。だけど本当に綺麗な髪してるなあ、沙絵子」

ぜいたくな絹のようにまばゆい光沢を放つ長い髪を、愛おしくてたまらないというふうに指で愛撫し、そのムンムンと甘美な香りを鼻で大きく吸いこむ。と、間宮の丸出しの陰茎が急に首をもたげだすのだ。

この長い髪で、白のチャイナ服を着せたら最高だろうな……。

いつか沙絵子を完全に自分の情婦にできたら、きっとそんな格好をさせてやろうとひそかに思った。

「さて、と。素っ裸で出迎えて先生が腰抜かすといけねえからな、へへへ。なにを着せてやろうか」

沙絵子の旅行鞄のなかを勝手にひっくりかえし、いかにも楽しそうに下着やらブラウスやらを取りだす。

風呂へ入れ、隅々まで身体を洗ってやり、そして今度は服を着せてやる。間宮にとって東沙絵子は飛びきり豪奢な着せ替え人形なのだった。女という女を漁りつくし、淫靡の限りを重ねた身には、沙絵子のように無垢で美しい少女とこうして性的にじゃれ合うことが、このうえなく官能をくすぐるらしい。

時間の問題だろうが、いつかは少女の清らかな肉体におぞましい楔を打ちこみ、本格的に調教を加えるのだろう。そして今は百合の花のように優美な少女も、一歩ずつ娼婦への道を歩ませられるのだ。

「どれもこれも舶来の下着ばっかりじゃねえか。女学生のくせにぜいたくすぎるぜ」

間宮は白やベージュ色のブラジャーやパンティをこれみよがしに振りかざす。ほとんどがイタリア製で、ナイロン地や綿にまじってシルクの上物も含まれている。

自分の下着を、不潔な男の手で一枚一枚調べられる灼熱の汚辱感。沙絵子の美しい頬にみるみる血がのぼっていく。それらの下着はどれも、お母様が選んで買ってくださったものだった。

〈沙絵子さん、女性は下着だけはぜいたくをするものよ。私の下着で欲しいものがあったらいつでもあげますからね〉

初めて生理があった時、母にそう言われたことを覚えている。そしてサンローランの白絹のスリップを母からもらったのだった。

ああ、そんな懐かしい想い出までが、間宮によって無残にも踏みにじられていく。着せ替え人形の衣服が決まったらしい。間宮は鏡台の椅子から沙絵子を立ちあがらせ、その手錠をはずした。両手が自由になると、本能的に沙絵子は下腹部と胸を覆い、身を縮こませた。

「今さら隠すこともねえだろ、ふふ。俺ァお前のオマ×コのなかも、ケツの穴の奥までだってばっちり見ているんだぜ」

「あううっ……ううう」

「まずこれからだ。へへ。純白のシルクのおパンティ。ほら脚をあげろ」

「……自分で、や、やりますから」

そんな訴えを聞く間宮ではなかった。少女の足下にかがみこみ、優雅な光沢にみちた絹のショーツをはかせていく。この後には、着せた服を一枚一枚脱がせていく楽しみもあるのだ。憧れの美少女との同棲生活は信じられないくらい楽しいことずくめである。

最高に形のいいふくらはぎから太腿へ、布地を通しながら、フワフワと可憐に芽生えた少女の繊毛をいやらしくのぞきこむ。

「まだオマ×コの毛も子供っぽいな、沙絵子。里美なんかもう大人と同じにびっちり生え揃ってるぜ。クリトリスなんかもお前よりずっと大きいし。ヒッヒ」

「いやです。触らないでェ」

「いいじゃねえか、少しくらい」

太腿の途中までパンティを通すと、処女の茂みや初々しい花芯へいたずらを繰りかえす。

あまりのみじめさに沙絵子の湯あがりの艶々した肌がいっそう赤く染まっていく。二人きりでいる間中、この中年男は休みなく自分の身体をそうしていたぶるのだ。すでに乙女の扉は指で何度も犯されている。

もうとても純潔とは言えないのではないか……。

オナニーすらしたことのない沙絵子は、そんな絶望的な気分にとらわれてしまう。

「けっ。いい匂いさせやがって」

少女の肌からは湯あがりのなんとも悩ましく素敵な香りが漂い、カッカと間宮の淫欲を刺激した。

「どうだ？　まだ俺の女になる気はねえか」

「いやっ、絶対にいやです。それだけは守ってください。でないと……私、死にます」

「チッ、こんなに優しくしてやってるのに。そんなに俺が嫌いかよ」

少女のあまりの潔癖さに苦笑いしつつ立ちあがり、今度はその清艶な胸のふくらみへブラジャーをはめてやるのだった。

5

あでやかな花柄プリントのワンピースを沙絵子に着せると、リビングへ連れていく。

少女の身体の隅々まで検査しただけに、そうして服を着せてやると感慨も新たで、青い果実のような肢体がたまらなく愛しかった。腰まで届くまっすぐの髪が、サラサラと夢のように揺れ、つい間宮は歩きながら髪へキスを繰りかえすのだ。

リビングルームの絨毯には里美が緊縛されて四つん這いになり、リョウが背後から交わっていた。貫かれながら里美の口から、「ウーッ、ウーッ……」と獣の咆哮に似たすさまじい唸りがもれている。そのあまりに凄惨な光景に、沙絵子がブルッと震え、後ずさった。

「なんだか臭えなあ、ここは」

「はあ。今、ケツでつながってるから。後で浣腸したほうがいいかな。あんまりやりすぎて、里美の奴、オマ×コの締まりがなくなっちゃったんですよ」

ソファーで興児がなにげなく言う。

恐ろしい言葉に沙絵子は気が遠くなった。

「おいおい、しっかりしろよ」

ふらふらっと倒れこみそうな沙絵子の身体を間宮が受けとめた。

「このお嬢様、ほんとにネンネで困ったもんだぜ」

そう言いながらも間宮はうれしそうだ。

「綺麗な服、着せたんですね」

「ああ、俺が選んでやった。下着もな」

花柄のワンピースの裾を大きくまくる。細く美しい脚線とともに純白のパンティが露わになり、興児は生唾を呑んだ。里美の肉体は存分に堪能したが、こうして清楚な沙絵子を見ると、キラキラとまばゆいほどに新鮮で悩ましかった。

と、肛門性交にふける二人の動きが激しくなった。里美の背後で覆いかぶさるリョウの体が、競馬の騎手が追いこみをかけるように急ピッチで前後した。

「あァァ、里美、イクぜ」

「うぐぐ……ウ、ウギャァァ」

もはや里美はちゃんと言葉をしゃべれないらしい。猥褻な調子の呻きをいっぱいに響かせ、双臀をブルンブルンとのた打たせて絶頂を噛みしめる。沙絵子はたまらず耳をふさいだ。

一、二分して、アヌスに分身を埋めこんだまま、リョウがこちらを見た。快楽の名残りに目がトロンとしている。

「おやおや。こりゃ、美しいお嬢様」

すっとぼけた声を出した。間宮たちがどっと笑う。

「さぁすが、優雅で気品があって、このオマ×コ好きの牝犬とはえらい違いだなあ」

絨毯に顔をこすりつけ、涎れを垂れ流す里美の尻を、思いきり引っぱたいた。

「オラァ。ケツの穴掘られて派手にヨガッて、てめえ恥ずかしくねえのか。あちらのお嬢様を見てみろよ」

髪をつかんで里美の顔を無理やり沙絵子のほうへ向かせるのだ。

少女たちの目と目が合った。沙絵子のあでやかなワンピース姿が目に飛びこむ。悦楽を貪ったばかりの里美の顔が、ぐしゃっと歪んだ。

「うっ、ううっ……」

絨毯に顔を押しつけられたまま、激しくしゃくりあげる。こんな姿を沙絵子に見られ、あまりに自分がみじめだった。

「ああ、里美さん……」

なんと慰めたらいいかわからず、沙絵子はオロオロするばかり。親友のあまりに無残な姿をとてもそれ以上は正視できず、顔を伏せた。

「沙絵子は風呂あがりのいい匂いがするぜ。髪の毛もサラサラしちゃって」

興児が二人の少女を見較べながら里美に近づき、その顔面を足で踏みにじる。

「てめえ、間宮さんが、臭くてしようがねえってよ。汗やら精液やらウンコやら、それにマン汁の匂いが、プンプンするってよォ」

「うあ、ウググゥ……いやよォ」

気が狂ったように、わけのわからぬ呻きをもらす里美。

「里美も風呂へ入れてやれよ、興児。これから先生が来るってのに、そんなに臭えんじゃ気の毒だぜ」

「こんな淫売に同情はいりませんよ」

興児がさらに強く足で里美を踏みつけた。

「おい里美。後始末をしろ。てめえのクソがこびりついてら」

リョウが肛門から引き抜くと、肉茎をその顔に突きつけた。里美は泣きじゃくりながらそれを舌と唇で舐めさすっていく。

「ハハッ。可哀相に。糞つきのチ×ポまで舐めさせられて」

沙絵子の肩を抱きしめ、間宮が高笑いする。

「沙絵子は間宮さんに大事にされてまだ処女を守ってるのに、この牝犬は三人の男のチ×ポ突っこまれて、二十発もファックされちゃって。えらく差がついちゃったなあ」

興児がさらに追い討ちをかける。

「やめてェ。里美さんを助けて」

沙絵子が絶叫した。

男たちは互いに顔を見合わせ、にんまりとした。少女たちの仲を引き裂くもくろみも、この調子ならうまくいきそうだった。

6

インターホンが鳴った。

男たちの表情がにわかに引き締まる。

指図され、沙絵子が応答に出た。里美はリョウに口をふさがれている。

「……は、はい」

『沙絵子ちゃん？　木下です。遅くなってごめんなさいね』

木下真澄の明るく澄んだ声がインターホンに響く。

感情がどっとこみあげたのだろう。絶句する沙絵子。しかし、後ろから間宮にど突かれ、気を奮いたたせて返事をする。

「先生。今、ドアを開けますわ」

ああ、真澄先生まで悪魔の手にかかってしまうのか。しかし、もしここで先生が逃げても、すぐに殺し屋につかまってしまうのだ。額から脂汗を流し、ブルブル震えながら沙絵子は玄関へ向かった。

地下室のなかはカビ臭い匂いが充満していた。入口近くの棚にワインの瓶がずらりと並び、ガラクタや骨董が雑然と置かれ、その奥に六畳ほどの矩形の空間がぽっかりと裸電球に照らされていた。

その空間は実に奇妙な眺めであった。コンクリートの床に畳が二枚置かれ、そこへ夜具が一式敷かれてある。そして椅子が一脚。まるで流刑囚の監房のようだ。

ブロックの壁には鉄の環が埋めこまれ、そこに木下真澄が両手両脚を繋がれていた。なにも知らず屋敷のなかへ入ってきた女教師を捕らえるのは、おそらく男たちにとって赤児の手をひねるように簡単だったに違いない。

猟奇的ともいえる雰囲気の室内にあって、真澄の白の優艶なワンピース姿はやたら目にまぶしい。そこに真澄と二人きりで閉じこめられたなら、どんな禁欲的な男でもたちまちその色香に狂ってしまうのでは、と思えるほどだ。

真澄はひとり痛恨の涙に暮れていた。大切な生徒たちの身に、取りかえしのつかない災いがふりかかっていたのだ。

無残に輪姦を受けた結城里美の哀れな姿が瞼にチラついて、とめどなく涙が頬を伝う。

自分が一緒についていれば……。

もしその場に居合わせたなら、たとえ賊の侵入は防げなかったにせよ、女生徒たちだけは淫獣の毒牙から救えたのではなかったか。

男たちの狙いはなんなのだろう。用意周到なところからみて、単なる物盗りや強姦魔ではないはずだ。この私をここへずっと監禁するつもりなのか。不気味さがチリチリと肌をこすりあげてくる。こんな場所に何日もいたら、神経がどうにかなってしまいそうだった。

ああ、東京から電話をかけた時、里美ちゃんの様子がおかしかったことを、もっと疑うべきだったのだわ……。

後悔の念が次々に生じて、真澄の心に錐で刺されたような痛みが走る。

ただ、せめてもの救いは、東沙絵子の純潔がかろうじて守られていたことである。

沙絵子ちゃんだけは、絶対にあの男たちの魔手から守ってみせるわ。たとえ自分の命に代えても……。

悲壮な決意をする真澄であった。

第九章　襲う！

1

　木下真澄が捕われたその夜、かなり遅くなって、東原尚文は西伊豆の別荘へ駆けつけた。

　途中、はやる気持ちのままに車を飛ばしながら、あの美しい女教師が本当にこちらの罠にはまったのかと、まだ東原は半信半疑であった。だから別荘へ着き、すでに真澄を地下室に監禁してあると間宮の口から確かめた時の、その歓びはいかばかりであったろう。

　強姦未遂という大っ恥をかかされ、多額の慰謝料をふんだくられ、あげくには名門、聖愛学園の理事になるという長年の夢を無残に打ち砕かれた相手。しかも口惜しいことにその相手は、自分の人生で出会ったなかで最も美しく、知的で魅力にみちた女なのだ。

とうとう、あのクソいまいましい女教師に、俺は復讐できるんだ……。

今別荘のリビングで、腹心の間宮拓二と祝杯をあげながら、こらえてもこらえても口元がほころぶ東原だ。

一刻も早く地下室へ行き、絶望に打ちのめされた真澄の顔を拝みたくてならないのだが、その前に間宮といろいろ打ち合わせしておくことがあった。それに、至福の瞬間はできるだけ後に延ばすという、贅沢な楽しみも味わっているのだ。

「いや、ほんとによくやってくれた。大手柄だぞ。真澄はもちろんだが、女学生二人もすごい上玉じゃないか」

東原は今、西棟の寝室に閉じこめられている美少女二人の様子をのぞいてきたところだ。すでに数えきれないほど凌辱を受けた結城里美には、相変わらず興児たちが執拗に色責めを行なっており、一方の沙絵子は、綺麗な服を着せられたまま、里美の淫靡な調教を眼前で見せつけられている。

「へへへ。社長にそう誉めていただくと、こっちも苦労した甲斐があります。興児とリョウの奴も喜ぶでしょう」

「早くあの少女二人をはべらせ、こってりとエロサービスをさせてみたいもんだな、間宮」

「ええ。沙絵子は清純で日本的な美人だし、里美はハーフっぽい派手な造りでしょ。雰囲気も身体つきもまるで違うから、こたえられませんや。フフフ。もし『ユメイヌ』に出したら、客はきっと大騒ぎしますよ」

　少女たちの友情をズタズタに切り裂き、敵対させ、憎悪させ、娼婦として互いに競い合うように仕向けていくつもりだと、間宮は能弁に悪企みを語る。

　東原は満足そうにうなずき、ぐいと酒をあおった。

　二人がくみ交わしているのは強精用のハブ酒である。瓶の底でハブがとぐろを巻き、凶悪な目を剝いている。つまみは山羊の睾丸。これも強精剤としてはもってこいだ。いずれも東原が今夜のために仕入れたものだ。

　五十になっても一向に精力の衰えない東原だが、今夜は特別に精をつけておく必要があった。なにしろ相手は木下真澄なのだから。

「あの女教師も、確かにいい女ですね。初めて間近で眺めたんですが、つくづく見惚れちまいました。水商売ではまずお目にかかれないタイプですね」

　間宮は熱っぽくつづける。

「いかにもインテリのくせに、ムンムンと女っぽくて、それでいて腰つきなんかはまだ少女っぽさが残っている。なんとも不思議な色気があるんですよ」

「まさかちょっかい出しちゃいないだろうな、お前ら」

「と、とんでもねえ。社長に命令されたことは死んでも守ります。第一、こっちはこっちでピチピチの女学生二人と充分楽しんでるんですから、そんな気は起きませんや」

真顔になって否定した。確かに、真澄を地下室へ連れこんだ時、あまりの悩ましさについムラムラと我れを忘れそうになったが、東原が怖くてぐっとこらえたのである。

「それはそうと、『ユメイヌ』の芦沢が、忙しいとしきりにボヤいておった。表と裏と両方の担当だからな。無理もない」

「私、明日でも一度東京へ戻りましょうか」

芦沢というのが『ユメイヌ』の支配人。間宮が不在の間、秘密クラブのほうも切り盛りしている。

「そうだな。それがいい。俺の秘書の稲本麗子なんだが、あれもぼちぼち本格的に仕込まにゃならんし」

「と、おっしゃいますと、あの女の調教を任せていただけるわけで？……」

間宮の細い目がにわかに光った。稲本麗子——東原商事を訪ねるたびに激しく情欲をそそられた肉感的な美人秘書である。まさか彼女をこれほど早く下げ渡してもらえるとは、予想外であった。

「ウム。一度強烈にショック療法をやったほうがよかろう。東亜銀行の前田専務相手に生尺やホンバンまでやらせたんだが、まだまだ奴隷になりきれんところがある」

「へっへへ。あの気位の高いキャリアウーマンが前田さんとねえ。もうそこまで進んでるんですか」

「前田をたらしこんでくれたお蔭で、金のやりくりがだいぶ楽になったよ。しばらくは秘書と秘密クラブと、両方かけもちでやらせようと思う」

「はっ、わかりました」

いよいよ稲本麗子の肉体を蹂躙できる。その豊満な乳ぶさ、官能的なヒップを想像し、早くも気が高ぶってくる。

「さて、ハブ酒も山羊のキン×マも食らったし、そろそろ姫君に御目文字願うかな」

東原が腰をあげた。逞しく日焼けした皮膚が、強力なハブ酒のせいで赤みを帯びている。

「社長、沙絵子の純潔をダシに脅すことを、くれぐれも忘れずに」

「わかってるって。女を落とすことにかけちゃ、俺のほうが年季が入ってるんだ」

東原は自信満々に告げると、胸を大きく反りかえらせ、ゆっくりと地下室へ向かった。

2

階段をおりてくる気配がする。

木下真澄は息を殺して、待った。

恐ろしさがこみあげるはずだった。なのに、なぜかホッと安堵感がひろがっている。おそらくこのカビ臭く薄気味悪い地下室に、四、五時間も閉じこめられていたせいだろう。こんな場所にずっとひとりでいたら気がどうにかなってしまう。誰か人間と話をしたいのだ。それがたとえあの恐ろしい男たちであっても。

自分たちを監禁する本当の狙いは何なのか、そして、いつここから解放されるのか、今やってくる男が教えてくれるかもしれない。たとえ恐怖と屈辱にみちた答えがかえってきたとしても、耐え抜く決意はできている。教師として保護者として、どんなことがあっても生徒二人の命を守らなければならないのだ。

ガラクタや骨董の間を縫って、暗闇のなかを男がこちらへ歩いてくる。あのヤクザっぽい一番年長の男か。いや、どうも様子が違う。他にもまだ仲間がいたのだろうか。と、闇のなかから声が響いた。

「おひさしぶりです、木下先生」

男は途中で立ちどまった。暗がりから、こちらを凝視しているのがわかる。

どこかで聞いた太く張りのある声だった。向こうもこの自分を知っている。不安の粒々が次第に胸にひろがっていく。

「誰……誰なんですっ?」

「ふっふっ。わかりませんかねえ?」

「ああっ! あ、あなた!……」

尻あがりの、泣くような叫びだった。鎖につながれた身体がピーンと突っ張り、黒目がちの大きな瞳が、信じられないものを見た驚愕に凍りつく。

「なぜ……どうして……こ、こんなァ」

「相変わらずお美しくていらっしゃる。私が強姦しそこなった時とおんなじにね。いや、あの時よりも色っぽいかな。ククッ」

妙に穏やかに、粘りつくように淫靡な口調で話す東原。こみあげる万感の思いを必死に押し殺しているのがわかる。すぐにも女教師にふるいつき、その甘い体臭を貪り、柔肌を抱きすくめたいのに、激烈な欲望をこらえているのだ。

それにしても、四肢を鎖につながれ、壁を背負って立ちつくす真澄の凄艶さはどうだ。裸電球の光の下に、艶やかな黒髪が、官能的なメイクに彩られた美貌が、そして白地に水玉模様のワンピースの肢体が、まばゆく妖しく照らしだされている。

「会いたかったんですよ。木下先生」

東原の威光鋭い目が、ひとわたり真澄のボディをチェックしていく。フレンチ袖から頼りなげに伸びた細い腕、ムッと盛りあがった胸元、そして女っぽい腰まわり。フツフツとたぎる淫欲を、さらにこすりあげる眺めだ。

「あなたっ、なんて卑劣な人なんですっ。また、こ、こんなハレンチなことを……気でも狂ったんですか、東原さんっ。今度は、今度こそは重罪なのよ！」

怒りが激しすぎて息も切れぎれに、顔面蒼白となって叫ぶ真澄。綺麗なワンレングスの髪がばらばらになり、それがなんとも被虐的に悩ましく、淡いパープルに塗られた唇のわななき様も刺激的だ。

これだ、この顔だ。この女の、身を灼くほどに怒りをにじませた、この表情を見たかったんだ……。

東原は目を細めながら、そろそろと生贄に近づく。

ああ、今夜こそ、誰にも邪魔されることなくこの女を犯すことができる。この瞬間を、八カ月も待ったのだ。泣きだしたいほどの感激が、ジーンとこみあげてくる。

強精剤の効果が早くも表われ、肉棒には熱い血液がドクドクなだれこんでいる。今はこんな清楚な女が、俺の魔羅で本気で責めまくられたら、いったいどれほど狂うことになるやら。

「なんの罪もない学園の生徒たちまで巻き添えにするなんて……あなた、そ、それでも、人間なんですか！」

チンピラたちに無残に犯された結城里美を思い、涙を滲ませた。

「あなたがいけないんですよ、木下先生。あなたの美しさが、私を狂わせ、人非人にもさせたんですよ。フフフ」

「ああっ……お願い。彼女たちは、すぐ、今すぐに帰してあげて」

「さて、ね。どうしたものか」

やり手の実業家らしく英国製の麻のスーツをびしっと着こんだ東原は、ニヤニヤと締まりなく相好を崩して真澄の正面に立った。

「それはまあ先生の心がけ次第ですな。潔く私の女となり、身も心も捧げるというのなら、解放してやってもいいが」

ふと東原の手がワンピースに伸びた。その洒落たワンピースは前身頃にボタンがついているのだ。

脱がされる！……

真澄は鉄環に拘束された手のひらを、ギュッと握りしめた。

「素敵な服ですな。このまま『ユメイヌ』に出しても、すぐナンバーワンになれるくらいだ」

「ああ、触らないで！」

「ふっふふ。先生のような美女の服を脱がせるのは、男にとっちゃ最高の歓びだね。あの懇親旅行の時はとてもそんな暇がなかったからな」

「いやですっ。やめてください」

「まったく、私としたことがドジを踏んだものさ。あの時、酔っ払っていい気分になって、ふと先生の姿を見かけたら我れを忘れていた」

すでに勝利者の余裕で回想しながら、一つ二つとボタンをはずす。真澄の身悶えがブルブルと高まった。

この男はあれ以来ずっと私を狙っていたのだわ。ああ、なんという卑劣漢なんだろう……。

懇親旅行の悪夢の再現だった。しかも今度の悪夢は用意周到に準備しつくされている。それだけ恐怖も絶望の度合いも大きい。

「ほらっ、見えた、見えた」

東原のうわずった声。真澄は綺麗な歯をのぞかせ、血の出るほど唇を噛んだ。前がはだけて透けるように白い肌が現われたのだ。同時に純白のブラジャーの、優美なレース刺繍の縁どりがチラつく。女体飼育のプロである東原が、たったそれだけのことで息苦しいほどの興奮を覚えている。

ブラジャーを手のひらで包んだ。真澄の口からヒッと呻きがこぼれた。絹の心地よい感触とともに、固い隆起の手ごたえがたまらない。

「ふっふ。絹のブラジャーも素敵だよ、先生。中身はもっといいんだろ?」

「ウ、ウウウッ……いやっ」

「さあさあ。聖愛学園の名花、木下真澄先生のオッパイを見せていただくか」

ハーフカップがぐいと押しさげられた。真っ白い清純なふくらみが、羞恥に喘ぐようにこぼれでた。桜色の乳首が初々しい。

「触らないで！　東原さん！」

「へへん。これが触らずにいられるか」

毛むくじゃらの手が半丘の底をすくいとり、カサにかかってユサユサと揉みたてる。唾棄すべき男に、女の微妙なふくらみを愛撫される。真澄は、女っぽい華奢な首筋をピーンと突っ張らせ、暗色の嫌悪に震えるのだ。

「二十五歳というのに処女のようなオッパイだな。ウーム、男性ホルモンをこってり注がれたら、もっと熟してくるだろうな」

ミルクを絞るごとく揉みこみ、指で乳の張り具合を確かめて、そう呟く。

確かに女学生のような乳ぶさなのだ。美しい形状とともに、まだ熟しきらない固さをとどめて、それが東原の恋情をいっそうかきたてる。

3

「先生ひょっとしてバージンかい？　まさか、ねえ。でも、男嫌いという噂だし、ありうるな」

ほんのり上気を見せはじめた女教師の顔を、ゾクゾクする思いで眺めながら、卑猥に尋ねる。下半身では、膨れきった剛直を真澄の太腿へ容赦なくこすりつけている。

「どうなんだ。オマ×コの経験があるのか、ないのか」

「ああ、もう許して」

少しでも東原から逃れようと、拘束された身体を右に左にむなしく打ち振る。

五年前の、おぞましい性体験が記憶に蘇った。処女を捧げてもいいと思ったあの有名カメラマンは、あの時、いったんは真澄と結合したのだ。巨大な肉茎が挿入され、処女膜をいくらか傷つけたものの、あまりの真澄の脅えよう痛がりように、すぐ膣から引き抜いたのである。それ以来セックスに恐怖を抱く真澄だった。

「まあいい。いずれすぐにわかることだ。フフフ」

酒臭い息が首筋に吹きかけられる。異様に血走った目つきが迫りきて、下半身には男性器をぐりぐり押しつけられる。慇懃さを捨てて、東原は完全に性獣と化していた。真澄の戦慄はつのるばかりだ。

「どうかね。そろそろ俺の女になる決心はついたか?」

「だ、誰が、そんなことっ。あなたに汚されるくらいなら、私、死にますわ。絶対に、許しません」

「そんなに俺が嫌いか」

「あ、当たり前でしょ。何度卑怯な振る舞いをなさってても無駄だということが、なぜわからないんですっ」

突然、東原の、激しい平手打ちが飛んだ。

バシャッ、バシャッ……。

小気味よい音が二度、三度と地下室に響く。張られるたびに悲鳴があがり、髪がひるがえって、その甘い香りが東原の鼻先をかすめた。

「とことんこの俺をなめおって」

自らの暴力が、さらなる激しい衝動をつれてくる。勃起が疼き、女をめちゃくちゃにしてやりたくなった。

白絹のブラジャーが乱暴に引きちぎられる。真澄の絶叫がとどろく。

「へへへ。ざまあみろ。とうとうオッパイ丸出しだ」

剝きだしになった双乳を両手でつかまれ、いやらしさたっぷりに揉みこまれる。気も狂うほどの汚辱感であった。トロリ、トロリと脂汗がしとどに身体を伝う。

「ヒイィィ……」

東原がピンクの愛らしい乳頭に吸いついたのだ。雪白の清楚なふくらみが、たちまち唾液でグチョグチョにされる。

「いいんだぜ。そんなにいやなら勝手に死んでみろよ。その代わりお前の可愛い生徒が犠牲になるぜ。沙絵子といったか、あのお人形さんのような娘は」

なんともいい匂いを放つ乳ぶさに顔を埋め、骨の髄まで痺れながら東原は迫った。

「ああ、お願いです。沙絵子ちゃんには手を出さないでっ」

粘っこく乳ぶさを責められ、精神的にも追いつめられ、次第に真澄は錯乱状態になりつつある。

「あの娘はあんまりウブだからな。こっちもさすがに気がひけて手を出していないが、お前が死んだら、しようがない、相手をさせるさ。男四人でたっぷり可愛がってやる」

「………」

「おマセな里美には、肌に入れ墨させて娼婦にでもするか。フッフッ。オマ×コの珍芸もあれこれ仕込んでやろう。ハハハ」

「やめてェ……ウウッ。やめてください。そんな、そんな恐ろしいこと」

真澄の美しい瞳からポロポロ大粒の涙があふれた。実の妹以上に可愛がってきた沙絵子たちである。彼女たちがいたぶられるのは、自分が死ぬよりももっとつらいことだった。

「沙絵子ちゃんたちを、助けて」

沙絵子の純潔という最大の弱点を突かれ、女教師はいよいよ進退に窮した。

「じゃ、俺に抱かれてもいいんだな」

涎れを垂らさんばかりに、真澄の顔をのぞきこむ。無理やり思いを遂げるのは簡単だが、それではつまらない。自分を蛇のように嫌悪している木下真澄の口から、屈伏の言葉を言わせてみたいのだ。

「どうなんだ、真澄。素直に俺のものになるのか。それともここで舌を嚙みきって死んでみせるか?」

「……ああ」

「ふふ。俺とセックスするんだな?」

真澄は恥辱に震えながらも、小さくうなずくのだ。ワンレングスの黒髪が乱れ、わななく美貌が悩ましい。

「ちゃんと口に出して言わんか」

屈辱以外の何物でもないセリフを、耳もとに教えこまれる。理知的な顔がみるみる朱色に染まっていく。何度も繰りかえし叱咤され、ついに真澄はその言葉を口にしはじめた。

「真澄は……東原様の、お、女に……なりますわ。ウウウッ」

つっかえ、つっかえにそこまで告げると、たまりかねてしゃくりあげる。

「ほらっ、まだあるだろ」

「もう、言えません」

また平手打ちが頬を見舞った。

「……真澄の身体を、ど、どうぞ、お好きになさってくださいまし」

血を吐くような思いで言い、真澄は、よよと肩を震わせ、激しく泣き崩れた。

東原の高ぶりは頂点まで達している。これこそ、年甲斐もなく一物をしごきたてながら何度も夢想したシーンであった。夢ではない。あの木下真澄が、あでやかな水玉模様のワンピースの前を乱して胸をはだけさせ、唾液にまみれた美麗な双丘を晒している。そして涙ながらに、自分への隷従を誓ったのだ。

「さあ真澄。仲直りのしるしに、口を吸い合おうじゃないか」

さすがにその声は緊張にかすれている。

「ああ、堪忍して」

「俺の女になると誓ったくせに、キスぐらいでうろたえるんじゃない」

うなだれる女教師の顎をしゃくり、官能的なパープルに塗られた薄い唇にふるいつく。髪を揺すっていやいやをする真澄だが、ぴたりと唇を重ねられ、東原の舌がヌルヌル攻め入ってくると、もうかわしきれない。

「ウムム……ウウン」

憎んであまりある男と口を合わせる口惜しさに、真澄はむせび泣いた。

やった！　とうとう俺は木下真澄の唇を奪ったんだ！……

一度は犯しそこなった夢の美女とキスする感激に、東原が重く唸った。真澄の口腔は甘い香りが漂い、したたる唾液すら極上の味がする。

口腔で逃げまどう真澄の舌を追いつめ、ヒルのように吸いつく。じゃれ合い、舐めさすり、ついには深々と吸いあげる。そうしながら両の乳ぶさを代わるがわる執拗に揉みほぐす。その弾力が東原にはたまらない。無骨な手のなかで初々しい肉丘は赤味を帯び、さまざまに形を変える。小さな突起をコリコリ嬲ると、真澄の啜り泣きは甘く媚びるように高まるのだ。

顔の傾きを右に左にと変え、東原は、最高のキスの味を貪る。

ふふ、キスもろくに知らんようじゃないか、この女。ひょっとすると、ほんとにまだ純潔なのか。これほどの美女がまだ男を知らず、俺がその最初の相手になるのだとしたら……。

そう思うと、あまりのうれしさにズボンの下で怒張がピンピンと跳ねた。

乳ぶさを攻める手が徐々に下へ向かい、スカートのなかへ侵入した。ムチムチの太腿を撫でさすり、パンティストッキング越しに秘部をまさぐる。きわどい感覚に、さすがに真澄は悲鳴を発して唇をふりほどいた。

「あ、ああっ……もう、いやよっ」

苦しげに空気をぱくぱく吸いこむ。その唇をすぐまた奪われた。ドロリと唾液が流しこまれ、不潔感に真澄は鳥肌たつ。しかもスカートのなかでは、最も大切な部分を、ねちっこく東原の手が刺激してくるではないか。

どうしたらいいの。ああ、神様……。

暴虐の嵐のなかで、真澄はただひたすら神に祈るばかりであった。

4

その頃、沙絵子は、せっかく与えられた衣服を再び間宮の手で剝ぎとられていた。

「へへへ。二人きりの時は、いつも素っ裸になるんだ。俺たちゃ夫婦なんだからな」

チュッ、チュッと顔中に口づけを浴びせながら、自分が着させてやった可憐な花柄のワンピースを、少女の身体から脱がせる。そして、これもまた自分が選んだ悩まし

いく。

沙絵子は、いつになく無抵抗である。本能的に、熟しきらない隆起を手で隠してはいるが、間宮のされるがままという感じだ。隣りの寝室で、里美と興児たちとの三つどもえの淫靡きわまるからみ合いを、数時間にわたって無理やり見せつけられ、ショックに茫然としているのだった。

「里美のやつ、前の穴と後ろの穴であれほど二人を相手にがんばってるのによ、お前ばかりいつまでもバージンじゃ、申しわけねえだろ。アン？」

「……………」

「なあ、オマ×コしてみるか、俺と？」

背中までの長い髪を優しく撫でてやりながら、またぞろ性交をもちかけ、少女の反応をうかがってみる。が、沙絵子はシクシク泣きながら、激しく首を左右に振るばかりだ。

「可愛い顔して強情なんだな、おめえ。ま、それがいいんだがよ」

明日、東京へ戻る間宮には、稲本麗子との念願の情事が待っている。だから今焦って沙絵子を抱くつもりはないのだ。それに純潔を散らすのは宿敵の準一が来てからのほうが断然面白い。

「その代わり、ちと今夜の調教は厳しいぜ。覚悟しろよ」

清らかな裸身を晒す沙絵子を、後ろ手に縛りあげていきながら、そう告げる。腕をくくり、あまった縄を胸に二重、三重とまわす。沙絵子の小さなふくらみが哀れにひしゃげ、薄桃色の乳頭が首をもたげる。

「もっとも里美がされてることに較べりゃ、おままごとも同じだがな」

「ああ、里美さん……」

がっくり顔を伏せて、沙絵子は泣き声で呟いた。

すでにもう里美は、今までとはまったく別の生き物、美しい令嬢から淫らな牝犬へと肉体改造されつつあった。

ああ、それはなんと恐ろしい光景だったろう。あんな行為をつづけられたら肉体はボロボロになって、やがて死んでしまう。そんな脅えさえ抱く沙絵子だ。

——リョウと交わりながら、興児に浣腸された里美。そして皆の眼前での強制排便。室内に臭い匂いが充満し、その間中男たちは徹底して里美をあざけり、からかう。

「見ないで、沙絵子」と里美は狂ったように泣き叫んでいた。

つづいて、ガラス棒が肛門に突き立てられた。ヒイヒイ泣きわめく里美のそこからは、赤い血が流れだしていた。ガラス棒は次々に太いものになって、男たちは、ぱっくりと口を開ききったアヌスを、いやがる沙絵子に見せつけた。

やがてクリームが丹念に塗られて、リョウがそのアヌスを犯した。興児は前門から……両方の穴を犯され、里美の口からは「ンググ、ギギュ」と、この世のものとは思われぬ呻きがもれつづけていた。

「そらイッた」

「またイッた」

男たちは何度となくそんなことを言って、里美を嬲る。

処女の沙絵子だが、その意味が漠然とは理解できた。里美の様子を見ていると、ただ痛がって泣いているばかりではないからだった。声の感じに、明らかに男への甘い媚びが含まれていた。

その交わりが終わると、フェラチオがはじまった。興児とリョウの肉棒を代わるがわるに舐め、しゃぶって、ついには里美は二人から精液を絞りとってしまった。

「どうして私ばっかりなの？　ねえ、ねえ、教えてよォ。どうして沙絵子はいつも見物しているだけなのよォ。不公平よ。あんまりだわ」

男たちの白い粘液を口もとに滴らせながら、最後にたまりかねて、里美は大声でそう叫んだのだ——。

あの時の叫びが、今も耳にこびりついている。里美との友情が壊れていきつつあるのを、沙絵子は悲しく悟った。

友だちの眼前で尻の穴までいたぶられ、里美の心がすさむのも当然だった。けれども処女の沙絵子が身代わりにあの言語を絶する色責めを受けられるはずがない。

お願い、わかって、里美さん。私にあなたの身代わりはできないわ。私だって、死ぬ思いで耐えているのよ……。

沙絵子は沙絵子なりに、間宮とのおぞましくも倒錯した夫婦生活を強いられ、精神錯乱の一歩手前まで追いつめられているのだ。

ああ、里美さんと二人きりになれたら……。

そうしたら励ましの言葉をかけてやれるのに。このままだと、二人の絆がズタズタに断ちきられるのも時間の問題で、沙絵子は悲しくてならなかった。

準一さんに会いたい……。

木下真澄もとらわれた今、準一こそが最後の望みだった。

親友の身を気づかううちに、沙絵子も間宮の手で緊縛されてウォーターベッドに押し倒された。太腿を左右に大きく割られ、さらに双臀の下には枕を押し当てられる。

「あ、ああ、なにをなさるの」

野卑な男の前に、清らかな花園を丸ごと露呈した格好となる。長い黒髪をユサユサ振って、沙絵子は狼狽をみせた。

「ほんとに綺麗なもんだな、お前のここ。見るたびに感心しちまうぜ」

「いやよっ。そこはいやァ」

「へっへ。今さら恥ずかしがるなって。少しはマ×コも調教しとかなきゃならねえんだ」

なぜ？　なんのために……。

その問いを発する前に、沙絵子は甲高い悲鳴をあげ、裸身をいっぱいに反りかえらせた。間宮の口が源泉に吸いついたのだ。

「ああ、いい匂いだ。やっぱり処女のオマ×コはいい。たまらねえよ」

つくづく感嘆しながら、よじれ合わさった可憐な花びらを、ぺろりぺろりと舌先でいやらしくなぞりあげる。と、かすかに扉が開いて、その奥の鮮烈な鮭肉色をのぞかせる。

「どうだろ、この色。あれあれ、こんなに潤んで」

憑かれたように間宮は熱心に肉層を指でかき分け、かき分け、その美しい色合いを確かめる。里美の交合を目の当たりにして刺激を受けたのか、汚れを知らぬ粘膜はキラキラと愛液に濡れ光っている。

「あううっ。いやァ、いけません！」

沙絵子の細い眉が八の字に歪んだ。首を左右にねじるたび、白いうなじに黒髪がほつれ、まとわりつく。

間宮の舌はそれ自体まるで生き物のように動いて、肉襞に滴る果汁を一滴も残さず、おいしそうにすすっていった。

クチュクチュ。チュルルッ、チュルルッ……。

卑猥な音がいやでも沙絵子の耳に届き、血も凍る汚辱感にのた打つ。好意のひとかけらも持てないヤクザ者が、自分の最も大切な、ひめやかな部分を、奥底まで舐めつくしている音だ。

「夕べはちっとも濡れなかったのによ、二日でずいぶん成長したなあ、沙絵子」

「……ほ、ほかのことなら我慢します。そこは、そこだけは許してっ」

「へへ。感じるのが怖いんだろ？　どれ、可愛いおマメちゃんもペロペロしてやるか」

薄い苞をくるりとめくってピンクの肉粒を剝きだした。同じ高校生でも里美と比較すると、まだまだ幼いふくらみである。必死に閉ざそうとする太腿をしっかと抱え、間宮はそれに食らいついた。

すぼめた舌端で突起を何度もこすりあげ、それからチューッと強く吸いあげる。清楚な美少女は顔面を真っ赤にして、弓なりの裸身をブリッジするように突っ張らせる。

ウウウ。どうなってしまうの、私？……

熱い火のような塊りが身体のなかでどんどん大きくなっている。初めての感覚だった。これまでオナニーすら体験したことがないのだ。頭が朦朧とし、肌がカーッと火照って、すべてがどうでもよく思えてくる。

「いいんだろ？　なあ、沙絵子、カッカしてんだろ？」

少女の潤みが増すにつれ、間宮の興奮も高まってきている。このウマそうな蜜壺に男根をぶちこみたい衝動が突きあげる。

クソッ。姦っちまうか……いや我慢だ、我慢……。

この男にしては珍しく、己れの欲望をぐっと抑えつけた。そのぶん、あとで里美と楽しめばいいと思った。

蕾を口に含んだまま、人差し指を挿入する。沙絵子がひときわ激しく喘いだ。花蜜をピチャピチャ弾きつつ、間宮の指がゆっくり抜き差しを開始した。

「ソラソラ、どうだっ」

「許してェ。お願いです、もうこれ以上……沙絵子を、いじめないで。あ、ああ」

くびれた腰をなまめかしく振りふり、哀訴する沙絵子。尿意に似たあやうい快感が生じているのだ。気を許すともらしてしまいそうで怖かった。

「いや、いやです。怖いっ……」

「ほらっ、こんな締めつけやがってよ」

「ヒ、ヒイイッ」

クリトリスを吸われ、しゃぶられ、粘膜を指先で貫かれるその粘っこい繰りかえしに、ついに沙絵子は軽い絶頂を味わうのだった。

5

地下室では、真澄がいよいよ窮地に追いつめられていた。手足の鉄環をはずされたものの、すぐに東原が淫靡にまとわりついて、その雪肌が露出し、揉みまくられる。

「ああ、いい抱き心地だ。ほら、魔羅がオッ立ってすごいだろ」

「……や、やめて」

「こいつで今夜はヒイヒイ泣かせてやるからな」

ワンピースの肩を抜かれ、真っ白い肩先から乳ぶさへの妖美なラインも露わに立ちつくす真澄。その背後から東原が抱きすくめ、うなじを吸い、熱い肉塊を擦りつける。女教師の肌からは高価なオーデコロンの香りがほのかにたち昇って、男の獣欲をいやでもそそるのだ。

真澄は目もとや頬を真っ赤に染め、額からタラタラと汗を流して、切なそうに身をくねらせている。その、フランス女優のように繊細な美貌の喘ぐさまは、官能美の極致だ。

さっき口移しでワインを飲まされていた。稲本麗子が理性を狂わされた強力なハシシュがまぜてあった。それゆえ、卑劣な東原に荒々しく抱きすくめられても、思ったほどに抵抗できないのである。

「さ、先生のヌードを見せてくれ」

優雅なワンピースが腰まで引きおろされ、ブラジャーの残骸もむしりとられる。スッとまっすぐ伸びた美しい背中に、たまらず東原が熱っぽく口づけする。

「ああ……裸になるのは、いやっ」

「なにを言ってるんだ。素っ裸にならなきゃオマ×コできないだろ。教師のくせに、それくらいもわからんのか」

女教師の狼狽ぶりが東原にはうれしくてならなかった。そうやって取り乱してくれたほうが、嗜虐欲がモリモリと湧いてくる。

ワンピースが床に落とされた。ブルブル震えながら身を縮こませる真澄の腰から、パンティストッキングをクルッと剝きおろす。

「ほ、ほんとに、いや。もう許してっ」

乳ぶさを覆い隠し、ふらふらと、もつれた足どりで逃げだそうとする。パンティストッキングがからまり、床に敷かれた畳にぶつかって、そのまま夜具に倒れこんだ。

「フフフ。こりゃ手間がはぶけた」

東原は舌なめずりして挑みかかる。

真澄は力なくいやいやをするばかり。荒い息づかい、重そうな身の運び、トロンとなった双眸。さっきの麻薬入りワインが効いて、真澄の神経を狂わせているのは明らかだった。

どうだろ、この姿。へへへ……。

聖愛学園のマドンナが、パンティ一枚で、俺の前に横たわっている。まだ理事の座をめざしていた頃、足しげく学園に通ってはこの美人教師の姿を眺め、股間を膨らませたものだ。東原ばかりでなく教師たちの間でも真澄の崇拝者は数えきれずいる。ずいぶん遠まわりをさせられたが、ついに自分はその伝説的な美女と合体するところまでこぎつけたのだ。

シクシクと口惜し泣きする真澄の横に東原は添い寝しながら、顔、首筋、乳ぶさと、ところかまわずキスの雨を降らせ、片手は純白のパンティ越しに急所を嬲る。スベスベとした贅沢な絹の布地を通して、神秘の亀裂を探りあて、東原は天にも昇る気分を味わっている。

「なんだか湿っぽいなァ、先生のパンティ」

「そ、そんなことおっしゃらないで」

妖しく火照った顔をいっぱいにねじって、極限の羞恥と闘う真澄である。

東原は、薄布越しにねちねちと秘裂をいたぶると、今度はパンティのなかに指をもぐりこませる。

「ほっほう。これが先生の恥毛ですか。男嫌いのくせに、こんなに淫らにシャリシャリさせて」

「あ、ああ……ううっ」

かつて強姦されかかった相手に、好き勝手に肌をしゃぶられ繊毛を荒される恥辱を、なんと表現したらいいだろう。

そんなふうに真澄をいたぶりながら、東原自身も服を脱ぎはじめている。ネクタイを取り、シャツを脱ぐ間も、パンティに入れた指は休まず動かしつづけ、朱色に輝く頬へチュッ、チュッとキスを注ぐのだ。

いったん立ちあがり、ズボンを脱ぐ。真澄はもう観念したのか、まばゆい背中を向けて小さく嗚咽をもらしている。絹のショーツをくいこませた小さめのヒップがたまらなく情欲をそそる。

最初の一発は縄を使わずにやりたかった。互いにひしと抱き合い、木下真澄が自分の女になった実感を噛みしめながら、ぐっさり田楽刺しにしたいのだ。

「すごいな。憧れの先生と一緒になれるんで、息子の奴、ビンビン飛び跳ねて」

全裸となり、股間には特大の剛棒をおっ立て、再び真澄に挑みかかる。確かに強精剤がまわって肉棹の充血ぶりはすさまじい。大きな目をギラギラ光らせ、絹のショーツに手をかけた。

「いやです。これは、これだけは」

最後の一枚を脱がされかかり、真澄はハッと正気に戻って相手の手を押さえた。すると東原の一物が目に飛びこみ、気絶せんばかりのショックを受けた。

「ああっ、そ、そんな、そんなもので、私を……」

「へへへ。そうさ、こいつで俺の女になってもらうのさ。八カ月前の恨みを晴らしたいと、これが夜な夜な泣きおってな」

人間離れした巨大な肉塊を真澄の前でさんざん誇示すると、いよいよ下着を引きさげていく。

「怖いわっ。助けて……誰かァ」

心臓が止まりそうだった。かつて戦慄を覚えたカメラマンのものなど問題にならないほどの大きさなのだ。絶対に受け入れられるわけがない、殺されてしまう、と思った。

ショーツが足下までおろされた。抵抗しようにも身体が重たく、また、動くたびに火のような熱いものが全身を流れる。麻薬入りの酒が中枢神経を犯していた。

「そんなに怖がらなくてもいい。時間をかけて少しずつ、根元までハメてやるから」

勝ち誇った笑いを浮かべ、東原は女教師のスラリとした下肢を押しひろげた。

第十章　裂く！

1

「さあさあ。先生の割れ目ちゃんはどんなかな。ふふ、ワクワクするよ。懇親旅行以来、ずっとお預けをくわされていたからね」

　夜具の上で真澄を大股開きにしながら、東原はわざと羞恥をあおるような調子で言う。

「ね、ねえ……そこは、見ないで。ご覧になっちゃ、いやァ！」

　裸身を痙攣するように震わせ、首を振っていやいやをし、真澄はそれこそ滑稽なくらいに取り乱した。魅惑的なワンレングスの髪がざっくりと垂れ、羞恥に茹だった紅顔を覆って、それがまたムッとするほどの被虐美をかもしだす。

「へへ、へっへへ。これから深い仲になろうってのに、ここを隠すやつがあるか」

東原は肉柱はそそり立たせ、涎れを垂らさんばかりにして女教師の股間に顔を埋めた。

「おおっ、これはこれは」

わざと大袈裟に感嘆の声をあげた。しかし心底驚いているのだった。大理石のように白くまばゆい下腹部に、黒々と扇形に開いた艶っぽい茂み。それがそのままふんわりと甘美にクレヴァスの周囲へなだれこむ。そしてその中心には、えも言われぬ美しさの淫花が咲き誇っているのだ。

二枚の花弁は、二十五歳という年輪をまるで感じさせない清楚な薄赤色。それがつつましく互いに寄り添い、チラリと内側の果肉をのぞかせていた。

「可愛いなあ、食べちゃいたいくらいだ」

スラリとした美麗な太腿を抱えこみ、しばし陶然と美女の秘唇を鑑賞する東原。

「ああ、恥ずかしいっ。死にたいわ。ウウウッ」

嫌いぬいた東原に、女の源泉を丸ごと晒すそのつらさ、切なさ。手ごめにされることがこれほど恥辱にみちたものだとは、夢にも思わなかった真澄である。

「惚れ直したよ。ウム。先生がまさかこんな綺麗なオマ×コしているとはね」

いつになく激しい動悸とともに、東原は指と唇で女教師の花びらをなぞり、チュッ、チュッとキスを注いだ。ほのかな媚肉の香りがジーンと痺れを誘う。

「そんな、そんな不潔な真似はよしてくださいっ」

真澄が声を振り絞った。太腿で相手をはねのけたい。しかし身体の芯が重く、気だるく、どうにも力が入らない。おまけに肌という肌が異様に熱を帯びてカッカと火照り狂う。

どうしたというの。たかがワインを飲まされたくらいで……。

「男嫌いという噂の割には、もうあふれてきたぜ」

「ヒイッ……」

東原は指で花弁を押しひろげては、トロトロ湧出する粘液を舌ですくう。そうしながら片手は赤くしこった淫核をこねくりまわす。たまらず真澄の白い喉で呻きが上下する。その部分からは悩ましい性臭が漂いはじめ、それが次第に濃厚なものになっている。

あの難攻不落の木下真澄が、俺に性器を舐めしゃぶられ、きざしている……。

東原は感無量の気分である。こんなプライドの高い女は、縛りあげて無理やり犯すより、こうして手足を自由にさせておいて嬲るほうが、みじめさが倍加するものだ。

東原はそう睨んでいた。抵抗しようと思えばできるはずなのに、相手の淫ら責めを甘受してしまうそのことが、なによりも口惜しく情けないはずだった。
「東原さん。あなた……わ、私に……なにを、飲ませたんです？」
全身が痺れているらしい。生汗を噴き、唇をわななかせつつ、それでも必死に威厳
をとりつくろって東原を睨みつける。
「ふふ。ただのワインだよ。あんた、きっと欲求不満だから、酒を飲むと淫乱になる
んじゃないのかい。ほうら、ほら、段々とネバっこいのが湧いてくる」
「ああ……卑怯ですわ。なにか、なにか薬をお使いになったのね」
東原の思惑どおり、口惜しさに歯噛みする真澄である。怪しげな薬でも盛られなけ
れば、東原のような男に愛撫されて濡れるなど、絶対ありえないことなのだ。
「さあねえ。それより、素直に自分がドスケベだと認めたらどうかね。なにもこんな
ところで見栄を張っても仕方ないだろ。それが教師の悲しい性ってやつなのか」
東原の両手が肉門にかかり、力をこめた。秘裂の内側がぱっくりと開きはじめる。
「な、なにを、なさるの？」
「あんたが処女かどうか、確かめておく必要があるんだよ。なにしろ俺の魔羅は見た
とおりデカいからね」

片頬をニタリと歪め、肉洞の奥底までを無残に露出させる。

臓物まで晒すような激烈な汚辱に、真澄の太腿がブルブル揺れた。

毒々しいまでのサーモンピンクがキラキラ蜜に濡れて幾重にも顔をのぞかせる。東原は医師を思わせる真剣な顔つきとなり女体の構造を検証していく。

「や、やめて。もう、やめてください。こんなやり方は、あんまりです」

「ふふーん。まったくの処女ってわけじゃないな。一度はハメられたか。しかし……おやっ、まだヒーメンが少し残ってるぞ」

男が途中で自失したか、それとも真澄があんまり痛がるので行為を中断させたんだろう、と東原はズバリ喝破する。

「なあ、図星だろ、先生」

「……知りません、そんなこと」

どうして？　なぜそんなことまでわかるの？……

東原という男がますます不気味に感じられる。その好色さ、陰湿さは、とても自分たちと同じ人間のものとは思われなかった。

構造を調べつくすと、東原は相好を崩しながら真澄にのしかかってくる。真澄は痺れきった全身を必死にバタつかせた。

「へへへ。あんた、俺のために処女を半分残しておいてくれたのか。よしよし、俺の肉棒で今夜こそ完全な女にしてやろうな」

上機嫌に耳もとで囁きかける。木下真澄の神話を完全に暴いた気分だった。男嫌いとかなんとか噂がたっていたが、ただセックスのよさを知らないだけなのだ。これなら一気呵成に堕とすことができる。ズーンと処女を破り、めくるめくオルガスムスを教えてやれば、もうこっちのものだ。二度と俺から離れられなくなるだろう。

逞しい筋肉質の体が、少女のように華奢で色白の真澄にからみつく。

「まったく赤ちゃんみたいに綺麗な肌だ」

まだ固さを残した美しい双乳をすくいあげては揉みつぶし、ピーンと引きつる首筋を舌で舐めまわす。たちまちそこかしこが唾液でぬめっていく。

粘っこくキスを注ぎながら、体を揺すって肌と肌を擦り合わせる。真澄の雪肌はぬくもりすら優しく、そして溶けるようにまろやかだった。

こんな女は初めてだ……。

東原は骨の髄まで痺れきっていた。なにからなにまでが水商売の女たちとは違った。ウブな少女を抱いているようで、それでいて淑やかな人妻のようでもある。熟しきらない新鮮な魅力と艶めかしい色香が同時に顔をのぞかせ、それがプロの東原の官能をくすぐった。

「ああ、すごいぜ。魔羅がビンビンになってる」

「アウッ……あ、ああ、怖い。怖いわっ」

いよいよ、という気配に、真澄の口から狼狽の悲鳴がほとばしる。

あんな肉の塊りで犯されたら……。ドス黒い恐怖が胸をつき、正気を失いそうになる。

「さて。あの時の恨みを晴らさせてもらうぜ、真澄」

醜怪な暗紫色に猛り狂う一物が、ピクンピクンと真澄の柔らかな下腹で踊り跳ねた。

2

「ま、待ってください！」

「フフフ。この期に及んで往生際が悪いんじゃないのか」

「わ、私は……もう諦めました。ここであなたのものになります。だ、だけど……沙絵子ちゃんたちを……いったいいつ生徒たちを解放してくれるんです？」

「明日にでも帰してやるさ」

潤みきった開口部を軽く突つきながら、ぶっきらぼうに告げる。少女たちの運命など知ったことではない。肉棒の先端に伝わってくる粘膜の感触に息づまるほどの興奮を覚え、それどころではないのだ。

「もう、これ以上は、彼女たちを……いじめないで。お願いです。あの子たちになんの罪もないはずですわ」

「よしよし、わかった。東原尚文、約束は守る。きっと明日、娘たちは解放する」

そう言って、ぺろりと腹中で舌を出した。それにしても、さめざめと涙に暮れる真澄の美しさときたら。その表情の変化するさまを楽しみながら、東原はほんの少しだけ太棹を突きだした。

「そらっ……」

「ウッ……い、痛っ、痛いわ。ああ、やめてぇ！」

案の定、すさまじいばかりの苦しみようだ。パープルに輝く唇がめくれ、見事な歯並びが現われた。

「ね、ねえっ、入れないで」

「おいおい。まだ入口でチョコッと挨拶しただけだぜ」

これじゃ完全に根元まで咥えさせるのは何時になるやら。微苦笑をもらし、枕もとのグラスをとってハシシュ入りのワインをたっぷり口に含む。わななく真澄の唇を強引にとらえ、口移しで媚薬を流しこんだ。細い眉をたわめ、切なげにいやいやをする真澄を、カッと双眸を見開き、うっとり眺める。

飲ませ終えると、甘い口腔で舌先をそのまま遊ばせる。上下左右の粘膜をゆらゆら愛撫し、ひきこもりがちな相手の舌の腹をしつこく舐める。互いの息が溶け合い、唾液がまじり合うにつれ、女教師の呼吸が次第に荒くなる。

下半身をまた少し送りこむ。真澄の美貌がギュッと歪む。

こうしてゆっくりと結合するのも悪くないな……。

舌を吸いあげながら東原は思った。木下真澄の神聖な体内に、少しずつ、だが確実に自分の生肉が入りこんでいる実感は、言うに言われぬ素晴らしさだ。こじ入れては休み、休んではこじ入れる。肉層の一枚一枚が激痛に泣き声をあげているのがわかった。

「ああっ。痛いんです。ねえっ」

口をふりほどき、涎れを垂らして真澄が訴えた。メリメリと肉襞を根こそぎ引き裂かれていく感じなのだ。

「ねえ……駄目よっ。とても……とても無理だわ」

「生徒を助けたいんなら我慢するんだな。こいつを全部呑みこまなきゃ、セックスははじまらないんだぜ」

「ン、ンムムッ」

低く重く唸り、ストレートの黒髪をぐしゃぐしゃに乱して、逃れるように真澄は夜具の上をずりあがる。東原は苦笑いしてその腰をグイッと引き戻す。

「ヒイッ……痛いッ」

戻された拍子に少し深く膣のなかへめりこんだのだ。

「フッフフ。お前が動くから悪いのさ」

「もう駄目です。もう、これ以上は……」

「あれ、やっぱり血が流れてきやがった」

ついに処女膜の残滓を突き破ったらしい。太腿の下をのぞきこむと、薄赤く水っぽい血がシーツに垂れ落ちていく。

「よかったなあ、真澄。これでようやく本当の女になれたんだぜ」

「うっうっ……あああ」

新たに悲憤の涙をこぼす真澄。その頬を小突いては、東原は勝利の快感に酔いしれるのである。

ざまあみろ。これで後はドーンと大噴火するだけだ……。

強精剤のせいか体中にエネルギーがみちみちている。おまけに相手は長い間、恋焦がれた絶世の美女だ。この調子なら何発でも放出できそうだった。

夢じゃないんだ。俺は本当に木下真澄と肉交している……。

その事実を確かめたくて、いくらか腰を引いて連結部をのぞく。

下腹のまばゆい肌の白さが目を打った。艶っぽく茂った草むらをかきわけると、真っ赤に膨らんだ肉粒がヒクついた。それを指でいたぶりつつ、さらにその下方を見やる。すでに充血を帯びている二枚の花弁、それが無残に割り開かれ、その中心に自慢の剛棒がズブリと突き刺さっているではないか。

「ふははッ。ハマってる、刺さってるぜ。先生の可愛いマ×コに」

熱いものが身内を走り抜けた。こらえきれずにグンと深突きした。真澄の悲痛な声が地下室いっぱいに轟く。かまわず本格的に貫きはじめた。

「真澄ィ、ますみぃ……」

愛しいその名を何度も何度も叫び、獣のごとく荒い息を吐いては、巨体を激しく前後させる。

「俺の女だ。なあ、もう逃がさんぞ」

女教師の首の下に左手をまわし、抱えこみ、悶え狂う美貌をつぶさに眺める。右手でほつれた髪を梳いてやり、乳ぶさをつかみ、しゃにむに揉みこむ。

「どうだっ、真澄。アン?」

「ヒッ……ヒイイッ!」

子宮の底に先端が届いた。固く確かな感触だった。

「へへへ。これで完全につながったな」

おそらく何年間か中途で閉ざされたままだった肉路を、この自分がついに貫通させてやったのだ。あまりの感動にタラタラと生汗が滴り落ちる。

一方、真澄は、あまりのショックに声もない。白目を剥き、真っ白い歯をきつく嚙みしめ、ただ頭をグラグラと動かすばかり。激痛と、口惜しさと、哀しみで、顔面はこれ以上は赤くならないほどに火照り狂っている。東原のゆっくりした往復運動につれ、その顔が夜具の上を行ったり来たりする。

それでも、あのワインを飲まされた分だけ痛みはずっと薄らいでいるのだ。意識が正常なままだったらショックに耐えかね、神経が破綻をきたしたかもしれない。

もう駄目なんだわ、私。こんな恐ろしい悪魔に身を汚されて……。

絶望に打ちのめされながらも、意識の隅では、絶えず女生徒たちの身を案じている。

自分はもうどうなってもいい。ただ彼女たちだけはなんとしてもこの地獄から救いださねば。

「お願い……これで……生徒を、助けてくださるのね」

「へへえ、偉いもんだな。自分はデッカイの突っこまれて生きるか死ぬかってのに、まだ生徒の心配をするなんぞ、見あげたもんだ」

ピストン運動をネチャネチャ繰りかえしながら、なおも言葉をつづける。

「だけど、お前があの時おとなしく俺に姦らせてりゃ、生徒たちもあんな思いをしなくてすんだのだぞ」

「ああっ。もう許して！」

むごい言葉に胸が引き裂かれそうだった。

「こんなもんですむと思うなよ。まだはじまったばかりなんだからな」

美女の苦痛の表情にゾクゾクする嗜虐の高ぶりを覚え、東原は告げるのだった。

3

もうすっかり使い馴れたウォーターベッドの上で、間宮拓二は目を覚ました。

すでに正午近かった。

素っ裸で、シリコン入りの巨棒が天井を向いて、そそり立っている。昨夜、社長とハブ酒を飲みかわしたせいか、今朝の勃起は特に威勢がよかった。隣りでは東沙絵子があどけない顔つきで軽い寝息をたてている。やはり素っ裸で、前に手錠をかけられたままである。

手をさしのべ、額にほつれた長い髪を愛おしげにたくしあげてやる。甘い髪の香りがほのかに鼻孔にひろがった。少女の泣き腫らした瞼が痛々しく、間宮は柄にもなくふと哀れを覚えた。

煙草を取りだし、一服つけた。

確か寝たのは朝の五時すぎ、もう窓の外は白みはじめていた。執拗な間宮のクンニ責めで、汚れを知らぬ処女の沙絵子も都合三度の軽いアクメに達したのだ。それを想い起こすと、大きく煙を吐きだす間宮の頬がほころんだ。

色責めの途中、フェラチオもやらせてみた。まだまだシリコン入りの一物に嫌悪感を示すし、おまけに男の性感をまるで知らないから、舐めしゃぶりも、指のしごきも、稚拙そのものだ。それでも、沙絵子のような清純な美少女の唇に咥えさせる歓びは、半端なものではない。

結局イラマチオの形になって、一方的にズッコンズッコン突き立てながら、口腔に精を放った。噴出するザーメンを嚥下しきれず、途中で沙絵子は呼吸困難に陥ってしまい、間宮はあわてて肉棒を引き抜いたのである。

が、とりあえず口唇性交を果たした事実に変わりはない。沙絵子はアクメを感じるようになり、こちらはフェラチオで自失する。二人の奇妙な夫婦生活が、まずそこまで進んだことに大満足の間宮なのであった。

この調子なら、準一のガキが来るまでに、相当のところまで仕込めるぜ。

煙草の煙を感じてか、沙絵子が長い睫毛を重たげに少しずつ開いた。

「起きたか、沙絵子」

まるで本当の恋人のように、その優雅な頰にチュッ、チュッとキスしてやる。にわかに沙絵子の顔に朱色がきざしていく。

たまらず少女の口を吸った。沙絵子はとまどい、一瞬表情を歪めた。起きぬけの口腔に、間宮が不快な煙草の味をひろげた。が、すぐに相手の舌を受け入れた。しばらく口腔を舐めしゃぶられるうちに、甘く鼻息をもらし、自らも舌をからめてくる。

しばしディープキスにふけった後、ねっとり唾液の糸を引きながら間宮は唇を離す。舌先をまだ沙絵子の口に遊ばせ、ドロッと唾液を送ったり、ピンクの柔らかな唇を愛撫し、時には鼻先をヌラヌラ舐めさすったりしてじゃれ合うのだ。

「夕べはよかったか？　あんなの初めてなんだろ？」

沙絵子は答えない。ボウッと羞恥に赤らみ、そんなこと聞かないで、と言うように、いやいやをする。

間宮の片手が幼い胸のふくらみをゆっくり撫でさする。驚いたふうに沙絵子は綺麗な瞳を開け、すぐまた閉ざしてしまう。その愛らしい仕草のひとつひとつが、間宮の情感をググッと擦りあげる。

「俺のミルク、どうだった？　あんまり多いんでびっくりしたか？　へっへへ」

「ああ……」

昨夜のおぞましさを思いだしたのだろう。小さく呻くと、少女は手錠をかけられたまま、向こう側へ裸身を反転させた。

昨夜、間宮が丹念に洗い、そしてブラシで梳かしてやった腰まで届く豊かな黒髪がうねり、それが真っ白い背中で悩ましくもつれ、たなびく。その後ろ姿に見惚れ、間宮の肉柱はすさまじく熱化している。これほどの美少女と夫婦同然に暮らすことの歓びで胸がいっぱいだった。

「お前の大好きな先生、今頃どうしてるかなあ」

まだ発達しきらない腰部のあたりをゆるゆると撫で、前へまわして乳ぶさをつかみながら、小狡く少女の反応をうかがう。

思ったとおり、ややあって沙絵子が口を開いた。

「……真澄先生……いったいどこに？……」

その愛らしい声を聞きたかったのだ。寝覚めに少女の澄んだ声はなによりの活力源であった。

「ねえ、先生は今どこにいるんですか？」

「地下室さ。ウチの社長と仲睦まじく一晩すごしたはずだが。へへ、あの男嫌いの女教師、きっとたっぷり油を絞られたろうな」

「ああ……先生っ」

沙絵子の細い肩が上下に喘いだ。向こう側で、深い悲しみに、涙をしゃくりあげているのだ。

もっと教えてやろうかと思ったが、さすがに良心が咎めて、間宮は黙ったまま少女を背後から抱きすくめた。甘美な髪の匂いを嗅ぎ、硬さの残る乳ぶさを優しく揉みあげ、いきり立つ剛棒を可憐なヒップに押し当てる。

「……い、いやです」

沙絵子は黒髪をうねうねと揺すり、恥ずかしさに身悶えする。どれほどか調教を積み、すっかり間宮のいやらしさに馴らされたとはいえ、やはりまだ純潔の初々しさは失っていない。

「フッフフ。とにかく先生もなんとか社長と仲直りしたようだし、これで俺も一安心ってとこだ」

実のところ間宮は、夜中に一度、地下室の様子を見にいったのだ。

あんなに興奮して女体にくらいつき、がむしゃらに精を貪る東原の姿を目にしたのは初めてだった。すでに二、三度、犯した後で、換気の悪い地下室内は特有の濃厚な淫臭がたちこめていた。色黒の逞しい東原の膝上にまたがり、田楽刺しされる女教師のしなやかな裸身は、しどろな汗と激しい愛撫で見事な桜色に染まって、そのムンムンする妖美さに圧倒されたものだ。

「間宮。この女、あんなに俺を嫌いぬいたくせに、もう二度もイキおったぞ。フッフ」

得意げに告げる東原の大きな目玉は、異様なくらいにらんらんと光り輝いていた。

「オラア。強姦未遂の男に今度はとうとう本番され、マン汁ふりまいてよがる心境はどんなかね、真澄先生」

言葉でいたぶり、乗せあげた女教師の身体を激烈に揺さぶる。そのたびにだらしなく口を開き、涎れを垂らしてよがり泣く木下真澄。間宮の目には女教師はもうほとんど正気を失っているように見えた。

「どうしたっ、こら。もう一度俺に詫びを入れんかっ」

「う、うう……あなたを訴えて……本当に、も、申しわけありませんでした。ああっ……もう許してください」

「それだけじゃないだろ。ちゃんと最後まで言うんだ」

「お詫びに……真澄の……オ、オマ×コで、一生かかって償いさせて、いただきますわ」

無理やり教えこんだ言葉、もう何度も言わせているのだろう、それを間宮の耳に聞かせては、東原はぴっちり汗を浮かべた顔をほころばせた。

社長の狂いようだと、あの女教師だけは、いくら待っても俺のところにさがってこないかもしれん。まあいいか。目の前に沙絵子がいるし、それに今日は東京に戻って社長秘書の稲本麗子とプレイできる。他に『ユメイヌ』の女たちの調教もしなければならないし、あんまり欲をかいても体がもたないや……。

4

「俺は今夜、留守にするぜ。東京で仕事が待ってるからな」

沙絵子をこちらに向かせ、間宮はそう告げた。

まだシクシク啜り泣くその日本人形のような美しさを、改めて堪能する。こうやって眺めていると、一晩とはいえここを離れるのは寂しい気持ちになってくる。

沙絵子はスーッと優艶に流れる切れ長の瞳をしばたたかせた。少なくとも今夜だけは間宮との変質的な色事を免れると、ホッと安堵しているのだろうか。

「代わりに興児が一晩お前の面倒をみる。あいつは俺ほど優しくはねえから、そのつもりで覚悟しとけ」

「……いやっ。怖いわ」

束の間の安堵であった。親友の里美をあれほど執拗に嬲り抜いた残忍な興児。あのケダモノと一夜をすごすなんて。

「あ、あんな恐ろしい人と、一緒にさせないでください。お願いです」

「へへへ。心配するな。お前のいやがることはするなと言ってある。そりゃ、なにしろ若えし、血の気が多いから少しくらいは悪戯するだろうが、バージンだけは守らせる」

「いやです。ああっ、怖いんです」

それで沙絵子の恐怖が消えるわけがない。あどけなさを残した肢体をガクガクさせ、首を左右に振りながら間宮の胸に顔をすり寄せてくるのだ。

艶やかな黒髪の匂いに芯まで痺れ、さすがに間宮は心がぐらついた。それでも女体調教のプロらしく、

「馬鹿野郎！　甘ったれんじゃねえよ。少しは里美の根性を見習え」

と、すがる少女を冷たく突き放す。

「いつまでもメソメソするな。さあ忘れねえうちに夕べの復習をやるぞ」

ニタニタと卑猥に笑いながら起きあがり、少女の手錠をはずす。

強精薬のせいで朝から股間が火照って仕方ないのだ。東京へ行く前に、美少女のフェラチオでまずは一発抜いておこうと思った。マットレスにあぐらをかくと、髪を引っつかみ、強引に沙絵子の顔を怒張まで持っていく。

「いやっ……もう許してください」

「ウリャア。早くしゃぶらんか。それともお仕置きされたいのか？」

「ああっ」

「今度は最後まできれいに呑みこむんだぞ、沙絵子。昨日みたいに途中で口を離したりするんじゃねえ」

ここにいて目覚めている限り、いっときも休む間もなく淫靡地獄がつづくのだ。沙絵子は骨身にしみてそれを思い知らされた。

嫌悪と屈辱に、身の底から嗚咽にむせび、それでも沙絵子は男の毛むくじゃらの下腹部へ顔を沈めた。

うねり乱れる少女のサラサラの黒髪をかきあげ、かきあげ、間宮は熱い想いでその横顔を眺める。

口をすっぱくして教えたとおり、沙絵子は愛らしい指を根元に添え、綺麗なピンクの舌先を恥ずかしげにのぞかせて、ペロリと肉塊をひと舐めする。しかし、シリコンの醜い瘤におぞましさがこみあげたのか、そこでまたひとしきり泣きじゃくるのだ。

「なにやってんだっ。おしゃぶりがそんなにいやなら、いっそオマ×コにずぶりと突っこんでやろうか」

「ヒイイッ……」

秘苑に指がめりこんだ。

「や、やります。ご奉仕しますからァ」

奉仕、という言葉で、男の嗜虐心を満足させ、矛先をかわそうとする。少女がこの三日の間に知らず知らず身につけた防御策である。固く瞳を閉ざし、いかにも恐るおそるといった感じで肉棹を何度かなぞりあげる。

「ひっひひ。そうそう」

キラキラと少女のつむぐ唾液の糸が、己れの一物に悩ましくぬめ光っていく。間宮はそれを満足そうに見おろすのだ。

「もっと舌に力を入れろ。マラに強くこすりつける感じだ」

「ああ……はい」

淑やかさにみちた顔をポウッと紅潮させ、濡れた黒目で従順に間宮にうなずき、ひと舐めひと舐めに力をこめる。

「いつまでも同じところばっかり舐めてんじゃねえよ。少しずつ上へのぼって、この縫い目をツンツン刺激したり優しく舐めたり、それから次はカリ首全体を愛撫する。夕べそう教えてやったろ」

純真無垢な少女にとっては気も狂わんほどの恥辱だろう。が、貞操を守り抜くために、沙絵子は死ぬ思いで命ぜられるままフェラチオをつづけた。

「指が遊んでるぞ。休まず根元をキュッキュッと上下にしごくんだ。そうだ。左の手はどうしたよ。タマをさすったり、ケツをいじったりするんじゃないのか？」

「……は、はい」

こみあげる嗚咽をぐっと我慢し、脂汗を噴いたまま返事をする。真っ白な指先をぎごちなく生肉に這わせ、ゆるゆるとしごいたり、毛むくじゃらの玉袋を愛撫する。そうしながら、たっぷり唾液を乗せて舌先で突きあげるようにカリ首のミゾを刺激する。

「そうだ、その調子だ」

内心うれしくて飛びあがりたいほどなのを、間宮はなんとか押し隠している。名門、聖愛学園きっての美少女を、どうにかここまでに仕込んだのだ。気持ちが高ぶらないほうがおかしかった。

胸元に手を差しのべ、汗に光る白い隆起をユサユサ揉みたてていく。しこった感じの固さが、いかにも処女らしく、こうしてモミモミするのが間宮は好きだった。

「ああ……離してェ」

たなびく黒髪を揺すり、ひときわ激しくいやいやをする。

「こらっ。気合を入れてやらねえと、いつまでも終わらないんだぞ。早くミルクを絞りだして楽になりてえだろ。へっへ」

沙絵子は泣きべそをかきながらも、間宮の暗紫色にいきり立つ一物を、徐々に口に含んでいくのだった。

5

一時間後。ヤクザっぽい水色の派手なスーツを着こみ、間宮は部屋を出た。沙絵子に精液の最後の一滴までも呑みこませて、すっかり体は軽くなっていた。

興児たちのいる隣りの寝室をのぞく。リョウが床に膝をつき、上体を椅子に預けて尻を突きだしている。その尻に、緊縛された里美が顔を寄せていた。

「なにやってんだ、おめえ」

「へへへ。まずいところを見られちゃったな」

サーファー風の甘いマスクをぐちゃっとつぶしたように照れ笑いする。兄貴分の興児はといえば、長々とベッドに横たわり、だらしなく口を開けて寝ていた。

「実は、今ウンコしたもんで、紙で拭くかわりに里美に舐めさせてるんです」

「あきれた野郎だな、おめえ。ケツにこびりついたクソを、いっつもそうやって舐めさせてんのか？」

「はあ……俺、ちょっと痔のケがあって、紙で拭くよりはそのほうが具合がいいんです。里美のやつ、もう俺たちの命令ならなんでもききますから」

確かに里美は、後ろ手に縛られて正座したまま、今も舌をいっぱいに使ってリョウの尻穴をペロペロ舐めているのだ。その横顔にかつての高慢ちきな富豪令嬢の面影はない。すっかり肉奴隷と化した無表情な顔があるだけだ。

「風呂へは入れたのか」

「ええ。どうにも臭くてしようがねえから、夕べ入れてやりました。すっげえアカでしたよ。風呂桶にびっちりこびりついちゃって、こいつにさっき掃除させたとこです」

「ウム。どうでもいいが、その汚ねえケツをしまえ」

リョウは頭をかきかき立ちあがり、脱いだパンツをあわてて探す。

「どうだ、里美。ウンコはおいしいか？」

間宮は哀れな里美の頭を軽く突ついた。

「え、ええ……おいしいですわ」

彫りの深いエキゾチックな美貌に無念さを滲ませ、かすれた声で答える。

「ケッケ。変われば変わるもんだな。あんな生意気だった女がよ」

しみじみと里美を眺めやる。

さんざん殴られ蹴られしたらしく、顔や背中や腿や身体中至るところに青痣がある。これが六本木のクラブでちやほやされた美少女の成れの果てなのだ。徹底した蹂躙のあげく、そのグラマーぶりにいっそう磨きがかかったようだ。縄で極端にデフォルメされた肢体は、女子学生とは到底思えないほどに肉を乗せ、とろとろに熟しきっている。

「客のとれる身体になってきたな」

上下から縄に絞りだされた豊満な双乳を、そして丸みを帯びた腰つきからムチムチの太腿を、モノを扱うように爪先で嬲りながら言う。

「どうです、間宮さんもケツを舐めさせてみたら。こたえられませんよ」

「ああ。東京から戻ったら、さっそくやってもらうか。お姫様の沙絵子にはとてもそこまでさせられねえし」

沙絵子の名前が出て初めて、里美の表情が動いた。それを男たちは見逃さない。

興児が目を覚ました。間宮がいるのに気づき、急いでベッドから起きあがった。

「おはようございます。もうお出かけで？」

「興児。お前、今夜は沙絵子のお守りだ。よろしく頼むぞ」

「ええ。そりゃもうバッチリです」

目が輝いた。あのお人形のような清楚で初々しい少女と一夜をすごせるのだ。

「わかってるだろうが、絶対に純潔だけは散らすなよ。このあばずれの里美とはわけが違うんだからな」

「ああ……ひどいわっ」

突如、里美が泣き崩れた。

「どうしてっ……どうしてなんです。どうして私ばっかりが……ウウッ」

「ほほう。まだ泣く元気があったのか」

間宮は興児たちと顔を見合わせニンマリし、髪をわしづかんで里美の顔を引き起こす。そして冷たく見おろしながら告げた。

「沙絵子は言ってるぜ。オマ×コしたいのならスケベな里美とやってほしい。私は処女だから絶対にそんな不潔なことはできないってな」

「………」

カーッと顔に血をのぼらせ、キリキリと屈辱に歯ぎしりする里美。

「ハハハ。そういや、ここで俺たちのからみを見学させた時、ケツにぶちこまれてヒイヒイと歓んでいた里美を、冷たく軽蔑しきった目で眺めていたっけなあ」

リョウが言い、興児がウムウムとさかんにうなずく。間宮がさらに追い討ちをかけた。

「里美は変態なんだって、はっきり俺にそう言ったぜ。ちゃんと恋人がいるのに他の男に抱かれてあれほどはしゃぐなんて、きっと病気に違いない、だってよ」

「やめて。もう言わないでっ」

顔を上向きにされたまま、里美はボロボロと涙をこぼし、絞りだすように叫ぶのだ。

「へっへへ。女の友情ってのはモロいもんだ」

「最初、里美は沙絵子をかばって俺たちの犠牲になったのになあ」

興児とリョウが、里美をけしかけるように芝居がかって言う。

「そんなに沙絵子にボロクソ言われて、口惜しくねえのか、お前」

「口惜しいっ……口惜しいわ」

「なら、いつか恨みを晴らすチャンスを与えてやろう。俺もなんだかお前がいじらしく思えてきたぜ。沙絵子ばかり甘やかしちゃ不公平だからなあ。おめえらもそう思うだろ?」

間宮に聞かれ、興児たちは笑いを噛み殺しながら、大きくうなずくのだった。

思惑どおり、里美の心には、沙絵子に対する憎悪の粒々がどんどん増殖されている。

奴隷たちを繋ぐ絆をズタズタに引き裂く。間宮たちにとってこんな好都合なことはない。

やがて真澄の弟、準一がやってきたら、その色男を里美とくっつけさせるつもりなのである。復讐に燃える里美はそれこそ必死で準一を誘惑するに違いない。恋人を奪われたと知った時の、沙絵子の驚きようが見ものだった。

そうなりゃ沙絵子も自棄になって、いよいよ俺の女になる決心がつくってもんだ……。

「おっと、こうしちゃいられねえ。とにかくスケジュールがぎっしりつまってんだ」

間宮は弾んだ声を出し、軽い足どりで部屋を後にした。

屋敷をいったん出て、地下室の鍵を開け、階段をおりる。東原に挨拶していく、と言えば聞こえはいいが、本当はズブズブに犯された真澄の泣き顔を一目拝みたいのだ。

階段を歩きながら、東原の高ぶった叱声と、真澄のなんともやるせない啜り泣きが耳に届いた。沙絵子に精を呑ませたばかりというのに、もう股間がムズムズしてきた。

コンクリートの床に重ねられた畳の上は、バイブやらロープやら、それに無数の丸まったティシューが散乱している。木下真澄は、最初閉じこめられた時と同じくレンガの壁を背負って、鉄環に四肢を繋がれていた。

正面からその全裸を眺め、あまりの美しさに電流に打たれたような衝撃が間宮を襲った。

真澄は日本人離れした流麗な脚線をブルブル震わせており、その足もとにブリキの洗面器が置かれてある。

「この女、ここへ監禁されてから、まだ一度もオシッコをしちゃいないんだ。フフフ。どうしても垂れ流しはいやだとさ」

「ああっ、おトイレへ行かせて。お願いっ」

「フン。あれだけマン汁ふりまいて恥を晒したくせに、まだ教師面してやがる」

東原はひきつった声で悪罵を浴びせた。目は窪んで鋭い眼光はいっそう迫力を増し、その下には深い隈が浮かび、頬がそげ落ちている。

「社長、少しは休んだんですかい？」

「相手は聖愛学園の木下真澄だぞ。寝ている暇なんかあるか。ずっとやりっぱなしだ」

ということは十時間以上、こうして女教師をいたぶりつづけているのだ。間宮はつくづくあきれた。同時に、ニヒルな社長の、真澄への思い入れの深さを悟るのだった。

「ね、ねえ、東原さん、あんまりですっ」

いよいよ切羽つまった声で真澄が訴える。

「知ったことか。膀胱が破裂するまでそうやって意地を張るがいい」

「あああ……あ、あうぅぅ」

犬の遠吠えに似た悲鳴とともに、真澄の雪白の太腿をチョロチョロと黄色い液が伝いはじめた。

「けっ。とうとうはじめやがった」

「見ないでっ。見ちゃいやァァァ」

セクシーな腰をブルブル揺さぶり、狂ったように泣き叫びながら、真澄はとめどなく放尿をつづけるのだった。

第十一章 焦れる！

1

遅い昼食を終えた興児とリョウは、キッチンを後にして、下卑た軽口を叩きながら西棟の寝室へと向かった。ガーリックをたっぷりまぶした分厚いステーキを食べ、若い肉体には再びモリモリと精力がみなぎっていた。

ことに興児は張りきっている。これからいよいよ、あの百合の花にも似た清純な美少女と乳繰りあえるのだ。冗談にまぎらわせてはいるが、期待と興奮で表情の端がこわばるのは隠せない。

この三日間、相棒のリョウとともに肉棒がヒリヒリ痛くなるほど、結城里美の女体にブチこんではいる。しかし、隣りの寝室から間宮に色責めされる沙絵子の涕泣が聞こえるたびに、胸が緊めつけられるような感じを覚えていたのだ。間宮と入れ代わり、自分も沙絵子とイチャついてみたい。何度そう思ったことだろう。

「なあ兄貴。東原社長って、もっと怖い人かと思ったら案外話せるじゃん」

ウキウキとした調子でリョウが言う。

親分格の間宮が別荘をたち、昼食は雲の上の存在である東原尚文と三人でとったのだ。念願の木下真澄との情交を満喫したためだろう、東原は上機嫌だった。冗談まじりに昨夜の戦果をまくしたて、初めはガチガチに緊張していた興児たちも、すぐ雰囲気になじむことができた。

「おう。女教師のオマ×コの具合がよっぽどよかったんだろうな。だがいったん怒らせると、さすがの間宮さんもビビるほどの迫力だからな。気をつけろ」

「わかってるよ兄貴。もう冷飯をくうのはまっぴらさ。でも十時間ぶっ通しで姦りまくるなんて、あの年で大したもんだよなあ」

「へへ。こんなおみやげまでくれちゃって」

興児の手には強力なハシシュの原液の入った小瓶と、また地下室での木下真澄の生々しい喘ぎ声を録音したＵＳＢが握られている。

東原から譲り受けたそれらの小道具を使って、これから処女の沙絵子を肉体的にも精神的にも揺さぶり抜き、狂乱状態に追いこむ腹づもりなのだった。

寝室の前に立つと、興児は歯を剝いてトッポく笑ってみせる。

「さぁて、いよいよ麗しの姫君とひさしぶりのご対面だ。胸がワクワクすらァ」

「あんまり興奮して令嬢のバージンを破ったりしないでくれよ」

「俺がそんなドジ踏むか」

隣りの寝室へ行くリョウと別れ、興児は静かにドアを開いた。

と、目に飛びこんだ眺めの、凄絶なまでの妖美さに、しばし茫然と立ちつくした。

東沙絵子が、後ろ手に縛られ部屋の中央に吊るされていた。純白のなよやかな裸身に亀甲縛りの縄をきつくくいこませて。

腰まで垂れた長い黒髪が、まばゆい光沢を放ちながら、うねうねと柔肌にたなびいてゾクゾクする被虐美をかもしだす。ふくらんだばかりの可憐な双乳は、上下左右から痛々しく縄に絞りだされている。乳暈も小さめで清らかである。しかし透きとおるピンクの乳首はピンピンに尖って、むしゃぶりつきたくなるほどの悩ましさだ。

「ああっ。来ないでっ。入らないでェ」

沙絵子の狼狽の悲鳴。しかし天井の太い梁へ通された縄尻はピーンと張りつめて身動きを封じ、少女は裸身をゆっくり回転させるのがせいいっぱいだ。

「すっげえな。こ、こんな綺麗なヌードは初めてだぜ」

興児は血走った目をせわしなく上下させて、沙絵子の清艶な官能美を貪った。引き締まって滑らかな下腹部にほんのり淡く繊毛がけぶっていた。頬を火照らせ、華奢な肩を震わせて羞恥にのた打つ少女の仕草、それがいっそう淫獣の目を楽しませるのだった。

捕らわれた三人の美女のなかでは沙絵子が一番スリムであり、長身である。同い年でもすでに熟れきった感じのグラマーな里美とは好対照をなし、夢のようにはかなく繊細なボディラインだ。サラサラとうねり波打つ豊かな黒髪が、その流麗な肢体の美しさをさらに印象づけている。

「へっへへ。今夜は俺と一緒にネンネするんだぜ。間宮さんから聞いてんだろ？　よろしくな」

「い、いやよ、いやです。あああ……そ、そんなことできません」

興児が近づくと、キュウキュウと縄を軋ませて沙絵子は激しく身悶えした。あまりの汚辱感に眉毛をピクピクたわませている。

「なに、照れてやがるんだ。間宮さんとはいい線までいったんだろ。マンズリで気をやったり、あの太魔羅しゃぶって立派にミルクまで呑んだっていうじゃねえかよ」

確かに間宮と二晩の夫婦生活を強要され、かろうじて処女を守ってはいるものの、身体の隅々まで嬲り抜かれた沙絵子である。淫猥な愛撫に次第に馴らされ、徐々に理性も麻痺しかけたところなのだが、しかし相手が興児とあっては激烈な嫌悪がこみあげる。なんといっても、親友の里美を自分の眼前であれほど酷く凌辱した男なのだから。

「沙絵子……」

「やめてェ。触らないでっ」

後ろから興児が抱きついてきた。沙絵子は露骨に嫌悪を見せて首筋をピーンと張り、狂ったように叫んだ。

「なあ、いいじゃねえか。間宮さんが怖くて手を出せなかったけど、ほんとは俺、里美よりお前のほうがずっと好みなんだぜ。わかってくれや」

「里美さんをあんなひどい目にあわせておいて……よ、よくも、そんなことをっ……あなたなんか大嫌いです」

「フン。俺に盾つく気なら覚悟しとけ。お前の恋人の準一がここへやってきたら、ふふふ、キン×マつぶしてやるか」

またしても準一を傷つけるという脅し文句である。少女にとって最大の弱点を突いては、引き換えにネチネチと肉体を弄ぶ。男たちの卑劣なやり口はパターン化していた。しかし今の沙絵子には、それに抗するすべもないのだ。

「いや、待てよ。キン×マつぶす前に、最後の思い出に姉の真澄とつながらせて近親相姦させてやろうか。野郎、案外喜んだりしてな。へへ、こりゃ見ものだぜ」

「ああっ……いやよ。絶対に駄目よ。どうかお願いですから、そんな恐ろしいこと言わないでください」

少女の雪肌にゾクッと粟粒が生じた。大好きな真澄先生と、ひそかに愛する準一。理想的な姉弟である二人が、変質的な関係を持つ——考えただけで、頭がおかしくなりそうであった。

啜り泣くたび豊かな黒髪が波打ち、甘い香りが興児の鼻先をかすめた。ジンジンと骨まで痺れながら、興児は乳房をつかんで揺さぶりはじめた。今からこんなに高ぶっていて、果たして明日まで少女の純潔を散らさずにすむのかどうか、不安にさえなってくる。

「あの女教師、虫も殺さぬような顔してすげェ淫乱らしいからな。弟のマラ咥えこんでヒイヒイ歓ぶんじゃねえか」

愛撫をつづけながら囁いては、少女の顔をのぞきこむ。高貴さが匂う端整な顔立ちにねっとり汗が浮かんでいる。

「……先生は、真澄先生は、立派な方です。そんなでたらめを言わないで」

立位縛りのまま、ねちっこく胸を揉まれながらもムキになって反論した。

「なんにも知らねえんだな。へへへ。じゃあ、お前の尊敬する先生がどれほどの淫売か、証拠を見せてやろう」

興児はニタリと笑い、待ってましたとばかりにUSBを取りだした。

2

〈アアン、アーアアンッッ〉

音源が再生されるとすぐに、真澄のものと思われる泣き声が聞こえてきた。

〈ウハッハ。真澄ィ、ざまあみやがれ〉

〈ウッウ……ウウウッ……〉

淫靡な交わりの最中であることが察知できた。男の高ぶった笑いと真澄の押し殺した涕泣がまじり合って、沙絵子の耳にいやでも飛びこむ。

真澄先生……。

あれほどに気高く美しい先生も今は死ぬほどの辱しめを受けているのだ。胸が張り裂けそうなショックに襲われた。が、聞いているうち、真澄の号泣が単に悲憤の感情から発されているのではないことに気づきはじめた。

〈へへ、へへへ。そらそらっ。お尻がずいぶん敏感なんだねえ、先生は〉

〈ア、アアン。いやあ、いやあ〉

間宮の調教を受け、自身も軽く絶頂へ昇らされただけに、真澄の途切れ途切れの泣き声が意味する淫らなものを、沙絵子は絶望的に悟るのだ。

〈ほら、ほらっ。このスケベな音。強姦未遂で捕まえた男とこんなに燃えちゃって、恥ずかしくないのかい、先生〉

男女の結合部に集音マイクを近づけたらしい。ヌチャリ、クチャリと抜き差しのたびに淫水の泡だつ音がいっぱいに響いた。

執拗なピストン運動の気配。二人の荒い息づかいと、抜き差しの卑猥な響き。聞きながら少女の頬がカーッと羞恥に染まっていく。自分の両親の閨房をのぞいたような衝撃なのだろう。

「わかるか、沙絵子。今はよ、うちの社長とワンワンスタイルでケツをいたずらされながらオマ×コしているんだ。これからまだグッとおもしろくなるぜ」

素っ裸となった興児は、肉柱を醜くそそり立たせながら注射器の準備をした。

「もういやっ。聞きたくありません。お願い、とめてください」

「ふっふ。ショックで卒倒するといけねえからな。鎮静剤を打っておくか」

東原がいつも酒にまぜて使う液状のハシシュを直接、静脈に注射しようというのだ。薄めて飲ませるのとは比較にならない強烈な効果だという。目の前の清純な美少女が、それでいったいどれほどの乱れ方をするか、想像しただけで淫棒が熱く騒ぐ。

注射されるとわかり、沙絵子は緊縛された裸身を左右にくねらせて抵抗した。

「ああっ。麻薬を、麻薬を使うおつもりなのねっ」

「鎮静剤だって。へへへ。気分を楽にさせてやるだけだよ。怖がることはねえ。動くと変なところに刺さっちまうぞ、オラッ」

「こ、怖いわ。ああ、やめてください」

マーブルの色艶をたたえた太腿を開かせ、恥毛をかき分けて、鼠蹊部の青い血管にズブリと針を刺しこんだ。

チクッと鋭い痛みが走り、静脈にどんどん薬液が流しこまれていく。それがなんなのかわからないだけに、注入される恐怖はひとしおだった。いったい自分はどうなってしまうのか。ひとりでに歯の根が合わぬほど震えてくる。

「これでもう、大好きな先生がどれだけ変態か知っても大丈夫だな」

注射を終え、正面からしみじみ少女の美しい身体を眺めると、興児はいよいよ調教を開始する。きつく縛りあげられたままの華奢な裸身をひしと抱きすくめ、首筋から耳たぶのあたりをヌラヌラと舐めさする。

「ウウッ……怖いわっ。私、どうなるの」

「怖いことなんかなにもない。先生も里美も、みんなちゃっかり俺たちとセックスを楽しんでいるんだぜ。お前も早く女にならなきゃ損だろ」

「ああん………」

幼い胸の隆起が揉みしごかれ、乳首をつままれる。淫猥な抱擁が繰りかえされ、たちまち沙絵子の清楚な美貌が上気していく。間宮の丹念な愛撫に較べ、興児の愛撫は荒っぽく、柔肌へ注ぐキスも唾液を垂れ流したり、歯を立て嚙みつくようなやり方なのだった。

「ヒヒヒ。ほうら、聞こえるか?」

〈駄目ッ、東原さん!〉

真澄が絶叫する音声が聞こえる。

〈ああ、ああン。いやよォ、狂っちゃう。真澄、狂っちゃうわァ。アッ、それはいや。

ヒイイ……〉

木下真澄も窮地に追いつめられているのだ。ひきつった叫びと、そして奴隷の哀願。颯爽とした女教師の面影はそこには微塵もなかった。

「ああ、先生っ。先生ェ。もういやよ、聞きたくないわ。とめてください」

スーッと流れるような切れ長の瞳で、挑むようにチンピラを見つめた。

「待てよ。これからが最高におもしれえんだぜ。社長とつながったまま二百CCの浣腸をされてるところだよ。そんでもって気が狂うくらい感じちゃうってよ。へっへ」

少女の裸の尻をゆるゆる撫でまわしながら「お前にも浣腸してやろうか、沙絵子?」などと脅かすのである。

〈ウーン、うむーん、ウアアンッ! イヤ、いやいやよう。うあうう〉

牝猫のサカリに似た、おぞ毛立つような音声が聞こえる。それがあの知的な木下真澄先生の口から発されているとは、沙絵子には到底信じられなかった。

「天国へは昇りたいし、クソは垂れたいし、その板ばさみで先生、もう無茶苦茶によがりっぱなし。こうなっちゃ女はおしまいさ。里美を見りゃわかるだろ」

憤辱の底でシクシク泣き濡れる少女の細い顎を指でしゃくりあげ、興児は舌なめずりして薬の反応を見る。

さっそく効きはじめたらしい。日本人形のように優雅で愛らしい顔がポウッと弛緩して、黒目の輝きがトロンと鈍くなっている。それに、尊敬する女教師のあまりの狂態ぶりが少女の破綻にいっそう拍車をかけていた。

その甘美な唇を興児が吸いにかかる。

ハッとして沙絵子は顔を反対側へねじった。艶のある黒髪の甘い香りがまた興児の官能をとろかせ、意地になって後を追いまわす。

「いいだろ、沙絵子。お前とキスしてえんだ。なあ。好きなんだよ」

「できないっ。あ、あなたとキスなんか、できない」

いかにも処女らしい潔癖さで拒むのである。

なおも興児がねちねちキスを迫っていると、美人教師の滑稽な感じの悲鳴が起こった。

〈もれちゃうっ！　ああ、出ちゃうわ。ね、ねえ、東原さん。駄目え、もう離して〉

切羽つまった声で便意を告げる真澄。唸り声がオクターブをあげて高まってはまたさがり、動揺ぶりを伝える。東原はカラカラと哄笑を浴びせながら、さらに女教師を背後から犯し抜いているらしい。抽送の荒い動きが伝わってくる。

〈イクゥ。真澄……また、イッちゃう〉

ついに絶頂を知らせる叫びが沙絵子の耳に届いた。

〈はしたない女だねえ、真澄は。いったい何度気をやれば満足するんだい〉

〈ア、アアン。ごめんなさい……いいっ……いいわ〉

娼婦のような甘え声で東原に媚態をみせ、しばらくして、排便がはじまった。最初、小便とともに柔らかな便がシュルルッと排出され、つづいてブリッ、ブリッと空気を裂くような放屁の音。

〈ああ臭いな。いくら好きな女でもこりゃたまらんわい。ウハハハ〉

東原のいたぶりの声が流れた。

「わかるか、沙絵子。へっへっ。とうとう憧れの先生がクソをもらしたんだぜ」

興児が勝ち誇るように言い、少女のピンクの頬を指で弾いた。

「ひどい……あんまりですっ……ううう」

聖像が粉々に破壊された瞬間だった。沙絵子は長い睫毛を閉じたまま大粒の涙をぽろぽろ流した。

3

興児の唇が覆いかぶさってくる。沙絵子にはもはや抵抗の気力もない。恥辱にわななきつつ口を開いて野卑なチンピラの舌を受け入れてしまう。

「ああ、お前の口、最高だぜ」

興児は感動に重く唸りながらどんどん舌をこじ入れる。

こちらの舌腹がねっとり甘やかな粘液に浸される感覚が新鮮だし、美少女のかぐわしい呼吸を吸いとっている快美感もたまらない。

「こうしてると恋人同士みたいだな、俺たち」

「……ムフン……あフン……」

ニンニク臭い息とともにネバつく唾液を流しこまれ、沙絵子の流麗な眉がギュッと苦しげに歪んだ。しかし興児は得意になってヌラリヌラリと唾液を垂らし、ネチネチ舌を使ってそれを美少女の口腔にまぶすのだ。

しつこく接吻しながらバストも攻める。亀甲縛りで絞りだされ、ムッと量感をました美しい肉丘に指を食いこませる。小刻みに振動させたりゆさゆさと押し揉んだり、あるいは清純な乳頭をつまんだりする。

少女は次第に引きずりこまれる。嫌悪の喘ぎばかりでなく、「アアン、アッアン」という艶っぽい吐息をもらしている。

「ねえ……さっき、なにを沙絵子に注射なさったの？」

沙絵子は白い歯をのぞかせ、口から切なげな喘ぎをもらすのだ。注射のせいか乳首が熱くしこり、全身がジンジン性感帯と化していた。光沢のある濡れ羽色の髪がざっくり乱れ、男の情感を擦るように、その上気した顔立ちに妖しく垂れかかる。

「ただの鎮静剤だって言ってんだろ。ほら、お前も舌をからませるんだよ、沙絵子。なあ、恋人みたいにやろうぜ」

「あん……いやん……」

「焦らすんじゃねえよ。お前だって気分出してるくせによ」

いつしかためらいも消えていく。頬を真っ赤に染めながら沙絵子はみずからも舌をくねらせ、相手に巻きつかせる。すでに間宮にこってりディープキスの要領を仕込まれているだけに、流しこまれる唾液を呑みくだしつつ、興児の口腔へペロペロと積極的に愛撫のおかえしをしたりする。

興児の抱擁が激しくなり、熱化した怒張がぐりぐり下腹へ向けて突きだされると、合わせて沙絵子もかすかに腰を振りはじめるではないか。

「なあ、感じてんのかよ？　下の口も触ってやろうか」

「ゆ、許して、興児さん……どうかそこだけは許して」

「無理すんなって。疼いてるくせによ。なあ、いいだろ。沙絵子の可愛いオマ×コいじらせろよ」

「いやですっ。お願いですから、興児さん、そこだけは……」

切なげに眉をたわませ、必死になって哀願する表情がゾクリとするほど悩ましく、興児は矢も盾もたまらず夢幻的な茂みへ指をもぐりこませた。

「ああ、いやっ……」

とうとう禁断の果肉をまさぐられてしまい、沙絵子は激しく狼狽した。お人形のように白い美貌がさらにカアッと紅潮する。

「うひひ。お前、ほんとに処女なのかよ。ほらほら、こんなに濡らしちゃって。ションベンみたいだぜ」

興児は小躍りせんばかりだ。クレヴァスから粘膜の入口を指でこねくると、トロリとした蜜が次々にあふれだしてくるのだ。

「名門かどうか知らねえが、聖愛学園なんて、生徒も教師も淫乱ばっかりだな」

「いや、いやン……意地悪」

すらりとした肢体をうねらせ、愛らしい声で甘える沙絵子。ズキンズキンと中心部を襲う麻薬の激烈な痺れに加え、真澄先生の呆れた醜態ぶりが、清純な少女の心をズタズタに切り裂いてしまったのだ。

「あ、ああっ、興児さん、駄目っ。そんな、いけません」

興児は少女の正面にまわり、しゃがみこんだ。両手で雪白の太腿を押し開いて、内側へ鼻っ面をこじ入れようとする。

「舐めてやるよ。マ×コ疼いてたまんねえんだろ?」

「いやです! あ、あうう、恥ずかしいっ」

「おいしいぜ。うへへ。お前のここ、ずいぶんいい匂いがする」

少女の股間の真下にもぐりこんで、興児はチュバチュバと聖裂へ淫らなキスの雨を降らせていく。

膣の奥まで舌先を侵入させて、肉襞をたっぷり舐めさすり、さらには会陰部からアヌスまでを何度も舌で愛撫する。唾液と愛液が入りまじって沙絵子のそこは処女とは思えないくらい濡れそぼってゆく。

「あ、ああ! イヤです……本当に、どうかもうやめてください、興児さん! ああん、いやん、恥ずかしいっ」

しなやかに伸びた太腿をブルブル震わせ、沙絵子が泣きべそをかいて言う。きわどく微妙な刺激に頭がカクン、カクンと揺れ、セクシーな黒髪がどっとなだれ落ちてはきらきら舞いあがる。

興児はうっとり秘肉をしゃぶりつづけた。美少女の蜜は、嬲りつくした里美のそれよりも清らかな味と香りがして胸がチリついた。いつまでもそうして舐めつづけていたい気分だった。

「イヤン。うふん。イヤン。ああ、イヤン」

甘美な嗚咽の音色が高まる。腰部が切なく揺れている。立位縛りのまま、しつこくクンニリングスされ、沙絵子の官能もぎりぎりまで揺さぶられていた。

「ああ……興児さん、許してください。アアン、沙絵子をそんなにいじめないで。ねえ、どうか……」

「よしよし。へへへ。さてと。そろそろ天国へ行かせてやろうな」

ようやく興児は、肉棒の先端からピュルピュルと涎れを噴出させながら立ちあがり、執拗に乳ぶさを嬲り濃厚なキスを強要する。そうしてからおぞましい男根を型どった黒塗りのバイブレーターを持ちだしてきた。

「こいつがなんだかわかるよな」

それを目にして沙絵子は一瞬ひるんだが、すぐに瞳を閉ざし、男のいたぶりを待ち受ける。熱く上気した二重瞼とピクつく長い睫毛が、甘い屈伏を物語る。

ああ、準一さん、もう沙絵子は駄目なの。おしまいよ。でも……なにが悪いの？　私一人のせいじゃないわ……。

麻薬に冒された意識のなかでそう呟いている。

里美さんや真澄先生だってとてもエッチなことしているわ。沙絵子だって……いいでしょ。うんといい気持ちよ。もっともっといい気持ちになりたいの。狂いたいのよ。ああっ、沙絵子の考え、準一さんになんかわかるわけないわ……。

正面から裸身にからみつきながら、興児はバイブを操作した。蜂が飛ぶようなモーター音がなんとも不気味だった。ふだんの百倍も鋭敏になっているほんのりと濡れた花弁にバイブの先端が押し当てられ、少女は泡を吹くように身悶えた。

「ほうら、どうだ。たまんねえだろ」

「ウウウ……あああん……」

「もっとほしいのか」

すると沙絵子は目の縁まで紅く染め、恥ずかしげに小さくうなずく。

「浅いところまでだぞ。穴の奥に突っこみゃ、もっといい気持ちになれるんだけどよ、もし処女膜を破りでもしたら間宮さんにブン殴られちまうからな」

天井の梁へ吊っている縄尻を少しゆるめ、少女のヒップを後ろへ突きださせた。バックから、用心深く興児は処女の浅瀬あたりに責め具を突き刺し、ゆるやかに回転させる。

沙絵子の反応は激しい。処女であるのが信じられないくらいに、バイブのうねりに合わせて敏感すぎるほど喘いでみせる。

「どうだ。間宮さんに調教されるより感じるだろ。なあ、沙絵子？　そうだろ」

「……わ、わからない……あああっ」

「あの人の目を盗んで、そのうちまた俺が調教してやるからよ。へへへ」

少女の背後に立つと黒髪の香りがムンムンと鼻孔をくすぐり、興児はなんともたまらない衝動に駆られた。隆起をつかみ、しこった乳首をコリコリ指先で転がし、雪白の艶やかな肩から背中にかけてを舐めあげる。もう肉棒も爆発寸前まで高まっている。

時折り沙絵子の横顔をのぞきこむと、清艶な美貌は火の色に燃え立ち、かすかに開いた唇から情欲の呻きをもらしつづけている。

「興児さん……ああ、沙絵子、もう駄目っ」

緊縛された身をのけ反らせ、訴えた。そして熟しきらない腰つきをクネクネ淫らに振りたてる。

「よしよし、いい子だ。イッていいぞ、沙絵子」

俄然、興児の責めに熱が入る。バックから乳ぶさを押しつぶすように揉みにじり、バイブを抽送しては膣肉を犯しまくり、クリトリスまでも刺激する。

「イクのか、沙絵子。そらそらっ、可愛い顔してスケベだなあ」

「ヒッ、ヒイイッ」

まだ処女だけに決して激烈なクライマックスではない。軽く、小刻みに下肢をのた打たせ、沙絵子はアクメを迎えた。

4

それでもなお興児は美少女を責めつづけた。

「あううっ。もう、どうにかしてェ」

腰までの長い髪をひるがえらせ、汗をべっとり浮かべた顔を向けて哀訴する沙絵子。

「ね、ねえ、興児さん。沙絵子を……う、奪って」

「えっ？　なんだって」

「いいわ、もう。お好きになさって。沙絵子を……あなたの、女に……女にして」

我が耳を疑った。聖愛学園ナンバーワンと称される東沙絵子が、チンピラの自分に、純潔を散らしてくれとせがんでいるのだ。夢でも見ている気分だった。

「い、いいのか？　オマ×コ、させてくれるのかよっ」

「そうよ。もう、こんな焦れったいの、いやよ。気が狂いそう。だから沙絵子の、あ、処女を奪ってちょうだい」

可憐な紅唇を淫らに開き、乱れた黒髪の隙間からゾクッとする色っぽい眼差しを注いでくる。

あまりの興奮に鳥肌立ちながら、興児は乱暴に少女の口を吸った。沙絵子は甘え泣きしながら舌を差し入れてきて、さっきよりもグンと熱のこもったディープキスをかわしてみせる。

「俺のスケになるんだ。いいな、沙絵子」

沙絵子はこっくりうなずいた。知的な瞳が今だけは淫らに霞がかっている。濃厚なキスを受けてバラ色の唇がすっかり唾液でヌラついている。

フフフ、どうだろ、この可愛らしい顔は……。

もう間宮の命令など知ったことではなかった。この絶世の美少女の禁断の肉扉を、俺の魔羅でぶち破ってやると興児は意気込んだ。

「沙絵子ォ」

バックから挑んだ。腰をグイッと落として、猛り狂う淫棒をやや上へ向けて突き立てまくり、快楽の入口を探した。

「ここかっ、ここが沙絵子のオマ×コかよ」

「そうですわ。あああ……どうか早く」

すでにパックリと口を開いた花園、そこを興児のたくましい剛直が今まさに蹂躙しようとしている。

里美さん。先生。沙絵子は、あなたたちともう一緒よ。とうとう仲間になれる。うんと淫らな女になるから、沙絵子を見捨てないでちょうだい……。

静脈注射された麻薬の痺れが、破瓜の恐怖を消していた。セックスが素晴らしく楽しいものに思えた。相手は誰でもいいから早く自分も大人の仲間入りをし、ドロドロした官能の淵に沈みたかった。

「へっへへ。沙絵子の入口、いやらしくヌルヌルして、おまけにずいぶん温かいんだな」

「恥ずかしいわ。だって興児さんの調教が、とても上手なんですもの」

「可愛いことを言うじゃんか。これか。俺のこいつが欲しいか」

三白眼になった目を異様にぎらつかせ、興児は気もそぞろに先端を埋めこんだ。

体内に異物が侵入してきた途端、沙絵子はハッと息をつめた。最後の理性がかすかに首をもたげた。とうとう野獣と結合してしまったのだ。

ああ、もう駄目だわ。ごめんなさい、準一さん。沙絵子を許して……。

「いくぜ。女にしてやるぜ、沙絵子。そらっ、そらっ」

入口のところで興児は軽いジャブを送る。甘美な蜜液に潤んだ粘膜の感触が脳天まで痺れさせた。麻薬の効き目もあってか、沙絵子はさほど痛がらない。ほどなくその窮屈すぎる膣口に、興児はすっぽりとカリ首を咥えこませることができた。

こんな興奮は生まれて初めてだぜ……。

美少女が絹のような黒髪をざわめかせ悩ましく悶えるさまを眺め、興児はしみじみ思った。これから深突きして、処女膜を破る快楽の予感にズキンズキンと怒張の充血ぶりはすさまじい。

あとは腰を勢いよく動かすばかり。

だが待てよ……。

興児は我れにかえった。本当に姦っちまって平気なのか。ふと脳裏に、怒り狂う間宮の顔が蘇った。

なにせ、たぎる肉欲と二晩も必死に闘い、かろうじて沙絵子のバージンを破らずにすませた間宮である。舎弟の興児が留守の間にその秘宝を盗んだと知ったら怒り狂うだろう。

いつか里美の攻略に失敗したリョウが、顔が変形するくらい殴られたことが思いだされた。到底あんなものではすまされない。

いけねえっ。殺されちまう……。

全身から血の気が引いた。恐怖に震えあがって、あわてて太棹を引き抜いた。

キョトンとした顔で沙絵子は尋ねる。今にも運命の楔が打ちこまれるのを息をひそめて待っていたのだ。

「……どうなさったの？」

「興児さん。いやよ、いや。ねえ、もうこれ以上、焦らさないで」

まさか相手が急にビビったとは知らず、もどかしげに緊縛された身体をクネクネさせる。

「うるせえ。気が変わったんだよォ」

興児は腹立たしげに怒鳴り、梁へと伸びた縄尻をほどきはじめる。間宮に逆らえない自分が口惜しく情けなかった。

「代わりに口にザーメンをたっぷりとご馳走してやる」

後ろ手に亀甲縛りさせたまま少女を床に正座させた。

「どうして？　ああ、沙絵子、なにかいけないことをしたのなら謝りますから。ねえ興児さん……」

「うるせえ、馬鹿野郎！　オラアッ、しゃぶれ。しゃぶるんだ！」

その顔先に、無念の肉棒を突きつけ、頭を無茶苦茶に小突いては命令する。

「どうして？　どうして抱いてくださらないの！」

沙絵子は泣いている。麻薬の痺れが間歇的に秘部を襲い、ブルブルッと腰を震わせる。最後のとどめが欲しくてたまらなかった。それでもふんぎりをつけるように、豊かな髪を女っぽく揺すりあげると、舌先を差しだした。

5

百八十度反りかえった剛棒の腹に、沙絵子はピンク色に濡れ輝く舌を押しつける。未練がましい嗚咽をアアーンともらしながらペロペロ唾液をまぶしてはなぞりあげてゆき、王冠部のくびれを小刻みに粘っこく愛撫する。この三日間でそんな淫らな手管を覚えこまされていた。

「へ、へへへ。いいぜ。たまんねえよ。おめえ、間宮さんに相当しゃぶり方を教えこまれたな。ウウウッ」

「意地悪……興児さんの意地悪ぅ」

ハラリ、ハラリと長い髪が光沢を放って顔に垂れ落ちる。緊縛され正座させられているだけに、黒髪を乱してフェラチオを強要される姿は凄絶な被虐美をかもしだすのだ。

「お前、口で間宮さんの相手をしてんだろ。縛られたまま、指を使わずにフェラしたこともあるのかよ?」

「……いいえ。それはまだ、一度も……ありません」

羞じらいを浮かべ、沙絵子は答えた。間宮との歪んだ夫婦生活をのぞかれるようでつらいのだった。

「そうか。緊縛フェラは俺が最初か。なら、どうしたって縄をほどくわけにはいかねえ。苦しくても我慢するんだぞ、沙絵子」

「……ああん、興児さんが悦んでくださるなら……沙絵子、我慢します」

さっきの狂乱を引きずって沙絵子はムンムンとマゾっぽさをにじませて言う。そして清純な乳ぶさを揺すり、剛幹の隅々へ舌を這わせる。その濃厚すぎる色香に、興児のペニスはいっそう赤黒く充血するのだ。

「アア、たまんねえや。すっぽりと口に咥えてみろ。そう、その調子だ」

熱っぽい表情で沙絵子は正座する腰を浮かせて、極太の勃起を含んでゆく。口唇全体でしごきあげながら、「ムフン、ムフーン」とうれしげにたえず鼻を鳴らして、興児を天国気分にさせる。

直立する肉棒を半分ほど呑みこむと、さすがにつらそうに眉をピクつかせ睫毛をしばたたかせる。もうそれ以上はとても進めずに、チュプチャプとそこで紅唇ピストンにふける。間宮の精液を何度か口で受けてはいるものの、しかしディープスロートの訓練はまだはじめていないのだから無理もなかった。

ああ、手が使えれば……。

沙絵子はもどかしく思う。心身ともに極度に高揚しているから、フェラチオしながら自分も快感を覚えるのだが、いかんせんテクニックがついていかない。そんなことは初めてだった。

しばらくして、浅めのスロートの刺激に馴れてしまった興児が、よりハードなピストンを要求して頭を小突きはじめた。

「どうした。もっと深く咥えろっ」

「……う、うぐ……」

「甘ったれんなよ、お前。そんなんでザーメン絞りとれると思ってんのか！」

黒髪をつかんで少女の顔を引きあげ、きつくなじる。処女の媚肉を串刺しにできない口惜しさをまぎらわすために八つ当たりしているのだ。

「ご、ごめんなさい。ああっ、怒らないで、興児さん。沙絵子、一生懸命おしゃぶりします。うまくできなくて……うう、本当にごめんなさい」

けなげな言葉で相手の苛立つ感情をなだめ、沙絵子は必死で極太の勃起と闘う。苦しさに顔が歪む。それでもどうしても深くまで受け入れることができず、中途半端なスロートになってしまう。縄をほどいてほしいと言おうかとも思うが、せっかくの相手の興奮に水を差したくはないので諦めた。

「どうしたんだよ、沙絵子。うりゃ、うりゃ、無理やり喉まで突っこんでほしいのか」

「うう……」

長い髪をたぐり寄せられ、顔の動きを真上からコントロールされた。容赦なく喉へ肉棒が叩きつけられる。むせかえりそうになるが、それを懸命にこらえる。今度ばかりは悲しみではなく生理的反応で涙が滲みだす。

「このくらいのピッチでチ×ポしごかなくちゃな、沙絵子。あー、興奮する。いいぜ。へっへっ。いい感じだ」

「ムフンッ、ムフンッ、ムフフンッ」

「たまんねえよ、沙絵子。チョー気持ちよくなってきたぜ」

美少女の口をレイプする淫楽に上機嫌の唸りをもらす興児。その手には、まるでレーザーのように艶々とした光沢を放って一直線に伸びる黒髪が握られており、それで沙絵子の顔面を上下に思いのまま揺さぶっている。

すでに自慢の肉棒の根元近くまで埋めこんでいるのだった。こいつはセックスよりもいいかもしれないと興児はほくそ笑んだ。みずみずしい唾液をはじかせてヌプヌプと口腔をすべるのは、ヴァギナとは別次元の心地よさである。これなら間宮に怒られる心配はないのだし。

イラマチオのピッチに合わせ、片手では胸乳を乱暴に揉みしだく。縄目を受けて柔肉の密度をました隆起のプリプリした感触が悩ましく、サディスチックな興奮がつのる。

それに沙絵子だってずいぶん感じているみたいじゃないか。ああ、こんな美少女を自分のスケにしたい……。

その悩殺的なすすり泣きを耳にしながら興児は切実に思った。

そう、確かに沙絵子は激しく口腔を犯されて、不思議な快感を覚えていた。麻薬の高揚のせいでズブズブ喉を貫かれる苦痛にも馴れ、それどころか肉茎で口腔の性感帯を直撃されている感じなのだった。射精が待ち遠しかった。いつもはあれほど不快な精液だが、きっと今なら楽に呑めるだろうし、自分も昇りつめてしまいそうな予感があった。

「沙絵子。お前、最高だよ。俺のスケにしちゃいたいよ」

「アアン……興児さん、うれしい」

「呑みてえか？　ザーメン呑みてえかよ」

「……呑ませて」

沙絵子は妖しく瞳を輝かせ、細い肩をくねらせておねだりすると、きついホルモン臭を放つ勃起に自分から吸いついた。

興児の手が乱暴に黒髪をあやつり、沙絵子はひときわハードな紅唇ピストンを強要された。それでもマゾっぽく鼻を鳴らして、爆発寸前の怒張を情熱的に吸いあげる。

いきなりドクンッと濁液が流出した。

それから興児が「うおうう」と雄叫びを放った。

熱く喉を灼かれる。と同時に強烈な苦みが舌にひろがり、沙絵子は朦朧とする。二弾、三弾と大量の精液が口にぶちまけられ、ヌルヌルと口のなかにあふれる。興児の雄叫びを聞きながら沙絵子も切なく妖しくエクスタシーへ達していった。

6

東原商事、社長室。

間宮拓二は、マホガニーの社長机にどっかと足を乗せてふんぞりかえり、キャビネットから出した高級ブランデーを呷っている。机のすぐ正面には社長秘書の稲本麗子が立ち、屈辱にわななきながら、たった今ストリップを開始したところだ。

久しぶりに眺める麗子の身体は、相変わらずと言うか、前にもましてと言うべきか、とにかく涎れの出るくらいに官能的である。

イッセイ・ミヤケの凝ったレース仕立てのブラウスの前をはだけ、その下からセクシーな濃紺のブラジャーと、豊満そのものの隆起がのぞけて間宮を落ち着かない気持ちにさせる。黒のタイトスカートにぴっちり包まれた下肢は、ふるいつきたくなる女っぽさだ。

が、その表情は、これまで間宮に相当ひどくヤキを入れられたらしく、理知的で冴えた美貌の面影はどこにもない。片頬が無残に腫れあがり、唇の端にはいくらか血が滲んでいる。綺麗にブロウした髪もばらばらにほつれ、これが本当にあの評判の美人秘書、稲本麗子かと思えるほどだ。

けっ、ざまあみやがれ……。

ぐびりとブランデーを流しこみ、間宮はひそかに毒づいた。

一流大学を出、外資系の商社でバリバリ実務をこなしたキャリアウーマン。そして無学なヤクザ者の間宮をいつも見下していた高慢ちき極まりない女。だが同時に、口惜しいくらいに悩ましく魅力的で、社長室へ来るたびに激しい勃起を生じさせた相手。その稲本麗子の鼻っ柱を、ついに叩き折ってやったのだ。

「冗談じゃありません。私は東原社長にお仕えしているのです。あなたのようなチンピラに命令される覚えはありませんわ」

さっき、裸になれと間宮が命じた時、そう麗子は吐き捨てるように言ったのだった。なおも四の五の言う彼女の顔面を殴打した。さらに背といわず腰といわず思いきり蹴りつけた。その時の快感がいまだに身内に熱くこびりついていた。

「なにしてやがる。早くスカートを脱がねえかよ。一流大学を出た美人秘書のあそこは、他の女とどれほど違うか見てえんだよォ」

「…………」

麗子は血をにじませた朱唇をギュッと噛みしめ、それからチラッと脅えきった双眸を間宮に向ける。

言う通りにするしかなかった。先程からヤクザ者の暴力の恐ろしさが骨身にこたえていた。

東原社長は、なぜ私をこんなにもひどい目にあわせるの……。

おずおずとタイトスカートを脱ぎ落としていく。

「ククク。てめえ、社長秘書でございい、と澄ましたツラして、そんな派手な下着をつけてやがったのかよ」

二十六歳のトロトロに熟れきった白い女体に、濃紺の超ビキニパンティがそそるようにくいこんでいた。ムチムチの太腿に、ガーターで吊られた黒のストッキングがなんともセクシーだ。このところずっと処女の初々しい身体とばかり接していた間宮には、濃厚すぎるくらいの色香である。

「そのまま風俗で働けるぜ。ああ、もう娼婦も同然か。東亜銀行の前田専務としょっちゅうここでスッポン、スッポンやってるらしいから。おめえ、あんな金歯オヤジの魔羅ブチこまれて、会社中に聞こえるくらいヨガるらしいじゃねえか。へへへ」

濃紺のブラジャーとお揃いのビキニパンティで立ちつくす麗子は、痛烈な悪罵を浴びせられ、よよと泣き崩れる。あまりにも惨めだった。東原の命令ならどんな辱しめも甘んじて受ける。しかしこんな下品なヤクザの言いなりになるのはたまらない。

あらかじめ東原の電話で、きょう間宮がやってくるとは聞かされていた。どうせ売上データの集計をしに来るのだろうと思っていた。まさかこんな恥辱を味わわされるとは、夢にも思わなかった麗子である。

「うりゃ。泣いてる暇なんかねえぞ。お次はパンティを脱ぐんだよ、麗子。それともまたブッ叩かれてえか！」

ブルッと震えて、白く細い指先をショーツにかける。

間宮はゴクンと唾を呑んだ。この東原商事のオフィスで稲本麗子をいたぶってやるのが夢だったのだ。ついに麗子は今、眼前で女の急所を丸出しにしようとしている。

間宮はひそかにズボン越しに分身をそっとしごきだした。別荘で沙絵子に対する獣欲をぐっとこらえ通してきただけに、自慢の巨砲はすさまじく熱を帯びている。

麗子はシクシク嗚咽をもらし、ショーツを足首から抜き取った。

間宮に厳しく叱咤され、真っ赤になりながら下腹部にあてがった手をほどく。

「こりゃあ、お美しい社長秘書様にしちゃ淫らすぎる生えっぷりで」

黒々と濃密な翳りのなかから、生赤い媚肉の切れ端がわずかに顔をのぞかせ、間宮の細い目がそこに釘づけとなる。

「ああ……」

麗子は直線的な眉をたわめ、すすり泣いた。羞恥に身悶えする美女の姿が、間宮の嗜虐欲をさらに煽りたてた。

「よっ。酒の余興にオナニーしてみろ」

「そんな……いくらなんでも、あ、あんまりですわ。なぜ、なぜなんです？」

蒼ざめた顔にカーッと血がのぼった。わずかにブラジャーとガーターを身に着けた官能的な姿が、あまりの憤辱にわなわな震える。

素早く間宮は立ちあがった。駆け寄り、勢いをつけたまま激しくビンタを見舞う。グラリと床に倒れこみかけた麗子の髪をつかみ、さらに二度、三度、強烈に頬を張る。

「半殺しにしてやろうか、てめえ」

「ヒイッ！」

「反抗したらどんなに痛めつけてもいいと社長の許可をとってあるんだ。よォ、お岩さんみたいにして欲しいのか」

ドスのきいた声を発しながら、ブラジャーに手をこじ入れ、乳頭を力まかせに指先でねじりつぶした。

「……あ、謝りますわ。ごめんなさい。おっしゃる通りに……い、いたしますから、ヒイッ、もう許してっ」

「フン。てめえ、胸ンなかじゃ、まだこの俺を馬鹿にしてやがるだろ。アン？　そのお高くとまった態度が気にくわねえんだよ。うりゃ、うりゃ」

毛根が抜けるくらいに激烈に髪を揺さぶった。そうして鋭敏な乳首をギュッギュッと揉みつぶす。

「キャアア、い、痛い！」

麗子の現代風のくっきりした美貌が無残に歪んだ。大きな黒目から涙がとめどなくあふれ、淡いパープルに塗られた唇から呻きがほとばしる。

「お気に障ったのなら……直します。麗子、間宮様に気に入られるようせいいっぱい努力しますわ。本当です。ああ、お願いっ。痛いわ。もう許して」

身体の底からせりあがる恐怖が、麗子に屈従の言葉を言わしめた。

「今度逆らいやがったら、こいつでその綺麗な前歯へし折ってやるぞ」

麗子の優雅な顔に拳をぐいぐい押しつける。

「もう決して逆らったりしませんから」

頬が何倍にも膨れあがり、ジーンと痺れきって、自分のものでない感じだ。口のなかに血の味がひろがる。どこかがまた切れたのだろう。この男なら本当に自分にケガをさせるかもしれない。

「覚悟しろ。俺は東原社長とは違う。女の血を見るのが大好きなんだからよ。ウヒヒッ」

美しいキャリアウーマンを腕力で存分に痛めつけながら、間宮はうっとりと射精に近い興奮を覚えていた。

7

麗子はエナメルのヒールを履いたまま社長机にのぼり、圧倒的な裸身を晒けだして吐息をもらす。

「こ、これから、オナニー、します。麗子のエッチなところ、お見せします。どうか……どうか、お酒の余興に楽しんでくださいませ」

社長椅子にふんぞりかえり、間宮は今や堂々とズボンから一物を出して、ゆるやかにしごきをくれている。

酒がうまかった。それも当然である。東原商事の社長室を我がもの顔に占領し、稲本麗子の悩ましくも淫らなオナニーショウをかぶりつきで鑑賞するのだから。

こっぴどく殴られ、無残に腫れあがった顔にねっとり汗を光らせて、麗子は自身の肉体を慰めていく。左手で豊かな乳ぶさをブルンブルンと卑猥に揉みあげこすりたて、右手の指先は花弁をめくって肉層に微妙な刺激を加えている。

へっへへ。こたえられねえよ、まったく……。

酔いに充血した目で、特出しする麗子を見あげ、ブランデーを飲み干す。純度の高いアルコールが心地よく全身をめぐっていた。

「感じるか、麗子?」

「……え、ええ、とっても」

「フフ。社長が留守にしてる間、そうやって毎晩マンズリしていたんだろ」

「そ、そうよ。麗子、寂しかったんです。ウ、ウフン」

そうやってオナニーを強制されるうち、東原に注がれた変質的な血が騒いできたらしく、およそ美人秘書にふさわしくないセリフを口にするのだ。

間宮のシリコン入りの肉棹も、手のなかで極限まで反りかえっている。

麗子の肢体の素晴らしさはどうだろう。どこもかしこも最上質の美肉がムチムチに張りつめている。特に下から見あげているために、ハイヒールを履いた脚線、黒のシームストッキングに包まれた太腿の見事さがいっそう強調されていた。ハーフカップのブラジャーは両の肩紐がはずれ、量感にみちた双乳がタプタプ波打つ。

「まだ気取りが抜けねえな。てめえ、もう社長秘書なんかじゃなくて娼婦なんだぞ。客が歓ぶようにもっと熱を入れてやるんだ。クネクネ腰を振って、スケベな声を出して」

感情を殺し、乾いた声で命じる。

早くあのオッパイをモミモミしたい。柔らかな太腿を好きなだけ愛撫したい。内心そんな欲望が熱くこみあげている。しかし、これはあくまで調教なのだ。徹底して冷酷に責め抜かなければ、女のほうがこちらをなめてしまう。間宮には一日も早くこの女を一人前の娼婦に仕立てる義務があった。

「もっとマ×コの内側までぱっくり開いて見せろ」

「ああン……こう、ですか？」

情感的な瞳のまわりをポウッと染め、腰を前へ突きだし、溶岩のように溶けたサーモンピンクの粘膜を思いきり露呈させた。

「すげえな。ヌルヌルの大洪水だ」

「麗子、とってもエッチなの。お家へ帰るまで我慢できなくて会社でいつもこんなふうにオナニーしてるんです」

つづれおりになった肉襞を剥きだしながら、中指でズボズボ抽送する。とめどなく愛液が湧出してきて指先までぐしょ濡れだ。

「ああっ、いい。オマ×コ素敵」

白い喉を反らせ、卑猥に呟く。指先は絶え間なくズブズブと肉層を抉っている。

「いいな。てめえ、今日から娼婦だぞ。どんな客でも文句言わずに奉仕するんだ」

「……は、はい」

セクシーに喘ぐ唇からは「アアン、ウウン」と、男の股間を疼かせる吐息がもれつづけている。クレヴァスを大きく割りながら、麗子はくびれた腰を挑発するようにグラインドさせた。そうして指先は赤く隆起した肉芽を小刻みに揉みあげる。

「あ……ああ、間宮さんっ、どうすればいいの」

「よし、おりていいぞ。オナニーしながら俺様の魔羅をしゃぶらせてやる」

「うれしい。一生懸命ご奉仕しますわ」

ムンムンと媚態をふりまきながら、麗子は社長椅子の前にひざまずいた。シリコンで醜く膨れた赤黒い屹立に、むしゃぶりつくという表現がぴったりに唇を寄せる。愛しげにチュッ、チュッと口づけし、特別のごちそうを味わうごとく、玉袋から棹の部分までを舌先で丁寧になぞりあげる。

「おいしい……」

形のいい小鼻をふくらませ、熱っぽく囁く。その左手はしっかり怒張に添え、馴れた手つきで揉みしごき、一方、右手では相変わらず自分の膣奥をしきりに抉っている。

「うまいもんじゃねえか」

間宮は重く唸った。麗子ほどの美女にこんな奉仕をされたら、いかな男でもイチコロだろう。『ユメイヌ』の大繁盛は間違いなしだ。

たっぷりと美人秘書の口唇愛撫を堪能した後、膝をまたがせて、念願の肉交を開始する。

「ああ、素敵……素敵よ、間宮さん」

「くうっ。よく締まってやがる」

下からズンズンと源泉を突き破り、間宮はその部分の締まり具合に舌を巻いた。

麗子を揺さぶるたびに、目の前ではミルクをいっぱいに溜めこんだ豊満な双乳が悩ましく波打つ。たまらずむしゃぶりついた。そうしながら量感のあるヒップの触り心地を充分に手のひらで味わう。

なんて女なんだ……。

できれば店に出さず、自分のペットにしたかった。別荘にいる沙絵子とはまるでタイプが違う。二人とも奴隷にできたらもう他にはなにもいらない。

ピッチをあげて激しく貫いた。膝の上で、突き破られるたび、麗子は「アッ、アッ、アッ……」とスタッカートのようなすさまじいよがり声を発する。

「ねえ……もう……イッてもいい？　ああっ、感じるの。たまらないの！」

セミロングの髪を振り乱し、訴えた。

「麗子っ、気に入ったぜ」

「うれしい。うれしいわ、間宮さん」

「うりゃっ、どうだ。麗子、麗子！」

いつしか調教ということも忘れ、間宮は麗子とともに、めくるめく悦楽の世界をさまようのだった。

第十二章　痺れる！

1

地下室のなかはムッとするほどの熱気がよどみ、夜具の上でからみ合う二人の体からは滝のような汗が流れ落ちている。

「そんなによかったのか、真澄？」

覆いかぶさったまま東原が尋ねる。真澄は、快楽に火照った顔を、小さく恥ずかしげにうなずかせた。今、東原はきょう四発目の噴射を終えたところだった。

「まったく、何発やっても飽きないマ×コだな。フフ」

やがて、緊縛されて横たわる木下真澄のヴァギナから、ゆっくりと分身を引き抜きはじめる。

「まさか憧れの木下先生が、こんな素敵なお道具をお持ちとは思わなかった」

上機嫌に軽口を叩く。

腰骨がはずれてしまうかと思えるほどの、激烈な射精だった。交合を重ねれば重ねるほどに、真澄のヴァギナの収縮ぶりはどんどん素晴らしくなるのである。恋焦がれた美女の未成熟の官能を、己れの肉棒で淫靡に開発していく。男にとってこれに勝る歓びはない。

引き抜きながら、ぐちょぐちょに汁があふれた小径を戻る。欲望を解き放った後の肉棒に、生温かい粘膜がヌラヌラッと粘りついてなんとも心地よい。

入口まで戻ると肉扉はまだきつく閉じたままで、東原はこめかみを震わせ、苦笑いしながら長大な一物をようやく抜き終えた。

「俺の可愛いオマ×コはいったいどんな顔して泣いていたんだろ」

真澄の羞恥をかきたてるようにいやらしい言葉を口にして、その部分をのぞきこむ。

肉門の奥にぽっかり暗渠がのぞく。が、すぐに白くトロトロの汁にまみれた果肉が生き物のように蠢き、やがて折れ重なり、その暗渠を覆い隠してしまう。左右に大きく裂かれたままの秘唇、最初は清楚な薄赤色だったそれが、今はすさまじく充血し、触れれば鮮血がはじけ飛びそうなほどである。

「ふっふ。マドンナ、木下真澄先生のこの無残な姿を、聖愛学園の教職員の奴らに見せてやりたいね、まったく」

会心の笑みをもらし、血を重く孕んだ花弁を指先で嬲る。と、東原が放出したばかりの白い粘液が、ヴァギナの内側からツーッと流れ落ちてきた。その感触がつらいのだろう。真っ赤な顔で余韻に浸っていた真澄が、「アン、アアン」と喘いで、セクシーな腰を震わせた。麻縄をきつくくいこませた裸身が重たげにうねった。

ざまあみやがれ。とうとう完全に汚してやったぞ。男嫌いとか聞いていたが、冗談じゃない。このスケベな姿を見てみろ。ただ姦りたいさかりの淫乱な牝犬だ……。

勝利の快感がどっと押し寄せてくる。

真澄を閉じこめてすでに四日目。いったい何発ブチこみ、どれくらいのザーメンを子宮に浴びせかけたのか数えきれない。素っ裸のまま、クソも小便も垂れ流し同然にさせ、とにかく朝から晩まで犯して犯して犯しまくった。

眠る時だけは真澄を一人置いて屋敷に戻る。ここは通気も悪いし、悪臭が漂っててても眠れたものではない。それに真澄に骨身にしみるまで奴隷の屈辱を味わわせてやりたかった。昼すぎに目が覚めると、山羊のキン×マやら臓物やら、精のつく料理をたらふく腹におさめ、またここへやってきて挑みかかるのだ。四日間というもの、その繰りかえしであった。

「オラッ。いくらマ×コがよかったからって、うっとりしている暇はないぞ。後始末が残ってるだろ」

膝立ちとなり、真澄の鼻先で巨根をブラつかせた。

淫液がまじり合ってべとべとにヌメ光ったおぞましい肉塊。さすがに真澄の繊細な美貌が不快げにキュッと歪んだ。たった今自分を田楽刺しに貫き凌辱した男根を、口で清めさせられるなど、女にとってこんな恥辱が他にあるだろうか。

「なんだ、そのツラは。まだ教師根性が抜けないのか、貴様」

髪を乱暴に引っつかまれ、顔を起こされた。

「……す、すみません。真澄のお口で……綺麗に後始末、いたしますわ」

すでに覚えこまされたセリフを涙ながらに言うのだ。

後ろ手に縛られ横たわったまま、首を伸ばして一物をとらえる。舌を差しだし、肉の胴体を念入りにペロペロ舐めさすする。

ムカつく性臭がたちまち口腔にひろがっていく。口にすっぽり含んでしまえばまだ少しは楽なのだが、東原は最後の仕上げの段階まではそれを許さない。あくまで犬のように舌をいっぱいにのぞかせ、玉袋から胴体の裏表まで、一滴残さず肉交のカス汁を真澄に舐めつくさせるのである。

「アアン……ウ、ウムムン」

それでも、奉仕をするうち、真澄の形よく尖った鼻先からは、隷従の甘え泣きがもれはじめる。

「これからは命令されなくても、オマ×コの後は自分からペロペロするんだぞ、真澄」

「……はい」

こびりついたマン汁のカスを懸命に舌で清めとりながら、従順にうなずく美人教師。それを見おろし、東原はニタリとほくそ笑んだ。これが八カ月前、自分に赤っ恥をかかせたあの木下真澄と同一人物なのか。信じられない思いであった。

まだまだこんなものですむと思うなよ。この俺様をコケにしたことを、一生かかっても足りないほど後悔させてやるからな……。

東原は蛇のような異常な執念深さで胸に呟くのだった。

2

舌で充分に舐めつくすと、真澄は肉茎を深々と呑みこみ、首を振りたててチュパチュパしゃぶっていく。

口腔で緊めつけるたびに頬が悩ましく収縮し、その鼻先から甘い吐息がひっきりなしにもれる。

東原のそれがムクムク勢いを取り戻しはじめた。五十歳になるというのに信じられない回復力だ。口腔でみるみる膨らみだした肉塊に驚き、真澄は長い睫毛をしばたたかせて東原をあおぎ見る。

「ククッ。頼もしいだろ、真澄。いわゆる絶倫というヤツさ。最初の相手がデカ魔羅の絶倫男だなんて、お前、ついているぞ」

得意そうに腰を前後させ、グイグイ突きたてる。

真澄が苦しげな声を発した。横たわったまま下方からフェラチオしているため、モロに喉奥を直撃するのだ。

「このまま尺八でミルクを出してやるか。なあ真澄？」

「ン、ンムム……ああ、怖いわ」

目をむいて狼狽する真澄。それを見おろしながら、東原は言いようのないほどの熱い嗜虐の高まりを覚えた。

「甘ったれるんじゃない。まだ今日は呑んでいないだろ」

毎日欠かさずナマ汁を呑ませているのだ。それを呑み干すごとに、真澄は従順になっていくようであった。

「ほらほら、出てきたぞ」

東原にしては意外なくらい早く放出がはじまった。

「全部呑め。うまそうにゴクゴク呑み干すんだ」

「……ング、ググッ」

黒髪をわしづかみされ、発作のピッチに合わせて顔をガクガク揺さぶられる。粘液の直撃から逃れられず、真澄は呻きとも泣き声ともつかぬ音を喉に響かせ、必死に嚥下していくのだ。

やがて東原は、満足げに太棹を美女の口から引き抜いた。

「後始末のつもりだったが、また貴重なザーメンをお前に絞りとられちまったな」

苦笑いして立ちあがり、東原はガウンを身に着けはじめた。

「しばらく休憩だ。たっぷり精をつけてから、また可愛がってやる」

たちまち真澄は夜具に倒れこみ、華奢な肩をハアハア苦しげに上下させる。喉のあたりに粘液が貼りついて息がつまりそうなのだ。

「晩飯を食べている間に、お前の身体を若い衆にタオルで拭かせてやろう。せっかくの美しい肌もすっかり汚れちまったからな」

確かに、あれほどツヤツヤとした雪白の美肌が、今は見る影もない。徹底的に蹂躙しつくされ、汗やら唾液やら埃やらで、かさかさになって皮膚全体がどんより濁っている。縄でひしゃげた乳房のまばゆい白さだけが、わずかに面影をとどめるのみだ。

「ねえ……東原さん」

真澄の口から出たのは、哀れなくらいかすれた声である。

「わ、私……もうすっかりあなたのものですわ」

真澄は緊縛されて不自由な上半身を重たげに起こし、呼びかけた。

「そんなことはわかっている」

なにを今さらという表情で東原が答えた。

「ですから、あなたも約束を守って」

「そのことか。フフ、心配するな。お前が身体を張ったお蔭で、沙絵子の純潔はちゃんと無事だ。綺麗な生娘のまんまさ」

「そ、それは、感謝しています。でも、彼女たちを……いったい、いつ帰してくださるんですの?」

「ふっふふ。さあねえ」

ガウンの紐を結びながら、とぼけてみせる。

「そんなっ。話が違いますわ。私……約束を守って、死ぬ思いで耐えてきたんです。今すぐに里美ちゃんたちを解放してあげて」

美しい瞳に涙を光らせ、悲痛な面持ちで訴えるのだ。

これまで何度頼んでも、ずるずる一日延ばしにされてきた。こんな魔窟に生徒たちをいつまでも置いておけない。今日こそは絶対に約束を実行させなければならない。

「ほうっ、死ぬ思いだって？　死にたいほどいい気持ちにさせてもらったんじゃないのか。浣腸されてセックスして、ああっイイ、狂っちゃうって、よがり泣いてたのはどこの誰だっけ？」

奇妙な声色を使い、楽しくてならないといった風に真澄をからかう。

「だましたのね！　わ、私を、こんなに嬲っておいて……」

美貌がグラグラと火を噴いたようになった。涙に濡れた黒目が凍りつき、鋭く東原を凝視する。

「おお、怖い、怖い」

「さ、最初から彼女たちを……帰すつもりはなかったんですのね！」

なんということだろう。生徒たちを助けたい一心で、罠とも気づかず悪魔に身を売り渡し、その恐ろしい種子を無数に体内に浴びてしまったのだ。すべてがもう取りかえしがつかなかった。

「警察にタレこむのがわかっていて帰すほど、俺たちはお人好しじゃない。まあ当分は預からせてもらおうか」

「ひどいわっ。あんまりよ。あの子たちはまだ学生なんです。こんな、こんな恐ろしいことに巻きこむなんて」

ぐっと女っぽさを増した裸身を揺すり、口惜しさに号泣する真澄。

「そんなに泣くな。お前が思っているほど大げさなことじゃなかろう」

東原はあやすように言うと、縄でひしゃげた双乳をつかんでそっと愛撫し、しこった乳首を指先でまぶす。そうしながら悲嘆に暮れる真澄の姿を、ゾクゾクする思いで眺めまわすのだ。

休む間もなく激烈な色責めをかける一方、沙絵子たちを人質にとって精神的にもネチネチいたぶる。東原のもくろみどおりに、すべてが運んでいた。

「近頃のガキは割りきりが早いのか、里美も沙絵子も今の生活を結構楽しんでいるみたいだ。特に里美なんか男性ホルモンをこってり浴びて、お前が会ったらびっくりするくらい色っぽくなったぞ。あれならすぐにでも俺の店で働かせられる」

「ああっ……あなた、それでも人間ですかっ！」

身体の底から絞りだすような叫びだった。

「まあ、沙絵子のバージンを守りたかったら、あまりヒステリーを起こさないことだ」

身体を綺麗に拭いたら、今度はアヌス責めにかけてやる。そんな恐ろしい言葉を吐き、東原は出口に向かった。

背後で響く真澄の甲高い号泣が、なんとも耳に心地よかった。

3

東原が去ると、入れ代わりにリョウが地下室へ現われた。

ランニングパンツ一枚の格好で、片手に湯を入れたバケツをさげている。胸を反らし、サーファー風の甘いマスクをひときわ輝かせて、ひと目見て大張りきりなのがわかる。

憎い里美に完璧に復讐を遂げ、新たな刺激を内心のぞんでいたところへ、木下真澄の世話を社長に仰せつかったのだ。気合の入らないわけがなかった。

このところ兄貴分の興児は、間宮の留守に美少女の沙絵子と二晩もすごしていた。

本番は許されていないためフェラチオで我慢したが、沙絵子は顔に似合わずすごく敏感で、身体のどこもかしこも痺れるほどに素晴らしかったという話をさんざん聞かされ、内心ずっとモヤモヤしていたのだ。

相手が木下真澄なら願ったりかなったりである。真澄のような年上の清楚な麗人と、一度でいいからイチャついてみたいと思っていた。抱けなくてもいい。あの女教師の肌に触れられ、肢体のすべてをこの目におさめられるなら……。そんな期待を胸に弾ませ、やってきたリョウである。

「身体を洗いに来たぜ、先生」

真澄は、なよやかな後ろ姿をこちらに向け、シクシク泣きじゃくっていた。せめて生徒たちだけは助けたいという一縷の望みも先ほど砕かれ、絶望のどん底にいるのだった。

麻縄が、背中の高い位置でがっちりと厳しく両手にくいこみ、奴隷になり果てた今の彼女を象徴するようだ。

夜具のまわりには、浣腸器やらバイブやら張形が不気味に転がり、黄色く変色したり赤く血に染まったティシューが無数に散乱する。名門学園の女教師がどれほど酷い色責めを受けたかを、それらは如実に物語っていた。

ワンレングスの髪をなびかせ、水玉のあでやかなワンピースを見事に着こなして別荘へやってきた木下真澄。その姿態の美しさが、まざまざと目に焼きついているだけに、リョウは胸がつまるほどの憐れみを覚えた。

「ひどい目にあったな。俺が身体を綺麗に洗ってやるからよ」

「来ないでっ。お願い」

その苛立った叫びに、リョウの足がふととまった。

「帰ってちょうだいっ。私を……一人にしておいて」

くそっ。なめやがって……。

女教師の悲痛な胸中に思い至らないリョウは、いきなり冷水を浴びせかけられた気分になった。

俺なんか汚らわしくって、そばへは寄せつけないってわけか……。

こんな傲慢な女に同情した自分が、いかにも滑稽に思えてくる。かくて女教師に対する恋慕の情は、たちまちに憎しみへと変わった。

いたぶってやるぜ……。

表情をキッと硬化させ、歩み寄る。

コンクリートの床に置かれた洗面器をのぞきこみ、なかにあるものに気づくと、さっそく毒づきはじめるのだ。

「うわっ、すげえな。糞もオシッコも垂れ流しかよ。部屋中臭えはずだぜ」

臭くてたまらぬといった風に鼻をつまみ、手をパタパタ振って匂いを追いやる。

「よくもまあこんなにたくさん——。コレ、全部あんた一人で出したのかよ？」

大量の焦茶色の糞が、黄色い尿や軟便にまじって溶けてぐちゃぐちゃになっていた。底のほうにはもう日がたって変色しているものもある。

「ああっ、見ないでください。お願い」

「へっへっ。そんな綺麗な顔して、こんな汚ねえモン、よくもぶりぶりとヒリだせるなァ。呆れっちゃうぜ」

「う、ううっ……違うわ。違います。私じゃありません」

狂ったように首を振り、髪をバラバラに乱して、真澄は羞恥に激しく身悶えする。

悪臭をプンプン放つ排泄物を他人にのぞかれるのは、ある意味で裸を晒すよりもつらく、情けなかった。強制的に自分の体内からそれを絞りだした張本人である東原本人が揶揄するのなら、まだ耐えられる。だがこの若者は、どんな地獄の苦しみを味わって真澄がそこへ排尿し脱糞したか、その過程を知らない。それゆえに真澄の恥辱はいっそう倍加するのだ。

「へへ、違うって？　大ボケこいちゃってよ。まさかウチの社長の糞じゃねえだろ。ええっ？　あんたの尿道と肛門からドバッと噴きだしたもんだろが」

「……し、知りません。ああ、もういじめないで」

「照れるなよ。へへ。俺は先生の身のまわりを世話する役目なんだ。ブスのウンコなんか見たくもないが、あんたのような素敵な女なら我慢できるさ。これからは下の世話だって俺がちゃんとしてやるから、もらしたりするんじゃないぜ。ああ、臭い臭い」

なおも意地悪く呟き、手を打ち振って、ことさら真澄の羞恥心を煽りながら、洗面器を遠ざけた。

「さて拭いてやるか。きっとケツには糞がこびりついているし、オマ×コには社長のザーメンがべっとりだろ」

「ウ、ウウッ。いやあ」

「六本木じゃ、ナンパ師で知られたこの俺が、わざわざ洗ってやるんだ。感謝しろよな、先生」

「縄をほどいて……自分でやりますから」

「いいから任せておけって」

屈辱に身を採む女教師の腕に手をかけ、立ちあがらせようとする。途端、うまそうに熟した太腿の狭間に、黒々と密生した恥毛が目に飛びこみ、思わずリョウは息を呑んだ。

これが、木下真澄の……。

リョウの股間は熱くいきり立った。

お湯が飛ばないよう床に新聞を敷きつめた場所へと真澄を連れていきながらも、そのムンムンと艶っぽい肢体から片時も視線をそらさず眺めまわす。

「いい身体してるなあ。学生時代にファッションモデルしていたって里美から聞いたけど、ホント綺麗だ」

清純な少女の面影を残していながら、トロトロに成熟した悩ましい曲線を描くヌードであった。

肌という肌に淫欲剝きだしの無遠慮な視線を注がれ、真澄は消え入りたげに顔を伏せている。

「あれあれ、真っ赤になっちゃって。あんた、大人のくせにずいぶんウブなんだな」

乱れきったワンレングスの髪をかきあげてやり、そのどこまでも理知的な美貌をのぞきこむ。

真澄は優雅な頬のラインをポウッと上気させ、朱唇をきつく嚙みしめていた。美人教師のその初々しい羞恥の風情にうっとり見惚れるリョウ。なぜ真澄が聖愛学園の女生徒たちの間で偶像的な人気を集めるのか、その理由がわかる気がした。

吸い寄せられるようにリョウは唇を近づけていく。

「いやっ。いけません！」

「いいだろ。舌、吸わせろよ」

「絶対、いやァ」

こんなチンピラのような男に……。

汚辱に総身を震わせながら、必死で右、左と顔をねじる真澄。

「チッ、社長には何十発もオマ×コさせた淫売のくせに。おい、俺とはキスもできないのかよ」

その言葉が真澄の胸にぐさりと突き刺さった。

一瞬、抵抗が萎えた隙に、待ってましたとリョウがむしゃぶりついた。獣のような荒い息づかいとともに、舌先をねじ入れ、そして女教師の甘く香る口腔をこねくりまわす。

鼻先を擦り合わせるようにして淫猥に口づけを強要し、興奮の吐息をもらしながらリョウは、縄でくくられた官能的な真澄の裸身をきつく、きつく抱擁するのだ。

いいぜ、たまんねえ……。

最高のキスの味に、スケコマシのリョウも我れを忘れた。

一方、真澄は抱かれながらも、若者のランニングパンツの下で、どんどん怒張が膨らんでいくのを察知していた。男の肉体のメカニズムにまったく無知だった彼女も、この数日間で、いやというほどそのおぞましい仕組みを覚えこまされていた。

もう、どうにもならないのだわ……。

捨て鉢な気持ちのまま、好き勝手に舌を吸わせてやる。送られてくるネットリした唾液も従順に嚥下する。そうして自らも相手の舌をチロチロ舐めさすり、チューッと吸いあげもする。

よく引き締まった双臀をリョウがゆるゆる愛撫してくる。無意識のうちに真澄は腰を振りだした。

「ウフン……アアン」

「いいぜ、先生。カッカしちゃうぜ」

ツーッと唾液の糸を引いて唇を離し、うわずった声で告げると、すぐにまた口を吸う。

真澄がこれほどのディープキスを許すとは思いもよらなかったのだろう。リョウは顔面を真っ赤にし、ウンウン唸りながら興奮に酔いしれていた。

いいわ。うんと熱くなりなさい……。

リョウの激しい興奮ぶりが下腹部を通して生々しく伝わってくる。顔の向きを互いに左右入れ換え入れ換え、濃厚に舌を吸い合いながら、真澄は、自分でも気づかなかった娼婦性が身内でムクムク首をもたげはじめるのを感じていた。

4

口づけを終え、ようやくリョウはタオルで真澄の身体を清めはじめた。とはいえ、欲望のおもむくままに真澄の成熟した肉体をねちねち愛撫し、その柔肌にキスを注ぐ時間のほうが多い。

今も背中を洗いながら、絶えず片手は、縄で緊めあげられた乳ぶさをまさぐり、執拗に揉み抜いては、股間の高まりをグイグイと双臀にこすりつけている。

真澄は抵抗を見せず、されるがままになっている。繊細な美貌がトロ火で煮たように色っぽく上気してきた。かすかに開いた唇からはひっきりなしに甘い喘ぎがもれる。

「どうだい、先生。俺って優しい男だろ？」

「……え、ええ」

切なげに裸身をくねらせ、真澄はうなずく。

「女にこんなサービス、初めてだぜ。へへ。あんたのような女、俺のタイプなんだ。だいたいクラブに来るのはヤリマン娘ばっかりだからな」

愛撫を繰りかえすうちに、さっき抱いた憎しみはどこかへ消え失せたらしい。きつくくびれた腰つきにせっせとタオルを走らせ、「惚れたぜ、先生」と臆面もなく言ってのける。

「あ、ありがとう……うれしいわ」

真澄は鳥肌のたつのをこらえている。

「さて。お次は下のほうか。その前にもう一度ゆっくりオッパイ揉ませてくれよ」

タオルをバケツに投げ入れると、今度は両手を使って本格的に双乳を揺さぶりにかかる。

「ああっ、そんな」

「いいだろ。少しだけだよ」

まず、美麗なふくらみの感触を味わうようにやんわり愛撫してから、次第に隆起に指をくいこませていく。

「いやン……ああン……」

小刻みな動きで隆起を揉みこまれると、真澄はたまらず涕泣をもらしはじめた。リョウの目がトロンとしてきた。背後からスリムな裸身を抱きしめ、柔らかな肉丘を愛撫するこの快感ときたら……。強く激しくモミモミしたかと思うと、力を抜いて優しくなぞり、といった具合に巧みに緩急をつけながら、その間にも可憐なピンクの乳頭を指先で刺激することを怠らない。

にわかに女教師の甘い涕泣が高まってきた。

「へへへ。感じるのかい？」

ハアハア肩先を上下させながら、真澄は「はい」と返事する。

「いいオッパイだな。きっとまだまだ大きくなるぜ」

六歳も年上の女に対し、したり顔でそう告げて、白く匂やかなうなじのあたりをペロペロ舐めあげる。

「ああ、駄目ェ、そこ」

美しい女教師の敏感な反応に、リョウは有頂天だ。カサにかかって背筋から首筋に舌を這わせる。ここへ来る時、真澄の身体にはちょっかいを出すなと東原に釘を刺されている。もうやめよう、もうやめようとは思うのだが、抑えがきかない。これほどの女を前にして行儀よくできるわけがない、と開き直った気持ちにもなるのだ。

熱く脈打つ肉棒を、これでもかというように真澄にぶつける。ハメたくてハメたくてたまらなかった。

ああ、この女と粘膜をつながり合わせたら、どんなに気持ちいいだろう……。

兄貴分の興児が、沙絵子を徹夜で調教しながら、たぎる肉欲に苦しんだと打ち明けたが、リョウもまったく同じ煩悶を抱く羽目になった。が、興児は少女の甘美なフェラチオで解消できたからまだいい。今のリョウにはそれすら許されていない。

駄目だ。このままじゃ本気で姦っちまう……。

相手は社長の女なのだ、と必死に自分に言い聞かせ、攻撃を中断した。

バケツのタオルを絞り、ムンムンと悩ましい真澄の下腹部に身をかがめた。

「脚開けよ」

命じながら、スラリと日本人離れした脚線美の見事さに、改めて舌を巻くのだ。

「ああっ、つらいわ。ねえ、そこは許して」

「馬鹿。ここが一番肝腎なんじゃないか」

強引に脚を開かせた。

「ウウウッ……」

どれほど身を汚されていても、その部分をのぞかれるのは死にたいくらい恥ずかしかった。真澄は天をあおぎ、血が出るほど朱唇をギュッと強く噛みしめる。

「こんな充血しちゃって。へへ」

東原に強姦されるまでは、さぞ清らかな花弁だったろうそれは、今は淫らに赤く充血して、ぱっくり扉を開いている。

「あれあれ、ひでえな。そこらじゅう社長のザーメンだらけじゃねえか」

凌辱のすさまじさを物語るように、肉門の周辺はもちろんのこと、あふれだした精液は、左右の内腿にまで、白くカサカサになってこびりついていた。

みじめさがこみあげ、狂ったように真澄は泣いた。

「可哀相になあ。毎日ズッコンズッコン、好き放題にハメまくられたんだ」

秘裂を拭ってやるうちに、サーモンピンクの肉層の隙間から、キラキラと蜜が濡れ光るのにリョウは気づいた。

「先生、俺とキスしてこんなになっちゃったのかい」

無邪気に相好を崩し、真澄を見あげる。真澄は首筋をいっぱいにピーンと張って恥ずかしげに顔をねじり、

「アアン、知りませんッ」

鼻にかかった声で呟く。

濃厚な色香にゴクゴクとたてつづけに生唾を呑み、リョウは蟻の門渡りからアヌスへと進んでいく。真澄の悶えがさらに高まった。

「もう許して。ねえ、いやよ、いやです」

「へっへへ。ケツの穴は特に念入りに洗っておけと社長に言われてるんだ」

「あっ……」

汚穢な部分にタオルが当てられ、真澄は息を呑んだ。

何度も浣腸されたままで風呂にも入れてもらえないのである。その汚れきった菊座を他人にいじられる無念さときたら……。

リョウはニヤニヤしながら、女教師の股間に腕を差し入れて、ごしごし力をこめて拭ってやる。

「ほら、見ろよ。先生」

起きあがり、得意そうに真澄の前にタオルをふりかざす。焦茶色の不潔な汚れがそこにくっきりと付着していた。

「うっうっ……あああ」

るばかり。
とても目を開ける気になどなれず、真澄は少女のようにいやいやをして泣きじゃく
「泣かなくたっていいさ。両手を縛られていちゃ誰だってウンコの後始末なんかできないんだから」

真澄の狂乱ぶりを眺めながら、リョウの体をぴりぴり鋭い快感が走る。

こんないたぶり方もあるのか、と思った。今までは若さに任せてただやみくもに女を責め抜いてきたが、このように美女をネチネチ羞恥責めにする歓びを初めて知った。このまま手淫をしてもいい気分だった。

「まったく、赤ちゃんみたいだな、先生」

バケツでお湯を絞り、また再び菊花を丹念に清めてやる。

「……恥ずかしいっ。死にたいわ」

きりきり歯嚙みして真澄は呻いた。

5

女教師の肌を隅々まで洗い終え、リョウは興奮を鎮めるため一服つけた。そして

深々と煙を肺に吸いこみながら、緊縛されたまま立ちつくす真澄のまわりをゆっくり歩いた。

丁寧に清めてやったせいで、真澄の肌はすっかり白磁の色艶を取り戻していた。そうやって改めて鑑賞すると、まさに涎れの出そうな悩ましい裸身だった。

「綺麗な肌してるぜ。里美なんかよりもずっとピチピチしてらァ」

不発のままの砲身は、キュウキュウと不満げに熱い血をめぐらせている。すぐ屋敷に戻るべきなのだろうが、このままではいかにも立ち去りがたかった。

「こんなに優しく世話してやって、俺に感謝しているんだろな、先生？」

「ええ……もちろん感謝しているわ」

あんなふうにネチネチと、いやらしく拭っておいて……。

そうは思ったが、このチンピラの機嫌を損ねても得にならないと、真澄はとっさに判断した。

「なら、態度で示したらどうだい？」

「………」

どういう意味かわからず真澄は情感的な黒目をリョウに向けた。ギラギラ淫欲をたぎらせた醜い獣の顔がそこにあり、真澄は瞬間的に真意を読み取った。

「出方によっちゃ、これからなにかと便宜を図ってやってもいいぜ」

「ど、どうすればいいんですか？」

「へっへへ。あんたに手を出すと社長がうるせえからなァ。内緒でちょっとサービスしてくれよ」

ムチムチと肉感的な真澄のヒップを愛しげに撫でさすり、小狡く取引を持ちかけてくる。

「オマ×コさせろとは言わないよ。せっかく洗ってやったばかりだし、社長に万一バレたら大変だからな。フェラチオで我慢するからさ。な、しゃぶってくれよ。あんた、社長にこってり教えこまれたんだろ。フフ」

ねちっこく肌にまとわりつきながら、リョウは硬化しきった一物を押しつけてくる。

さっき東原に無理やり呑まされた粘液の、総毛立つ不快な感触が口腔に蘇り、真澄は絶句した。

なんて卑劣な連中なのかしら……。

しばらく沈黙し、こみあげる嫌悪感と必死に闘う。気を落ち着かせてから、

「いいわ。さっきのお礼に……」

そう言って、ゾクッとするほど妖しい眼差しでリョウを見つめた。

「ようし。ウヘヘ。なあ、社長には絶対内緒だぜ」

そそくさとパンツを脱ぎおろしながら、念を押す。

十代という若さに似合わず、黒々と淫水焼けした怒張である。それを自慢げにオッ立て、真澄の正面に現われた。

「さあ、張りきってペロペロするんだ」

「……ねえ、リョウさん。その前にお願いがあるの」

真澄はおぞましさに肉茎から視線をそらしている。

「あなたがここにいる間だけでいいわ。下着を着けたいの」

「なんだって?……俺はあんたのこびりついた糞までバッチリ見てんだぜ。今さらなにを隠そうってんだ」

「ああっ。もうそれを言わないで」

さっきの灼熱の羞恥を思い起こし、黒髪を揺すって身悶えする。

「ねえ、わかって。私は二十五歳の女なのよ。ここへ閉じこめられてから、ずっとなにも着せてもらえないわ。たとえひとときでもいいから、大切な部分に下着を着けて安心したいの。人間なんだという意識を取り戻したいんです」

自分でも奇妙な理屈だとは思った。その理屈をこの若者に納得させられるかどうか、ひとつの賭けだった。

「パンティをはきたいってわけか?」

「そうよ。あなたにご奉仕するなら、女らしく下着ぐらい着けていたいわ」

いかにも教師らしい知的な顔を真っ赤に染め、ドキドキしながら媚びを売った。生まれて初めての媚態でもあった。

「ま、いいだろう」

真澄ほどの美女にそうねだられて悪い気はしない。リョウはだらしなく顔をにやけさせ、隅のほうに投げ散らかされた女の下着を拾いにいく。

そういえば、このところ丸出しの女ばっかり眺めていた。たまに下着姿を拝むのもいいだろう。それも真澄のパンティ姿とくれば最高にセクシーに違いない。

別荘へ来た時に優雅なワンピースの下に着けていた、純白のまばゆい絹のショーツを手にすると、甘美なオーデコロンの香りがほのかに漂い、リョウの剝きだしの魔羅がピンッと勢いよく跳ねた。

「へへっ。教師のくせに、ずいぶんぜいたくなパンティだな」

ゾクゾクする興奮を押し隠し、優美なショーツの隅々までをチェックする。やがて真澄の足下にひざまずいてそれをはかせてやる。

「うれしいわ。ありがとう、リョウさん」

その言葉は本心であった。一糸まとわぬ姿のままではとても逃げだす勇気などない。

「なかなか色っぽいぜ、先生」

小さな布地一枚を腰に着けただけで、これほど変わるものかと感心した。素っ裸で、繊毛や赤貝の切れ端を晒していた時とは、まったく別の次元の悩ましさがある。

よく脂が乗り、トロけそうな雪白の太腿の狭間に、純白のパンティがきつくくいこむ眺めは、夢幻的なまでの美しさを感じさせるのだった。

あーっ、もう我慢できない……。

荒い息を吐きながら女教師をその場に正座させた。待望のフェラチオがはじまった。

リョウは仁王立ちし、己れの肉棒を舐めしゃぶる美人教師の表情を見おろした。

ああ、木下真澄が俺のチ×ポコを吸ってる……。

そう思うだけで腰骨が痺れて暴発しそうだった。

「ゆっくりよ。ね、リョウさん。さっきのお礼に、たっぷりと真澄に舐めさせて」

このますぐ発射されては元も子もないのだ。真澄は、一途に奉仕するふりを装って、リョウを巧みに自分のペースに巻きこもうとする。

肉の急所をツンツンと舌で突いては、棹全体を唾液とともにゆるやかに舐めあげ、そして唇全体で緊めつける。憎んであまりある東原に、屈辱的に教えこまれた口技を駆使すると、リョウはたちまち追いこまれていく。

「アアッ、いいぜ、真澄」

「まだよ。ねっ、もっとたくさんおしゃぶりさせて」

イキそうになると攻撃をゆるめ、また舌を差しだして情熱的に奉仕する。それを何度も繰りかえす。完全にリョウは真澄に翻弄されていた。

「ああん。もっとあなたを歓ばせてあげたいわ。指を使ってうんとエッチなことをしたいの。それからミルクをいただきたいの」

「たまんねえよォ、真澄っ」

「縄を、ほどいて……お願い。指を使いたいんです」

真澄の繊細な指先でキュッキュッとやさしくしごかれながら、噴射する。

ああ、最高じゃないか……。

脳髄まで痺れきっているリョウは、請われるまま、真澄の身体を緊縛する麻縄をほどいてしまうのだった。

「うれしいっ。素敵よ。両手であなたを愛せるんだわ」

男の耳に甘く囁きながら、真澄の心臓は破裂せんばかりに高鳴っていた。

第十三章　濡れる！

1

リョウが地下室で木下真澄の口唇奉仕を受けて悦楽境をさまよっている頃、屋敷では、東原たちが風変わりなスタイルの昼食をとっていた。

「へへへ。マン汁のドレッシングはなかなかうめえ」

間宮拓二が、里美の淫裂に突っこんでぐちゃぐちゃに攪拌した野菜スティックを、うまそうにかじっている。興児は己れの一物にバターをべっとり塗りたくり、里美にペロペロと舐めさせて「ウハッ、きんもちイイ」とはしゃぎ、また健啖家の東原は、女体に盛りつけられたローストビーフに舌鼓を打っている。

結城里美の瑞々しくも艶美な裸体が、オーク材を用いた重厚な六人用の食卓に横たえられ、さながら人間食器といった趣きで肉やサラダが盛り合わせられているのだった。少女の両手はテーブルの脚にロープでつなぎとめられ、健康的なイキのいい太腿は、間宮がしっかり抱えこんでいる。

「せっかくこんな豪勢な食堂があるんだ。真澄や沙絵子も日替わりで女体盛りにして、赤貝を見較べるのもオツだな」

「そりゃ面白そうだ。ふふ」

そのキッチンは、工夫を凝らして床が一段低まって造られ、隣接するリビングとは完全に独立した構造となっている。天井もやや低いため、少女の悶え泣く声がよく響き、また直接照明のせいで、若い女体の輝きがなんとも印象的に映えた。したがって広いリビングでプレイする時とはまったく違った雰囲気が楽しめるのだった。里美の父親がこの別荘を建てた時、のちのち自分の愛娘がこうした猟奇的な淫虐を受けるとは、夢にも思わなかったろう。

「この娘、腰の丸みといい太腿の柔らかさといい、十六歳とは思えない熟し方だな」

むしゃむしゃと肉を頬張りながら東原が、里美の肌をフォークの先で面白半分にチクッチクッと突き刺す。そのたび少女がヒイッと小さく叫んでグラマーな裸身をくねらせる。

「この五日間、俺たちのザーメンをこってりブチこまれて、グンと脂が乗ってきたんです。もともと早熟でセックスが好きだったようですが、ここまで仕込めるとは思いませんでした」

興児は得意げに語り、バターまみれの怒張を従順に舐め咥えする里美を見おろす。片手に肉を挟んだフランスパンを持ち、片手では少女の白い乳ぶさをタプタプ弄んでいる。この若い野獣は目覚めてから眠るまで、とにかく一日中ビンビンに勃起しっぱなしのようだ。

「ウーム。俺が二日留守にした間に、また色っぽくなりやがった。六本木のクイーンも今じゃすっかりマゾ女に改造されちまって」

間宮の細い目がギラギラ光り、改めて里美の肉づきをチェックする。ハーフっぽい美貌にこの肢体とくれば、『ユメイヌ』の客は大喜びすることだろう。

間宮はけさ東京から戻ってきたところだ。すでに食事の前に、稲本麗子の調教ぶりや、各店舗の売り上げ状況などを、東原に報告し終えている。

「こらこら。こんなにマメを膨らませちゃって。マヨネーズで食っちまうぞ」

今度はにんじんスティックを挿入しながら、赤い肉芽を突ついていたぶる。

「あっ……ああん」

里美の鼻先から、情感にあふれた吐息がもれる。阿片窟の住人のようにトロンとまどろむその表情には、かつての傲慢な女王の面影はかけらもない。今も倒錯した色責めをねちっこく受けながら、少女は肉の内側からとめどなく果汁を湧出させているのだ。それを間宮がすくいとってはむしゃぶりつく。

「こいつを飼っているとトイレの紙もいらねえんス。糞こいた後は念入りにケツの穴を舐めてくれるもんで」

「馬鹿野郎。社長が食べている時に汚ねえ話しやがって」

「あ、すいません」

間宮にたしなめられ興児は、ピョコリと頭をさげた。もっとも、そんな繊細な神経を持つ東原ではなく、今も眉ひとつ動かさず肉を貪り、ガブガブとビールを喉に流しこむのだが。

2

「おい、興児。このちゃらちゃらした野郎じゃねえのか、里美の彼氏は」

テレビからメロウなバラードが流れていた。ふと間宮が画面を見やり、歌っているのが他ならぬ南条一生であることに気づく。

「オオッ、そうだ、南条一生だ。てへへ。里美、見ろよ。お前の愛しい恋人がテレビに出てらあ」

「……いや、いやあン」

「けけけけっ。てめえの女がどんな目にあってるかも知らず、愛だの恋だのとかったるい歌唄いやがって」

「ああっ……イッセイさん」

それまで、すべての感情が喪失したごとく男たちのいたぶりに身を任せていた里美だが、堰が切れたように途端に激しく泣きじゃくりだした。

「やっぱり恋人が恋しいか、里美？　この乳をモミモミしてほしいのか、アン？」

美少女の涙にサディズムを刺激されたらしい。東原がニタリと相好を崩し、あお向けになっても上向きに張りつめたままの双乳に、ズブズブとフォークを突き刺した。

「痛いッ、やめて！」

里美の悲鳴が飛んだ。

「よォ、てめえ、まだ未練があるんか？　南条一生が忘れられねえのかよ」

興児が語気を荒げ、セミロングの髪を引っつかんでピタピタ頬を叩く。東原たちの前で面子をつぶされた格好なのだ。号泣をもらし、里美は肉づきのいい裸身を悶えさせる。その拍子に肉や野菜が肌からポトポト落ちていく。

「ハハッ。そりゃ無理ねえよ、興児。向こうはスターで、こっちは野卑なチンピラだからな」

間宮にそう言われ、興児はますます面白くない。

「おい、里美。俺はもうおめえと二十発はやったんだぜ。あいつとは何発ハメたんだ？　糞まで舐めてやったのかよ」

「う、ううっ……わ、私は、興児さんの女よ。ほ、本当です」

「フン。それだけかよ？」

「……興児さんの……チ、チ×ポが、一番素敵。興児さんのためなら、ど……どんなご奉仕でも、いたします」

いつもそう教えられているのだろう。羞恥に喘ぎながら奴隷の言葉を吐く。

「よし。じゃあこのまま俺をイカせてみろ」

里美の髪をわしづかみして、バターでぬめった朱唇にペニスをねじこみ、グラグラ頭を揺さぶった。

「ン、ンムム……」

自分の恋人がテレビで歌を唄う姿を眺めながら、凌辱者の肉棒を口に含む。耐えがたいほどの悲憤に彫りの深い美貌を真っ赤にして、それでも首を伸ばし巧みに顎を動かし、本格的にフェラチオを開始する里美。

「どうだ、里美。南条一生の魔羅なんかよりずっとおいしいだろ」

「……は、はい。おいしいです。里美、うれしいわ。ング、ググ」

「へへへ。ざまあみろ」

テーブルの上に縛りつけられ、不自由な首を懸命に振りたてて媚態をとる少女の姿は、あまりに痛々しかった。

そんな二人のからみを見て、さすがの間宮も呆れかえって「メシの時くらい休ませてやれよ」とこぼすのだが、興児はもう本気になっている。

「この娘、もう聖愛学園には戻れまい」

東原は相変わらずフォークでチクチクと柔肌を嬲り、呟いた。制服を着るにはあまりに淫らな身体になりすぎた。

「へへ。どうせこれからは夜の仕事が忙しくて学校どころじゃないでしょう」

「ウム……ところで、東京じゃ麗子の調教はそんなにはかどったのか」

淫靡な食事を終え、ナプキンで口を拭いながら東原が尋ねる。

「ええ、あの調子なら、今夜からでも『ユメイヌ』に出せますぜ」

東京での麗子との熱い情事を想いだし、間宮の胸がジーンと疼いた。垢抜けた美貌と熟れきった肉体、それに卓抜なテクニック。久しぶりに大人のセックスを堪能した気分だった。けさ別れてくる時には、柄にもなく感傷的になったほどである。

内心はまだ娼婦にはさせたくなかった。自分のペットとしてもっともっと奉仕させてみたかった。が、調教師としては、一日も早く商品に仕上げる必要がある。その二律背反に間宮は間宮なりに悩んでもいた。

「そろそろ俺も東京へ戻ろうと思う。麗子の最後の仕上げも残っているし」

「はあ……そうですね」

「後は頼んだぞ。いずれ真澄の弟もやってくるだろう」

真澄の弟と聞いて、興児が目を輝かせ、

「準一が来たらこの女の出番です。沙絵子の恋人を横どりするんだって、ずいぶんリキ入ってますから」

そう口を挟んだ。なんとか社長に自分をアピールしたいのだ。そして少女の髪を引っ張りながら、腰をズンズン突き入れている。里美の口は裂けんばかりで、嘔吐感がこみあげるのか表情が苦しげに歪む。

東原は、冷やかにそれを見つめ、東京で自分を待っているあわただしい生活を想った。これから忙しくなる。なにしろ真澄を抱くのにかまけて、社長業務を三日も放りっぱなしにしてあるのだ。

ここにいる間に新しい事業プランも生まれている。真澄、沙絵子、里美、それに麗子。その四人の美女を売りものに、新たな秘密クラブをつくろうというものだ。このところ水増しで秘密会員をふやしたため、旧来からの『ユメイヌ』の特別会員たちからもそうした要望が生まれてきている。

今の調教のはかどり具合だと、新学期のはじまる九月にはそのプランを実行に移せるかもしれない。本業はさておき、売春組織のこととなると東原の顔はいきいきと輝くのだった。

3

昼食を終え、東原と間宮は屋敷を出た。これから二人がかりで真澄のアヌスの開発を行なおうというのだ。

美人教師を初めて調教できると知って、間宮は大張りきりである。

社長が東京へ戻れば、今度は真澄も俺の思うままか……。

本命の沙絵子の他に麗子、さらに真澄である。まったく体がいくつあっても足りないと、内心うれしい悲鳴をあげる。とにかく、組織で手に入れた女すべてを、次々と自分の奴隷にできるのだから、こんなおいしい仕事はなかった。

地下室へは勝手口から出て、五十坪ほどの裏庭を横ぎっていく。裏庭は周囲四方を小高い常緑樹に囲まれ、外からのぞかれる心配はまずない。真夏の陽射しを浴びて、木々の緑がまばゆかった。

三、四歩、足を踏みだした時、男たちの目に信じられない光景が飛びこんできた。なんと木下真澄が、地下室からパンティ一枚の姿で現われたのだ。

「あのアマッ」

「チッ、やりやがった」

真澄はこちらを見て男たちに気づき、あわてて踵をかえした。屋敷の反対側をまわり、表庭から外へ出るつもりらしい。

男たちの血の気が失せた。逃げられたらすべてが終わりだ。

「社長は玄関を抜けてください。表庭で挟み撃ちしましょう」

叫びながら間宮はもうかなり走りだしている。真澄のスラリとした半裸の後ろ姿が建物の向こうに消えた。

男二人に両脇からがっちり抱えられ、真澄が屋敷に連れてこられた。

「ああっ、離して。いやァァ！」

恐怖に目が吊りあがっている。懸命に抵抗したのだろう、間宮の頬に何本か赤い引っかき傷ができていた。だが、純白のパンティだけをまとったスレンダーな裸身は、屈強な男たちに立ち向かうにはあまりに無力だった。暴れるたび、小ぶりの乳ぶさがプリプリ弾んでいる。そうやって明るい場所で見ると、プロポーションのよさはいっそう際立ち、マーブル色の肌はえも言われぬ美しさだった。

「ふざけた真似しやがって。ただじゃすまさねえぞ」

リビングに入ってくる男たちの剣幕は大変なものだ。ハアハアと今も荒く肩で息をついているのは、大立ちまわりを演じたためばかりではないだろう。

「こってりヤキ入れてやる。うんと後悔させてやるからな」

めったに顔色を変えない東原までが、厳しい表情で、怒りにワナワナ唇を震わせている。またも煮え湯を呑まされかかったのだ。しかも今度は、自らの社会的生命を抹殺される危険さえあった。

「彼女たちを帰してくれると言ったでしょ。だ、だからこそ死ぬ思いであなたに抱かれたのよ。ひどいわ、ひどすぎるわ」

真澄のほうもパニック状態に陥っている。

「うるせえっ！」

東原が顔面を殴打した。彼が女に手をあげるのは珍しいことだ。それに元気づけられ、「オラァッ」と間宮が女の細い腰を蹴りつける。たまらず真澄は床に崩折れた。

「ウウウッ……殺してっ。殺してちょうだい」

リョウを必死の色仕掛けでだまし、あのおぞましい魔窟からようやく脱出できたのだ。

ああ、あと何分か早かったら……。

そう考えると断腸の思いに駆られる真澄だ。

「ヒヒ、殺してやるよ。骨の髄までシャブってシャブり抜いて、客もとれない身体になった後からな。うりゃっ！」

間宮がパンティをビリビリに引き裂いた。床に倒れた女教師の華奢な裸身を、男たちはカサにかかって痛めつける。それは興児たちがここに侵入した夜、里美に加えた凄絶なリンチを思わせた。

「マ×コの毛を剃って刺青してやる」

東原は黒髪をつかみ、痛烈なビンタをたてつづけに浴びせ、血も凍るような恐ろしい言葉を吐く。

「俺のシリコン入りで、いきなりケツにはめてやろうか」

間宮の爪先はグリグリと秘裂を抉った。

「もう構うことない。沙絵子も輪姦しちまえ」

「へっへ。わかりました」

「ああ、それは、それだけはやめて！」

最大の弱点を突かれ、真澄はうろたえた。

「お願いっ。私はどうなってもいいわ。沙絵子ちゃんには……手を出さないで」

「フン。知ったことか。こうなめられちゃ、もう勘弁ならねえ」

間宮は夜具を引っ張りだしてきた。そこに真澄を横たえ、折檻をするつもりらしい。

なおも真澄の悲痛な叫びが屋敷内に響く。その凄絶なリンチを、興児とリョウがキッチンで見つめている。リョウの頭には包帯がぐるぐる巻かれているところだ。

さっき外の騒ぎを聞きつけ、あわてて興児が地下室に駆けつけた時、リョウは頭から血を流して倒れていたのだった。

リョウの話によるとこうだ。真澄にせがまれるままパンティをはかせ、縄をほどいてやり、さあフェラチオで気をやろうとしかけた時に、いきなりキン×マを殴られた。うずくまったところをさらに、骨董品の花瓶が振りおろされたという。

「ふっふっ。あの先公は沙絵子の処女の心配ばっかりしているぜ。里美の名前なんか出やしねえ」

興児が聞こえよがしに言う。里美は食卓に縛りつけられたままである。

「先公と沙絵子それに準一。こいつら三人はヤケに仲がいいが、完全にお前だけ仲間はずれだな」

「……いいの。私はもう、どうせ興児さんたちの女なんだから」

自嘲気味に呟き、顔をそむけた。リンチのすさまじい気配に震えながらも、やはり興児と同じことを考え、口惜しい思いをしていたのだ。黒目がちの瞳から涙があふれ、目尻を伝ってテーブルに滴った。

真澄のほうが一段落つくと、間宮がすごい形相でキッチンにやってきた。

「ドジ踏みやがって」

いきなりリョウをどやしつけ、痛烈に往復ビンタを飛ばす。

「てめえ、また東京で使いっ走りに戻すぞ」

「すいません。勘弁してください、間宮さん。ウウッ」

ぺこぺこ頭をさげながら、脅えきって後ずさっている。

「どうオトシマエつけるんだっ」

「…………」

包帯をした頭をつかまれ揺さぶられ、リョウの顔面は蒼白だ。

「やめとけ、間宮。ケガしてるんじゃねえか」

東原が声をかけた。

「二人きりにさせた俺の責任だ。真澄のような女がその気になりゃ、こんなガキたらしこむくらい、わけはなかったんだ」

「ハア、すみません。監督不行き届きで。あとでたっぷりと言い聞かせますから」

なおもリョウを睨みつけながら、間宮はホッとしたふうだ。内心はリョウに同情しているのだが、ただ東原の手前もあり、一応、喝を入れてみたのだ。

「さて、先生のお仕置きをはじめるか。興児、里美をおろせ」

間宮の意図を読み取り、興児はニタリとして里美の手首のロープをほどきはじめた。

4

四隅に紐のついた敷布団がリビング中央にひろげられ、そこに真澄はスラリと長い手脚をつなぎとめられ、大の字に横たわっている。ふんわりした淡い翳りも、その下につらなるヴィーナスの丘も丸見えで、初めて女教師の全貌を目の当たりにする間宮や興児を落ち着かない気持ちにさせる。

「フン。糞まみれ、ザーメンだらけだったのに、元通り綺麗になったじゃないか」

真澄の艶々した雪肌を足蹴にして、東原が言う。

「しかし、身体を洗ってくれたその恩人の頭をかち割るとはねえ……教師がそれじゃ学校が荒れるはずだ」

真澄は長い睫毛を閉ざし、キュッと強く唇を噛みしめている。身体中殴られ蹴られ、今臓物を剝きだしに晒すショックよりも、生徒たちを救えなかった自責の念に苦しめられていた。

そこへ興児に付き添われて、里美が現われた。

「先生……」

「さ、里美ちゃん」

学園の終業式で別れて以来である。日数にするとわずか一週間ぐらいなのだが、互いにもう何年も会っていない感じがした。

それにしても一週間で、お互いなんと運命の変わってしまったことだろう。ここで一糸まとわぬ素っ裸で対面することになるとは。

「ねえ、お願いです。なにか里美ちゃんに服を着せてあげて」

「フフ。里美はな、丸出しにしていたほうが気分がいいんだとよ」

興児がヘラヘラと笑いながら言った。

「今じゃどんなつらい調教でも喜んで受ける。お前も少しは見習え」

「ああっ……彼女はまだ女学生なのよ」

「それでもおしゃぶりはもちろん、マ×コの緊め方やアナルの使い方も、お前なんかよりずっとうまいぜ」

東原が残忍に語り聞かせる。

「ひどいっ。ひどすぎる。あなたは人間じゃないわ」

教え子のそんな淫らな変貌を知らされるのは、教師の真澄にとってたまらなくつらいことである。できるなら耳を覆いたかった。しかし四肢を縛られていてはどうにもならない。

「それじゃ、教師と生徒の仲のいいところをたっぷり見せてもらおうか」

「ヒヒヒ。こりゃ楽しみだ」

間宮に肩をつかまれ、里美は女教師のもとに座らされる。もう因果を含められているらしく抵抗はみせない。

「わかるな里美。いつもお前がやられていることを、この先生にしてやりゃいいんだ」

「…………」

里美は彫りの深いエキゾチックな美貌をほんのり染めながらうなずく。

二人の美女のまわりを、ワインやビールを片手に男たちが取り囲んだ。聖愛学園のマドンナとも言われる女教師を、これまた学園きっての美少女がいたぶる。ショーとしてこんな面白いものはめったに見られない。男たちのなかで、とりわけ、頭に包帯を巻いたリョウは、憎悪に燃える視線で木下真澄の羞恥ぶりを凝視している。

「こうやって眺めると、どっちが教師かわからねえな。里美のほうがチチも尻もグンとふくらんでらあ」

間宮の茶々に、東原がウムウムと唸る。見較べると、真澄の身体はまだ初々しい硬さを残し、肌の白さが際立っているのだ。

「里美。色事に関しちゃお前がずっと先輩だ。先生に女の歓びをこってり教えてやれ」

里美の手が、おずおずと真澄の胸に伸びた。

「ヒッ……」

「ごめんなさい、先生」

二十五歳というのに可憐ささえ感じさせる真っ白い隆起を、底からすくいとり、そっと優しく撫でまわす。

「や、やめて、里美ちゃん。ねっ、ねえ」

生徒に肌を愛撫されるそのつらさ、恥ずかしさ。真澄は、そこだけ動きを許された顔を左右にねじり、里美に必死で呼びかける。だが、少女の様子が、以前とはがらりと変わってしまっていることに気づき、愕然とするのだ。

沙絵子に較べ早熟なところもあったが、本質的には聖愛学園の生徒らしく清純で愛らしかった里美。それが今は、淫魔に肉体を支配されたごとく、トロンと痺れたような表情で、その裸身からは女の真澄さえたじろぐほどの妖艶さが漂っていた。

「許して、先生。こうするしか仕方ないんですもの」

遠慮がちだった里美の手つきが、次第に大胆になる。双丘をユサユサと根こそぎ揉みにじっては、女教師の雪肌へチュッ、チュッと口づけを注ぐ。真澄は左右に大きく割られた太腿をピーンと伸ばし、「いや、いや」と小さく叫びつづけている。

「オッパイとオッパイを擦り合わせてみろ」

男たちから声が飛んだ。里美の大きな瞳が妖しく輝いた。真澄の上に覆いかぶさり、自らの双乳を相手に重ね、乳首と乳首をチロチロ触れ合わせ、グイグイこすりつける。

「駄目ェ……い、いけないわ、里美ちゃん」

九歳も年が離れているのに里美の乳ぶさは圧倒的な量感で、まさに揉みつぶさんばかりにして真澄に迫ってくるのだ。

「可愛いわ、先生のオッパイ」

円を描くように隆起を揺らし、耳もとで囁く。さらに里美は、「好きよ、先生」と信じられない言葉さえ囁く。

「し、しっかりするのよ、里美ちゃん。悪魔になんか負けては駄目。最後まで……最後まで一緒に闘うのよ」

「もう……もう遅いわ。それより私と一緒に楽しみましょうよ」

「な、なにを言うのっ……あ、ああっ」

里美が太腿を股間にこじ入れてきたのだ。膝を巧みに上下させ、クレヴァス全体を刺激しながら、同時に、自分も女教師の太腿に股間を乗せて秘裂を擦りつける。

「ああ、素敵よ、真澄先生」

真澄は、太腿に擦りつけられる里美のそこが、しとどに蜜を分泌しているのに気づいた。そして口惜しいことには、自分の源泉も少しずつ潤みはじめているのだ。

生徒とこんな恐ろしいことをして、感じてしまうなんて……。

深い罪の意識が真澄を責め苛んだ。

「キスして」

里美が唇を淫らに開き、ピンクの舌を差しだして迫ってくる。倒錯した性の世界にどっぷり浸っているふうだ。

「気でも狂ったの、あなた。やめてっ。やめてちょうだい」

「ねえ、前から一度キスしたかったの」

顔を左右にねじる真澄をなんとかとらえようとする。

それは本心であった。聖愛学園の生徒なら誰もが木下真澄先生に憧れを抱いている。里美も、他の誰にも負けないくらい真澄に魅かれていた。先生となら、レズ的な関係になってもいいと、ひそかに思っていたくらいなのである。

沙絵子への激烈なライバル心もあった。真澄とレズの関係を持てば、沙絵子を出し抜くことができるのだ。

ついに唇をとらえた。里美の舌先がヌルーッと口腔に入りこむ。おぞましさに真澄は呻いた。口を吸われながらも小刻みにいやいやをしている。が、次第に抵抗は弱まり、やがては「アフン、アフン」と吐息とも泣き声ともつかぬ声をもらし、ディープキスを許してしまうのだ。

男たちはそんな二人の痴態をあっけにとられて眺めている。

「里美の奴、なかなかやるじゃないか」

ワインをぐいと飲み干し、東原が呟く。

「へへ。真澄のほうも結構、気分出してますよ」

雪色から朱色に染まっていく真澄の裸身に、間宮が粘っこい視線を浴びせている。早く女教師とつながりたくて仕方ないらしく、下半身をしきりにモゾモゾさせている。

真澄が唇を離し、ひときわ激しい狼狽をみせた。里美の指が、とうとう花園を犯してきたのである。

「そこは……そこは、いやァァ」

「いいでしょ、先生。ね、ここ、いじらせて」

「駄目ッ……あ、ああ……」

相変わらず双乳と双乳をこねくり合わせながら、里美は、指先で女教師を執拗に嬲りはじめた。

5

三十分間ほどねちっこい前戯がつづけられ、真澄の官能はもろくも崩れかけている。

そして今、情感にとどめを刺すべく、里美の腰にレズ用のベルト式張形が装着された。

「ふふふ。淫乱な教師もあったもんだ。女学生にモミモミされたくらいで、こっちが恥ずかしくなるくらいビッチョビッチョじゃないか」

真澄の尻の下に枕をあてがい、ぱっくり開いた秘唇が露呈すると、東原がいたぶりの言葉を浴びせる。

淫花のまわりは洪水状態だった。そして内側にのぞけるサーモンピンクの果肉も、ジュクジュクと透明なあぶくをはじかせていた。

「よし、里美。このスケベな先生を天国に昇らせてやれ」

「いけませんっ。里美ちゃん、駄目よ！」

少女の下腹部に装着されたおぞましい黒の張形を見て、真澄は心の底から戦慄を覚えた。

まさか結城里美とこんな形で交わりを持つことになるとは……。

里美は興奮に痺れた顔つきのまま、女教師の股間に入った。下に枕をあてがわれ、誘うようにグイッと前に突きだされた淫靡な赤貝を見やり、さらにボウッと頬を上気させる。

「先生、私のものになって」

かすれた声で言うと、腰を落としていく。

「ヒ……ヒイッ……」

冷たく硬い塊りが、押し入ってきた。樹液でドロドロの粘膜をこすりあげ、巻きこむようにして。真澄のしなやかな全身が熱病患者のようにガクガク震えだす。

里美は、女学生とは思えない巧みさで抽送を繰りかえし、段々と責め具をヴァギナの奥へ沈めていくのだ。

「うれしい。先生とひとつになったのよ。先生。ほら入ってるでしょ。ね、ね?」

よく発達した腰を卑猥にうねらせながら、うっとりと囁きかける。そのグラマーな裸身は汗まみれだ。真澄の双乳を愛撫しては、自らも豊満な隆起をねっとり揉みしだき、うわずった喜悦の声をもらす。

「先生はもう私のもの」

「ウウ。こんなっ……こんなことって」

四肢をピーンと突っ張らせ、汚辱の底でわななく真澄。しかし迫りくる官能の嵐にどう対処したらいいかわからなくなっている。

間宮に連れられ、東沙絵子が廊下を歩いている。後ろ手に緊縛され、手拭いでしっかり猿轡をされている。黒髪が豊かで美しく、切れ長の目もとは情感味あふれるだけに、白い猿轡をすると濃厚な被虐美がむせるくらいに漂う。

ククク。大好きな真澄先生と里美が、ぴったりつながっているのを見たら、どんなに驚くだろう……。

間宮は美少女の横顔を凝視しながら、ゾクゾクする興奮を覚えている。とらわれた時は純情の塊りだった沙絵子が、毎日これでもかこれでもかというように色地獄を見せられ、次第に倒錯した性の魔力に魅せられていくのが愉快でならないのだ。

「ほら見ろ。先生と里美だ。二人であんなに仲よくキスしてるぜ」

沙絵子は、あまりのショックに、へなへなと腰が崩れかけた。それを間宮が笑いながら抱きとめる。

真澄先生……。

自分が最も敬愛する女の、しかし、なんとむごく淫猥な姿態であろうか。

「わかるか?　里美が男のチ×ポと同じものをつけて、先生のあそこに突っこんでるんだ。先生はもう大歓びでよ、里美とベロ嚙み合うわ、オツユをふりまくわ、へへへっ」

もう聞きたくない、というように沙絵子は背中までの長い髪を打ち振って啜り泣く。ひるがえるたびに髪がサラサラと肌に触れて、間宮の情欲をそそった。

「目を開けてよく見るんだ。お前、あんなに先生に会いたがっていたじゃねえか」

「ン、ンムム……」

猿轡の下でひとしきり呻いた。ヒップの肉をいやというほどつねられたのだ。

里美が、真澄先生を犯していた。沙絵子の目にはそうとしか映らなかった。里美は陶酔しきった表情で女体を前後させ、そのたびに先生の股間から凶々しい黒の張形が出たり入ったりしている。

ひどいわ。あんまりよ……。

清らかな真澄先生に、いったいどうしてあんなむごい仕打ちができるのか。沙絵子は里美が憎かった。心の底から憎いと思った。

一方、真澄は、沙絵子がそこへ来ていることも気づかず、レスボスの淫悦に全身どっぷり浸っている。求められればキスに応じ、里美の舌を愛撫したり吸いかえしもするし、そればかりか、首筋にまでペロペロと愛しげに舌を這わせもするのだ。

「感じる……感じるわ、先生」

「ああ、里美ちゃんっ」

「大好き。ずっと好きだったの。先生とこうして愛し合いたかったの」

淫らに腰をグラインドさせて張形を送りこみ、真澄の唇にチュッ、チュッとキスを重ねる。抽送を受けとめる女教師の腰の動きが、快感の爆発が近いことを告げていた。

里美の視界の隅に沙絵子の姿があった。それが少女をいっそうけしかけていた。

「先生、いいでしょ、素敵でしょ?」

「……い、いいわ。たまらない」

二人の白い肌からは汗がとめどなく噴きだし、乳と乳をこすり合わせるたびに、それがひとつに溶けて真澄の身体を流れていく。

「ねえ、好きといって、里美のこと」

「ウフン、好き……好きよ、里美ちゃん」

「うれしいっ」

「ね、ねえ、もう駄目ェ」

真澄の白い喉がヒイヒイ上下した。次の瞬間、愉悦の叫びがほとばしり、里美の狂おしいよがり声がそれに重なった。

6

いったん拘束を解かれた真澄は、あろうことか沙絵子が、今の狂態をつぶさに目撃していたことを知り、夜具の上で突っ伏して泣きじゃくった。

「ううっ。沙絵子ちゃん……」

里美と変質的に交わり、無残にもエクスタシーをきわめるなど、もう合わせる顔がなかった。教師であること女であることを、これほど呪わしく思ったことはなかった。

「ねえ、先生を許してっ」

しかし沙絵子は呼びかけに答えず、無言で冷やかに女教師を見つめている。

「へっへへ。これで仲良し三人組がようやく再会できたわけだ」

間宮がせせら笑い、麻縄を片手に真澄を引き起こした。初めて真澄を調教できるので気合が入っている。

「生徒たちがあんまり頼もしくなったんで、先生もひときわ感慨深げだ」

東原は言いながら、百合の花のごとく清らかな沙絵子にまとわりつく。肩を抱かれ乳ぶさを揉まれても、ショックの最中にある沙絵子は拒否しないばかりか、甘えるようなポーズさえ見せるのだ。里美は床に転がされ、前から後ろから輿児とリョウが早くも挑みかかっている。

真澄は再び縛られると気づいても、身体に力が入らずなんの抵抗もできない。沙絵子がこちらに刺すような視線を向けているのがつらかった。

手首に縄が巻きつき、足首のところまで引っ張られ、そこでひとつに括られる。二本の短い縄で左右ともそうされた。うつ伏せに倒される。四つん這いと同じだが、手は足のところで縛られてある。恐ろしいヤクザ者の間宮の前に菊座が丸出しとなり、さすがに真澄のスラリとした太腿がガクガクと慄えだした。

「ああっ。なにをするんです」

アヌスにひんやりとしたクリームが塗られ、狼狽する。

「別にどうってことはねえ。懲罰としてケツにブチこむだけよ」

「そんな……そんな恐ろしいっ」

「なに言ってやがる。里美なんかとっくにアナルで相手をしてんだぞ。教師のお前ができなくてどうする」

セピアの蕾が、マッサージされるうちに次第に赤らみはじめ、戦慄にわななくようにオチョボ口がヒクついた。

「ヒッヒッ。可愛いお口を開いちゃって」

「うっ……あうう」

間宮の指がシュポシュポと容赦なく肛道を抉っていく。

「ウム。だいぶ開通してるじゃねえか」

すでに東原の手でアナル棒による調教を受け、途中まで径が開いているだけに、間宮の中指はスムーズに第一関節、そして第二関節まで埋めこまれる。

啜り泣く真澄の目に、なんともショッキングな光景が飛びこんできた。沙絵子が、東原にフェラチオを強要されようとしているのだ。

「ああ、やめて。沙絵子ちゃんに、そんな、そんな淫らなことをさせないで」

指先で肛門を犯され、恥辱にまみれながらも真澄は懸命にそう訴えた。

「安心しろ。沙絵子はな、毎日俺のホルモンジュースを、ああやって呑んでいるんだ」

「うっうう……ひどいっ」

あの東沙絵子が、毎日そんな淫猥な奉仕をさせられているとは。かろうじて守られている純潔すら、もう風前のともしびではないか。

真澄は絶望に打ちのめされる。

「見てみろ。沙絵子のやつ、あんなウマそうにおしゃぶりしてら。ザーメン呑むのが病みつきになったみたいだな」

間宮の言うとおり、沙絵子は、自分の淫らさを真澄に見せつけるかのごとく、緊縛されたまま頭を振り振り東原の一物を情熱的にしゃぶっている。東原は、ことさら真澄の目につきやすいように少女のその長い髪をかき分けかき分けしながら、腰骨まで痺れる快感に浸っている。

里美とからむ興児も、そっちを見つめている。先日の緊縛フェラの、爆発的な快感を思い起こしているのだ。あの時と同じように沙絵子は、悩ましい嗚咽とともに、緊縛された裸身を揺すってペニスを濃厚に愛撫している。

「沙絵子ちゃん……ああ、沙絵子ちゃん！」

清純な沙絵子の悩ましい唾液のさえずりにつづいて真澄の耳に、里美の甘ったるい吐息が響いてきた。リョウの膝に乗せられ、田楽刺しを受けながら、その一方では陶然と興児の肉棒を口に含んでいるのだ。

さながら極彩色の地獄絵図だった。が、しかし、哀しみに浸っている余裕はもう真澄にはなかった。括約筋をメリメリ引き裂き、間宮のシリコン入りの剛棒が貫いてきたのだ。

「裂けちゃう……さ、裂けちゃう」

激痛に白目を剝いた。口の端から涎れがこぼれた。

「うひゃあ、この感触。ヒヒ、たまんねえよ」

間宮の口もとがだらしなく歪んでいる。真澄のアヌスのなかは、生ゴムに緊めつけられるような快感をもたらすのだった。

「い、痛いっ。ね、ねえ、痛くて」

ズンズンと、内臓まで突き破られそうな衝撃。と同時に、前方の肉門からは、ひとりでにポタポタと果汁が滴り落ちてもいた。

その時、電話のベルが鳴った。

緊張が流れた。

間宮に合図され、興児が行為を中断させて里美を電話に出させる。

七合目あたりをさまよっていた里美は、トロ火で煮つめられたごとく真っ赤な肌をして、その表情は夢でも見ているように虚ろだ。その耳もとで興児がナイフを片手になにやら囁いている。

「はい、結城です」

真澄も沙絵子も、男たちに口をふさがれ、声を発することができない。

「あら準一さん……今どちらに」

里美の、信じられないくらい無邪気な明るい声が、リビングに響いた。

第十四章　乱れる！

1

木下準一が別荘へやってきた。

身長百八十センチ、長い脚をスリムなジーンズで包んでいる。きりっと濃い眉、真澄に似た切れ長の目、黒く豊かな髪。若い女なら誰でもポウッとなるほどの美男子である。スポーツマンらしく肌は綺麗なブロンズ色に焼けて、甘いマスクにぐっと精悍さが加わった。

「図々しく押しかけました。姉貴ともどもよろしくお願いします」

ソファーに座ると、改めて里美にペコリとお辞儀する。笑うと歯の白さが際立つ。

「こちらこそ。準一さんなら大歓迎よ」

里美は、黒のタンクトップに白のミニスカート。スカートは膝上二十センチくらいで、面と向かって座る準一は目のやり場に困った。しかも、タンクトップの下はノーブラらしく、乳首がぽっちり浮かんでいる。はちきれんばかりの肢体が挑発的にくねるたび、若い準一はいやでもムラムラと性感を刺激される。

「あれ、里美ちゃん、あまり焼けてないね。もう真っ黒になってるかと思ったのに」

それどころか、ひどくやつれているな……。

少女の蒼ざめた顔を眺め、ふっと準一は訝しんだ。あの遊び好きの里美が、西伊豆へ来て海に行かないわけはないだろうに。

「うふふ。今年は焼かないように日焼け止めクリームを塗ってるの。ほら、裸になった時、水着の跡ってダサいでしょ」

「へえ……里美ちゃんの裸を鑑賞できる幸せな奴が、この世のどこかにいるわけだ」

さらりと受け流したが、きわどいセリフにドキッとしている。東沙絵子は決してそんな会話はしない。どうして二人の少女はこうタイプが違うのか。

「フフフ。そりゃ、まあね。準一さんなら特別に見せてあげてもいいわよ」

太腿の付け根をちらつかせて脚を組み換え、妙に艶のある流し目を送った。

ちょっと見ない間にグンと色香にみちた身体つきになったようだ。目鼻立ちのはっきりしたハーフっぽい美貌も、大人びてきた。この里美のヌードなら、さぞ素晴らしい眺めだろう。

いや、いけない……。

股間がムクムク騒ぎだし、準一はあわてて視線をそらす。

「……あ、姉貴は、そのゥ……まだ帰ってこないのかな」

どっと脂汗をかき、話題を別のほうへ向けた。

「ええ多分。用事があると言って、下田のほうまで出かけたから遅くなるんじゃない」

「そう……あれ、沙絵ちゃんは？」

いかにも今思いだしたような口調。しかし本当はそれを真っ先に尋ねたかったのだ。が、沙絵子めあてに来たと思われるのがいやでためらっていた。

「それが、ねえ……いるにはいるけれど」

「ど、どうしたの？　なにかあったの？」

里美の表情が翳ると、準一はつい身を乗りだしてしまう。

「ウーン、言いにくいなあ、私」

思わせぶりな演技をする里美。

「どうして？　言っとくけど俺と沙絵ちゃんは、べ、別に、なんでもないんだから。気を使わなくていいよ」

必死にとりつくろおうとしているが、内心の動揺は押し隠せない。

「今、友だちが来ているのよ」

「……友だち？」

「ええ。こっちで知り合った人。男性なの」

そう言ってから、相手のダメージを探るように里美の大きな目が鋭く光った。

「海で声かけられて仲よくなって、それから毎日ここで会っているのよ」

「なんだ。そ、そうだったのかい」

甘いマスクがぴくぴく引きつっている。にわかには信じられなかった。あの、しとやかな沙絵子が、知り合ったばかりの男をここへ引っ張りこむなんて。

「準一さんは知らないでしょうけど、彼女、おとなしい顔して結構やるのよ」

「…………」

「この夏はその人と絶対にロストバージンするって張りきってるの。あら、いけない。ごめんなさい」

あわてて口に手を当てた。

「でも、私は、やめなさいって言ってるのよ。もし私が止めなかったら、もうとっくに」

この娘は俺をからかっているのじゃ……。

聞きながら準一は疑った。あの清純な沙絵子とはあまりにかけ離れた話だった。

しかし、もしそれが本当としたら、自分はなんのためにここへ来たのだろう。とんだピエロじゃないか。

「私は絶対準一さんのほうがいいと思うんだけどな……どう、彼に会ってみる？　あっちの部屋にいるわ」

さりげなく西棟を指差した。もちろんすべて間宮たちに強制された芝居である。だが、次第に里美は演技に没入していった。これから準一と沙絵子の仲をズタズタに裂いてやれる。考えるだけで、興奮に身体が火照る。

「……でも、邪魔じゃ、ないのかい？」

その男に会いたくもあり、それが怖くもあった。

「どうかしら。でも、どっちにしてもあなたが来たことを知らせなくちゃ」

里美は立ちあがった。つられて準一も腰をあげる。

歩きだしながら、自然と里美のセクシーな肉づきに目がいってしまう。量感をたたえてゆさゆさ揺れるタンクトップの胸、ミニスカートから伸びたムチムチの太腿。とても女学生とは思えない成熟ぶりだ。

ここで暮らすのがなんだかとても危険なことのように、準一には思えてきた。仮に里美と二人きりになったら、理性を保てるか、自信がないのだ。

と、その上腕部に、赤くくっきりとギザギザの跡が刻まれているのに気づいた。なんだろう？　縄で縛られた跡みたいだが……。

首をかしげたが、すぐに沙絵子のことで頭がいっぱいになり、それ以上推理をめぐらすことは無理だった。

リビングを出て、西棟へと連なる廊下を二人は歩きはじめた。

渡り廊下の天井はガラスの素通しとなっていて、氾濫する陽射しと、風に揺れる木の葉のシルエットが素敵だった。けれども準一は、そんな情景に浸る余裕はない。

「こっちはね、寝室が二つ並んでいるの」

寝室？　すると沙絵子は寝室に男と二人でいるのか……。

準一の動揺は増すばかりだ。

いつも里美が監禁されている奥のほうの寝室のドアをノックする。

「沙絵子、入ってもいいかしら」

「どうぞ。開いているわ」

なかから沙絵子の澄んだ声が聞こえた。

ここでなにをしているんだ。沙絵ちゃんが連れてきた男って、どんな奴なんだ？

……

準一の心臓は早鐘を打った。なにを見ても、うろたえまい。平然としていよう。そう自分に言い聞かせるのだ。

2

「まあ大胆！　私、赤面しちゃう」

足を一歩踏み入れ、里美が叫んだ。

あわてて里美の肩越しにのぞきこんだ準一は、ガーンと強烈なショックを受け、わなわな震えだす。東沙絵子が、リーゼントヘアーの男と並んでベッドに腰かけ、甘えて身をしなだれかけているのだ。

ブラウスの前がすっかりはだけていた。透きとおるようなミルク色の肌が露わで、それればかりかブラカップのなかに男の手が入り、揉みしだいているではないか。

スカートは床に脱ぎ落とされてあった。雪白のまばゆい太腿が付け根まで露出し、ブラウスの裾が垂れて隠れているその下では、男の手がパンティをまさぐっているようだった。下にパンティをはいていたらの話だが。

「かなりきわどいんじゃない？」

「ウフッ。だって暑いんですもの」

沙絵子は切れ長の目もとを赤く上気させ、ハアハアと肩を喘がせている。おそらく濃厚なペッティングをしていたのだろう。そんなふうな沙絵子の顔を見るのは初めてだった。

腰までの漆黒の髪が相変わらず美しい光沢を放っていた。

「お熱いのはそちらでしょ。毎日そんなにいちゃいちゃして、よく飽きないわねえ」

「へへへ。ヤボは言いっこなしさ。俺、沙絵子とならー日中こうしていても飽きねえんだ。沙絵子もそうだろ？」

「うふん……恥ずかしい」

男も上半身が裸で、下はショートパンツ。ボクサーのようにムダのない筋肉をしている。お世辞にも柄がいいとは言えず、頭も悪そうで地元の暴走族くずれといった感じだった。

準一の裡で敵意が燃えたった。

なぜこんな奴に……。

そのチンピラふうの男は、今も沙絵子の肩をがっちり抱きしめ、乳ぶさを揉みまくり、一方ではすらりとした太腿から股間にかけてを、ゆるゆる愛撫するのだ。

スキンシップが習慣の外人ならいざ知らず、しかも幼い少女を相手に、人前で平然とペッティングする神経が、準一には理解できなかった。

この男、頭がどうかしているんじゃないか……。

「沙絵子、準一さんが来たのよ」

「……あら、ほんと」

男の胸に顔を埋めていた沙絵子が、膜がかかったみたいにトロンとした目で準一を見る。そのうつろな表情は麻薬でも打たれたようだった。

「いらっしゃい、準一さん」

気の乗らない声で挨拶する。その声を聞いて準一は力が抜けた。もしかして、自分が来ているのに気がついたら男から離れるのではと、ひそかに期待していたのだ。

「もう、沙絵子ったら」

あーあと大きく溜め息をつくと里美は、背後で茫然とたたずむ準一に男を紹介する。

「彼はね、興児さんていうの。興児さん、こちら、真澄先生の弟の準一さんよ」

「へえ。ずいぶんハンサムだな。里美、お前のイロか？」

沙絵子の白い首筋にチュッ、チュッと粘っこくキスを注ぎ、準一にチラッと一瞥くれて尋ねる。

「そんなんじゃないわ。ねえ、準一さん？」

「……あ、ああ」

「私たちお邪魔みたいだから、もう行くわ」

しかし二人の耳には届かなかったようだ。とうとう唇を合わせ、互いにくねくね顔を揺すりながら本格的なキスをはじめた。血の気が失せて真っ蒼だった準一の顔が、怒りにカーッと紅潮していく。

「おい、ちょ、ちょっとあんた」

部屋から出ようと身をすり寄せる里美を押しのけ、興児に向かって声をかけた。

まだ二人は聞こえぬふうだ。沙絵子は淫らに舌をからめ合い、肌を愛撫されて「ウフン、アアン」と鼻から吐息をもらす。そして、呆れたことに、細い指先で興児の勃起を撫でまわしているのだ。

「へへ、もうビンビンだろ？」

「ウフン。すごい、興児さんたら」

「みんな脱いじゃえよ。なあ、沙絵子」

「……いやん。それは許して」

「おい。聞こえないのか、興児とかいう人！」

準一は怒りに震えて怒鳴った。

ゆ、許せない！　純情な沙絵ちゃんをそんなふうに狂わせるなんて……。

沙絵子のブラウスを肩から抜きながら、チッと舌打ちして、興児は鋭いガンを飛ばした。

「なんだよ。まだいたのか」

吐き捨てるように言う。

ブラウスも脱がされ、沙絵子は純白のブラジャーとショーツだけになる。ブラジャーの肩紐がはずれてまだ幼い隆起が顔をのぞかせた。初めて見る沙絵子の乳房だ。

準一の体を血がゴウゴウ駆けめぐった。

「沙絵ちゃんは……ま、まだ子供なんだ。変な真似はよしてくれ」

抑えようとしても声がうわずり、ヒステリックな調子になった。

「けっ。変な真似だと？　恋人同士、体を触り合ってどこが悪い。だいたいこの歳でセックスをしない奴なんて、今どきいるのかよ。なあ里美」

「だ、駄目だ。許さない。その娘にそんな淫らなことはさせないぞ」

「なにをっ！」

「やめて、興児さん。準一さんも悪気じゃないのよ」

声を荒げる興児を沙絵子がなだめる。その姿はもう情婦のようだ。

「ねえ、準一さん。心配してくださるのはありがたいけど、私、もう子供じゃないわ。興児さんと……こ、こうしているのが、楽しいの。興児さんにならどんなエッチなことされてもいいわ。だから……だから放っといてください」

声を震わせ、ようやく言い終える。瞳にうっすら涙が滲むが、興児が顔をかぶせ、口を吸い、それを気づかれないようにする。

「沙絵ちゃん……」

準一は絶句した。目は三白眼となり、口もとが痙攣したように歪んだ。

ヌラヌラと男の舌が伸びて少女の舌端をとらえ、舐めさすり、さらにドロリと唾を流しこむ。そうしながらパンティに包まれた秘部を卑猥にいじりまわすのだ。

「行きましょ。今はなにを言っても無駄だわ」

「し、しかし、このままじゃ……」

沙絵子の純潔が危ない——そう言いたかった。こんなチンピラに沙絵子が汚されるのを、むざむざ見捨てておけない。

「カッコ悪いわよ、準一さん」

「えっ？……」

「好きな同士が納得ずくでしているのを、他人がとやかく言えないでしょ」

そうか。冷静に見ればそういうことなのか。スーッと力が抜けていく。

里美に引っ張られるようにして、部屋から出た。

「あの馬鹿、保護者づらして。本当はてめえが沙絵子と姦りたいんだぜ」

興児の聞こえよがしの言葉が、準一の心にグサリと突き刺さった。

3

すぐ隣りの寝室では、間宮とリョウが盗聴器を用いて、そのやりとりを聞いていた。

「里美の奴、迫真の演技じゃねえか。へっへへ。それに沙絵子もなかなか役者だ」

「ばっちり筋書きどおりに運びましたね」

ひそひそ声で話してうなずき合う。

別荘を訪れた準一をいきなり捕らえてしまうのは芸がない。どうせなら趣向を凝らしてこの新たな獲物を歓迎しよう、ということになった。真澄の弟で、沙絵子の意中の恋人、しかも甘い二枚目の準一に、間宮たちは並々ならぬ敵愾心を抱いているのだ。真澄を人質にとり、少女たちに片棒を担がせた。すでに情婦になりきっている里美はもちろんだが、沙絵子も予想外に、与えられた役を巧みにこなしたのだった。昨日、敬愛する真澄先生と里美の、倒錯したレズビアンプレイを目撃して、心の支えを失ってしまったらしかった。

足下には木下真澄が、ゴムロープでぐるぐる巻きにされ、口に猿轡をはめて転がされてある。彼女の耳にも、すべてのやりとりが飛びこんできた。弟の受けた激甚なショックを想い、大きな黒目に涙があふれてくる。

「色男も強烈な先制パンチで鼻っ柱を叩かれちまったな」

間宮はこみあげる笑いをこらえきれない。いつだったか二人と一緒の電車に乗り合わせた時のことを想い起こした。あの時、あまりの仲睦まじさに嫉妬して、沙絵子にいやがらせをしたのだが、これで準一にも仕返しをしてやることができた。

「これからが見ものですね。興児さんに大見栄きった野郎が、どんな醜態晒すか。なにしろ、姉が姉だから」

頭の包帯も痛々しいリョウが、憎々しげに真澄の尻を蹴りつけた。

「さあ。フッフッ。お次は里美のお色気作戦のはじまりだ」

リビングには、間宮が東京から持ちこんだ隠しカメラがセットされてあるのだ。男たちは身を乗りだし、モニターテレビで成り行きを見守った。


「信じられない。あの沙絵ちゃんが、まさかあんなことを……」

リビングのソファーに戻り、準一は頭をかきむしって呻いた。悩ましい下着姿になり、リーゼント男と濃厚なキスを交わす沙絵子の姿態が、目の前から離れなかった。

「わかるわ。ショックでしょうね」

里美がぴたりと寄り添い、慰める。

「私も呆れてるの。あんなことだったら、あなたを連れていくんじゃなかった」

「ここは君んちの別荘だろ。あ、あんなチンピラがやってきて平気なのか」

涙声で里美に八つ当たりをする。

「だって……追いだしたら二人はラブホテルへでも入っちゃうわ。それよりはここにいてくれたほうが安心だもの。だからこそ、まだ最後の一線は越えずにすんでいるのよ」

里美が必死の演技をしつづける。

「姉さんも、これを知っているの?」

「ううん。真澄先生は忙しいらしくて、いつも出かけてるから」

姉が知ったらどれほど驚くだろう。自分の監督不行き届きをきっと悔やむに違いない。

「でも……困ったわ。あの様子じゃ、今日のうちにエッチまで進んじゃいそう」

里美が準一の傷口をこねまわす。

「なぜだ。なぜ沙絵ちゃんは、あ、あんな奴と……ウウウ」

沙絵子が今日、処女を失うというその言葉は、やはり効果てきめんだった。準一は、里美の肩にもたれるようにして、オイオイ泣きじゃくりはじめた。

「気を悪くしないでね。沙絵子は、本当はああいう不良タイプが好きみたい。あなたとは、真澄先生に頼まれて仲よくしてたのよ」

「そんなっ。あんまりだよ」

「ごめんなさい。ひどい話だとは思うわ。でも、いつかは知らなければならないことでしょ?」

嗚咽する準一の髪を撫で、頬に優しく口づけしてやる。

「いいのよ、泣いて。私でよかったら、ずっとこうしていてあげるから」

「ウッ、ウウッ……」

「私は準一さんが好き。前から、大好きよ。沙絵子のピンチヒッターでかまわない」

甘く囁き、耳穴を舌でチロチロくすぐっては悩ましい息を吹きかける。

「忘れて。ね、忘れましょ」

つづいて準一の首筋を、たっぷり唾液を乗せてペロリ、ペロリと舌でなぞりあげる。指ではジーンズの内腿を微妙に愛撫する。

準一の呼吸がにわかに荒くなってきた。それに女学生というのに、里美の肌からは甘美な大人の香りがたち昇り、ぞくぞく情感を刺激するのだ。

「い、いけないよ、里美ちゃん」

「私は、準一さんの悲しい顔を見たくないの。なんとかしてあげたいのよ」

囁きながら里美は執拗に、準一の顔といわず首といわず、そこらじゅうを舐めまわす。

「でも君にだって恋人が……」

鼻が触れ合うくらいの近さで、顔を見合わせた。里美のハーフっぽいエキゾチックな美貌が、妖しく潤んでいた。

「じゃあ、奪って。私を準一さんのものにしてちょうだい」

グイグイと胸のふくらみを準一の胸にこすりつけ、赤くルージュを引いた濃艶な唇を前へ突きだす。

準一はもう我慢できずに口を奪った。「ウフン」と鼻を鳴らし、待ってましたとばかりに、里美の舌がからみついてくる。

熱くキスを交わしながら、準一の脳裏に沙絵子の痴態がよぎった。チンピラと舌を吸い合い、こすり合わせ、バストを愛撫されては身をくねらせていた。

くそっ……。

準一の身内を荒々しい衝動が駆け抜けた。タンクトップの胸をまさぐる。素晴らしい量感の乳ぶさが柔らかな手応えをかえす。たまらず思いきりつかんで揉みにじった。

里美の口から大人っぽい喘ぎがもれた。

「ウフン。素敵よ、とっても」

「里美ちゃん」

「ああ。好きよ、好きだったの」

また唇を重ねる。こんなディープキスを交わしたのは、準一にとって初めてだった。

股間の高ぶりはもう痛いくらいになった。

と、里美の指がそこに触れてきた。ファスナーを開け、弓なりをパンツ越しに馴れた手つきで愛撫する。

「舐めたい……ね、しゃぶらせて？」

「で、でも……」

「ああん、欲しいの。お口で愛したいのよっ」

子供が駄々をこねるように、甘え声で身をくねらせた。

なお準一がためらっていると、タンクトップを脱ぎ捨てた。ツンと上を向いて崩れない豊満な乳ぶさ、それをプルンと揺すり、なまめかしく準一に黒目を注ぐ。

次にミニスカートが……。

少女はブルーのごく小さなビキニショーツ一枚となり、鼻を鳴らした。ゴクリと唾を呑み、準一もあわててジーパンを引きおろした。

4

間宮たちは熱心にモニターに見入っている。いつの間にか興児と沙絵子も加わり、並んでウォーターベッドに腰かけている。

東原は昨夜から東京へ戻っている。したがって、里美たちをのぞくと別荘に今いる全員がそこへ集まったわけだ。

「へへへ。里美十八番のおフェラがはじまった」

興児がニヤリとした。お前も見ろと、うなだれる沙絵子の顔を無理やり画面に向けさせた。

里美がショーツ一枚の姿で、準一の股間に身を入れ、オッパイをブルンブルンさせながら淫らな愛撫をはじめていた。あらかじめ画面におさまりやすい姿勢をとるよう里美に指示してあるので、真横からフェラチオシーンがはっきりと映っていた。

「愛なんてはかないもんだろ? フラれた次の瞬間にゃ、もうああやって別の女にチ×ポ舐めさせて、ヒイヒイ言ってんだからよ」

「そうそう。あれがお前の愛した男の本当の姿だぜ」

「ああ……」

とても正視できず、沙絵子は緊縛された裸身を揺すって嗚咽をもらした。

ぷっくり肉塊を膨らませた準一が忌まわしかった。

準一さん、ごめんなさい。沙絵子を許して……。

自分がいけないのだ。いくら強制されたとはいえ、あんなハレンチな姿を見せつけ、準一の気持ちを追いつめてしまった。

でも、里美さんもあんまりだわ……。

ずっと準一と二人きりでいて、本当のことを準一に打ち明ける気にならないのだろうか。うまくやればわずかに脱出のチャンスが残されているのに、男たちに命ぜられるまま嬉々として準一を誘惑しているのだった。

昨日は真澄先生の肉体を汚し、今日また準一を自分から奪おうとしている。沙絵子の目には里美が淫魔そのものに映った。人を憎んだことのない沙絵子も次第に、かつての親友に対して憎悪の炎を燃やすのだ。

「ほうら。先っぽからピュッピュッ涎れ噴いちゃって、すっかり気分出してやがる」

「くっくっ。まったく姉弟揃って大したスケベだよな。オラァ、真澄。可愛い弟のチ×ポを見てやれ」

リョウが床に転がされた真澄に手を伸ばした。髪をつかみ、乱暴にその顔を起こした。いやです、見たくない、と言っているのか、屈辱に美貌を歪ませ、ググと猿轡の奥でしきりに呻いている。

「見ろよ。見ねえとドテ焼きにするぞ」

残忍そうに口端を吊りあげ、咥えていた煙草を真澄の下腹にもっていく。チリッチリッと繊毛の先が焼けこげる音がし、がんじがらめの裸身を恐怖にピーンと硬直させる。サディスチックな男たちのなかで比較的おとなしい性格のリョウなのだが、真澄には頭をかち割られているだけに、その責めも陰湿でねちっこい。

たまらず真澄は瞳を開いた。

里美のルージュにぬめった唇から、準一の逞しい太棹が出たり入ったりしている。たっぷり唾液を吸った砲身は、テラテラと淫らな光を放つ。

真澄の顔面が血を噴かんばかりに染まった。毛むくじゃらの根元といい玉袋といい、そうやって客観的に眺めると、準一のそこは怖気立つくらい卑猥でおぞましく、弟でありながら激烈な嫌悪感が湧いてくる。

準ちゃん、駄目よっ、不潔よ……。

ぎらつく性欲が、たまらなくいやだった。準一がまるでこの連中と同じ淫鬼に思えてくるのだ。

里美はいったん口から肉棒を抜いて、キュッキュッと根元を揉みさすり、舌先でカリ首を責めはじめた。淫らに舐め咥えしつつ、うっとりした表情でなにやらしきりに囁きかけている。準一も喉をいっぱいに突きだし、陶然とした顔つきである。

「へへ。妬けるのかよ。お前もああやって弟のチ×ポ、しゃぶりたいんじゃねえのか」

リョウに頭を揺さぶられ、罵られ、真澄はポロポロと大粒の涙を流す。

その悲嘆に暮れる姿が、男たちの嗜虐欲を疼かせた。弟が来たことで、より陰湿な女教師のいたぶり方が見つけられそうだった。

「ああ、やめてっ。先生をもういじめないで」

見かねて沙絵子が悲痛な声を出した。

「お前は心配しなくていいんだ。真澄はマゾ女だから、ああやっていじめられて感じてるんだよ」

間宮が椅子から立ちあがり、少女の細い顎をしゃくって言う。

「そんなっ。ひどいわ、間宮さん」

「本当さ。証拠を見せてやる」

ゴムロープでぐるぐる巻きされた裸身の、その股間に手をこじ入れた。また猿轡から呻きがこぼれた。

「ウヒヒ。こんなに湿って」

指を埋めこみ、ひとしきり粘膜をこねまわしてから、

「ほら、ぐっしょりだろ」

蜜を浴びて濡れ光る二本指を、少女の前に突きつけた。そしてその顔面に塗りたく

る。

「社長のザーメンを毎日こってり流しこまれて、こんな変態にされちゃったのさ」

「そうそう。今じゃ弟のポコチン眺めて感じるんだからよ」

げらげらと男たちは笑い合う。

「い、いやああ」

沙絵子は黒髪を打ち振って身悶えした。耳をふさいで男たちのいやらしい言葉から逃れたかった。

もうなにも信じられなかった。里美も先生も準一も、誰もかもが、粘膜を疼かせた淫獣に思えた。そしてこの自分も日一日と、淫猥な獣にされつつある。その事実が少女のズタズタに切り裂かれた神経をさらに苦しめた。

「おっ。ついに本番をオッぱじめやがった」

興児が声をあげた。

準一の膝にまたがり、連結すると、里美は淫らに腰をくねらせはじめた。

「へっへっ。里美の奴、本気になってら」

「あのガキもいいタマだぜ。さっきはたいそうな能書きこいたくせに、てめえは女学生相手にいきなりファックだもんな」

興児は、沙絵子の耳もとで呆れた口調で言う。今日は間宮の許可を受けて、いたずらをしていた。啜り泣く沙絵子の、縄をくいこませた双乳をつかみたて、片手で秘宮をいたずらしている。さっきのペッティングからもう一物が立ちっぱなしなのだった。早くこの美少女の口にぶちこみたくてたまらなかった。あの時と同じように。

「フフ。役者も揃ったし、そろそろ沙絵子の水揚げをしなきゃな」

そんな興児の気持ちを察したのか、真澄を足蹴にしながら間宮が呟く。

「今夜あたり、準一の目の前で派手に貫通式をやるか」

「ウヒャ。待ってました」

興児とリョウは大はしゃぎだ。

床に転がされた真澄の目尻を伝い、新たな涙がとめどなく流れた。

5

少女を絨毯に組み敷いて、準一はピストン運動に励んでいる。さっきの屈辱も忘れ、脳髄までの快感に没頭していた。

「ああ、里美ちゃん。いいよ、たまんないよォ」

胸の肉丘をつかみたてては、ズンズン腰を送りだす。里美のそこは素晴らしい収縮力で、肉棒を丸ごと包みこむのだ。

「素敵よ、準一さんっ」

里美も恍惚としている。悪鬼たちに犯される時とはまるで感じが違った。恋人の南条一生と結合しているような甘美さだった。

「ねえ……お尻を、お尻を触って」

「こうかい？」

「ううん、違うの。ああ、恥ずかしい……あのね、お尻の穴なの」

「ようし」

太腿を持ちあげ、そこに指をあてがう。少女にリードされ、準一も淫らな獣に変身していった。それにしても里美のセックスに対する貪欲さには驚くばかりだ。

「アーン、いい。そこ感じちゃう」

里美はのけぞって悶える。

「ねえ。今度は指、入れて」

「い、痛く、ないのかい？」

「里美のオツユ、塗りつけて、ほぐしながら入れて」

言われるまま、前の穴から滴る花蜜をこすりつけ、中指を恐る恐る菊座に挿入した。女性にこんな愛撫を行なうのは初めてだった。

「もっと……もっと奥まで」

「平気かい？　いいんだね。もっと、かい」

「ああん。もっと入るわ。そう、そうよ」

第一関節、さらには第二関節まで埋めこみながら、準一も不思議な性の痺れに襲われている。排泄器官に指を入れてセックスするなんて、こんな交わり方もあったのか。

「ねえ、準一さん。今日はうんと淫らになって、うんと楽しみましょう」

「いいよ。いいとも」

「今度は、お尻に入れてほしいの」

さすがに準一は開いた口がふさがらない。そんなところへペニスを入れるなんて……。

「ウフン。お願いよォ、準一さん」

「で、でも、入るのかな？」

「きっと入るわ。とっても素敵なのよ」

いったん結合を解くと、四つん這いになり、涎れの出そうな官能的なヒップを準一に突きだした。

おちょぼ口を開いたセピアの蕾が、誘うようにヒクついている。準一は息苦しいほどの興奮とともに、愛液にまみれてヌラヌラの怒張をそこに押し当てた。しかし、なかなかうまく入らない。

「駄目だ。無理だよ」

「準一さんの意気地なし。もっと強く、思いきり突いてちょうだい」

双臀をプリプリ振って挑発する。準一も意地になった。猛り狂うものを、これでもかというようにアヌスへぶつける。

「どうだっ。これでもか」

「アアン……そう、そうよっ。イイッ」

ついに先端がメリこんだ。里美がすさまじいよがり声を発する。

「里美っ。里美ィ！」

いったん連結を遂げると、準一は容赦なく肉棒を肛門のなかへねじこんでいくのだ。のっぺりとして生ゴムのようにキツキツな感じ、それがたまらなかった。

沙絵ちゃんがなんだというんだ。俺には、里美がいる。激しく身体を前後させながら思った。

里美は口から涎れを垂らし、ヒイヒイ呻いている。準一に突かれるたび、絨毯にこすりつけた顔がズリあがる。

「いいわっ。気が狂いそう」

「里美、好きだ。お前が、お前さえいれば、もうなにもいらない」

自分を捨てた沙絵子に聞かせるように、そう言った。

「うれしいっ。里美、死ぬほどうれしいわ」

「あっ、あっあっ……」

精がほとばしりでた。肛門のなかでペニスがゴム毬のように膨らみ、ちぎれてしまいそうだった。

激烈な絶頂に浸る準一の意識から、もう沙絵子の存在は消えていた。

6

「里美のケツはよかったかい、色男」

背後で声がした。里美に覆いかぶさったまま余韻に浸っていた準一は、あわてて菊座から肉棒を引っこ抜いた。パンツを探す。しかし、どこにも見当たらない。

しまった……。

準一は狼狽した。

「これ探してんのか、色男？」

パンツもジーパンも男の手に握られていた。

「かえせ。なにするんだ」

「へっへっ」

興児は気味悪くへらへら笑うばかり。服をかえす気はないらしい。

「いい格好だな。沙絵子やお姉ちゃんが見たら泣いて喜ぶぜ」

股間を押さえ、哀れに身を縮こませる準一をからかう。

「じょ、冗談はよせ！」

「里美のケツ、最高だろ？　この俺が開発してやったのさ。なあ里美」

男の言葉に準一は慄然とする。

まさか……そんな……。

「興児さんの意地悪。内緒にしとく約束よ」

里美は身体を起こし、ティシューで尻を拭っている。

どういうことなんだ。こ、この男は、里美にまで手をつけていたのか？……

「驚いたか？　テメエ、さっきは人にたいそうな説教しといて、いきなり里美のケツを掘るなんて、いい度胸だよなあ」

「……と、とにかく服をかえせ」

「俺と勝負しろ。勝ったらかえしてやる。空手初段なんだろ、アーン？」

上半身、裸の興児は、ボクシングのファイティングポーズをとった。自信たっぷりだった。背は準一より低いが胸板の厚み、筋肉の盛りあがりは較べものにならない。

「馬鹿な真似はやめろよ」

気勢のあがらぬ声で言った。強烈なセックスを終えたばかりだし、フルチンではとても闘う気にならない。

「さっきの勢いはどうした。沙絵子は俺のチ×ポ、うまそうに舐めてくれたぜ。口惜しくねえのか」

「………」

「フン。一発抜いたら、もう満足ってわけか。とんだ色ガキだな、テメエ」

いきなり興児は左フックを繰りだす。速かった。あっという間に準一の右顎をとらえた。脳まで響くパンチだ。

準一は仲裁に入るよう、里美に目で合図した。しかし口もとに笑みを浮かべて戦況を見つめるだけだ。

いったいこの女はなんなのだ……。

その隙に鳩尾へまた食らった。呼吸がつまり、かがみこみながらも構えをとった。

「へっへっ。いいぞ、フルチン」

「がんばって、準一さん」

里美が楽しそうに声をかけた。

が、喧嘩のプロの興児と、町道場で空手をかじった程度の準一では、所詮勝負にならない。繰りだす突きはスウエイでことごとくかわされ、逆に興児のパンチは速くてかわしきれない。

最後に、顎に強烈なカウンターを決められ、たまらず倒れこんだ。

「けっ。口ほどでもねえ野郎だぜ」

「うっ、うう。畜生ッ」

口惜しさに歯嚙みしながら、必死で起きあがろうとする。このままではあまりにみじめだった。

「うりゃあ！」

起きあがりかけたところで、テンプルに強烈なまわし蹴りが入り、そのまま準一は気を失った。

どのくらい時間がたったのだろう。目を覚ますと、大勢の人の気配がした。起きあがろうとして、柱に縛りつけられているのに気づく。頭が割れるように痛い。素っ裸のままだった。

次第に視界が開けてくる。

「気がついたか、ホラ吹き野郎」

興児が、悪罵を浴びせた。

他に、見知らぬ男が二人もいる。それに、素っ裸の里美と沙絵子、少女たちはいずれも縄で縛りあげられている。そして……ああ、姉の真澄までが、一糸まとわぬ姿でいるではないか。

「へへへ。お姉ちゃんと感激のごタイメーン。どうだ、見ろ。すっかり色っぽくなったろ。毎日みっちり色事に励んでいるからな」

ニッと頬を吊りあげ、間宮が言った。

「あああ、準ちゃん」

「姉さんっ、こ、これはいったい、どういうことなんだ」

「ごめんね。もう……もう駄目なのよ、私たち」

なよやかな裸身をブルブル震わせ、真澄は身の底から絞りだすように告げた。

第十五章 穢れる！

1

木下準一が捕らえられたことで、別荘における凄絶なレイプドラマも、いよいよクライマックスを迎えていた。

準一は、リビングルームの隅にある柱に縛りつけられている。少し前、挑発に負けて里美のアヌスに若い精を注いだ肉棒も、今はちんまりと陰毛のなかに埋もれている。

そうして、小刻みに全身を震わせながら時折り、「ウーッ、ウウウッ」と狂犬のような唸りをもらす。激烈なショック、またショックの連続が、この十九歳の若者を完全に打ちのめしていた。

その正面には姉の真澄を含めた三人の美女が顔を揃えていた。女たちは全裸でチンピラたちに縄尻を握られて、こわばった表情で立ちつくしている。

「フフフ。まさかここでお互い素っ裸で再会するとは、夢にも思わなかったろうなあ」

間宮は悦に入りながら、泣きじゃくる沙絵子の柔肌をねちっこく愛撫している。

「俺を覚えてるか、小僧？　いつだったか電車のなかじゃ、なにがあっても沙絵子を守るとか粋がってたっけ」

「……お、お前、あの時の、痴漢」

虚ろな眼差しに一瞬、光が閃いた。

「そうさ。沙絵子の制服に精液をぶっかけた張本人さ。可哀相に、あの時、沙絵子はずっとこの俺にケツやマ×コをいじられてたんだぜ。それも気がつかねえなんて、とんだ間抜け野郎だな、おめえ。あげくにゃ興児に軽くノックアウトされるしよ」

「ウ、ウウッ……畜生っ」

重い唸りを押しだす。猛烈な怒りと口惜しさ。そして血の色をした屈辱、自己嫌悪。それらがごちゃまぜになり、準一の端整な顔はまるで別人のように形相が変わった。

「ここにいる女三人にゃ、これから身体中の穴という穴を使って、ゼニを稼いでもらう。残るはお前だが、野郎は一銭にもならねえんだ。運が悪きゃ、あの世行きだから覚悟しとけ」

恐ろしい言葉に、沙絵子は背中までの長い髪を振り乱して、「アアアッ」と嗚咽する。

「でもこいつ、内心本望なんじゃねえスか、間宮さん。来る早々、里美と一発やれたし、おまけに沙絵子やお姉ちゃんのヌードまで見られたんだから」

「ヒヒヒ。そりゃ言える。とんだスケベ野郎だからな。てめえのために一生懸命バージン守った沙絵子の気も知らず、里美のケツ掘りながら、好きだ死んでもいいなんて、しきりにほざいてたっけ」

興児は愉快でならないといった感じで追い討ちをかけると、里美のムチムチのヒップを、バシッと音をさせて引っぱたいた。

と、里美は甘い喘ぎをもらし、熟れきった裸身を媚びるようにくねらせる。

悲嘆に暮れる女たちのなかにあって、ただ里美だけは、残酷なドラマの展開を楽しんでいるふうに見えた。初めから興児たちの集中砲火を浴び、何度も繰りかえし輪姦され調教されるうち、完全に奴隷に堕ちたようだった。

準一は唸りつづけながら狂ったように頭を左右に振っている。さっきの沙絵子は淫らな演技を強制されていただけなのだとようやく悟り、誘惑に負けた自分の愚かさを悔やんでいる。

「それじゃ、いよいよ沙絵子の貫通の儀式を行なうとするか」

美少女の華奢な肩をポンと叩き、間宮が告げる。

チンピラたちがどっと歓声をあげ、準一が「やめろ！　ウウ、やめろ！」と大声で泣き叫んだ。

「もう処女に未練はねえだろ、沙絵子？　こんな女ったらしの恋人のことなんか忘れて、俺の女になった方がましだろ。へへへ」

「ああっ。それだけは許してあげて。ね、ねえ、約束が違うわ。沙絵ちゃんの身体だけは守ってくださる約束でしょう」

それまでずっとうなだれていた真澄が、ハッと顔を起こし、悲痛な声で訴えた。リヨウの顔色が変わった。

「約束だと？　てめえ、まだそんな御託並べるつもりかっ」

憎々しげに怒鳴りつけ、女教師の髪をわしづかんだ。

「よォ。人の頭カチ割っといて、約束もクソもあるのかァ。うりゃうりゃ」

「うああっ……痛い」

毛根ごと抜かれそうな激痛。そのうえ、繊細な頬の肉を思いきりつねられる。真澄の美貌が醜く歪んだ。

「ああ、先生をいじめないで！」

沙絵子が身をよじって叫んだ。

「わ、私は、もう……いいんです。間宮さんの、女になります。だから、先生に乱暴しないでください」

美しい黒目に涙をいっぱいにため、血を吐くような思いで言う。準一と里美の淫らきわまる肉の交わりを見て、心に変化が生まれたようだった。自分ひとりが操を守っていったいなんになるのか。そんな捨て鉢な気持ちになっているのだ。

それを聞いて間宮がニンマリほくそ笑む。いろいろ小細工をした甲斐あって、とうとう美少女の純潔を散らすことができるのだ。

反対に、準一の身悶えが激しくなった。「ウウッ、アーア」と意味不明に呻きながら頭を振りまわす。沙絵子を元気づけたい、優しい言葉をかけてやりたい。そう思うのだが、後ろめたさになにも言えない。

「ようし。それくらいにしとけ、リョウ。後はオマ×コでたっぷり恨みを晴らせばいいだろ。真澄がどれほど淫乱か、とくと弟に見せつけてやれ」

「ハハッ、そいつはゴキゲンだ」

興児が大声をあげてはしゃぐ。

「里美、お前はこっちへ一緒に来い。親友の処女喪失に立ち会わせてやる」

二人の美少女の縄尻をつかんで、間宮は西棟へと消えていった。

2

リビングには、興児とリョウ、それに真澄たち姉弟が残った。

いよいよ美しい女教師と待望のファックができる、しかも準一の目の前で。チンピラ二人は大張りきりだ。

「うりゃ、色ガキ。ウンウン唸ってばかりいねえで、お姉ちゃんの裸を見るんだ」

興児がキックを浴びせた。

愛する沙絵子との仲を引き裂かれ、悲嘆に暮れる準一に、またしても精神的拷問が加えられる。しかも今度は、大好きな姉の一糸まとわぬ無残な姿との対面である。

「ああっ、見ないで、準ちゃん。お願いっ」

雪白の裸身に麻縄をむごくいこませ、準一の真っ正面に立たせられた真澄。縄で緊めあげられた乳ぶさをプルンプルン揺すって、激烈な羞恥にのた打つ。

「姉さんっ！」

準一は固く睫毛を閉ざしている。興児に髪を揺さぶられ、顔を殴られても、歯を食いしばって耐えるのだ。

「そうかい。どうしても見ないんなら、このショボくれたチ×ポを切り取るぜ」

「ヒイイッ」

「女どもは身体で稼げるけど、正直な話、おめえなんか邪魔なだけよ。コンクリート漬けにするか、チ×ポ取ってオカマにするか、どっちかだろうしなあ」

鋭いナイフの刃先が、陰部に当てられる。たまらず準一は瞼を開いて白目を剝いた。

「や、やめてくれっ。頼む」

ひんやりした刃物の不気味な感触が、玉袋から肉棹を走る。

「じゃあ、その大きな目でお姉ちゃんのヌードをしっかり見ろよ。どうだい、綺麗な身体してるだろ。弟ながら惚れぼれするだろ」

ああ、姉さん、すまない……。

心で詫びながら、おずおずと準一は、瞳孔の焦点を絞り、憧れの姉の全裸をとらえた。

準一にとって、姉であると同時に母親、そしてまた絶対美の象徴でもある真澄。その思い入れはほとんど崇拝に近いのだ。その禁断の肌を目のあたりにして、心臓が飛びだしそうなショックを覚え、どっと生汗を噴いた。

柔肌にくいこんだ麻縄が痛々しかった。ワンレングスの髪はざんばらに乱れ、理知的な美貌はやつれ蒼ざめている。しかし、その女体の、なんと美しくセクシーなことだろう。

全体はほっそりとスレンダーなくせに、胸や腰まわりの感じはムンムンと悩ましい丸みを帯びている。そして、ほどよく締まってなめらかなラインの下腹部には、可憐ささえ感じさせる淡い漆黒の茂みが。

ああ、これが姉さんの裸だったのか……。

次第に罪悪感も失せ、カッと目を見開いて真澄の素晴らしい肢体を凝視する。眺めているうち、心の奥にひそんでいた忌まわしい衝動が、ズンと体内を突きあげてくる。

姉の洗濯物の下着を見ては欲情した準一である。また、真澄の入浴を盗み見しようと、何度思ったことか。その願いが、こんな形でかなうことになるとは。

「ここに来た時はまだ女学生みたいな身体つきだったけどよ、このところめっきり色っぽくなったんだぜ。へへ。どうだい、このオッパイの柔らかいこと」

「……あ、ああ、いやです」

「腰つきといい太腿といい、涎れが出そうなくらいだろ?」

リョウが背後からまとわりつき、乳ぶさを揉みしごきながら、艶美な下半身へもいたずらを繰りかえす。

「や、やめろっ。姉さんに触るな!」

カラカラに喉が渇いた。憧れの姉が辱しめを受けるのは毛穴から血が噴くほど口惜しいのに、同時になんとも不思議な興奮を覚える。

「なあ、準一。大好きなお姉ちゃんの秘密、教えてやろうか。半処女だったのさ。へっへ。なんと二十五歳というのに、まだ処女膜が半分残っていたんだぜ」

「やめてっ。もう許して……ううっ」

リョウの残酷な言葉に、真澄の嗚咽が激しくなる。準一の顔面が真っ赤に染まった。

「そうそう。ウチの社長がハメた時に、ドバッと血が出たってよ。それが二度筒掃除されたら、もう病みつき。今じゃ自分から腰振ってオマ×コのおねだりするんだもんな」

チンピラたちはげらげら笑い合う。

と、ナイフ片手に準一をいたぶる興児は、その股間がムクムク勢いを取り戻してきたことに気づいた。

「あれっ。こいつ、姉貴のヌード見てオッ立っててやがる。呆れた野郎だな」

「ホントだ。ハハハ。こいつら、淫乱の家系なんだよ」

「あ、ああ……畜生っ」

チンピラに罵られ、口惜し泣きする準一。しかし姉の官能的な裸体に刺激され、一物がひとりでに首をもたげてきて、どうにもならないのだ。

「そんなに真澄が好きなら、後でつながらせてやろうや。なあ、リョウ」

「へへ。そいつは面白え。近親相姦って一度見てみたかったんだ」

「あ、ああっ、お願いよ。他のことならなんでもするわ。そんな恐ろしいことだけはさせないで！　ねえ、お願いですっ」

真澄の狼狽は極まった。

実の弟とそんな関係になったら、もう人間として生きていくことなどできない……。

それにしても準一の肉欲がうらめしかった。なぜこんな時に勃起したりできるのだろうか。目はそらしても、さっき里美のフェラチオで生赤く膨れていたその肉棒が、目の前をちらつき、ゾッと戦慄が走る。

「冷たいこと言うなよ。弟はまんざらでもねえみたいだぜ。きっと前からお姉ちゃんとファックしたかったんだな。こんな美人だったら俺でもそう思うけどよ」

「で、でたらめを言うな。俺は、絶対、お前たちの言いなりになんかならないぞ」

真っ赤な顔のまま反論する準一。だがそれがせいいっぱいの強がりなのは明らかだった。

と、リョウが背後から強引に真澄とキスをはじめた。そうしながら乳ぶさをこねくり、股間をまさぐる。

口を吸われ、肌を嬲られ、美しい姉の横顔がみるみる上気していく。雪肌に縄を巻きつかせ、そうやって喘ぐさまは、妖しい被虐美にみちて、準一の胸はジンと緊めつけられる。

「どうだい。色っぽい顔つきでキスしちゃってら。お前だってあんなふうにお姉ちゃんのオッパイもみもみして、マ×コいじったりしてみたいだろ」

興児が悪魔の笑いをたたえ、準一に囁く。

「よく見てろ。真澄はマゾだからな。ああやって縛られていじめられると、マン汁べっちょりさ」

「嘘ばかり言うなっ、クソ。姉さんが……姉さんが、変態なもんかっ」

顔中涙でぐしゃぐしゃにして叫ぶ。だが、白い喉を上下させてリョウの唾液を嚥下する真澄は、すらりとした裸身を切なげにもじもじさせている。

ああっ、姉さん。負けちゃ駄目だ……。

自分の偶像である、姉の真澄。今、その美の神話が無残に覆されようとしている。絶望の感情とは裏腹に、しかし準一の肉茎は妖しい興奮にさらに熱化するのだ。

「すごいな、真澄。もうヌルヌルだぜ」

キスを終えたリョウは、股間にもぐらせた指先を、これ見よがしに振りかざす。それは真澄の蜜でテラテラと濡れ光っていた。

「俺のチ×ポが欲しくて欲しくて仕方ないんだろ？」

「……ウ、ウウッッ」

真澄は細い眉をキュッとたわめ、血の出るほど唇を噛みしめるばかり。

「この前の恨みを晴らすからな。弟の前で、お前の正体を晒けだしてやるぜ」

「いや……やめてェ」

女教師の緊縛された裸身が床に押し倒される。肉塊を醜くそそり立たせたリョウが、荒々しく挑みかかる。

「お願いっ。どこか他の場所にして。ここではいやっ。ねえ、リョウさん」

「フン。知ったことかよ」

弟のすぐ眼前で犯される屈辱に、真澄はブルブル震えながら抵抗する。そんな狼狽ぶりがリョウには楽しくてならない。真澄がいやがればいやがるほどに嗜虐欲は疼き、復讐心は満たされるのだ。

「遠慮しないでよがり狂うんだぜ」

すらりとした太腿を抱えこみ、怒張を押しだす。柔らかな媚肉の甘美にヌメった感触に、リョウの胸は高鳴った。

「いやっ、ああーっ……」

ひときわ甲高い絶望的な悲鳴があがった。

「へへ、へっへ。ざまみろ真澄」

ついに結合を遂げると、勝ち誇った笑いを頬にたたえて、リョウは女教師の腹の上で往復運動を開始した。

「ああ、姉さんっ」

「準ちゃん、見ないでェ。お願いよっ」

しかし準一は、ギラギラ血走った目で、愛しい姉のレイプされる瞬間を見つめていた。

3

沙絵子の身にも破局が迫っていた。

寝室に連れ戻された沙絵子は、マットの上に正座し、無垢の美しさに輝くその白い裸身を、破瓜の恐怖に激しく震わせている。

とうとう純潔を散らされるのだ。しかもこんな恐ろしいヤクザに。

さっき真澄や準一の前で、間宮の女になる、などと言ったことを深く後悔していた。ああ、なぜあんなことを言ってしまったのだろう。いっそ今ここで世界が消滅してくれないかとも願うのだ。

間宮は椅子に座り、ブランデーをうまそうにすすりながら、そんな美少女の肢体をねめまわしていた。あたかも沙絵子の処女最後の姿を、脳裏に深く刻もうとするかのように。その間宮の股間では、すでに縄を解かれた里美が、情婦そのものといった格好で吸いつき、ヌチャヌチャと淫らに口唇奉仕を行なう。

フフ、まったく、いくら眺めても見飽きないぜ……。

もう何日もこの部屋で沙絵子と一緒に暮らしているというのに、顔といい身体といい、改めて見惚れてしまうほどの美しさである。いくらかふっくらした健康的な桜色の頰。さほど大きくはないが黒目がちの潤んだ瞳。花びらのように可憐なピンクの唇。誰もが優しい気持ちになれるその清楚な美貌には、しかし深い哀しみの色が宿されている。

濡れ羽色の長い髪が、サラサラと肩先から胸のあたりへ垂れかかり、その隙間から、麻縄に厳しく緊めつけられた白い双乳と、小粒の乳首が顔をのぞかせる。

まだ幼さを残し、くびれきってはいないウエスト。少なめの繊毛。そして、ミルク色につやつや輝く肉づきのいい太腿。類い稀れな美少女、東沙絵子の、それら肉体のすべてが、今夜から完全に自分のものになるのだ。間宮は心の底から、興奮と感動を覚えていた。

自らの股間では、里美がいっときも休まず、指と舌を巧妙に使って舐めしゃぶる。シリコン瘤のついた鉛色の剛棒は唾液を浴びてすでに隆々と反りかえり、いつでも沙絵子を犯せる構えになっている。

「里美」

「はい……」

呼ばれた少女は隷従の眼差しを向けた。

「床入りの前に、少し沙絵子の身体を溶かしてやったほうがいいな」

「?…………」

「わからねえか。沙絵子とレズプレイをするんだよ。なにしろ俺の魔羅は大きすぎて、いきなりじゃアソコが裂けちまうからな」

「……わ、わかりました」

少しためらった後、里美は答えた。大きな瞳を妖しく潤ませ、床に敷かれたソファーマットにあがる。

「いや。いやよ。近づかないでっ」

沙絵子はあわてた。てっきり間宮がすぐに襲いかかってくると思っていたのだ。

「命令だもの。仕方ないわ」

感情を殺した声で言い、里美は後ろ手に縛られたままの沙絵子に、ネチネチまとわりついていく。

「ふふふ。お前たちを仲直りさせてやろうってんだよ。なあ、沙絵子、俺も案外優しい男だろ?」

細い目をギラつかせ、ブランデーをすすっては、目の前で繰りひろげられる一風変わった光景に見入る間宮。

互いにクラスメイトで今は奴隷同士、そしてまるでタイプの違う二人。かたやグラマーで濃艶な美少女が、こちらは清純そのものの美少女を、色責めする図――。それは、なんとも妖しく刺激的でエロチックな眺めだった。

「ああ……触らないで、里美さん。そんな、そんなことやめてっ」

幼い乳ぶさを揺さぶられ、沙絵子はひきつった悲鳴をあげた。同じ女性同士である嫌悪はもちろんだが、美しい真澄先生をレスボスで犯し、しかも準一を誘惑して狂わせた憎き里美である。肌にちょっとでも触れられただけで、鳥肌が立つくらい不快だった。

「いいじゃない。いろいろあったけど、私は沙絵子と仲直りしたいのよ。ね、わかって」

「いやっ。絶対にいやよ」

長い黒髪をひるがえらせ、いましめを受けた不自由な身体でマットの上を逃げまどう沙絵子。その後ろから里美が執拗にのしかかってくる。

「どうしてそんなにいやがるの？　あ、わかった。私が準一さんに抱かれたから怒っているのね。でも仕方ないでしょ。向こうがどうしてもやりたいって迫ってきたんだもの。あんな顔してあんまり激しいんでびっくりしたけど。うふふ」

けろりと言ってのけ、後ろから沙絵子の胸の隆起をユサユサ揉みたてる。

「ね、沙絵子。キスさせて」

「あ、ああっ……やめてちょうだい」

「とってもいい気持ちにさせてあげるから。ね、いいでしょ？　真澄先生だって最初はいやがったけど、すぐに悦んでくれたわよ」

沙絵子の細い首筋にチュッ、チュッと優しく口づけし、片手を下半身に伸ばしてくる。沙絵子は「ヒイイッ！」と汚辱に震え、マットの上を這いずりまわる。

「どうした、沙絵子。せっかく里美がキスしようと言ってるのに、失礼じゃねえか」

それにしても結城里美の妖婦ぶりに、間宮は改めて舌を巻いた。実業家の父を持ち、名門聖愛学園に通い、六本木界隈では知られた美少女だった里美である。それが今はどうだ。間宮たち全員と関係を持ったばかりか、女教師とのレスボスに狂い、そして命ぜられるままクラスメイトの沙絵子とも肉の関係を持とうとしているのだ。

まさかこれほど大化けするとはな。クク……。

沙絵子とは対照的に、乳ぶさといいヒップといい、美肉ではちきれそうな里美のグラマーな肢体を、頼もしげに眺めやる。

「やめてェ。里美さんっ、あ、あなた、そんな真似して恥ずかしくないのっ」

可憐な唇から、真珠のような美しい歯をのぞかせ、訴える沙絵子。

「ねえ、理性を取り戻して。昔のあなたに戻るのよ」

「フフ。昔に戻れ、ですって？」

ハーフっぽい彫りの深い顔立ちが、憎々しげに歪んだ。

「あなた、私がいったいどれくらい犯されたか知っているの？　男四人に、いえ準一さんを入れて五人ね、アソコやお尻のなかにも数えきれないほど姦られたのよ。処女のあんたに、そのつらさがわかるの？　ど、どうやって昔に戻れというのよォ」

しゃべるうちにみじめさが一気にこみあげてきたのだろう、最後のほうはすっかり涙声になった。

「……里美さん、ごめんなさい。わ……私が、言いすぎたわ」

なんといっても一番の被害者はこの里美なのだ。心の優しい沙絵子は、暴虐の嵐のなかに置かれた自分の立場も忘れ、里美の胸中を思いやって一緒に涙を流す。

4

啜り泣きながら里美が唇を寄せてきた。

「いいでしょ、沙絵子？　キスさせて」

「ああっ」

動揺した沙絵子は、一瞬ハッとなって顔をねじったものの、しつこく求められるともう拒めない。

少女たちの唇が、恐るおそる触れ合う。初めは遠慮がちだった里美だが、いったん沙絵子が舌先を受け入れてしまうと、次第に大胆な愛撫を開始する。くねくね首を振りたてながら沙絵子の口腔を淫らに舐めしゃぶり、チューッと深く舌を吸いあげる。そうしながら片手は、無残に縄でひしゃげた乳ぶさをしきりに揉みしだき、また片手はウエストから太腿をねっとり撫でさすり、やがて下腹部へ至る。

里美の巧妙な愛撫に、沙絵子はうっとり睫毛を閉ざしたまま、目もとから頬まで紅潮させ、情感の溶けた鼻息をもらしてしまう。

「好きよ、沙絵子」

「ああん、里美さん。あなたとこんなことになるなんて」

まさか親友の結城里美とこんな変質的な関係を持とうとは、夢にも思わなかった沙絵子である。粘っこく肌を揉みほぐされるうち、沙絵子の額は早くも汗を噴き、細い肩先がハアハア上下する。

「私のものになって、沙絵子」

いったん口を離して囁き、すぐまた重ねて相手の舌とネチネチじゃれ合わせる。もはや沙絵子は翻弄されるままだ。

「ね、いいでしょ？　沙絵子のあそこ、舐めたり吸ったりしたいの」

日本人形のように美麗な顔一面にキスを注ぎ、舌先を尖らせて耳の穴を執拗に責めながら、甘く囁く。

「……恥ずかしいっ。ねえ、沙絵子、死ぬほど恥ずかしいわ」

緊縛された裸身を羞恥にガクガクさせる沙絵子。その口を里美が再び吸いとり、濃厚なディープキスを強要する。

そんな美少女同士の甘美なからみ合いを、間宮は痺れきった表情で鑑賞しつつ、不気味な屹立をゆるゆる揉みしごく。

たまんねえな。どうだい、二人とも気分出しちゃって……。

ほっそりした身体に縄をくいこませ、背中までの長い髪を揺すって羞恥に悶える沙絵子の姿が、ドス黒い嗜虐欲をムラムラ燃えあがらせるのだ。

やがて沙絵子はマットの上に身を横たえさせられる。太腿を左右に大きく割られ、さらに双臀の下にはクッションを敷かれた。そうした動作を里美は実に手際よくやってのけていく。

「あ、ああ、そんなっ……」

同性の里美の前に処女の全貌を丸ごと晒す激烈な羞恥に、沙絵子は清らかな美貌から血を噴きださんばかり。そのつらさは、ある意味では、野卑なチンピラたちに肌を嬲られる以上のものだ。

「綺麗ねえ、沙絵子。本当に素敵よ。思ったとおりだわ」

しきりに感嘆の声をもらし、淡い色合いの二枚の花弁を指先でそっと押し開く。粘膜の内側にはすでに花蜜があふれ、それがトロリ、トロリと流れだした。

「ウフフ。もうこんなになっちゃって」

「……ねえ、もう許してっ。あううっ」

沙絵子の声は尻あがりの悲鳴となった。ついに里美がその部分にピタリと口を寄せたからだ。ぱっくり口を開いた清楚な花びらを、まず愛しげに舌先で掃き清める。

「おいしい」

本当にレズの気もあるのか、里美は突きだしたお尻を悩ましげに動かし、指と舌を巧みに這わせて、しゃにむにクンニ責めを開始する。

「ああ、これが沙絵子なのね」

この汚れを知らない清らかな花園も、じきに間宮の特大の淫棒をねじこまれ、ぐちやぐちゃに攪拌されるのだ。

フン、いい気味よ。どんな気持ちで私が犯されていたか、思い知るがいいわ……。そんな残忍なことを胸で呟きながら、熱心に肉層を指でかき分け、かき分け、そこに宿る樹液をすすっていく。

と、少女たちの倒錯したプレイを眺めていた間宮が、椅子から立ちあがった。

「あー、もう我慢できねえや」

ビール瓶のような肉塊をそそり立たせてマットにあがる。醜いシリコン瘤は真っ赤に膨れて、今にも破裂せんばかりである。沙絵子の顔面をまたぐ形で馬乗りになり、マットに膝を踏ん張らせると、腰を浮かせてそのおぞましい勃起を突きつけた。

「あっ、ううっ……いやァ」

「なに言ってやがる。毎晩しゃぶってるモンじゃねえか」

せせら笑いながら少女の顔を押さえつけ、その口に怒張をねじこむ。

「こいつでこれから女にしてもらうんだぜ、なあ、沙絵子。頼もしいだろ、ヒヒヒ」

沙絵子の細い眉が苦しげに歪んだ。真っ赤な顔を左右にねじるたび、艶やかな黒髪がサラリ、サラリとひるがえる。

「今夜はミルクを呑まなくていいんだよ。お前のオマ×コにたっぷり注いでやるからな。早く赤ちゃんができるといいなあ」

そんな身の毛のよだつ恐ろしい言葉を吐き、腰を沈めては浮かせ、少女の口を相手に抜き差しを繰りかえす。

下半身では里美が、薄い苞をくるりとめくってピンクの肉芽を剝きだした。ブルブル震えて閉ざそうとする太腿をしっかと抱え、剝きだしにされてわななくクリトリスを、チロチロと優しく何度もこすりあげる。

「……ンッ、ンムムム」

イラマチオされたまま沙絵子は切なげに吐息をもらす。すでに間宮によって開発された性感が、メラメラ溶けだしているのだ。

「そうかい、そうかい。早く女にしてほしいのか。へへへ。里美にマンズリしてもらったら、すぐにナマをぶちこんでやるからな」

「ググ……ングググ……」

鋭敏な花芯をチューッと強く吸いあげられた。たまらず沙絵子は、縄掛けされた裸身をブリッジをするように突っ張らせた。

肉蕾を口に含んだまま、里美は人差し指で秘苑から肛門までを微妙にいたぶる。浅瀬で軽く抽送を行なっては、蟻の門渡りをくすぐり、蜜液を塗りつけて菊座をいじる。

「ウフフ。沙絵子ったら可愛い顔して、ずいぶん濡れるタチなのねえ。すごいわよ」

沙絵子はどうにもならない官能を表現するがごとく、美麗な太腿をせわしなく折り曲げては伸ばしたりを繰りかえす。ついには剛棒を吐きだし、空気を求めるように口をパクパクさせてから、「アアン、アアン」と悩ましく涕泣をもらす。

「へへへ。処女のくせに、達し方だけは一人前なんだからよ」

間宮はニヤニヤしながら、灼熱色に火照る美少女の頬を、肉棒でグリグリ小突く。

「いやァ、もう駄目ェ……」

ひときわ激しく裸身が痙攣した。突きだされた白い喉が上下し、絶頂を告げる快楽の唸りが次々に噴きこぼれた。

5

木下真澄は、後ろ手に縛られたまま準一のすぐ眼前に横たわり、涕泣をつづけている。

弟の前でリョウに強姦された死ぬほどの口惜しさ。そして、犯されながら、二度も昇りつめてしまった情けなさに、涙がとめどなくこぼれ落ちる。

「どうだ、準一。これでお姉ちゃんがどれほど淫乱な女か、ようくわかったろう」

真澄の果汁にべっとり濡れ光る肉茎を、ティシューで拭いながら、リョウが得意満面の表情で言う。準一もシクシク泣きじゃくっている。美神の伝説が今、無残にも打ち砕かれたのだ。聞く者の性感をゾクッとこすりあげるような真澄のよがり声が、今もはっきり耳にこびりついている。

「どうする、兄貴。すぐに姦るかい？」

恨みを晴らし、すっきりした顔つきのリョウが興児に尋ねた。

本来なら、獲物の美肉を食らう優先権は兄貴分の興児にあるのだが、リョウと真澄とは例の因縁があるため、先に譲ってもらったのだ。

「へへへ。次は準一にまわしてやろう。さっきからずいぶんカッカしてるみてえだしよ」

チンピラたちは顔を見合わせ、にんまりする。この美男美女の姉弟を、畜生道に突き堕とす。そう考えただけで興奮にワクワクしてくる。

天井の隠しカメラはいつでもスタートできるようにしてある。姉弟の肉の交わりの一部始終を、ビデオにおさめるつもりなのだった。

「まずはフェラチオからやらせるか」

二人がかりで女教師を立ちあがらせる。

「いや……そ、そんな恐ろしいこと」

心臓が凍りつくような恐怖に、真澄はすっかり蒼ざめている。必死に抵抗するのだが、精を絞りとられたせいでフラフラと足下もおぼつかない。

「まだわからねえのか。お前ら奴隷には、拒む権利なんかねえのさ」

黒髪をわしづかみされ、柱を背負って座る準一の直前へ引き立てられる。

「命令したことは必ずやらせる、それが俺たちの流儀だ。逆らえば、こってりヤキを入れられるだけよ」

「ホラ。早くしゃぶらねえか。準一はさっきからピーンとオッ立てて、待ってるんだぜ」

「……あ、あんまりですっ。弟に、そんな淫らなこと、できるわけありません」

真澄はそこに崩折れて、ひとしきり憤辱の涙をこぼす。

「頼む。もう、姉さんを許してくれ。それ以上嬲るのはやめてくれよ」

「無理すんな、色ガキ。そんなにポコチン膨らませてよ」

興児にやりかえされ、がっくりうなだれる。

「どうした真澄。命令がきけないなら、つらい思いをしなくちゃならないぜ」

リョウが楽しそうに真澄の黒髪をぐいぐいねじりあげ、頬に平手打ちを浴びせる。

「あうっ……ううう」

「へへへ。可愛い弟の魔羅をこいつで切り取ってやる。見事に勃起してるからスパッときれいに切れるな」

「やっ、やめてくれェ」

陰茎の根元に再びナイフが突きつけられ、準一は顔面蒼白となって叫んだ。チンピラたちの残忍ぶりが骨身にしみており、本当に一物を削ぎ落とされる気がするのだ。

「わ、わかりました。もう逆らいません。言われたとおりに……しますわ」

真澄は全身を震わせながら告げると、奥歯をキリキリ噛みしめた。その表情には悲壮な決意がみなぎり、一瞬チンピラたちをたじろがせるほどの妖艶さが漂う。

後ろ手に縛られたまま、リョウに縄尻をとられながら、なよやかな裸身を準一の股間に沈める。

「……ご、ごめんなさいね。お姉さんを許して、準ちゃん」

「姉さんっ。そ、そんな……」

しかし言葉とは裏腹に、準一のそれは、妖しい期待にぷっくり膨れあがっている。

ああ、姉さんが、俺のモノを舐めようとしている……。

雪白の裸身を揺すって、垂れかかる髪を後ろへ払いあげ、とうとう真澄は準一のそれに唇を近づけた。しかし、いざピーンと反りかえった肉茎に触れると、「アアン」と泣くような喘ぎをこぼし、躊躇する。

教師でありながら、実の弟に淫らな愛撫をするなんて……。

激しい罪悪感が身を貫いた。

「オラ！　焦らすんじゃない。地下室で俺を狂わせたみたいに、ペロペロやってみろ」

「ウウッ……許して、準ちゃん」

まずチュッ、チュッと胴体に口づけし、それから桃色の舌を差しだして、ゆっくりと舐めさすりはじめる。

「姉さんっ。駄目だよ。あ、ああ」

準一が呻いた。唾液にしっとり濡れた真澄の舌が、ユラユラ肉棒を這いまわるその快感ときたら。東原にこってり仕込まれただけに、真澄のフェラチオは、性感のツボを充分心得たものだった。唾液をたっぷり吐きかけ、また吐きかけ、それを弓なりに沿ってゆるやかにまぶしこんでいく。

「まったく、うまいもんだよな」

興児はすでにカメラをスタートさせており、リョウに意味ありげに笑ってみせる。

「どうだ、真澄。弟のチ×ポの味は。他の男とは違うかよ」

美貌の姉が、愛する弟へ、禁断のフェラチオ奉仕にふける。その凄艶な光景が興児たちの胸をキュッと緊めつけるのだ。

肉の胴体をひとしきり舐めしゃぶると、真澄の舌先は、今度はカリ首のくびれや縫い目のあたりを重点的に舐めまわす。そうしながら「アフン、ウフン」と官能の吐息をこぼすのだ。

「あ……ああ、姉さんっ、もういやだよ」

「ごめんね。ごめんね、準ちゃん」

「……ウムムムッ」

準一の唸りが切羽つまってきた。王冠部からは透明な液がピュルピュル噴きあげ、それを真澄は「ウフン、ウフン」とおいしそうに舌先ですくいとる。

「へへっ。ずいぶん姉弟仲のよろしいことで」

生唾を呑みながら興児が野次を飛ばす。

「沙絵子が見たら、さぞ妬くことだろうな」

「沙絵子なら今頃、間宮さんのデカいの突っこまれて、それどころじゃねえよ」

真澄は甘い吐息とともに、首を振りたてながら、ゆっくり根元近くまで呑みこみはじめた。それから口腔全体を使ってキュッキュッと、しごいてやる。準一の顔面はもう真っ赤で、太腿がピクピク痙攣を見せている。

「ようし。それくらいでいいだろ」

リョウが縄尻をたぐり寄せた。濃厚な奉仕を物語るように、真澄のワンレングスの黒髪はもうぐしゃぐしゃで、冴えた頬は桜色に上気を見せている。

「お次は、本番といこうか」

「アア、いやよォ。ねえ、お願いです。もうこれで堪忍してください」

「ここまできてオロオロするな。へへへ。近親相姦ならフェラチオもオマ×コも一緒じゃねえか」

「準一は爆発寸前なんだぜ。お前の身体で受けとめてやれよ。なあ真澄」

二人がかりで真澄を、準一の膝上にまたがらせにかかる。

「弟と、そんな関係をもつなんて……ああ、ねえ、わかって」

そんな真澄のうろたえようは、しかし野獣たちの興奮をかきたてるばかりだ。

無理やり準一の上にまたがせると、片方ずつ真澄の太腿を抱えた。真下でそそり立つ準一の肉棒に狙いをつけ、少しずつ真澄の裸身を沈めていく。

「ヒイイッ！」

汚辱感に気も狂わんばかりの真澄。徐々に準一のそれが姉の秘裂に迫り、運命の瞬間が近づく。

「姉さんっ。ウウッ、どうすればいいんだ」

「準ちゃんっ。わからない……うああ……」

ぱっくり口を開いた秘肉に、弟の先端を感じとり、真澄の身悶えは極限まで高まった。

「キャア!」

「ああ、姉さん」

「うっ、ううあぁ」

ついに、刺さったのだ。真澄の身体が沈むたび、少しずつ肉棒が体内に埋めこまれていく。

「やった、やった。へへへ。とうとう姉弟、仲よくつながったぜ」

汚辱の淵で、発狂寸前の真澄たちを尻目に、淫鬼たちは高笑いを浴びせた。

第十六章　媚びる！

1

「うっ……いやっ！　いやぁぁ！」

「ああ、姉さんっ。ど、どうしようっ」

姉弟は、瓜ふたつの端整な顔立ちを、互いに火を噴かんばかりに真っ赤に染めて憤辱にわななないた。が、抗えば抗うほど、少しまた少しと、粘膜と粘膜のこすれ合いが深く確実なものになっていく。

「大袈裟な声出すんじゃないよ。まだ先っぽが入っただけだろ」

「お前ら、姉弟でファックできて、うれしくてたまんねえくせに。けっけ」

縄つきの哀れな姉弟を、傀儡師よろしくあやつる興児たちは乾いた声で笑い合う。

柱を背負った準一は、長い脚を前へ投げだして座らされており、その上をまたいで真澄が腰を沈める。縄尻をとるリョウが、真澄の肩をつかんでグイッグイッとさらに深く身を沈めさせた。

「ソラ、ソラァ。可愛い弟のチン×ン、思いっきり咥えてみろよ」

真澄に頭をかち割られた恨みを持つリョウは、是が非でも近親相姦を完遂させたいらしい。

連結が一段と深まった。血を分けた愛しい弟の熱く逞しい砲身が、ズブズブッと禁断の秘宮にメリこむ。「アウンッ、アアウウ」と、真澄は理知的な美貌をぐしゃぐしゃにして狂ったように泣きわめいた。

「おうおう。刺さってる刺さってる」

興児が真澄の後ろにしゃがみ、連結部をのぞきこんだ。

白磁の美しいヒップを割って、準一の赤黒い屹立が下からズブリと急所を抉っているのだ。聖愛学園の美人教師、木下真澄が、ついに畜生道に堕ちた瞬間であった。

「くくく。社長がこの姿を見たら泣いて喜ぶだろうなあ、リョウ」

「へへへ。後でビデオを見せてやろうや」

「あああっ。こんな、こんなァァ」

真澄の、喉もつぶれんばかりのすさまじい絶叫。ついに根元まで挿入されてしまったのだ。麻縄の巻きついた雪白のなよやかな裸身がブルブル震え、そのたびに勢いよく汗がほとばしる。

準一の狼狽もすごい。まるで湧き起こる激痛をこらえるようにきつく奥歯を嚙みしめ、「ウン、ウウン」と重い唸りをもらす。感じてはいけない、いけない、と猛り狂う分身に必死で言い聞かせているのだ。勃起がおさまりさえすれば、姉と交わるこの色地獄から逃れられる。

しかし一物はしぼむどころか、実姉の悩ましい媚肉の感触にますます熱化するばかり。

くそ、なぜだ……なぜなんだ……。

「どうだ、準一。お姉ちゃん、いいマ×コしてんだろ」

「……や、やめろ。もうやめてくれ。頼むよォ。お願いだ」

弱々しい哀願を繰りかえす。

確かに、真澄のそこはこのうえなく甘美だった。トロトロに熱く練れた肉襞の一枚一枚が、素晴らしい収縮力を示して肉棒全体をキュッキュッと包みこむ。ついその魔力にひきずりこまれそうになり、準一はまた奥歯を思いきり強く嚙みしめた。

「へへへ。お前、本当はこうしてお姉ちゃんと姦りたかったんだろ。だからチ×ポそんなにオッ立ててやがるんだ。もっともこんな美人の姉貴なら無理もねえけどよ」

準一の頭を小突きながら興児が愉快げに毒づく。あさましい心の奥をのぞかれたようで準一はもう姉と合わせる顔がない。

「こうなりゃ割りきって、姉弟仲よく一緒に天国へ昇るんだな」

「そうそう。どうせならうんと楽しまなくっちゃ」

リョウが真澄の乳ぶさを握り、たぷたぷ揺さぶる。と、いやでも真澄の裸身が、弟の膝の上で上下しはじめた。

「ヒッ、ヒイイ」

「あっ、あっ、姉さん……」

ただ粘膜を擦り合わせているだけでも死ぬほど気持ちいいのに、本格的な往復運動が開始されてはたまらない。準一は激烈な快美感に白目を剝いた。さっき里美を相手に一発放っていなかったら、とうに噴射してしまったろう。

「準ちゃん、も、もう私……どうしていいか、わからない」

途切れ途切れの真澄の喘ぎ声は、準一ばかりかチンピラたちの情感をも擦りあげるほどに艶っぽい。

「二人ともだいぶ気分出てきたじゃないか。ソラソラ」

リョウは満悦至極である。女教師の形のいい双乳をねちっこく揉みつづけながら、肩をグイグイ揺さぶっては、さらに淫靡なピストン運動を姉弟に強要するのだ。

2

やがて姉弟の接合部から、ヌンチャ、ヌンチャと、卑猥きわまる音が響きはじめた。

「どうだろ、マン汁が弾ける、このすけべな音」

「いやだねえ。この女、これでも教師かァ?」

「う、ううっ……」

真澄の美しい双眸からぽろぽろ涙が流れだす。気も狂わんばかりのおぞましい肉の交わりを強要されながら、蜜液をドロドロに分泌してしまう自身の肉体が呪わしかった。

「あー、すげえや。ケツの穴までグッショグショでやがんの」

背後から興児が、双臀の亀裂をまさぐってきた。

「へへ、間宮さんに貫通してもらったここが、ヒリヒリ疼くんじゃねえのか、真澄?」

「い、いやああ……そ、そこ、触らないで」

菊座をコリコリ嬲りまわされ、真澄の身悶えが異様なほど高まる。

「あれまあ。こんなに穴がひろがっちゃって」

すでに間宮の巨根で一度犯された肉蕾は、軽い愛撫でたちどころに口を開いて、興児の中指を咥えこんでしまうのだ。

「ほほう。どんどん入るぜ」

「いやっ。触らないでェ」

気の狂いそうな責め苦であった。興児の指はズボズボと容赦なく尻の穴を抉り、ついには根元近くまで埋めこまれる。それればかりではない。縄で根こそぎ絞りだされて鋭敏になった双乳を、リョウが執拗に握りつかんでは揉みにじる。そして女の急所には、深々と準一のものが突き刺さって、荒々しい律動を送りこむのだ。

「いや！　死んじゃうゥゥ」

「姉さん。しっかり……しっかりするんだ」

ポロポロ大粒の涙をこぼし、準一が呼びかけた。いつも理知的で美しい姉の、そんな落花無残の姿を見るのはたまらなくつらかった。しかし、その準一にしても性感ぎりぎりまで追いつめられている。真澄のその部分は、たとえようもないほど甘美にキユルキュルと肉棒を緊めつけてくるのだ。

ああ、姉さん。もう……たまらないよ……。

白桃のような乳ぶさをチンピラに揉まれ、目の前で悶えのた打つ真澄の姿の、なんと悩ましく妖艶なことだろう。下半身全体がジンジン痺れきり、亀頭からは大爆発の予兆を告げる分泌液が姉の胎内でひっきりなしに噴きあげている。

「ア、アアン……アンンン」

真澄の喘ぎが、今やはっきりよがり泣きに変わってきた。そして準一も嚙みしめた唇の端から「ウムッ、ムム……」と快感の吐息をもらす。

「こいつ、とうとう弟相手に腰を使いはじめやがった」

執拗にアヌスをいたぶる興児が、クイックイッと卑猥に円運動をはじめた真澄を見て、片頰を歪めた。弟と結合しながらチンピラ二人にも美肉をねちっこく溶かされ、とうとう切羽つまったところまできたらしい。

「準ちゃん、姉さんを、いけない姉さんを……許して」

喉を反らせ、見事な白い歯並びをのぞかせながら、弟に繰りかえし謝る真澄。

「好きだ。好きなんだ、姉さんっ」

「ああ、準ちゃん、私もよ。私も……準ちゃんが好き」

美貌の姉弟は、熱っぽく潤んだ眼差しで互いに見つめては、甘く囁き合う。

「へっへへ。感動的な愛の告白がすんだところで、キスしてみろよ」

リョウは真澄の黒髪をつかんで、準一と顔が触れ合うほどに近づけさせる。

「なあ。実の弟とベラ嚙み合うようなディープキスをするんだ」

「い、いやです！」

緊縛された真澄の裸身がピーンとこわばり、顔を懸命に横へねじってそれを避けようとする。が、準一のほうが誘惑に負けてしまった。柱を背負ったまま、首を伸ばして強引に姉の唇を吸いとってしまったのだ。

「ング、ンググ……」

真澄の喉奥でくぐもった声が発される。

ああっ、弟とキスまでするなんて……。

積極的に動きまわる準一の舌をとまどいがちに受けとめながら、真澄は罪悪感におののいた。不思議なことに、身体をつながらせているよりも、舌と舌を吸い合うことのほうが、より背徳の意識が強かった。だがそんなためらいも一瞬で、互いの唾液をすすり合ううちにクラクラと頭の芯まで痺れきってくる。

「こりゃ『ユメイヌ』のいい見世物ができたな、兄貴」

「ああ。二人ともよく似た美男美女だから、客もすぐに近親相姦だって信じるさ。ショーの時にゃ、真澄の身分証と準一の学生証を印刷して配ってもいいな」

聖愛学園の美人教師とその弟の相姦ショーとなれば、大評判になること請け合いだった。チンピラたちのそんな恐ろしい言葉も聞こえぬげに、真澄と準一は、何度も顔の向きを左右に入れ換え、頬を真っ赤に火照らせながらチュウチュウと濃厚なキスを繰りかえす。

何分間かして、真澄の鼻先からもれる吐息が、甘ったるい感じから、獣の唸り声のように変化してきた。いよいよクライマックスが近づいたらしい。なおもねちっこく女教師の乳ぶさを揉み抜くリョウと、アナル責めに耽る興児は、顔を見合わせににんまりした。

「いやァァ。準ちゃん、もういやよォ」

弟の唇をふりほどき、白い喉を突きだして泣き叫ぶ。桜色に染まった裸身がブルブル震え、だらしなく開いた口から涎れが滴る。

「もォ……駄目ェ」

「姉さんっ」

「イ、イクゥゥ」

スーッと力が抜け、後ろへ倒れかかる。その身体をリョウが受けとめた。ひときわすさまじい膣の収縮ぶりに、我慢に我慢を重ねていた準一も自失を迎える。

「あ、ああっ……出ちゃう。出ちゃうよっ」

柱に頭をゴンゴンぶつけ、絶叫した。

「姉さん、ごめんっ。あ、ああ」

「ヒイイッ」

ついに準一の精液が、激しく膣壁に浴びせられるのを感じ、真澄は絶息するような呻きをもらした。

3

真澄と準一が禁断の愉悦を貪っている頃、西棟の寝室では沙絵子が、いよいよ運命の瞬間を迎えようとしていた。

結城里美とレスボスの関係を結ばされた沙絵子は、マットの上に横たわったまま、荒い息を吐いて快楽の余韻に浸っている。縄でひしゃげた幼い胸乳の谷間にヌラヌラと汗が発光し、プレイの間、間宮の一物をしゃぶらされていたピンク色の愛らしい唇のまわりは、唾液でベトベトだ。

その少女の股間に、これから身をひとつにするべく間宮拓二が筋肉質の裸を忍びこませていた。シリコン入りの醜悪な肉塊が処女の生血を求めてそそり立つ。

二人のすぐ横に里美がいた。

沙絵子の清らかなクレヴァスから鮮血が流れだすのを待ち侘びて、目をランランに輝かせている。清楚そのものの沙絵子の花園に較べ、肉瘤つきの間宮の一物はあまりに巨大で、それを受け入れた時の沙絵子の激痛を思うと妖しく胸が高鳴る。

「ウヘヘ。もう俺の女になる準備はばっちりだよな、沙絵子」

「……………」

もうすべてを諦めきったのか沙絵子は、閉じ合わせた長い睫毛をわずかにしばたたかせるだけ。そのスラリとした太腿を両手で抱えこみ、間宮は、淡い繊毛に縁どられた秘宮に狙いをつける。里美の巧みな淫戯でそこはすでに果汁をたっぷりと含み、充血した花弁は最後のとどめを待つごとく外側へめくれかえっているのだった。

間宮は不気味な薄笑いをたたえ、蛇のように舌をチロチロさせて乾ききった唇の上下を舐めさすり、しばし秘苑に見惚れる。それから視線を沙絵子の可憐な美貌に向け、その決定的瞬間の少女の反応をくまなく瞼に焼きつけようとするのだ。

聖愛学園の校門で初めて沙絵子を見かけて以来、この時をどれほど待ち望んだことか。感激を最高のものにするために、キュウキュウ夜泣きする魔羅をなだめすかし、破瓜の儀式を延ばしに延ばしてきた。そして今、すべてのお膳立てが整い、最後の仕上げをする瞬間を迎えたのだ。

「あ……」

ツルツルとして、それでいて異様に硬い先端部が入口に押し当てられた。さすがに恐怖がせりあがったのだろう、沙絵子は抒情的な黒目を開いて、声をもらした。あてがわれた枕の上で、細腰が浮き立つ。そうはさせじとその太腿を引き戻し、間宮は腰を前へ送りこんだ。

「いや！」

小さく叫び、髪をひるがえらせて横へねじった顔は、もう快感の名残りも見せずいつもの泣き虫の表情に戻っている。

「一度だけ我慢するのよ、沙絵子」

妙にはずんだ調子で里美が話しかける。

「ね？　あなた意外とおマセちゃんだから、二度目からは間宮さんのコブコブが大好きになるわ」

艶のある長い髪を梳いてやりながら、わざと少女の恐怖を煽る言葉を吐く。

「覚悟はいいな、沙絵子」

「ウッ……ああ、痛い……」

ついに秘唇に押し入ってきた。沙絵子は少しでも痛さから逃れようと、黒髪をユサユサさせ、顔を右、左へ輾転とさせた。

間宮はへらへら笑い、美少女の苦悶のさまを楽しんでいる。一気に突き破るつもりはなかった。下校途中の女学生を草むらに押し倒して強姦するのとはわけが違う。少しも焦る必要などない。少しずつ、ハメては休みハメては休みし、骨の髄までこの運命的なセックスを堪能するつもりなのだった。

「そらそら、我慢しろよ」

「ヒイィィ!」

沙絵子が身をよじり、また新たな悲鳴を絞りだした。

「おいおい。今からそんなに痛がっちゃ、先が思いやられるな」

「ほんと。まだ先っちょしか入ってないのに」

連結部分を熱心にのぞきこむ里美もクスリと笑った。おぞましい肉瘤はまだ埋めこまれていない。アレが処女膜を突き抜け、膣壁をぐりぐりこすりはじめたら、いったいどれほど沙絵子はもがき苦しむことか。セックスの経験を積んでいた自分でさえ、生肉を千切り裂かれるようなショックを感じたのだから……。そう思うとゾクゾクする陰湿な歓びが湧いてくる。

そうしてしばらく浅瀬でチャプチャプ戯れたのち、間宮は尻肉をすぼめて力強く一突き、二突きと送りこんだ。沙絵子の顔色が変わった。

「ウグ……や、やめてっ！　お願い、間宮さん」

脳天まで貫く激痛。今までの痛みなどほんのご愛嬌にすぎないことを、いやというほど思い知らされるのだ。

「あ……うう、準一さん。助けてェ」

「チッ、まだあんな野郎が忘れられねえか。準一はな、今頃お姉ちゃんとファックの真っ最中だよ」

「嘘です。嘘だわ！」

中心部を襲う激痛にのた打ちながら、泣き濡れた瞳でキッと挑むように間宮を睨みつける。

「ようし。嘘か本当か、おい里美、テレビをつけろ」

モニターテレビのスイッチが入り、リビングの様子が映しだされる。

「ボリュームをあげるんだ」

縛られて横たわる沙絵子にその画面は見えなくとも、よがり声を聞かせてやれば充分だろうと間宮は思った。

〈アフン、ウフン……〉と男女のなまめかしい息づかいがテレビから響いた。

〈準ちゃん、姉さんを、いけない姉さんを……許して〉

〈好きだ。好きなんだ、姉さんっ〉

〈ああ、準ちゃん、私もよ。私も……準ちゃんが好き〉

耳に飛びこんできた会話の意味を、沙絵子は一瞬理解できない様子だった。まさか木下真澄姉弟が、そんなおぞましい交わりをもつとは到底信じられないからだ。が、その淫靡きわまりない吐息や、甘ったるい愛の告白はまぎれもなく真澄と準一の声であり言葉であった。

「へっへへ。どうだ、聞こえたか。あの女たらしめ、里美のお次はテメエの姉貴を犯してやがる。お前もとんだ悪党に惚れたもんだよな」

息のつまる衝撃に、沙絵子はただ口をぱくぱくさせるばかり。

「あらあら。あの二人、ぴったりつながったまま、今度はディープキスをはじめたわ」

「準一の唾をうまそうに呑んでらァ」

間宮と里美は、ショックを受けた沙絵子の様子にニヤニヤ顔を見合わせ、またモニターを見やる。

「あれが私たちの先生だったなんて、もういやんなっちゃう。ねえ、沙絵子」

激甚なショックを嚙みしめている沙絵子に、楽しげに語りかける里美。

「準一さんって、結構テクニシャンなのよ。ウフフ。私、本気でイッちゃったもの」

そう言いながら、かつての親友の幼い乳ぶさをゆるゆる愛撫しはじめる。これで木下真澄も準一も、それに目の前の沙絵子も、みんな自分と同じ性の奴隷に成り果てた。もう私ひとりだけがつらい思いをする必要もなくなったのだわ……。

男四人に、身体中の穴という穴へ体液を浴びせかけられた恥辱の日々を想い起こし、里美はうっすら瞳に涙を滲ませた。今度は沙絵子や真澄があの地獄を味わう番なのだ。

「こうなったら、こっちも思いきり楽しもうや。なあ沙絵子。この俺がみんな忘れさせてやるから」

「う……うう」

啜り泣く沙絵子をゾクゾクする思いで見つめながら、間宮は腰を動かしはじめた。

4

ぴっちり閉じ合わせた肉襞を強引に引き裂き、傷つけながら、間宮拓二の巨根がずんずん埋めこまれていく。

沙絵子はもはや悲鳴をあげる気力もなく、苦しげに喉をぜいぜい鳴らすばかり。少し休んではまた一歩また一歩と、間宮の肉棒が道を進むたび、美しい眉だけがピクリと歪んで反応を見せる。

そんな二人の変質的な交わりを、里美が興奮しきった顔つきで凝視しながら、淫らに自慰にふける。

間宮は、体中にぴりぴり走る悦楽の電流に、頰をほころばせていた。狭隘な肉路の心地よさはもちろんだが、精神的にも肉体的にもズタズタにされた沙絵子の、切なげな表情や姿態がたまらないのだ。

これでこの女も完全に堕ちた。純潔を失い、さらには心の拠りどころまで失っては、もうこちらの言いなりになるしかないだろう。まだ本人は知らされていないが、東京へ戻ったら、聖愛学園の優等生としてではなく、清艶な娼婦としての新しい生活が待っている。これからは教科書を開く代わりに、『ユメイヌ』の上客相手に腰を振るのが日課となるのだ。

「いい子だ、いい子だ。もうあと少しで根元のほうまで入るよ。そうしたら沙絵子は完全に俺のものだ。ウヒヒ」

およそ顔と似合わぬ奇妙な猫撫で声を出し、美少女の可憐な胸の隆起を握りしめた。と、上下を緊めつける麻縄がずれて、胸のまわりの雪肌にくっきり刻まれた赤いギザギザが浮かび、間宮の胸はジンと痺れた。あたかもそれは奴隷の刻印のようだった。すべすべと美しい肌にむごく刻まれた赤い縄跡。それが消えることはもうおそらく二度とあるまい。

「……あ、あうう」

絶望に打ちのめされていた沙絵子の口から、久しぶりに呻きがもれた。

「血よ、間宮さん」

脇から里美がうわずった声で言った。

抜き差しする己が肉棒を見やると、愛液を浴びてテラテラ輝く砲身に、かすかに赤い色がまじっている。少女の太腿を持ちあげ、さらに股の奥をのぞく。薄くサラサラした赤い血が、花弁からアヌスのほうへゆっくり流れ落ち、マットに丸い染みをつくっている。

「へっへ。とうとう処女膜を破ったな」

愛らしい二枚の花びらを割って、ズブリと田楽刺しに急所を貫く自分の肉棒を頼もしげに眺め、その結合部からしたたりつづける破瓜の血に、満足げにうなずく間宮。

「よかったわね、沙絵子。これであなたも準一さんに復讐できたじゃない」

「……ウッ……ウウウ」

「馬鹿ね。泣くことないわ。最初が間宮さんみたいに頼もしい人なんて、すごく幸せなことなのよ」

すっかり情婦になりきった里美は、泣き濡れた沙絵子の美貌にチュッ、チュッとキスを注ぐ。

「なかなかいいこと言うじゃねえか、里美」

間宮が相好を崩した。

「俺のイボ魔羅で女にされたら、もう一生離れられなくなるぜ」

そう言って自分の言葉に興奮したらしく、少女の乳ぶさをさらに激しく揉みにじり、最後の道のりを一気に貫いた。

「うりゃあ」

「ヒッ！」

沙絵子の身体が弓なりに反って、ガクガク痙攣をみせ、それを間宮と里美が二人がかりで押さえつける。

「あら。また血が流れてる。すごい血だわ。どこか傷つけたかしら」

おびただしい股間の出血を眺め、さして気にするふうもなく里美が呟く。

「いやああ。もう……もう、いやあっ」

根元までぴっちり埋めこまれ、そこで沙絵子は狂ったように叫びはじめた。腰までの長い髪が光沢とともにひるがえり、里美や間宮の鼻先をくすぐった。

「死んじゃう！　里美さん、助けて」

本当に殺されると思った。肉のひと突きごとに臓物まで突き破られそうな衝撃なのだ。

こんな……こんな野卑なヤクザに犯され、死ぬなんて……。

あまりのみじめさ、あまりの哀しみに、心臓がキイキイ軋む音すら聞こえてくるようだ。

「ウフフ。安心なさい。セックスしたくらいで死にはしないわ」

マットをズリあがろうとする沙絵子の肩先をしっかと押さえつけ、冷酷に言い放つ。

「フーッ。ようやく貫通したな。きつきつのいいオマ×コしてやがら。後はドバッと発射するだけか」

間宮は会心の笑みをもらしつつ、ゆっくり反復運動に入る。往きつ戻りつするたびに少女の秘肉が悲鳴を発して抵抗するのが感じられた。それでも何度かピストン運動を行なううちに、根こそぎ粘膜が押しつぶされて、降伏でもするように肉棒に甘えからみついてくるのだ。

「ウウッ。こりゃたまらねえ」

さすがの間宮も、一気に絶頂へ近づいた。肉の快感だけならいくらでも辛抱できる。けれども、一生に一度の哀しみを味わう沙絵子の艶美な姿態が、情欲の炎を燃えあがらせるのだ。容赦なくズッコンズッコンと激烈な抽送を繰りかえす。どれほど相手が激痛に泣きわめこうが知ったことではなかった。

すげえ。こりゃ最高だ……。

剛棒がさらにひとまわり膨れあがるのを、はっきり感じた。少女の粘膜が悲鳴をあげた。間宮の口もとに陶酔の笑みが浮かんだ。

「キャアアア」

子宮の底に生温かいものが、ピュッピュッと浴びせられるのを感じた瞬間、沙絵子はそのまま気を失った。

第十七章　捧げる！

1

　東原尚文は、六本木にある秘密クラブのモニタールームに座り、間宮からの報告を電話で受けていた。素っ裸である。足下には、やはり一糸まとわぬ姿の元社長秘書、赤井響子がひれ伏して、足の指を一本一本、丹念に舐めしゃぶっている。

『……真澄の奴、準一にたっぷりとフェラチオ奉仕してから、いよいよ本番をオッぱじめましてね。へへへ。あげくにゃ姉弟揃って仲よく往生したらしいですよ』

　極上のブランデーをすすりながら、電話の間宮の報告に満足げにうなずく。

　あの女教師も、とうとう畜生道に堕ちたか。ざまあみろだ。俺に盾つくと、どんな恐ろしい目にあうか、さぞ骨身にしみたことだろう……。

猛禽類のように鋭いその目はしっかりモニターに注がれて、娼婦たちの仕事ぶりを逃さずチェックしている。

『今は、興児とリョウが二人でからんでます。ええ、前と後ろの穴を同時に、ね。聞こえますか、社長。すごいよがり声でしょ』

受話器の向こうから、それが木下真澄のものとは信じられないくらい下品で卑猥な喘ぎ声が〈ウウン、ウウム〉と響いてくる。

「あの女、これほどモロいとはな」

『やはり、しょっぱなに社長の精神棒をこってりと注入されたのが効いたんでしょう』

「馬鹿言え」

そうは言ったもののまんざらでもない。捕らえてから数日間、薄暗い地下室で昼も夜もなく凌辱し抜いたことで、あの気位の高い女教師の精神も肉体も、すっかり生まれ変わってしまったのは間違いないのだから。

真澄もいずれ近いうちに、今、自分の足指を鼻を鳴らして舐めしゃぶっているこの響子のような、本物のマゾ奴隷になるのだ。

「東沙絵子の水揚げもすんだのか?」

『ええ。お蔭さまで』

美少女の柔肉を骨の髄まで堪能したのだろう、間宮の声はやけに明るい。

『ぶっつづけに三発やりましたよ。最初の射精ではあまりのショックに気絶しちまって、こっちも少しあわてました』

「そりゃそうだろ。いきなりお前のデカ魔羅の相手をさせられたんじゃ」

『しかし意外に順応性があるんです。三発目はもう痛みにも馴れたらしく、けっこう色っぽい声で泣いてくれまして。へっへへ。社長がこちらへ戻ってこられるまでには、ちゃんと一晩中お相手が務められるように仕込んでおきます』

「いや、俺はもうそっちへ行っている暇はないんだ。長いこと留守をしすぎた。新しい組織をつくる段取りもぼちぼち進めなきゃならんし……」

今回手に入った三人の女たちに、秘書の稲本麗子を加えて、最高級の売春クラブを新たに設立する腹づもりなのだ。

東沙絵子、結城里美、木下真澄、稲本麗子――。それぞれタイプの異なる四人の絶世の美女たち。しかもみな知性と教養があり、品格も申し分ない。真のエグゼクティブ相手の高級娼婦としてうってつけである。

東原はそこで、唾液をまぶしては舌をねちっこく這わせて、一生懸命に自分の足指から土踏まずまでを舐める響子を見おろした。

この女は、ここに置いておこう……。

しっとり落ち着いた優艶な若妻のイメージで人気抜群の響子が抜けたら、『ユメイヌ』の売りあげに響く。それに、この女はもう娼婦の垢がこびりついている。荒淫のあげくすでに身体の線が崩れはじめた響子の二十九歳の裸体を、冷酷に眺めまわした。

とにかく響子は姦られまくったのだ。まだ社長秘書をしている頃に東原がたっぷりとその精を吸いつくし、つづいて間宮が調教という名目で嬲り抜いた。そして『ユメイヌ』にデビューしてたちまちナンバーワンとなり、ここ数カ月の間、毎日といっていいくらい何人もの客と寝つづけてきたのだから。

もっとも新しい四人の女たちも、遅かれ早かれいずれは響子のように娼婦特有の淫蕩な匂いが肌にこびりつくのだろうが。

「思ったよりことがうまく運んだし、そっちは早めに引き払ったほうがいいかもしれん。二、三日のうちにな。ところで準一とかいう若造はどうなんだ。チクられる心配はないのか?」

当初は、二週間まるまる別荘にこもって女たちを徹底的に調教する予定でいたが、そこまで順調に万事進んだのなら、なにも別荘に居座って危ない橋を渡ることはない。

問題は、監禁を解かれて真澄の弟が、警察へ訴えたりしないかどうかである。

『準一なら心配ありませんや。真澄との近親相姦をばっちりビデオに撮られてるし、なにしろこっちに来てからというもの、たてつづけに強烈なオマ×コして、すっかり色呆けになってますから』

秘密クラブの客室を映すモニターのなかに、稲本麗子が現われたので、東原はそこで電話を切った。

「響子。あれがお前の後輩だぞ。フフフ。若くてすごい美人だろう」

もう何十分もの間、舐めつくされて、ヌルヌルと唾液だらけの爪先で、女の顎を邪険にしゃくった。

「娼婦として今夜がお披露目だ」

「あんな美しいお嬢さんまで……お可哀相に」

顔を起こして画面を見ながら、すかさず手を伸ばしてきて、黒ずんだ勃起を指でゆるゆる揉みしごく。

「どうだ、緊張でこちこちになっておる。お前もああして初めて客を取った夜を思いだすんじゃないか」

熟れに熟れた豊満な胸乳をタプタプと揺さぶり、東原は意地悪く尋ねた。

「ああ、もう昔のことはおっしゃらないで」

「あの稲本麗子も、これから毎晩、ドすけべな変態客とオマ×コするうちに、この仕事が大好きになる。お前みたいにな。ハハハ」

チリチリの縮れた繊毛が濃いめに生い繁った響子の股間を、爪先でいたぶる。そこはもう淫汁にぐっしょり濡れていて、響子はポウッと端整な顔を染め、悩ましげに腰をくねらせるのだ。

2

稲本麗子の娼婦としての最初の客は、倉持という四十代半ばの高級官僚だった。

緊縛マニアや、女の血を見なければおさまらないサディスト、それに下着フェチや制服フェチなどどれも変態揃いの『ユメイヌ』の客のなかにあって、珍しく倉持は正常な性的嗜好の持ち主である。ただ容貌が異常なだけだ。

まず無毛症で、頭のてっぺんから爪先まで体にひとつも毛が生えていない。おまけに中肉中背の体に比して、顔が異様に大きいのだ。極端な話が三等身ほどにしか見えない。加えて目は強度のやぶにらみだった。

そんな容貌が災いして、いまだ女に愛されたことのない倉持は、『ユメイヌ』にやってきて、娼婦を相手に恋愛ごっこをする。自分がどれだけ魅力にあふれ、いかにもてる男かを娼婦の口から言わせて、それで性的興奮を覚えるのだ。

「……そうかい。君はそんなに僕のことを思っていてくれたのかい」

「え、ええ。ずっと前から……お慕い申しあげておりました」

向かい合っているだけで全身に鳥肌立つほどの醜男を相手に、麗子は、心にもないセリフを言わされた。

あらかじめ倉持の用意した筋書きが渡されてあった。会社の上司に、つのる愛を告白するOL、というのが麗子に与えられた役まわりである。清楚なOLらしい服装をというリクエストなので、純白のブラウスにシンプルな水色のプリーツを着ている。

「それでいったい、僕にどうしてほしいと言うんだい、水野君」

水野という女性が倉持のマドンナらしかった。

「はい……あのゥ……」

あまりに馬鹿らしくて麗子は口ごもった。しかし東原社長や間宮に、客の命令には絶対服従しろと言い渡されてある。それに接客の一部始終はモニターで監視されているのだ。万一、客の不興を買ったり不手際があった時は、恐ろしい折檻が待っている。

こみあげる嫌悪感を押し殺し、麗子は次のセリフをしゃべりはじめた。

「ご迷惑でなければ……一度でいいから、キ、キスしてほしいんです」

耳たぶまで赤く染めている麗子の、現代風に冴え冴えとした美貌を、倉持はやぶにらみの目で熱っぽく見つめている。

「それが、夢だったんです。どうかキスだけでもお願いできませんか」

「うむ。困ったなあ……君も知っているように、僕には婚約者もいるしねえ。まあ他ならぬ水野君の頼みだ。仕方ないからキスぐらいはしてあげてもいいよ」

倉持は芝居がかった口調で言うと、いきなり麗子のくびれた腰をグイッと強く抱き寄せた。無毛症そののっぺりした顔が近づくと、麗子の身体はガクガク震えた。

倉持は、年の割りには高校生のようにおどおどしながら、舌先で麗子の口腔をまさぐった。やがて麗子が甘い鼻息をもらし、舌をからませてくる。初めは遠慮がちだった倉持は、「ウウッ、ウムムッ」と熱い呻きをこぼし、麗子の舌をさらに深く吸いあげながら、右手で麗子の胸をまさぐった。

清楚なブラウスの下でブラジャーに固く包まれた肉丘は、意外なほどの手応えをかえしてきた。倉持はツルツルの頭を真っ赤にしながら隆起を愛撫し、その弾力を堪能するのだ。

「ああっ、う、うれしいわ」

ようやく唇をふりほどいた麗子は、肩を大きく喘がせ、呟く。

「いいんだよ、水野君。今日は特別だ。もっと僕に甘えてごらん。次はなにをしてほしいんだい」

チュッ、チュッと麗子の綺麗な頬に口づけしながら、すっかりその気で告げる。

「あの……軽蔑なさらないでほしいんですけど……私、倉持さんにヌードを見てほしいんです」

「困った子だねえ。ウフフ」

「ごめんなさい。私、本当にいけない女なんですわ。下着姿になると……いつも倉持さんを思って、オナニーしてしまうんです」

死ぬほどの恥ずかしさをこらえて言い終えると、相手の視線を避けるように身体を横に向け、真っ赤になりながら麗子はブラウスを脱ぎはじめた。そしてスカートも。

上品なOLらしい純白のまばゆいスリップが現われた。胸と裾にある精緻な模様のレースが、官能美をいやでもかきたてる。

倉持はごくりと生唾を呑み、純白のスリップ越しに浮きだす麗子の悩ましい肢体に見惚れている。

「ああ、倉持さん。軽蔑してらっしゃるでしょう、私のこと」

スリップを脱ぎ落とし、麗子は羞じらいながら言った。

「そんなこと……ないよ」

「いえ。いいんです。憧れの倉持さんに……こうして麗子のヌードを見ていただくだけで、一生の思い出になりますわ」

ブラジャーをはずして純白のショーツ一枚となった麗子の、ゆらゆらと夢のような美しさに、倉持はズボン越しに露骨に勃起を見せている。そして、チラッとのぞけた胸のふくらみは意外なほどに豊かなのだ。

さらに倉持は美女の下半身に視線を注いだ。愛らしい純白のショーツが太腿の付け根にぴっちりくいこみ、羞恥の部分は肉がかすかに盛りあがって、溜め息が出るくらい悩ましい。

「綺麗だ。素晴らしいよ、水野君」

「ああ……うれしい。倉持さんにそう言って頂けるなんて夢みたい」

「どうやら君とならうまくやれそうだな。もっと夢をかなえてあげよう」

「ど、どういうことですの？」

「パンティを脱ぎたまえ。僕の愛を君にあげるから」

顔に似合わぬキザな言葉に麗子は吹きだしたくなったが、ぐっとこらえて、必死の演技をなおも続けた。

「本当に……麗子を、抱いてくださるんですか？」

「君みたいな可愛い女性に嘘はつかない」

異様に巨大な顔面を真っ赤に充血させて、ハアハア荒い息を吐きながら、倉持は自分も服を脱ぎだした。その間も、麗子のヌードから片時も目を離さない。

ミルク色の匂うような美肌を、純白のショーツがすべっていく。現われでた股間の茂みの妖美さに、倉持は溜め息をついた。

ズボンもパンツもかなぐり捨て、皮かむり気味の一物を晒すと、矢も盾もたまらず麗子の肉体に覆いかぶさった。

「あ……ああ」

「水野君。君が欲しい。君の素敵なオマ×コに、僕のチ×ポを突っこんでやるよ」

突然、卑猥な言葉を口に出し、倉持は連結姿勢をとった。

前戯も愛撫もなしに、勢いよくズンと貫かれた。まだ潤んでいない粘膜にヒリヒリと痛みが走る。

ああ。これが娼婦になるということなんだわ……。

身の毛もよだつ醜男に犯されるおぞましさと、堕ちてしまったという絶望感。それが、東原に教えこまれた変質性欲をチクチクと刺激して、身内からジュクジュクと樹液が湧きあがってくるのだった。

3

二日後の深夜。凌辱屋敷と化した伊豆の別荘の、西棟にある間宮の寝室。その夜、間宮はほとんど淫獣と化して、沙絵子の新鮮な柔肉をいつにもまして執拗に貪っていた。

間宮にとってはまるで夢のような、この美少女との夫婦生活も今日が最後なのだった。東原の指示により明日、いよいよ別荘を引きあげることになった。もちろん東京へ帰っても沙絵子を含めた女たちへの淫靡な調教は連日つづけられるのだが、女学生であり、上流家庭のお嬢様の沙絵子の肉体を朝まで拘束するというわけにはいかなくなる。だから今夜の肉交に間宮が異様なくらい熱をこめるのも当然だった。

これからは朝起きて、まず隣りにいる沙絵子の可愛い寝顔を見ながら一服つける楽しみともおさらばか。朝一番のフェラチオ奉仕で、この甘い唇にこってりザーメンを呑ませるわけにもいかねえんだ……。

すでに一度、少女の膣肉へ放出を終えた間宮は今、後始末の口唇奉仕をさせている。色事に対し、意外な適応性を示してきた沙絵子は緊縛フェラにも見事な上達ぶりを示し、間宮のシリコン棒を悩ましいピッチでしゃぶり抜いている。

「うまくなったなあ、沙絵子。ひひひ。ディープスロートもだいぶコツを呑みこんだじゃねえか。お蔭でまたこっちもやる気になってきたぜ」

まばゆい光沢の黒髪をさわさわ揺すり、麻縄を食いこませた華奢な上半身をくねらせて奉仕する沙絵子を間宮は満足げに見おろして言う。それに応えるかのように沙絵子は、美麗な眉をピクつかせてムフンムフンと甘え泣きを洩らす。

床入り前には縄掛けしたままで入浴させ、身体を清めてやり、丹念にシャンプーリンスもしてやったから、柔肌や黒髪からは悩殺的な匂いがムンムンふりまかれている。沙絵子ならではの清楚さと色香がミックスされた香りを嗅いでいると、ふと間宮は柄にもなく感傷的になってしまう。

今夜どうしても沙絵子に告げなければならないことがあった。

まだ彼女は自分に課せられた運命を知らない。フェラチオ奉仕や緊縛セックスなどの肉体調教はあくまで間宮の情婦になるためのレッスンだと思っている。実は女子校生娼婦として客をモリモリ悦ばせるためのものなのだった。それを知らされた時の沙絵子の心中を思うと、どんなにつらくともけなげに調教を耐え抜いているだけに、さすがの間宮もいくらか胸が痛む。そしてまた同時に、悲嘆に暮れた美少女のあの啜り泣きが聞けるというサディスチックな期待感もあるのだった。

告げるとすれば、沙絵子がセックスで絶頂の味を知った時が一番いいだろう。どうしてもそこまでは今夜中に追いこまなきゃならねえ……。

処女を奪ったのはおとといで、それから今までの間に、今夜の一発を含め十回はヴァギナを犯している。監禁以来の徹底した色責めの成果で、沙絵子の性感は予想を上まわるペースで開発されてきてはいるが、それでもまだ本物のエクスタシーは経験していない。あともう一歩のところまで来ているのだからと間宮はひそかに意気込むのだ。

一物を口から引き抜く。少女の甘美な唾液をたっぷり吸ったシリコン瘤が不気味に濡れ光って膨れている。

「お前はもう完全に俺のスケだ。そうだろ、沙絵子？　キスの仕方も知らねえお前をここまで仕込んでやったんだからな」

「はい……さ、沙絵子は、間宮さんの女ですわ」

顔先に垂れかかる黒髪の下から、媚びるような眼差しを注いで返事をする。精液にまみれた肉棒をしゃぶらされていたせいで、表情はどこかボウッとしている。

「よう。オマ×コに何発ぶちこんでもらったか数えてみたか？」

「さあ、わ、わかりませんわ。ごめんなさい、間宮さん」

「全部で十発だ。へへ。これでもうお前も立派な大人の女だぜ」

そう言いながら濃厚に接吻をかわし、縄できつく挟みこまれた乳房をあやすように揉みほぐす。たっぷりした量感に間宮の口元がだらしなくほころぶ。

「ここにいる間にマジで胸もふくらんだよな。ホラッ、こんなにユサユサしてきたぜ。あんまりお前のヌードが悩ましくて準一もびっくりしていたからな」

「あ、ああ……いやですっ……」

「今でも準一が好きなのか？　まだ諦めきれないのか、あの見境のねえ女たらしを」

「………」

沙絵子は抒情的な長い睫毛を伏せて、弱々しく頭を振った。その閉じた瞳から大粒の涙がひとしずく流れ落ちた。それから珍しく自分から顔を調教師へと寄せて、キスを求めるではないか。あたかも成就できなかった恋の未練を断ち切るかのごとく。

間宮はホクホク顔となり、沙絵子の快美な口腔とつながり、垂れ流しするように自分の唾液を少しずつ送りながら、ネバネバといやらしく少女の舌腹へまぶしこむ。

するとと沙絵子は、みっちり仕込まれたとおりに、うれしくてたまらないという音色で鼻を鳴らして唾液を嚥下しつづけるのだ。色白の顔立ちがねっとり上気してきている。

「さあ、もう一発やるぞ。お前も俺の魔羅を思いきり咥えこんで、あんな薄情な野郎のことなんかきれいさっぱり忘れちまうんだ。準一の名前を聞いただけでメソメソされたんじゃ、こっちも白けるってもんだぜ」

「アア、ごめんなさい。沙絵子、もう本当にあの人のこと、なんとも思っていません。信じてください」

「よしよし。それならあいつら淫乱姉弟を見かえすつもりで、姦りまくろうじゃねえか。お前も淫らに腰を振って楽しむんだよ」

どれほど真澄と準一が変質的にイチャついているか、大げさな調子でしゃべり、少女の揺れる心理に巧みにつけ入りながら間宮は、指を秘肉に埋めこませていたぶる。

みるみる沙絵子はペースに引きずりこまれて、間宮に指示されるままに、膝立ちの姿勢で腰をぎごちなく使いだした。どうすれば蜜肉を嬲る相手の中指をより確かに受け止められるか、火を噴かんばかりに真っ赤になって、腰をまわしたり前後に揺すったりするのだ。

4

ウォーターベッドの側面を壁際にぴったり寄せてある。そのマットの上で間宮は、背中を壁にもたせかけた姿勢をとり、対面座位で沙絵子と交わっている。シリコン入りの巨根を深々と咥えこまされ、ダイナミックな上下運動で膣肉を削られても沙絵子は、もう昨日までのように痛みを訴えることはない。いやそれどころか、ごく遠慮がちにではあるが情感の吐息を甘ったるく洩らしてさえいる。

どうだ、この色っぽい表情は……。

間宮は、自分の膝上で、後ろ手にいましめを受けたまま愛らしく悶えている生贄の顔にうっとり見とれる。

里美のようなハーフっぽい派手さではなく、どこまでも清純派の美少女が、自身の裡に芽生えはじめた淫らな官能の高まりにとまどいを浮かべている風情がなんともたまらない。ピンクの生肉を刺し貫かれるたびに、眉毛が切なげにたわみ、切れ長の閉じた目もとがボウッと色づく。そしてつつましい唇をめくらせ、真珠色に輝く綺麗な歯並びをのぞかせるのだ。

「すっかりこの味を覚えちまったようだな、沙絵子。どうだ。フフフ」

ぷりっと丸みを帯びた臀丘を抱えこみ、こちらへズンズン引き寄せては瘤のついた剛棒の威力を蜜壺に思い知らせる。

美少女は明らかにこれまでと違うレベルの反応を示している。膣肉の吸着ぶりはプロの間宮が舌を巻くほどだし、泣き声にも切羽つまった調子があり、崩落の予感をひしひしと抱かせる。

「ほら、ほら、肉ヒダがピクピクしてやがる。そんなにオマ×コいいのか?」

「あ、あう……いや! おっしゃらないで」

「うへっへ。恥ずかしがらなくてもいい。俺たちは夫婦も同然なんだからよ。こうするとどうだ? もっといいか」

「アア、あ、あ、いやん」

しっかと抱えこまれた臀丘を使って強引に回転運動させられ、沙絵子は狼狽する。強烈な刺激に淫靡にとろけた襞肉がいっそう熱を帯びて、意志とは無関係にキュウッ、キュウッと収縮してしまう。

「ほうらっ、ほうら、どうだっ」

「う、あっ、うっ……ああん、いやん……ねえ、間宮さんっ、いやです」

沙絵子の嗚咽がいっそう甲高くなる。

恥辱の回転運動を強いられて、膣の隅々までひりつくようにうずいたところを、今度は上下の直線運動でグラグラ揺さぶられるのだからたまらない。シリコン瘤が容赦なくGスポットの突起を抉り、凶器の切っ先は収縮を続ける奥の院を突き破って、溶鉱炉と化した子宮口を直撃する。

「イクのか？　イクんだろ、沙絵子」

「……はい。あああッ……」

ここぞとばかりに間宮は女体を杭打ちにして責め立てた。

裸身を激しく揺さぶられ、沙絵子の腰までの艶やかな黒髪がザクン、ザクンとはねあがり、それからスルスルとなだれ落ちてきては濃密な媚香をふりまく。そして縄に緊めあげられた乳ぶさがプルプルとはずみ、清純な桜色の乳頭が極限までとがりきっている。

間宮は興奮のあまり、ヤクザっぽい風貌を真っ赤に充血させて、ピストン運動をつづけた。

「イク！　イクぅ！　沙絵子、イクぅ」

責め手をゾクゾクさせる音色で告げて、沙絵子はうっとりと喉を反らしながら、クライマックスの動きに入った。間宮の膝の上で、ごく控えめな動きではあるが、初めてみずからの意志で下肢をはずませ、肉棒の太さを噛みしめるのだ。

膣肉の熱い収縮がゆるまないうちに、間宮はすぐに攻撃を再開させた。息もたえだえに沙絵子は哀訴をするが、聞き入れてもらえるはずもなく、日本人形を思わせる端整な顔立ちを鮮烈な色に染めて調教師と呼吸を合わせはじめる。

「腰を使ってみろ。お前のような美少女がそうすれば男はヒイヒイ泣いて悦ぶ」

「そんな……だって、わかりません」

スーッと流れるような切れ長の瞳に困惑の色を浮かべ、相手を見つめる。

「馬鹿野郎。さっき教えてやったろ。それにお前、今イク時にクネクネさせてたじゃねえか。へっへへ」

「ああん。恥ずかしい……あああ、沙絵子、どうすればいいの」

激烈な羞恥に喘いだ。それでも命令に従い、少女の面影の残る細腰をおっかなびっくり揺すってみせる。

「そうしながら自分の一番感じるまわし方を見つけるんだ。俺様のイボイボがこすれてたまらないところがあるだろ」

「う、うふん、ああ、あふん」

きつく麻縄をくいこませたスレンダーな裸身の動きが次第に淫らになる。

間宮は快感に呻いた。ヌラヌラと吸着する粘膜が、直立する肉棒をぴっちり包んだままで妖しく回転し、たまらないピッチで揉みしごいてくれるのだから。

その悩ましい腰づかいを眺めながら間宮は、よくも美少女をわずかの期間でここまで調教したものだと我れながら感心するのだ。

「感じるだろ？　セックスって楽しいもんだと思うだろ、沙絵子」

若い乳ぶさを押し揉みながら尋ねる。

と沙絵子は、恥ずかしそうに横を向いた。形よく伸びた高い鼻先から、熱っぽい吐息がもれている。

「なにをとぼけてんだよ。こんなにいやらしくオマ×コ緊めつけちゃって。ソラ、ソラ」

「あう、意地悪う」

「言ってみな。沙絵子は奴隷です、間宮さんの命令には絶対服従します、と」

「……沙絵子は、奴隷です。ウフーン。間宮さんの、命令には……絶対服従します」

可憐な声でそう復唱して沙絵子は、垂れかかる黒髪を払い、甘えるような濡れた眼差しを注いだ。

いじらしさに間宮の胸はキュウッと緊めつけられた。集中力が途切れ、媚肉にぴっちりはまった肉棒に電流のごとく快美感が伝わり、身内からこみあげる射精感をどうにもこらえきれない。

「沙絵子っ！　うおう、うおう」

「ああっ、間宮さん……」

「出すぞ。ミルクぶっかけるぞ」

少女の華奢な裸身をがっちり抱擁した。汗に濡れた厚い胸板でその双乳を押しつぶすと、沙絵子はマゾ性をにじませたよがり泣きで応える。奥深くまで連結した肉茎で子宮口を開かせ、たぎる精液をドクンドクンほとばしらせた。


精も魂もつきはてた様子で沙絵子はマットに横たわっている。生まれて初めて味わう本格的なオルガスムスのせいで、身体は鉛を呑みこんだみたいに重たく感じられた。

そのすぐ横で間宮拓二がにやけた顔つきで煙草を吸っている。キューティクルにみちた少女の髪の感触を楽しむように指で梳いたり、あるいはもうすっかり自分のものとなった美麗な双臀や太腿を撫でまわしたりする。

「さあ、起きるんだ」

縄尻をつかんで少女を引き起こした。

沙絵子は気だるそうに長い髪を振り払いつつ、きちんと行儀よく正座する。よほど疲れているのだろう、上気した二重瞼は重たげで、瞳もぼんやりしている。それでもフェラチオ奉仕をいつでもする覚悟で、間宮の下半身へ視線を注ぐのだ。

ところが間宮は口唇奉仕を求めず、マットにあぐらをかいて、沙絵子の白く滑らかな肩を抱き寄せてチュッチュッと優しく口づけをかわす。なめらかな下腹部へ手を這わせ、情事の後のケバ立った繊毛を梳いてやる。

「東京へ戻ってからも、毎日欠かさず俺の調教を受けなきゃならないのはわかってるな」

「はい……」

彫りの深い横顔に悲しい諦念を浮かべ、沙絵子はうなずいた。

「フム。その理由を言ってみな」

間宮は意地悪く尋ねた。

少女は、エクスタシーの余韻を引きずって火照った顔で、気弱そうに黒目勝ちの瞳を虚空へさまよわせてから答えた。

「……沙絵子は、間宮さんの、奴隷だからですわ。間宮さんの、命令なら……ど、どんなことでもききます」

「よし。そうだな。もちろん里美や真澄先生もお前と同じ奴隷だ。お前たち奴隷はみんな、俺や東原社長のために必死で働いて、金を稼ぐという務めがある。そのためにここで汗を流してつらいトレーニングを積んできたわけだ」

「ど、どういう意味ですか？」

「わからねえのか？　女が身体で稼ぐといえば昔から決まってるだろ、馬鹿。売春だよ」

「…………」

「お前らはみんな娼婦になるんだ。高い金を払って買ってくださるお客様を、その身体と色香でもてなすんだよ」

思ってもみなかった恐ろしい言葉に、沙絵子はがっくりうなだれた。腰まで届く美しい黒髪がその横顔を覆う。すぐに、シクシク啜り泣く声が洩れはじめた。

「泣き虫だな、沙絵子」

さらさらした練絹の感触を楽しむように少女の髪をかきあげて、赤ん坊のようにすべすべしたピンクの頰へキスをしてやり、間宮は苦笑する。しかし実は少女がもっと激しい拒絶の意志を示すのではないかと思っていたのだ。なんといっても沙絵子はつい数日前まで無垢な処女だったのだから、これから娼婦へ堕とされると聞いて呼吸困難のショック状態におちいったとしても不思議はなかった。

「お客を一晩限りの恋人だと思って、ヌルヌルに吸ったりしゃぶったり情熱的に奉仕するんだぞ。うちのお客様は社会的地位の高い人ばかりだからな。準一のような最低のゴミ野郎とはわけが違う。そんな方々と濃厚なお付き合いができるんだから考えようによっちゃ幸せなことだ」

沙絵子はまだ涕泣をやめない。それでも間宮が口を吸ってくると、甘く鼻を鳴らして舌をからませる。正座した肢体が悩ましく揺れる。相手に求められれば反射的にセクシーな接吻で応えるように仕込まれているのだが、しかし間宮には、それがイエスという沙絵子なりの返事であると思われた。

第十八章　悶える！

1

起きぬけのシャワーを浴びた興児は、素っ裸のままベッドに腰かけて缶ビールを飲む。ベニヤ壁の安アパートというのに、近所の迷惑もかえりみず、矢沢永吉のＣＤをボリュームいっぱいにガンガン鳴らしている。

「あー、うめえ」

唸るように独り言をいい、時計を見た。十二時十五分。東沙絵子がここへやってくるまでまだ四十五分ある。待ち遠しかった。

西伊豆の別荘から戻ってきて十日たっていた。東原社長の命令で滞在を早めに切りあげたため、別荘ではとうとう沙絵子とはやれずじまいに終わった。

「このまんまじゃ殺生です。俺、一度でいいから沙絵子とやりたいんです」

間宮に何度も泣きついた結果、ようやく許しが出て、今日一日だけは少女の肉体を好き放題に弄べるのだ。

ああ。何発できるかな。へへへ……。

絶世の美少女、沙絵子と待望のオマ×コができる。興児の毛むくじゃらの下腹から、太棹がむっくり首をもたげる。

沙絵子の家はクリスチャンでしつけが厳しいから、夜八時までには帰すようにと間宮から厳命されてある。本当は朝まで一緒にいたいところだが贅沢は言えない。与えられた時間は七時間。若く精力抜群の興児なら、やりっ放しで五発は軽いだろう。

別荘でのつらい一夜を想い起こした。間宮が東京へ行き、留守を預かったあの夜のことだ。あの時、沙絵子は麻薬を注射され、異常に性感が高ぶっていた。

「沙絵子を、沙絵子を奪って」

淫らに腰を振り振りおねだりされて、どうにも欲望をコントロールできなくなり、我れを忘れて処女の秘宮に猛り狂う肉棒を埋めこみかけたのだ。ところが先っぽを入れたところで間宮の顔がチラつき、結局は結合を断念せざるをえなかった。

今思えば、あれは試されていたのだ。プロのスケコマシとしてやっていけるかどうかを。もしあのまま沙絵子の純潔を奪っていたら、指をつめさせられることはないにしても欲望の管理能力を疑われ、いずれは組織から追いだされたろう。

弟分のリョウは、テストに失敗した。木下真澄のきわどい色仕掛けに負け、地下室からとり逃がすという失態を演じて。東原社長のとりなしもありなんとか大目に見てもらいはしたが、当分は冷飯をくわされつづけるだろう。可哀相だがどうにもならない。

だが、この俺は違う……。

現に東原商事では最上の獲物、東沙絵子の肌を抱くことができるし、九月にオープンする新しい売春組織『聖愛クラブ』では、間宮のサブ的な仕事を与えられてもいる。美女も金もこれからは思いのままだ。

いつまでもこんなボロアパートには住んじゃいない。広尾あたりのマンションに移るんだ。俺は絶対に成りあがってみせるぜ……。

すっかり気分は矢沢永吉だった。ギターの代わりに、股間のサオが興児の武器だ。自慢の商売道具の根元に手を添え、美少女沙絵子の雪白のヌード、その吸いつくような柔肌の感触を想いながら、興児はゆっくりしごきはじめた。

＊

東沙絵子は、興児のアパートへ向かうために家を出た。激しい夏の陽射しを浴びて制服の白いブラウスがまぶしい。

制服を着ているのは興児の命令だ。

「下着もなにもかも、ふだん学校へ行くとおりの格好で来い。そのほうがぐっと気分が出るからな」

そう言われてある。

やはり沙絵子には制服がよく似合う。ピンタックを使った白のブラウスに、臙脂のリボン、短めの紺のプリーツ。男なら誰もが憧れる清楚な女学生のイメージそのものである。

強い日光に、長い睫毛を伏しがちに歩く沙絵子。色白の美貌に翳りが濃い。久しぶりに制服を着けると、なぜか胸に哀しさがこみあげてきたのだった。もう自分は以前の自分ではない。聖愛学園の生徒にふさわしい清らかな身体ではないのだ。あれほど好きだった聖愛学園の制服も、今の沙絵子にはうとましいだけ。

もっとも、制服のほうが外へは出やすい。母親には、クラブ活動があるからと嘘をついて出てきた。

両親は異変にうすうす気がついているようだ。楽しかったはずの西伊豆のバカンスについてなにも話をしないし、それに以前はあれほど出不精で、家で本を読むかピアノをひいて休みをすごす娘が、今は毎日のようにどこかへ出かけているのだから。どこか様子がおかしいと疑っても、まさかヤクザまがいの連中に娼婦になるための淫猥な調教を受けているとは、夢にも思わないだろうが。

身を貫く哀しみにボウッと歩いていたため、途中で準一の赤いワゴンがとまっているのに気づかなかった。

「沙絵ちゃん……沙絵ちゃん」

二度呼ばれ、ようやく後ろを振りかえる。準一を認めても表情は凍りついたままだ。

「どこへ行くの？　お、俺、ずっと待ってたんだよ」

「…………」

沙絵子は無言で準一を見つめている。かつて自分が心から愛した唯一の男性を。

いつも優しくて清潔で、ハンサムなスポーツマン。だが本当は性欲のおもむくまま、誰かれかまわず肉交する好色漢なのだ。ハレンチにも里美の尻穴と交わり、さらには実姉の真澄と近親相姦して鬼畜の快楽にのた打った男である。ハンサムな仮面にその素顔を隠しているだけタチが悪い。獣性剝きだしのチンピラ、輿児たちのほうが、欲望に正直な分だけずっとましだ。

「話があるんだ。車に乗らないかい？」

よく見ると死人のような顔つきだ。頰の肉がげっそり削げ落ち、大きな目ばかりがやたらギョロギョロする。準一のあまりの変わりように、沙絵子はあのすさまじい色地獄をまざまざと思いだした。

「すみません。私、急いでいるんです」

ゾッとなりながら、冷たく言う。

「また、あいつらのところかい？」

それには答えない。うつ向き、白い前歯をのぞかせ、キュッと唇を噛む。つやつやした美しい髪が、そそるようにフワアッと風になびいた。

「ま、待ってくれ。お願いだよ」

そのまま立ち去ろうとする少女の腕を、準一はあわててつかんだ。ムッと盛りあがった制服の胸元が目に飛びこみ、クラクラする。ほんの少しの間にグンと肉づきがよくなったようだ。

「話を聞いてほしいんだよ、沙絵ちゃん。このまま俺たち終わるなんて、あんまりだ。

それにあいつらの言いなりになってちゃいけないよ。二人でなにか打つ手を考えよう。でないと……でないと俺たちみんな……」

破滅、という言葉はつかえて言えなかった。姉によく似た印象的な黒目から、ポロポロと涙がこぼれ落ちた。

さすがに沙絵子は動揺した。

準一さんの言うとおりかもしれない……。

やはりまだ心のどこかで準一を愛しているのだった。

車に向かいかけて、木下姉弟のあのおぞましい光景が突然フラッシュバックした。変質的な形で交わりながら、ねちねちディープキスを繰りかえし、甘い囁きを交わす淫らな二人の姿を。

姉さん、好きだ。好きなんだ……。

ああ、準ちゃん、私もよ……。

純潔を散らされながら、沙絵子はモニターを通してそれを見た。あの時、すべては終わったのだ。

「やっぱり駄目。遅れると興児さんに叱られるから」

「いけないよ。もうあんな奴と会っちゃ」

「いやよっ。離して！」

準一の手を無下に振りほどくと、沙絵子は泣きながら駆けだした。

2

「へっへへ。やっぱりお前は制服姿が一番いいなあ。たまんねえよ。カッカするぜ」

部屋の真んなかに聖愛学園の制服を着た沙絵子を立たせ、興児はそのまわりをグルグルまわって、しきりに感心している。

豊かな漆黒の髪が、純白のブラウスの背中いっぱいに垂れている。臙脂のリボンの下には、胸のふくらみが悩ましく息づき、紺色のプリーツスカートから可愛い膝小僧とほっそりした長い脚が伸びている。

「いつ見ても綺麗な髪だな」

久々に目にする少女の肢体はあまりにまぶしすぎて、どこから手をつけていいかわからず、興児は腰までの長い黒髪に鼻を寄せて匂いを嗅いだ。

さっきはいきなり素っ裸で出迎え、やってきた沙絵子を狼狽させたものだが、悩ましい黒髪の香りを嗅いで剝きだしの肉棒はグングン反りかえってきている。

「伊豆じゃとうとうセックスできなかったけどよ。今日はおつりがくるくらいにこってり楽しもうや。なあ、沙絵子。あの晩のつづきをやろう。へへへ。覚えてるよな？　まさかあの晩のことを忘れたとは言わせねえぜ」

「…………」

沙絵子は頰のあたりをポウッと染め、小さくうなずく。しかしあの時は麻薬のせいで頭が朦朧としていたのであり、今とは全然精神状態が違う。こんな汚いアパートで興児のようなチンピラに抱かれると思うと不快感がこみあげてくる。

「お前、間宮さんに女にされて、ずいぶん色っぽい身体つきになったな。あの時はまだ処女だったもんなあ」

いきなり制服の胸をつかまれた。同時に双臀を撫でさすられる。そうして肉棒をぐいぐい押しつけられ、沙絵子は表情を歪める。

「今日はたっぷりサービスしてもらうぜ」

「あ……ああ、いや」

無意識に沙絵子は相手の手をふりほどこうとしてしまう。

「なんだ、その態度はよ？　客をとるつもりになって奉仕しろ、そう間宮さんに言われてあるんだろ、こらア」

「ご、ごめんなさい、興児さん。は、はい、そうです。沙絵子まだ未熟ですけど……一生懸命、ご奉仕……させていただきますわ」

耳たぶまで真っ赤に染めながら、屈辱の言葉を吐く沙絵子。いかにも挨拶はぎごちないのだが、それが清純な女学生らしくて男たちには新鮮に映るのだった。

「ほう、いったいどんなふうに奉仕してくれるんだ？」

興児は嗜虐の疼きにジンジン痺れながら、意地悪く尋ねた。

「……お口で、お口で体中ペロペロおしゃぶりいたします」

「体中って、どこだよ」

「ええと……興児さんの足の指や、太腿や……ウウッ」

あらかじめ間宮に奴隷の会話を教えこまれてある。しかし、みじめさが身を貫き、たまらず沙絵子は嗚咽にむせんだ。

「うりゃうりゃ。どうした沙絵子」

「ご、ごめんなさい……ご主人様が望むかぎり何時間でも……お尻の穴や、オ、オチン×ンまでおしゃぶりします。ミルクはもちろん一滴残さずいただきますし、それに……オシッコだって喜んで……ああ」

少女の美貌に見惚れ、隷従の言葉を聞いているうちに、どうにも高ぶりを抑えきれず、興児は唇を吸いとった。

どこまでも甘く、柔らかな朱唇――。チュッチュッとその感触を楽しみながら舌を差し入れる。と、口腔は甘美な唾液にあふれ、興児をユラユラ夢見心地にさせる。

舌と舌を深々とからませ、じゃれ合い、唾液を送ってはまぶし合う。そんな淫らなキスを何度も少女に強要する。そうしながら興児の指はブラウスの胸を揉みつづけ、片手では美肉を乗せたヒップを撫でまわす。沙絵子の鼻先からは甘っぽい啜り泣きがもれ、その腰つきがクネクネ揺れ動きはじめた。

間宮さんにしごかれて、すっかり女っぽくなりやがったな……。

沙絵子の痺れる吐息を聞きながら、胸に独りごちた。別荘で調教した時よりもムンと性感が熟したのがはっきりわかる。

「さあ、それじゃさっそく調教の成果を見せてもらおうか」

唇を離すと、そう告げてベッドに腰をおろした。

「お前も裸になれよ」

命ぜられるまま東沙絵子は、ブラウスのボタンをはずしはじめた。

清楚な白いコットン地のブラジャーが見えて、興児は息を呑んだ。西伊豆の別荘ではほとんど素っ裸で接していたため、少女のストリップを拝む機会がなかったが、こうしてじっくり鑑賞するのは、痺れるような興奮だ。

悩ましいハーフカップのブラジャーを腕で隠すようにしながら、プリーツスカートのファスナーをおろす。可憐な白いショーツが現われた。そこで沙絵子はいったん大きく息を吐き、ゾクッと濡れた恨みっぽい視線を興児に注いだ。すぐにまた眉根をたわめ、純白のブラジャーのホックをはずした。

「へへへ。だいぶふくらんできたじゃんか」

雪をあざむくような双乳は、以前はいかにもふくらんだばかりという感じだったが、身体中に男性ホルモンをたっぷり注がれたせいか、女っぽい隆起に変わっている。

沙絵子はつづいて従順に、光沢のある白いショーツを引きおろした。丸まった布きれが爪先から抜きとられると、すでになじみになった淡い翳りが興児の目に飛びこんでくる。

「いい身体になってきたなあ。それならもう充分に客をとれるぜ。さあ」

興児は股をひろげて催促する。沙絵子は毛穴から血が噴きだしそうな汚辱感をこらえ、興児の前にひざまずいた。隆々とした肉棒と対面すると、頬全体にカーッと赤みがさす。

「どうだ、頼もしいだろ？」

「……はい」

きちんと正座すると、垂れかかる長い髪を耳にかけあげながら、怒張の根元をペロペロさすりはじめた。

さすが間宮に仕込まれただけあって、沙絵子のフェラチオはかなりのものだ。唾液をたっぷり乗せ、弓なりに沿ってゆるやかに舌を運ぶ。すると早くも興児の勃起はグイグイ頂点まで達する。

「黙ってしゃぶらねえで、なにか甘い言葉を言ってみろよ」

ぞくぞくする思いで少女の頭を小突いた。

「ああん……おいしいですわ、とっても」

沙絵子は汗まみれで懸命に口唇奉仕をつづける。前髪が額にべっとり張りつき、顔を動かすたび、可憐な胸のふくらみがプルン、プルンと揺れた。

生唾を呑んで興児は腕を伸ばし、美少女の美しい乳ぶさをすくいとった。すべすべして固さの残るあやうい感触がたまらない。

「ヒヒヒ。このオッパイがたまんねえんだ」

「あ、ああ……許して。沙絵子、感じてしまいます」

「そのほうがグッとおしゃぶりにも熱が入るだろ」

興児は呟くと、今度は両手を使って激しく揉みしだく。完全に熟しきらない乳ぶさは手のひらのなかでさまざまに形を変え、そのたびに沙絵子の鼻からなんとも悩ましい吐息がもれる。酔ったように赤くなり、鼻先から苦しげな息がもれる。

3

肉棹にたっぷりとキスを注ぐと、沙絵子はさらに顔を沈め、玉袋を舐めはじめた。舌の腹を押しつけるように最初は弱く、そして徐々に力を入れ、ペロリペロリと粘っこく何度も何度も舐めあげる。それから袋全体を舌ですくいとるように持ちあげ、こねくりまわし、ついには口に含んだ。

「キン×マも好きか、沙絵子」

「は、はい。大好きです」

羞恥に震えるか細い声で答え、チュバチュバッと玉袋をすすりながら、その間も指ではペニスを巧みにしごいているのだ。たっぷり玉袋をしゃぶり終えると、次には毛むくじゃらの鼠蹊部から内腿へと、情熱的に舌を走らせていく。

「ぶったまげるよな。名門、聖愛学園きっての優等生が、こんなにフェラチオ上手とはねえ。へっへ」

豊かな唾液に股間全体をねっとり包まれ、興児はウハウハ気分である。

さすがはボスの間宮が気合を入れて調教しただけのことはある……。

美麗な黒髪をきらめかせて奉仕に没頭する少女を眺めおろしながら感心する。聖愛学園の教師たちがこの姿を見たらどれほど驚くことか。

「準一に見せてやりてえよ。あいつ、さぞかし妬くだろうな」

「ああん。どうかお願いです。もうそのことはおっしゃらないで」

長い睫毛を哀しげに震わせて言う。沙絵子の脳裏に、さっき出会った準一のやつれた面影が浮かんだ。涙がにじんでくるが、流れださないように懸命に押し止めた。

「なあ、間宮さんのあんなイボ魔羅より俺のほうがずっと素敵だろ」

「……はい」

「なんだよ。愛想がねえぞ、沙絵子。俺のチ×ポの感想を言ってみろ」

「ごめんなさい。興児さんの……オ、オチン×ン、とても素敵よ。とっても逞しくて男らしいわ」

いったん顔を起こして甘えるように相手を見上げ、頰にほつれる黒髪を払ってから、今度はフルートを吹くように横向きに咥えてみせる。

「アアン、うれしいわ。ねえ、沙絵子、おしゃぶりできてとっても幸せです」

「フフ。よしよし。へっへへへ」

興児の口もとはゆるみっぱなしだ。

赤黒く猛る肉棒に、真横から沙絵子のバラ色の唇が吸いつき、いかにも美味そうにチュプチュプ愛撫するのだ。しかも高貴な鼻先から悩ましい吐息をこぼしながら。

「興児さんの体、沙絵子の唾でもうぐしょぐしょですわ。ごめんなさいね、こんなに濡らしてしまって」

自分の吐きかけた唾液でヌラヌラ濡れ光る興児の腿、鼠蹊部、玉袋、そして肉棒全体を、愛しげに指先でなぞりまわす。そんな沙絵子の顔つきは娼婦そのものになりきっている。

それにしても、短期間でここまでテクニックを身につけるとは……。

興児は圧倒されるばかりだ。

ただでさえ蒸し暑い室内は、淫猥な熱気もあいまって今やムンムンの状態だ。少女の顔面も肩先も胸の谷間も汗がべっとり浮かび、それが雪白の肢体の上をツーッと流れ落ちていく。

「咥えてもよくって?」

「ああ、いいぞ」

やがて、そそり立つ肉塊をすっぽり口腔に呑みこんでいく。

驚いたことに少女はわずかの間にディープスロートをマスターしていた。根元近くまで受け入れては吐きだし、受け入れては吐きだし、それを何度も繰りかえす。口腔での濃厚な舌づかいを示すように、頰の肉がピクピク卑猥な収縮を見せる。

喉奥まで深々と受け入れることで沙絵子自身の性感も高まるらしく、ツンと持ちあがったヒップをかすかにくねらせている。そうして出し入れを繰りかえすうちに、とうとう根元まですっぽり咥えこみ、その深度を保ったまま唇をきつく吸着させてピクッピクッとキンチャクのような刺激を加える。

「た、たまんねえよ、沙絵子。ウウ、最高だよ、お前のフェラ」

「ムフン、ムフン」

「あー、やべえよ！」

興児はあわてて腰を浮かせた。腰骨までジーンと痺れきって、海綿体ごと破裂しそうな気配だった。

「いいのよ、興児さん。出して。沙絵子にミルクください」

さらに沙絵子は股間に吸いついた。そうすることで男に復讐するように急ピッチをかけた。右手を怒張に添え、上下にシュポッシュポッと激しくしごきたてる。と同時に歯を唇で包みこみ、キュ－ッと王冠部を緊めつけている。

「欲しいの。ね、呑ませてください」

「ああ……待て、ちょっと待ってくれ」

危機一髪だった。顔面を真っ赤にし、あわてて沙絵子の頭を押さえ、慎重に一物を口から引き抜いた。

チッ、情けねえ……。

少女の口唇奉仕にたじたじの自分が腹立たしかった。この間の無念を晴らすため、とにかく一発目は絶対オマ×コに発射する。最初からそう決めてある。今度は自分が攻勢に出る番だ。

「時間はたっぷりある。あとで好きなだけ呑ませてやるからよ。さあ、ベッドにあがるんだ。お次はあそこの締まり具合を試してみてえんだ」

興児は肩でハアハアと息をつく沙絵子をベッドに横たわらせた。

「ああ……」

裸の興児がからみついてくると、さすがに沙絵子はすらりとした色白の裸身をガクガク震わせる。当然だった。どれほど淫靡な調教をほどこされようとも、まだ間宮一人しか男は知らないのだから。

「こいつをズボズボ突き刺して、フェラチオのお礼をしてやるからな」

わざと卑猥なことを口走り、興児は少女の太腿を押し開いていく。

準一さん……本当にもうお別れよ。沙絵子、とうとう娼婦になるんだわ……。

準一への未練に最後の別れを告げた。

「久しぶりのごタイメーン。へへへ。あの時、ここをグッチョグチョに濡らして俺におねだりしたっけなあ」

興児は感激も新たに少女の下肢をのぞきこんだ。縮れの少ない繊毛に淡く包まれ、二枚の清らかな花弁がほんのり口を開けている。見た目は処女だった時とほとんど変化していないようだ。

「少しだけここに埋めこんだっけ。あの時の感触、まだチ×ポの先が覚えてるぜ」

可憐なピンクの花弁を指でめくった。

「ねえ、いや、いやです」

ほっそりした太腿がブルッと震えた。信じられないほど美しいサーモンピンクの内側が現われ、興児は溜め息をつく。指をそっと入れると蜜液が弾けた。

「うれしいね。俺の魔羅舐めしゃぶりながら、こんなに濡らしていたなんて」

「あ、ああん」

「一発目は前戯なしでいくぜ」

ニタニタと笑って腰を落とし、いよいよ連結姿勢に入った。

4

間宮と違って若い興児は力まかせに荒々しく押し入ってくる。インサートしたかと思ったら、いきなり肉路の半ばまで突き破られた。瞬間、沙絵子は白い喉を反らして、小さな悲憤の呻きを発した。

丹念でねちっこい間宮のセックスに馴染まされた沙絵子にすれば、そうしたやり方は快感よりも不安感や嫌悪感が先立つのだ。自分の純潔を奪い、準一との仲を引き裂いた間宮を決して愛しているわけではないが、今こうしていると間宮のことばかり考えてしまう。間宮の煙草臭い口で弄ばれ、キスされながら「沙絵子はもう立派な俺の情婦だぜ」と囁いてほしくなる。

「これかよ。これが沙絵子のオマ×コかよ。ああ、すげえ、最高だぜ。へへ。間宮さんが言ってたとおりだ」

しゃにむに肉棒を突き立て、ネチャッネチャッと卑猥な律動をつづけながら、興児は熱い感動に唸っている。この瞬間をどれほど待ちのぞんだことだろうか。遊び馴れた里美と較べ、ぴちぴちの新鮮な果肉である。深く刺し貫くにつれ、幾重にも折りたたまれた肉襞が複雑に蠢いて、えもいわれぬ快美感をもたらすのだ。それはまぎれもなく名器で、しかも粘っこく抉りつづければさらに深い結合感をもたらすことを予感させた。

こんな女が本当にこの世にいるんだ……。

夢ではないことを確認したくて自分が今犯している美貌を見つめる。激しいピストン運動を受けて、日本人形のような色白の端整な顔が紅く染まり、切なげに喘ぐ風情がたまらなかった。

「感じてきたか？　おいおい、すごく熱くなってきたぜ」

「……アア……興児さんっ」

「締まってる。ピクピクしてやがる。へへ。綺麗な顔してチョー淫らなんだな、沙絵子は。よう、いつまでも気取っていねえで腰を振ってみろ」

「いやン、いやン、知りません」

きらめく黒髪を打ち振り、羞恥に悶える仕草にそそられて興児は狂おしくキスを求めた。すると沙絵子は花びらのような唇を開き、甘い口腔を興児に好き放題に舐めさせ、さらには愛しげに舌をからませたりするのだ。

乱れ髪をつかんで興児はたっぷりと唾液を流しこんだ。すると沙絵子は甘い鼻声を響かせてゴクリと呑みこみ、そのたびに膣肉をピクンッと収縮させる。

「へへ。うまいだろ、俺のつば」

「……はい……おいしいです、とても」

「ようし。もっと呑ませてやる」

興児は口腔の唾液を集めてふたたび流しこむ。また粘膜の奥が熱く収縮し、かすかに沙絵子は腰を動かす。いかにもマゾっぽい反応にたまらず興児は、はかないほどスレンダーな裸身をぐいぐい揺さぶって抽送する。

「絶対にお前を間宮さんから奪いとってみせるからな。いつか俺の情婦にしてやる」

「ああ……うれしい。ねえ、興児さん……ウフン、沙絵子、感じちゃう」

印象的な切れ長の瞳を潤ませ、沙絵子は、隷従の眼差しを向けた。そうして、恥ずかしくてたまらない感じで、くびれた腰を遠慮がちにかすかに揺する。

興児の顔面が真っ赤になった。甘美な膣肉でキリキリ絞りあげられているうえに、相手の腰の動きで肉茎を濃厚にしごかれて、興奮は頂点へ達した。

うわずった媚声をふりまく少女の秘肉へ、快楽の粘液を注ぎこんでいく。それを受けて沙絵子もエクスタシーまで駆け昇った。

若いだけに興児は精力がありあまっている。射精後、正常位でしばらくピストン運動を繰りかえすうちにすぐエレクトし、すると今度は膝の上に乗せて貫いた。

二人の裸身は汗でヌルヌルで、それがひとつに溶けて流れだしている。沙絵子の白い胸乳も汗で発光し、薄ピンクの清楚な乳頭がピーンと尖っている。

「ソラソラ。ずっぽりハマってるぜ」

「ああーん、ああーんっ……」

相手の膝上でグイグイ貫かれて、沙絵子はマゾっぽく啜り泣いた。ひりつく粘膜が肉棒でひと突きされるごとにはじけて、腰部全体が快美に痺れてしまうのだった。蜜がどんどんあふれだして、それが抜き差しのたびになんともいやらしい音を響かせている。

「二発めはここで出すかな」

「ヒイイッ……そ、そこ、いやあ」

鋭敏なアヌスを指で攻められ、沙絵子はひときわ激烈に身悶えた。そこはまだ間宮にも犯されたことがないのだ。

滴る蜜汁を塗りたくっては、ぴっちりと閉ざした菊座へ指先を送りこむ興児。弾力があって新鮮な感触がたまらない。グリグリと中指の第一関節まで差しこみ、括約筋をこねくりまわす。

「へっへ。いじるたびにマ×コが締まるぜ。お前、アナルも好きなんだろ」

「違います！　興児さん、どうかそこは許してっ」

華奢な肩先を上下させて哀訴する。抒情的な美貌が真っ赤に上気を帯びている。

「いいじゃねえか。お前ほどの女がここをいじらせないなんておかしいぜ」

しかし脅してはみたものの、実際のところ肛門性交は固く禁じられているのだ。他の女たちは麗子にせよ真澄にせよどんどんアナル調教をほどこされているが、沙絵子だけは特別扱いなのだった。

対面座位から、膝上で少女を半回転させ、後ろ向きにさせた。そして興児は体を横たわらせた。いわゆる背面騎乗位である。

「もっといやらしく腰を使うんだよ。間宮さんから教わってるはずだぞ」

「恥ずかしい……」

沙絵子は汚辱にわななきながら、ゆっくり裸身を動かしていく。

一度射精しているだけに興児は、背後からゆとりをもって美少女を眺めた。月の光を受けて流れ落ちる滝のように黒髪が見事にまっすぐ腰まで伸びている。沙絵子が、可愛らしく柔肉を張りつめたヒップを切なげに上下にはずませると、こしのある濡れ髪も情感的にざわめく。

「いいぞ。いい眺めだ」

「いや。ご覧になっちゃいや」

ヌラつく膣肉が興児の屹立を悩ましくしごきたてる。そして熱く潤んだ肉と肉がこすれ合うたびに少女の涕泣は高まり、それが男の淫欲をムラムラかきたてる。

「たまらねえや。お前の可愛いケツがくねくねして、俺のチ×ポ咥えこんでやがる」

「あ……ああ、駄目ェ」

沙絵子は切羽つまった声を放った。

目の前に赤い靄がかかっていた。快感を貪りながらピーンと激しく上半身を突っ張らせて、そのままあやうく後ろへ倒れそうになる。

ニヤつきながら興児がそれを抱き止めた。乳ぶさをそっくり揉みしだきつつグイッと引き寄せて連結をいっそう深める。

火照る蜜壺へとどめのピストン運動を浴びせられ、沙絵子はとうとう観念した。

「イクッ。沙絵子、イクう」

「うおおっ、出すぞ……」

興児は汗を飛び散らせて少女の粘膜へ剛棒を突き立てる。ドクンドクンと精液を射出しながら、沙絵子の秘肉が白濁まみれになっていくのを感じ、薄笑いをたたえる。

ああ、沙絵子ォ……。

感無量で叫びながら、これでもかとばかりに長い発作を繰りかえすのだった。

5

その日、街頭で沙絵子に冷たくあしらわれた準一は、絶望に打ちひしがれてマンションに戻った。

ひと夏で俺ほど多くのものを失った男がいるだろうか。そんな哲学的な嘆きすら呟きながら、玄関のドアを開ける。

見ると、姉の白のパンプスがあった。

いたのか、姉さん……。

ゆうべは姿を見なかったから、たぶん準一が朝出かけた後に、帰ってきたのだろう。

淫鬼たちから解放されて東京へ戻ってから、準一はほとんど姉と会っていない。天国の親には口が裂けても言えないあんな淫猥な関係を姉弟で持ってしまったのだから、もう以前のように一緒にここで暮らせるはずがなかった。

だが、姉が家を留守にしているのは、他にも理由があることを準一は知っている。自分と顔を合わせたくないだけでなく、帰りたくても帰れない事情……。そう、あの悪魔たちに軟禁されているのだ。売春婦にされるために。あれほど清らかだった姉さんの身体中、穴という穴が、今はもう悪魔の体液でベトベトに汚れきっているのだ。

「姉さん、帰ってるんだろ？」

返事はない。胸騒ぎとともに、準一は姉の部屋の襖をそっと開けた。

布団が敷かれ、真澄がタオルケットを巻いてあお向けに寝ている。軽い寝息が聞こえて準一はホッと息をつく。内心、最悪の事態を考えていたのだ。

よほど疲れきっているのだろう、真澄は部屋に入ってきた準一に気づく様子はない。すぐそばに腰をおろし、準一は姉の寝顔に見惚れる。

いつもは綺麗に梳かしてあるセミロングのワンレングスが、ざっくり乱れ、透ける白さの額や頬にかかっている。薄く形のいい唇がかすかに開き、白い前歯がのぞく。

姉さん、こんなに美しいのに……あれほど尊敬してたのに……。

それなのに実はすごく淫らな女なのだ。

興児たちに犯され、燃え狂った姉。自分の一物をおいしそうにペロペロ舐めしゃぶった姉。

そして、ああ……俺たちはつながり、同時にイッたんだ……。

脳髄まで痺れるような姉とのセックスを思いだし、準一の股間は蠢きだす。

おそらく徹夜で嬲り抜かれたのだろう、真澄はパジャマに着替える気力もなかったらしく、タオルケットの下に見えるのは、淡いブルーのスリップだけ。誘惑するようにその片方の肩紐がはずれ、華奢な肩先から艶やかな胸元のスロープが見える。

沙絵子に振られ、自棄になった準一には、あまりに悩ましい眺めだった。頭のなかにゴウゴウ血が流れ、もうなにがどうなってもよくなってきている。

地獄色した熱い衝動に駆られタオルケットをはぎとり、姉に覆いかぶさった。

「あ、ああ、姉さん……」

低く呻きながら乳ぶさをまさぐる。

「はっ！　い、いけないわ、準ちゃんっ」

ようやく気づき、真澄はかすれた声で叫んだ。

「姉さん。俺、もうどうしたらいいかわからないよォ」

「駄目よ。しっかりするのよ」

「いいだろ？　ねえ、キスしてくれよ」

「いやっ……いやよ、準ちゃん」

「好きだよ。好きなんだ」

準一は、スリップの上から乳ぶさをまさぐりつつ、ハアハアと荒い息でしゃにむに唇を重ねようとする。真澄の、苦しげに開いた紅唇のぬめりがたまらなかった。

「いやっ。お願い」

真澄は黒髪を振り乱し、顔を右へ左へとねじり、弟のキスをかわそうと必死である。

「お願いっ、聞いて。こ、こんなことをしたら……亡くなったお父様たちが悲しむわ。ねえ、準ちゃん」

しきりに乳ぶさを揉む手を押しとどめ、諭す。これ以上、準一と禁断の関係を持ったら、本当に生きていけなくなってしまう。

「今さら遅いよ。もう俺たち、一度やってしまったんだから」

目を異様にギラつかせ、言うのだ。淡い柑橘系のフレグランスと甘い髪の匂い、懐かしく悩ましい姉の体臭に、準一の一物は烈火のごとく猛り狂っていた。

「いいえ、遅くないわ。あれは、あの時は、無理やりだったもの。神様だって、きっと許してくださるはずよ」

「フン。神様なんかいるもんかよ。なあ、姉さん、俺にはもう姉さんしかいないんだ」

興奮しきった声を出し、片手で逃げまどう真澄の頬を押さえこむと、ついにその唇を奪ってしまう。

「ウムムッ……」と真澄は喉奥で呻いたが、声にはならない。

ペロペロと姉の唇や口腔を舐めまわしながらあまりの快感に、準一はウンウン唸っている。自分の舌先と姉の優しい舌とが、唾液をひとつにしてねっとり触れ合い、からみつくその感触がたまらないのだ。

タラタラと汗が滴り、真澄の顔に流れ落ちる。その真澄の顔面も熱化している。

準一はなおもチュウチュウと執拗に姉の舌を吸いあげながら、スリップを剝きおろしにかかる。

下にブラジャーは着けていない。形のいい乳房が丸出しになり、それを激しく揺さぶった。

ああ、これが姉さんのオッパイなんだ……。

あの時は二人とも縛られていたから愛撫することもできなかった。こうして自由な手で触れる姉の柔らかな肉丘の感触は最高であった。

やがて真澄の息づかいが激しくなり、鼻先から艶っぽい声がもれはじめた。

ふふ……姉さんたら、感じはじめている……。

準一の唾液を呑まされ、胸乳をしつこく刺激されるうち、みるみる抵抗が弱まってきている。もう片方の肩紐もはずされ、グイッと引きおろされ、双乳が丸出しになる。

そうやって見ると完璧に近いほど美しいバストだ、と準一は思った。

「ああ、姉さん。素敵だよ、最高だよ」

何度も何度も繰りかえしディープキスをされ、真澄の理知的な美貌全体がカーッと妖しく火照りをみせていく。

準一が胸乳に口をつけると、真澄は「アアッ」と呻いた。重くしこった乳首を舌でコリコリ転がされながら、両の手のひらで隆起を念入りに揉みしごかれる。

「これが姉さんの……ああ、姉さんのオッパイなんだ」

双乳を存分に吸いつくした準一は、なおも片手で粘っこく揉みしだきつつ、首筋から下顎へと唇を移し、また真澄の唇と重ねた。すると姉も今度は情熱的に舌をからませてくる。

「ウウン、アアン」と声をもらしながら、互いに激しく口を吸い合い、唾液を呑ませ合い、それからいったん離れて舌先でクナクナとじゃれ合う。

「夢みたいだ、姉さん」

「ああ、準ちゃん」

「姉さん感じているんだろ。ここ、熱くなってるぜ」

準一がパンティの上からひめやかな部分にそっと触れた。

「ヒイィ……」

一瞬、電流に触れたように真澄の身体は痙攣した。

実の弟にその部分を触れさせるなんて……。

いくら畜生道に堕ちたとはいえ、あれはチンピラに強制されてのことだ。それにあの時は互いに後ろ手に縛られていた。けれども今は違う。このままいったら今度こそ本当に言いわけできない。

「ねえ、堪忍。それはいや」

準一の指がパンティにかかると、乱れた黒髪を揺すっていやいやをする。

「いいだろ? 姉さん。裸になろうよ」

「ああ、いやよォ、準ちゃんっ」

「フフフ。今さらいやはないだろ」

うのだ。

一匹の淫獣と化した準一は、うむを言わさず姉の腰からパンティを剝ぎとってしまうのだ。

6

いよいよ準一は、本格的にセックスするため真澄にのしかかった。

量感あふれる乳ぶさをつかみユサユサ揉みたて、細い首筋から顔中にキスの雨を降らす。一物はもう極限まで高まり、透明な先走りの液汁をトロトロ真澄の腹の上にふりまいている。

「準ちゃん。お願い。姉さんの言うことを聞いて」

太腿を閉ざし、身体を右に左にねじり、なんとか弟の攻撃をかわそうとする真澄だが、それもはかない抵抗である。

「いやァ。いけないのよォ」

ひときわ甲高く叫ぶ。準一の高まりがその部分に押し当てられてきたのだ。その口をキスでふさがれた。

「ウ、ウググッ」

「あ、あウウウ」

二人とも泣いている。泣きながら熱い口づけを交わし合う。

舌と舌が触れ、準一が舌先に唾液を乗せて送りこむ。そうしながら準一が胸乳を握りしめた。真澄の喘ぎはにわかに高まっていく。

「好きなんだ。ずっと前から、姉さんが好きだったんだよォ」

いよいよ準一は、大きく口を開いた禁断の秘肉を探り当てた。真澄のそこはすでに蜜がトロトロに溶け、受け入れ態勢ができあがっている。腰をグイッと落とし、強引に先端をねじこんだ。

「ああ、姉さん」

「うっ、うう……」

少しずつ、だが確実に肉棒が体内に埋めこまれていく。真澄の双眸から大粒の涙がとめどなくこぼれ落ちる。荒々しい抽送が開始された。

「クソッ……ちくしょう」

容赦なく、準一はすべての恨みをぶつけるかのように、激しく貫いてくる。かと思うと、「ハハハハハ」と狂ったような笑いをこぼす。やがて完全に真澄の体内に埋めこむと、準一はどっぷりと禁断の快楽のなかに浸った。

美しい姉と交わるこの心地よさはどうだろう。真澄の体内はドロドロに潤んで、甘美に準一のものにからみつき、奥へ進めば進むほどに快感がいや増すのだ。

ハハハ、俺には姉さんがいるんだ……。

気分は晴れ、すっかり愉快になってきている。まるで、世界は自分たちのためにあるような錯覚さえ生まれてくる。

それとは反対に、真澄は悲しみのどん底でのた打つ。血を分けた弟と、またしてもこんなおぞましい関係を持つなんて。

お父様、お母様、ごめんなさい。いけない私たちを許して……。

粘膜をズンズン抉られながら、天国にいる両親に深く詫びている。

真澄がつらいのは、禁断の関係を持ったということだけでなく、弟に源泉を突き破られながら、どんどん快美感が増殖しているからでもあった。

「ああ……私、どうすればいいのよっ」

細い声を吐き、形のいい眉をたわめ、なんとも妖しい表情で訴える。

「姉さんは俺のもんだ。俺だけのもんだ」

準一はもっと深く交わるため姉の太腿を持ちあげた。そうして奥へ手を伸ばして優美なヒップまで愛撫する。

「ほらっ、深く入った。ね、この間よりずっといいだろ？」

「……馬鹿ッ。準ちゃんの馬鹿」

「いいよォ、たまんないよ」

獣のような呻きとともに、準一は子宮の底へ届くほどのピストン運動をはじめる。

真澄はたまらず官能のうねりに呑みこまれていく。すでに数えきれないほどヤクザたちに凌辱を受け、男性ホルモンをこってり注がれて、そんな淫らな女体に改造されてしまったのだ。

「口を……口を吸って」

ついに自らキスをねだった。朱唇を開き、唾液にぬめった舌を差しだして催促する。感激に震えながら準一がそれを吸いとった。内臓まで吸いつくさんばかりの激しいディープキス。同時に二人の腰と腰が、まるで息を合わせたように痙攣をみせる。

「姉さんッ」

「ああ、準ちゃん」

連結が極限まで深まった。二人の裸身はズズッとせりあがって夜具からはみだし、そのまま一気に悦楽地獄へとのめりこんでいった。

第十九章　崩れる！

1

九月、いよいよ『聖愛クラブ』がオープンした。

場所は赤坂、雑居ビルの地下。目立たない看板には『パルミラ企画室』とだけ書かれてある。

なんの変哲もない事務所ふうの入口を抜けてなかに入ると、雰囲気が一変する。ふかふかの緋色の絨毯、淡いブルーの間接照明、外国の高級ホテルのロビーを思わせるゴージャスな造りである。

店内は三つのブロックに分かれている。

入口の近くはエグゼクティブサロン『ユメイヌ』に似た落ち着いた雰囲気のバーで、

会員はこれから自分が遊ぶ美女といちゃつきながらおいしく酒を飲める。

ひとつはストリップ劇場のように店内中央部まで大きく伸びた張出し舞台。その周囲にはかぶりつきよろしく肘掛け椅子の客席が置かれ、ショウがあるとき会員はそこに移ってじっくり鑑賞する。

そして最後のブロック。一番奥の突き当たりには個室が四室。言うまでもなく会員が娼婦と淫戯にふけるための場所で、各室、多様な変態嗜好に応じられるだけの装備がセットされてある。

『聖愛クラブ』の名称は、もちろん聖愛学園に由来する。男たちにとって永遠の憧れである名門女子校、聖愛学園。そこで教鞭をふるう美しい女教師と、学園に咲く双花、沙絵子と里美の二生徒。彼女たちが、なんといってもこの売春クラブの売りもの。他に社長秘書の麗子を加えた四人のマドンナたちが、今夜から毎晩ここで春をひさぐことになるのだ。

聖愛学園の生徒と、一度は深い仲になってみたい。それは男なら誰もが抱く願望だ。その夢がかなうと知ったら、おそらく入会希望者が殺到してパニックになるだろう。

そのため東原尚文は極秘裏に準備をすすめた。『ユメイヌ』の秘密会員のなかから、これはと思う地位と財力の主を選びだし、さらに絞りに絞って最終的に十二名とした。

入会金は、べらぼうに高いと言われた『ユメイヌ』の入会金よりさらにひとケタ違い、目の玉が飛びでるほどだが、世のなかには最高の快楽のためなら億単位の金も惜しまぬ連中が存在する。東原に声をかけられた客は、いずれも二つ返事で入会を承諾した。その金額だけで東原商事の一年分の経常利益にも匹敵する。

『ユメイヌ』の娼婦は一晩に何人もの客をとらされ、たいてい何年かたつと身体がぼろぼろにされるが、『聖愛クラブ』は娼婦四人に十二名の会員だから、そんなリスキーな商売はしなくてすむ。

会員は週二回、あらかじめ予約した日にここへ来て、数時間のあいだ、好みの美女と思う存分プレイができるわけだ。愛人バンクにも似たこのシステム、東原の苦心のアイデアだ。いかに東原でも、これほどの美女をいっぺんに四人揃える幸運は今後まずのぞめない。娼婦たちの消耗をなるべく防ぎ、より長く食いものにするためには、このシステムが最良なのだった。


オープニングパーティは会員四人ずつを呼び、三日にわたって行なわれる。今夜はその初日。

お披露目ショウの内容は豪華絢爛だ。第一部は稲本麗子と客とのマナ板ショウ。第二部は、東沙絵子と結城里美によるレズビアンプレイ。そして第三部では、木下真澄と準一姉弟による近親相姦ショウ。奴隷たちはこの日に備えてみっちりとエロショーの稽古を積まされていた。

ショーの後にはくじ引きが行なわれ、会員たちが今夜のパートナーとなる娼婦を決める。おそらく夜を徹しての狂宴となることだろう。

すでに会員たちは席につき、ショウの開始を今か今かと待つ。全員、素肌にガウン一枚だけをまとい、プライバシーを守るため黒のアイマスクをつけている。あらかじめサウナで汗を流し、東原特製の強精料理を胃袋におさめて、今夜の長丁場を乗りきる準備は整っている。

その隣りには『ユメイヌ』選り抜きの娼婦が二人ずつはべり、興奮してきたらいつでも口唇奉仕を受けられる態勢だ。待ちきれないのか、早くも肉棹を手でしごかせている客もいる。

ようやくお披露目ショウがはじまった。はじめに、いつになく喜色満面の東原尚文が、にこやかに会員たちに挨拶を行ない、全員の拍手で送られたあと一番手の稲本麗子が登場した。

麗子はいかにもオフィスレディらしい白い麻のツーピース姿。ただし化粧は妖艶さを増すためにかなり濃く、セミロングの髪は念入りにブロウされてある。

張出し舞台へ向かうたび、タイトなスーツの下で乳ぶさのふくらみや太腿の見事さが強調され、ハイヒールをはいた細い足首がキュッキュッと締まる。

「さあ、まず現われたのが東原商事現役の社長秘書、稲本麗子嬢であります。年は二十六歳、かの有名なK大卒。この知性と美貌のキャリアウーマンが、今夜から皆様の思いのままなのです」

タキシードを着こんだ間宮拓二が、マイクを手に馴れた口調で紹介する。それまでふんぞりかえって酒を飲んでいた会員たちが、ぐっと身を乗りだした。

2

濃い直線的な眉、キッと結ばれた口もと。煌々としたライトに照らされ、いつもは勝ち気そうな麗子の美貌が、今夜は恥辱にこわばっている。

「バスト九十一、ヒップ八十八。社長の東原尚文が心底惚れこんだその豊満なボディラインを、とくとご覧ください」

この日までたっぷりと練習させられたらしく、張出しまでくると、麗子はセクシーに身をうねらせ音楽に合わせて服を脱ぎはじめた。脱ぎながら顔一面にカーッと朱色がきざしていく。

上衣をとり、艶やかなアイボリー色のブラジャーとともに、涎れの出そうな隆起が現われ、男たちは感嘆の声をもらす。

「麗子嬢は、キリッとしたその顔立ちからもうかがえるように、かつては外資系企業でバリバリ実務をこなした男まさりのキャリアウーマン。まあ、正直なところ調教過程でも時折り勝ち気がのぞき、ずいぶんと手を焼かせられたものです」

いつの間にか麗子は、美肉が透けて見える悩ましいブラジャーとショーツ、それに白のガーターだけになっている。エナメルのハイヒールも悩ましいその姿でステージ上を闊歩して、しきりに観客を挑発する。

「そんなじゃじゃ馬を会員の皆様がどう馴致するか、まさにSMプレイの醍醐味であります。縄で縛りあげ、一晩かけてネチネチ嬲るもよし、自慢の一物でぐいぐいハメまくるもよし。皆様の腕次第では、きっとこの気丈な麗子嬢も、淫らで従順なあなただけの牝犬になることを誓うでしょう」

饒舌にまくしたてながら、間宮は得意の絶頂にある。

フフフ、どうだ、この狒々親父どもの興奮ぶりは。これで沙絵子や真澄が登場したら腰抜かすんじゃねえか……。

同時に、自身の股間も激しく騒いでいる。観客の前で淫らにストリップを演じる麗子の姿が、なんとも刺激的だった。高慢ちきな美人秘書をとうとうここまで堕としてやったと感無量の気分である。

麗子がブラジャーをとった。圧倒的な量感の美しい双乳がこぼれでた。期せずして場内からいっせいに、「ホホウ」と声があがった。

あまりの濃艶さにこらえきれず、ガウンの前をはだけさせ、熱化した魔羅をホステスにしゃぶらせる会員もいる。

「さ、残るはおパンティ一枚。K大卒のこの美人秘書が、はたしてどんな生えっぷりなのか、ワクワクする瞬間です」

豊満なオッパイをプルンプルン揺すらせ、くびれた腰つきをくねらせながら、麗子は少しずつビキニショーツをおろしていく。さすがに無念さがこみあげるらしく、濃い眉がギュッと歪み、顔面からは今にも火を噴かんばかり。

「ほう。案外と濃いもんだな」

白い下腹にたっぷり密生した恥毛を見て誰かが呟くと、別の一人が、

「このたっぷりしたマン毛、あとで何本か引き抜いてもエエやろか?」

場内に失笑がもれる。

そこまできて麗子はさすがに身を縮め、ガクガク震えて立ちつくした。

「麗子さん、さあ、素敵な割れ目ちゃんを会員の皆さんに披露してあげてください」

「………」

しかし麗子は脚をくの字に曲げたまま、がっくり首を折るばかり。間宮の顔色が変わった。

「こら！　早く股開いてマ×コ晒さんかっ」

ガニ股で近づき、ムチムチのヒップを思いきり引っぱたいた。

小さく嗚咽しつつ麗子はステージに身を横たえ、わずかに白のガーターだけの太腿を開いていくのだ。

官能味たっぷりの太腿の狭間に、淫らに咲き誇る真紅の肉びらが露出した。すると直径三メートルほどの円形ステージが、ゆっくり回転しはじめた。同時に下からのスポットライトがいっせいに麗子を襲い、神秘の亀裂を照射する。会員はみなステージにかぶりついた。

「さあ、麗子さん。お客様に口上を申しあげて」

「………」

「ぐずぐずするんじゃねえ、麗子。またヤキ入れるぞ」

とたんにヤクザ丸出しの口調で間宮が怒鳴り、麗子の表情が凍りつく。間宮の恐ろしさは骨身にしみていた。

そのやりとりは、いかにも哀れな生贄と冷酷な調教師という感じ。この美女はあのヤクザ者に強姦され、娼婦に身を堕としたのだ。そんな想像が会員たちの嗜虐欲をいやでもそそった。

「……れ、麗子の……オ、オマ×コ、よくご覧になって。もし気に入ってくださったら、あとで、うんとエッチなこと……なさってね」

細い指で花弁を押し開き、つっかえつっかえしながら、やっと言う。天井から垂れたマイクがその澱みがちなセリフも、切なげな吐息も、すべてをはっきりと拾って客席に伝える。

「どうぞ皆さん、遠慮はご無用です。手を伸ばして麗子嬢のすべすべした肌、柔らかな肉づき、そしてアノ部分の構造をじっくりお調べください」

待ってましたとばかり会員の手が、臓物を晒してゆっくり回転するステージ上の麗子に伸びた。

「へっへっ。今夜はどの女を指名するか、こりゃ迷うで。先頭がこんなええ女なら、しんがりはどんなすごい別嬪が出てくるやら」

双乳をつかみ、むっちりした太腿を撫でさすりつつ、男たちの視線はぱっくり口を開いた濃紅色の生肉に集中する。やがてさらに大胆になって二枚の花弁に触れ、肉層にまで指を突っこむ。あまりの汚辱に麗子が「ヒイイッ！」と悲鳴を発し、その声の悩ましさがまた男たちをムラムラ挑発するのだ。

「さすがに大陰唇がよく発達しておる」

「濡れてきた。小生意気なキャリアウーマンも、オマ×コはずいぶん素直なもんだ」

男たちは麗子がまわってくるたび、卑猥ないたずらを繰りかえす。

「あ……ああ、いけませんわ」

敏感な肉芽をつねられ、麗子は呻いた。今夜の会員四名は会社社長や医者、弁護士などいずれも名士ばかり。しかしアイマスクで顔を隠している気楽さのせいか、淫欲剝きだしに麗子をいたぶるのだ。

「麗子嬢のむれむれのオマ×コをご覧いただいたところで、それではマナ板に移ります。どなたか本番ご希望の方、手をあげて」

いざマナ板となると、さすがに全員尻込みする。

「どうしました。遠慮は無用です。皆さん、早くもビンビンに勃起されてますが、その調子じゃとても最後までもちませんよ。ここで一発抜いておいたほうがショーをよりいっそう楽しめますが」

ステージの上では麗子が不安げな表情をみせている。誰も希望者が出ないでほしいと願う反面、もしそうなったら「お前の色気が足りんからだ」とヤキを入れられそうだった。

「よっしゃ、ワシがやったる」

突然、関西弁の男が名乗りをあげた。ガウンを脱ぎ捨てステージにあがる。せりだした太鼓腹に黒ずんだ剛棒がくっつくほど屹立している。

「ヒヒヒ。たまらん身体しおって。ほな、ハメたるでえ、麗子」

薄気味悪く口もとを吊りあげ、麗子の媚肉へ狙いをつける。

「アアン。う……うれしいわ。刺してェ。早く麗子に……とどめを刺して」

「ウヒイイ。泣かせるセリフ言うてからに。そらァ、どやっ」

「……うっ、うう……」

男の腰がクイクイ卑猥に前後した。体内を突き破られ、麗子が白い歯をのぞかせ苦しげに唇を噛む。

やがてぴっちり連結した二人を乗せて、ゆっくりステージが回転する。他の客たちは涎れを垂らさんばかりに、そのからみ合いを凝視するのだ。

3

二番手は結城里美だった。

水着のキャンペーンガールのようにキラキラする派手な少女である。同じグラマータイプでも熟れきった麗子とは違い、これから日増しに成熟していく勢いのある肉体美だ。その身体を誇示するように、肌にぴっちり密着した黒レザーの挑発的なキャットスーツを着ての登場である。

「聖愛学園の二年生、結城里美嬢です。美少女揃いの聖愛学園でも、色気ならこの里美嬢が一番でしょう。どうです、ハーフっぽい彫りの深い顔立ち、そしてこのぴちぴちの身体」

会員たちは里美の若さに圧倒された。キャットスーツの胸ははちきれんばかりにぷっくり隆起し、太腿やヒップは素晴らしい発達ぶりを示している。

次から次へと現われる絶世の美女たちに、今や会員たちは、この『聖愛クラブ』に払った入会金が決して高いものでなかったことを実感しはじめていた。そのお披露目のストリップを眺めているだけで、何度でも果ててしまいそうなのだった。

「おませな里美嬢は、アナルの調教もばっちり。なんとも泣かせることにフェラチオ奉仕が死ぬほど大好きというのです。望むならその甘い舌先で、あなたの一物を、アヌスを、一晩中でもペロリ、ペロリと舐めてくれます」

客の間からどよめきが起こった。まさか聖愛学園の生徒がそんなことをと思うのだ。と、後ろの緞帳がスルスルッとあがり、巨大なビデオプロジェクターに、男の股間にひざまずいてフェラチオ奉仕する少女の姿がドアップで映しだされた。うっとり睫毛を閉ざし、ヌラヌラ唾液をまぶしてはうまそうに肉棒を舐め咥えしている画面の美少女は、まぎれもなく舞台の上にいる里美であった。

「彼女の恋人は、驚くなかれ南条一生。もちろんこの人気絶頂のロックシンガーは、彼女がこんなエッチなアルバイトをしているとは夢にも知りません。今度テレビで唄っている姿を見たら、お前の彼女にケツを舐めさせ、ザーメンをごちそうしてやったぞと、優越感に浸ってください」

間宮が冗談めかして言うと客席にどっと笑いが起こる。

それまで観念しきって娼婦らしく振る舞っていた里美だが、南条一生の名前を出されると、途端に眉が八の字になり泣きそうな顔になった。別荘で強姦されて以来、一度も南条一生に会っていない。電話はもらうが、里美のほうで避けているのだ。

自分のこんなみじめな姿を南条一生が見たら、いったいどう思うだろう……。

やがて間宮に合図され、キャットスーツを脱ぎ、一糸まとわぬ姿になって横たわり、回転ステージで開陳をはじめる。会員はたまらず股間で肉棒を咥えるホステスの頭を激しく前後に揺さぶった。

「ああ、もうたまらん」

その男はかろうじてホステスの顔から一物を引き抜くと、ステージにあがろうとする。

「お客様、それは困ります」

「いいじゃないか。俺はこの娘に尺八させたいんだ」

目の前に横たわる里美の悩ましい裸身、それにスクリーンに映る濃厚なフェラチオシーンもあいまって、どうにも抑えがきかなくなったらしい。

「お気持ちはわかりますが、里美嬢はこの後レズプレイを控えておりますので……」

「頼むよ。もう出ちゃうんだ。今すぐこの娘にザーメンを呑んでほしいんだよ」

男はホステスの唾液でヌメ光る肉棒を抱え、狂おしげに腰を振るのだ。とんだハプニングに間宮は苦笑いだ。しかしそれだけショーが成功しているとも言えた。

結局ステージで里美のフェラチオがはじまった。仁王立ちする男の前に正座し、ズキンズキン脈打つ怒張に愛しげに頰ずりして、白い指先を根元にからめる。

「素敵ですわ、ご主人様のおチ×ポ」

「へへ……へっへっ」

「おいしい……」

愛撫に耽りながら媚肉が火照るのか、官能的なヒップをもじもじさせながら、肉茎を口にふくんでいく。クチュクチュ、クチュクチュと、淫らに唾液のはじける音がマイクに伝わる。

「ほんま、うまいもんや。どや、この舌の使い方ゆうたら」

先ほど麗子とマナ板を演じた関西弁の男が、かぶりつきから手を伸ばして、フェラチオする里美の乳ぶさを揉みながら感心する。他の会員も少女のヒップや腿を撫でさすり、ウームとうなずく。ストリップ劇場に通う客たちに不思議な連帯感が生まれるように、いつの間にか男たちの間にも仲間意識が芽生えている。

興児たちにこってり仕込まれた里美の口唇奉仕は巧みだ。丹念に砲身全体を舌先で舐めさすり、亀頭を唇でキューーッと吸いあげては、エラのまわりを舌でコリコリさせる。そうしながら片手で玉袋からアヌスをさすり、指は休みなく砲身をしごきたてる。

男が甲高く唸り、里美の頭を抱えこんだ。

「どうやらフィニッシュです。里美さん、ご主人様の素敵な愛のしるしを一滴残さず胃袋におさめてください」

間宮がうながす。

喉奥にまで激しく肉棒を突き立てられ、真っ赤になりながら里美は、匂いの強い飛沫を必死に嚥下していった。

4

里美のハプニングの生尺ショーが終わると、会員たちがひと息つく間もなく、今度は東沙絵子のお披露目がはじまった。

きらめく長い髪、スレンダーな長身、汚れを知らぬ清純な美しさ——沙絵子はまさに男たちの描く理想の少女像そのものだった。舞台の袖から姿を現わした途端、会員はみなハッと息を呑み、客席にその時だけは厳粛な静けさが流れた。

コスチュームは当然、聖愛学園の制服である。ピンタックの入った愛らしい白のブラウス、臙脂の細いリボン、短めの紺色のプリーツスカート。まるで夢のように美しい制服姿である。

そのスラリと華奢な美少女は、無残にも高手小手にキリキリ縛りあげられての登場だ。劇的な演出効果を狙ったらしく、背中までの美しい髪を後ろでひとつに束ね、その何本かをハラリと顔に垂れかかるようにしてある。そして厳しく麻縄をくいこませたブラウスの胸もとはボタンが二つはずれ、清楚な白の下着がちらつき、隆起の裾野までほの見えて、痺れるほどの被虐美をかもしだしていた。

「さあ、お待たせしました。正に美少女のなかの美少女、聖愛学園二年、東沙絵子嬢です」

そこで間を置き、間宮は客席の反応をうかがう。思ったとおりだった。会員たちはあんぐり口を開いたまま、凍りついたように動かない。

場内の異様な雰囲気に、沙絵子は雪白の頬をさらに蒼白に深めて脅えきっている。ステージに漂う男たちの精液の匂いがムッと鼻をつき、それが肌をチリ毛立たせた。

奴隷よ。私は、もう奴隷なのよ……。

あまりの汚辱感に気が狂いそうになる自分を、そう言って正気づかせるのだ。人間としてのプライドを捨てなければ、とうてい耐えられそうにない色地獄だった。

「ウリャッ。ちゃんと顔をあげて歩け」

縄尻をつかむ興児が、脅える少女の尻を何度も叩いては張出し舞台まで歩かせる。

「ふふふ。さすがに女遊びのプロである皆さんも、沙絵子嬢の百合の花のような可憐さに、驚かれたご様子ですな。聖愛学園ナンバーワンの彼女、実はついこの間までキスもしたことのない純粋なるバージンでありました。調教のために、やむなくこの私がその清らかな花園を田楽刺しにした次第です。その時の模様を克明に記録したビデオがありますので、破瓜の血にまみれる姿をご覧になりたい方はいつでも私のところまでお知らせください」

会員たちの口からなんとも説明のつかない溜め息がもれた。

可哀相に、このヤクザ者に誘拐され、姦られたんだ。あげくにこんな娼婦にまで仕立てられて……。

そんなありきたりの想像が、カーッと肉を火照らせる。この美少女の純潔にありつけたら何億出しても惜しくないのに、とも思うのだった。

「しかし大丈夫。女にされたとはいえ、アソコの清らかさ初々しさはまだ少しも損なわれておりません。なにぶん深窓の令嬢のため、本格的なハードプレイはまだご容赦願いますが、ミルク呑みや緊縛プレイなども一通り仕込んであります」

少女のブラウスの前を助手役の興児がはだけさせた。縄でひしゃげた雪白の乳ぶさが、そして溜め息の出るほど淡い色合いのピンクの乳頭がこぼれ、それを興児がつかんで揉みにじる。沙絵子はさらに黒髪をほつれさせ、可憐な口もとから「ア、アアン」ともらして、切なげにすすり泣いた。

客席の興奮はピークに達した。

「この娘や、絶対この娘がええ」

関西弁の男がうわずった声で叫んだ。男は絶倫なのか、それとも強精料理が効いているのか、剝きだしのままの股間を再びドクドクと充血させている。

「どうです、シミひとつない雪のような肌、百六十五センチのスラリとしたプロポーション。皆さん、これほど制服の似合う娘を見たことありますか?」

間宮の弁舌に熱がこもる。

興児の手が今度は下半身へ伸び、プリーツスカートをめくりながら太腿を愛撫する。

大勢の男たちの前で制服のスカートをまくられる。夏休み前の沙絵子だったら、ただそれだけで失神してしまったろう。今、沙絵子は顔をいっぱいにねじり、血の出るほど唇をきつく嚙みしめるばかり。

目に滲みる白さの太腿がこぼれでた。ほっそりとしなやかで、それでいてムチムチ柔らかさのある脚線美だ。

「美少女といっても、テレビに出てくるお馬鹿タレントとは毛並みが違います。沙絵子嬢は、名門聖愛学園で学級委員を務め、東大をめざすほどの優等生なのです」

背後から興児が乳ぶさを揉み、股間をまさぐる。そのたびに束ねた黒髪をうねうね左右に振り、「いや、いやです」と、小さく声を発する沙絵子を、男たちは目を血走らせて凝視する。揺れるプリーツスカートの裾が乱れ、純白の清楚なショーツがちらつき、なんともたまらなく煽情的な眺めだ。

「早うヌードを拝ませてくれや。このままじゃたまらんでえ」

ようやく興児がスカートのファスナーを引きおろす。首を折った少女の白い美貌が、みるみる赤く染まっていく。スカートが足下に落とされた。乳白色の太腿の付け根に、純白のナイロンショーツがぴっちりと秘部を覆う。

「そ、そのスカート、売ってくれないか。いくらでも金は出す」

それまで無口だった男が真っ赤になりながら叫んだ。

聖愛学園の制服はマニア垂涎の的なのだ。まして沙絵子のような少女がつけていたものとなれば、喉から手が出るほど欲しいに違いない。

「へへへ。そいつはちょっと……なにしろ沙絵子嬢は明日も学校へ通わなければならないもんで」

　間宮がニヤニヤと丁重に断った。

「その代わりに、今沙絵子嬢のはいているパンティを差しあげましょう。今日、学校にはいていった匂いつきのむれむれパンティです」

「ほ、ほんとかい？」

　男の目が輝いた。

「どうぞ。ステージにのぼって、お客さんの手で脱がせてやってください」

「ようし。うひひ」

　大張りきりで男は沙絵子に近づいた。歩きながら、ガウンの下から赤い勃起が顔をのぞかせる。

「あ、ああ……いやですっ」

　緊縛された身体を左右にくねらせ、悶える沙絵子。男の手がショーツにかかり、徐々に繊毛がのぞけるその瞬間瞬間を楽しみながら、ゆっくり剝きおろしていった。そして足首から脱がせると、純白の布地を大事そうにたたんで手のひらに握りしめる。

「どうです。ようやく生え揃ったばかりという感じでしょう」

　上は制服のブラウスで、下半身だけ丸出しという取り合わせが妙にエロチックだった。

「プロの私が保証いたします。女になってまだ日も浅い沙絵子嬢のあの部分はまぎれもない名器。バイオリンにたとえるならストラディヴァリウスでしょうか」

そんな間宮の言葉を聞いた男は激情に駆られ、少女の股間にふるいついた。

「オマ×コ見せてくれよ。なあ……お、俺が綺麗に掃除してやる」

「きゃああ！」

恥ずかしい乙女の部分にいきなり顔を埋められ、沙絵子は絶叫した。ガクガク身悶えするたびに、縄掛けされた白桃の隆起が痛々しげに揺れる。そんな純情ぶりが、遊び馴れた会員たちの目にはたまらなく新鮮に映った。

「フフフ。お客さん、それは二人っきりの時にどうぞ。今はまだ沙絵子嬢も心の準備ができておりませんから」

客のそうした取り乱し方も計算ずみなのだろう、間宮はさしてあわてたふうもない。なおも太腿を抱えこみ、チュッ、チュッとキスの雨を降らす男を、興児がどうにか引き離した。

「さあ、お次は里美アンド沙絵子。聖愛学園きっての美少女ふたりによる、レズビアンショウのはじまりです」

素っ裸の里美が再びステージに現われた。妖しい薄化粧を新たにほどこして、高校生とは思えない濃艶さだ。手には双頭バイブを持っている。

会員たちから拍手が起こった。名門学園の同級生による変態レズプレイ——こんな贅沢な見世物にはお目にかかったことがなかった。

緊縛され、はだけたブラウスのみをまとい横たわる沙絵子に、里美が淫ら責めを開始する。初々しい乳ぶさを吸い、細い腰をさすり、なにやら耳もとに囁いては、脅える沙絵子をあやしながら、

「ねえ、沙絵子。皆さんに私たちの仲のいいところ、見てもらいましょ?」

「ああ、里美さん……恥ずかしいっ」

「ウフフ。さあキスよ。私の唾を呑んで」

里美は三十センチほど離れた高さから、沙絵子の唇めがけて唾液をたらーりと落とす。沙絵子は美しい眉をしかめ、それを受けてゴクッと呑み干す。

「おいしい?」

尋ねながら粘っこく乳ぶさを握りしめる。

「……え、ええ」

沙絵子の目もとは潤みはじめている。

「じゃ、もう一度」

今度はさっきより多量の唾液がヌラヌラッと上から下へと流れ落ちた。それから唇と唇が重なり、本格的なディープキスへ。少女と少女の愛らしいピンクの舌先が互いの口腔でねちっこく出し入れされる。

里美の指先は、沙絵子のクレヴァスをなぶりにかかった。花びらを割り、ピンクの肉層を露呈させ、ズボズボ抽送する。回転ステージがまわるたびに、男たちは目を凝らして沙絵子の美しい秘奥をのぞいた。

「つながるのよ、沙絵子。私たちだけで素敵なオマ×コしましょ?」

「ああ、そんな……」

里美が双頭バイブをお互いの身体に挿入すると、沙絵子は黒髪を揺すって羞恥にのた打つ。おぞましい赤いバイブが二人を連結し、とろけた媚肉をかきむしる。

「アアンン」

「ウフフン」

少女二人の甘く悩ましい喘ぎ声が、マイクに乗って場内に流れていく。客席からもウッウウと呻きが起こり、先ほど沙絵子のパンティをもらった男が、股間にひざまずくホステスの顔面にドピュッと体液をほとばしらせた。

第二十章　堕ちる！

1

「さあ。いよいよです。聖愛クラブの、記念すべきオープニングショウの最後を飾るのは、この女性です」

どんなコスチュームで現われるのかと思いきや、木下真澄は、一糸まとわぬ肌にぐるぐる縄を巻きつかせての登場だった。

緊縛は沙絵子の時よりもずっと厳しい。柔肌を抉るばかりに麻縄がギュッとくいこみ、乳ぶさは根こそぎプックリと絞りだされ、おまけに股縄まで掛けられてある。

真澄の理知的な顔立ちはボウッと朱く霞み、額に汗を張りつかせている。もう小一時間そのままで、秘唇に押し入った縄瘤がじっとり淫汁を分泌させるためだ。そして興児に縄尻をとられて歩くたびに縄瘤がいっそう激しく粘膜にくいこむため、動きがぎごちない。

その冷酷な扱いに東原の執念深さがうかがわれた。女体の限界ぎりぎりまで徹底的に凌辱し、あげくは弟との畜生道に突き堕としながら、まだ少しも真澄を許してはいないのだ。

「お手元の資料をご覧ください。木下真澄、二十五歳。正真正銘、聖愛学園の教師であることがおわかりでしょう」

会員たちに渡された今夜のショウのプログラムには、念の入ったことに、真澄の写真入りの身分証明書が、準一の学生証と並んで印刷されていた。そればかりか二人の戸籍謄本のコピーまである。

「ほんまや。ヒヒ、ほんまに聖愛学園のオナゴ教師や」

男たちは写真と実物を代わるがわる見較べ、まだ信じられないというように首を振る。

「ウーム。こんないい女ばかりなら、週に二日じゃ足りんなあ。毎日通いたいよ」

誰かが呟くと、いっせいに皆がうなずく。

真澄はワンレングスの艶やかな髪をざっくり乱している。長い睫毛を閉ざし、唇を震わせ、屈辱に耐えるその表情に、男たちはゾクゾクするほどの痺れを覚えた。

「どうです、皆さん。こんなフランス女優のような気品あふれる美しい女教師を見たことがありますか？　そしてファッションモデルのように引き締まったスリムなボディ。フッフッ。お望みなら、真澄嬢とＳＭプレイしながら、ビジネス英語の個人レッスンも可能ですよ」

もちろん冗談なのだが、客は大いに興味をそそられた様子だ。

張出し舞台に、真澄は後ろ手縛りのまま正座する。スポットライトが四方から当てられた。汗を滲ませた雪肌が、煌々と目にしみるほどの輝きを放つ。

「フーム。実に綺麗な肌や。まったく縄縛りにゃ最高やで」

真澄の細い肩が震えた。自分の肌に刺すように注がれる男たちの視線に、娼婦であることをいやでも悟らされるのだ。

「真澄嬢の表情はなんとも艶っぽいでしょう？　フフフ。本物のマゾだから股縄だけで感じてしまうんです。真澄さん、股を開いてみてください」

真澄は真っ赤になっていやいやをした。が、興児に後ろから腰のあたりを蹴りつけられ、恥辱に身を揉みながら太腿を開いた。

「ほら、よく見ると股縄が湿っていますよ」

男たちが目を凝らすと、ピンクの花弁を割って女体の中心に縄がくいこみ、確かにそこら一帯が愛液でべとべとになっている。

「驚いたねえ。生徒といい女教師といい、聖愛学園ってのは売女の集まりだ」

「マ×コで勝負して成績決めてるのとちゃいまっか。ひっひっ」

男たちのいたぶりの声が真澄の耳にも届く。

「さて今夜とっておきの見世物は、真澄嬢と実弟、準一クンとの背徳の相姦ショウです」

やはり素っ裸の準一が、リョウに付き添われ、フラフラおぼつかない足取りで歩いてくる。なにか薬を飲まされたのか瞳はどんより濁って虚ろだ。

「パッチリと大きな瞳、通った鼻筋、その端整な顔立ちを見れば二人が姉弟であることは一目瞭然ですが、念のためお手もとの資料と照合してください」

客はまたプログラムと首っ引きとなる。学生証を見ると、確かにその凛々しい若者はJ大生、木下準一に間違いない。そして二人の血のつながりは戸籍謄本が保証している。

場内は興奮の坩堝だ。本物の姉弟であることが証明されたこの美貌の二人が、これから白黒のからみを演じるというのだ。

「真澄さん。まずは尺八で準一クンの緊張を解いてあげましょう」

張出し舞台の上で、真澄は準一の垂れさがったものをペロペロ舐めさすりはじめた。

「準ちゃん、許してね」

サオ全体を舌で愛撫し、王冠部をチューッと吸いあげるうち、ムクムクと準一は隆起していく。

「好きよ、準ちゃん。もっと、もっと大きくなって」

「ああ、姉さんっ」

肉棒は九十度から百二十度へと角度をあげ、なおも反りかえった裏側を舌先で粘っこくしごかれるうち、全開状態となる。

「どうです。この仲のいいこと。皆さんに見られているせいか、今夜は二人とも一段とハッスルしているようです」

緊縛されたまま美しい姉が、甘い鼻息をもらしながら弟へフェラチオ奉仕する光景は、激烈な刺激だった。会員たちは痺れきった腰をもぞもぞ動かし、しきりに水割りをがぶ飲みする。その股間では相変わらずホステスがサービスをつづけている。

「準一クン、お姉ちゃんがそろそろナマを入れてもらいたがってますよ」

おしゃぶりしながら雪肌にねっとり汗をにじませ、喘ぐ真澄を見て、間宮が告げた。

黒子のように付き添う興児が股縄をほどいてやる。

「いいのよ、準ちゃん。もうどうしようもないもの。入れて。姉さんを思いきり犯して」

濡れそぼった秘唇をのぞかせ、腰をくねらせて真澄は弟を誘った。淫らに上気したその顔つきは、もう娼婦そのものだ。

「姉さんっ。好きだ。大好きだよ」

準一は高ぶった声で言うと、猛り狂う勃起を突きだして姉の裸身に覆いかぶさっていった。

2

多少のハプニングはあったものの、大好評のうちにお披露目ショーが今、終了したばかりだ。間宮の助手を務めていた興児は、血眼になって沙絵子の姿を探していた。

東原商事の晴れ舞台に自分も立ち会ったのだという高揚感と、女たちが次から次へ繰りひろげる妖美な狂態を目の当たりにした性的興奮で、アドレナリンがどくんどくんとあふれだしていた。ことに、まばゆいスポットライトを浴びた沙絵子の強烈な魅力に興児は圧倒された。そうした場に出ると彼女の美貌にはどんなアイドルもかなわない華があり、気品と知性の輝きがあった。

ショーの後、女たちがそれぞれ今夜の客の相手をするまで、まだ一時間近くある。どうしても今すぐに沙絵子の口で魔羅をしゃぶらせ、あの腰骨まで痺れる甘い嗚咽を聞きたいと興児は思った。そして若くてイキのいい大量の精液（間宮や会員のオヤジたちのそれとは較べ物にならないはずだった）を呑ませてやりたい。きっと沙絵子も興奮するはずで嚥下しながらオルガスムスに達するだろう。

沙絵子だって本当は、この俺をご主人様として崇めることを望んでいるんだからな……。

アパートで沙絵子と濃密に濡れた七時間をすごした経験から、興児には、絶対に間宮に負けない自信があった。

お嬢様育ちの沙絵子のことだ。初めて身体を売るのが怖くてブルブル震えてるんじゃないか。たっぷりザーメン呑ませてから俺が励ましてやろう。ディープキスして優しい言葉をかけてやれば、すぐに沙絵子もうっとりして、あの可愛い声で娼婦としての決意を誓うはずだ……。

しかし、心当たりの場所にどこにもいなかった。他の三人の女たちはシャワーで身を清め、入念にメイクして床入りの準備をしている。みなゾクリとするほど艶っぽく変身していたが、興児の目には沙絵子しか映らないのだ。

楽屋では準一が壁にもたれて座り、廃人のようにボーっとしていた。覚醒剤を打たれてステージにあがっていたが、極度の高揚感から覚めて虚脱状態にあるのだろう。あるいは姉との近親相姦を大勢に見られて神経がおかしくなったのかもしれない。

哀れな野郎だ……。

準一はいずれどこかへ監禁してシャブ漬けにする、そう間宮が冷酷に言い放っていたのを思いだした。いつまでも近親相姦ショーでは客に飽きられてしまうし、そうなれば利用価値はないからだ。このままゆっくり本物の廃人になるしか準一に生きる道は残されていないのだ。

だが興児の頭のなかから準一のことはすぐに消え去った。かつて、といってもつい一カ月前までなのだが、沙絵子と準一がプラトニックな恋愛関係にあったことなど、もはや誰も覚えていなかった。

もしやと思い、地下の聖愛クラブ事務室をのぞいてみることにした。社長や間宮に酒の酌をさせられている可能性もある。そこにいなければ後は一足先に個室に行っているとしか考えられない。優等生で几帳面な性格の沙絵子だから、緊縛されて正座したまま、一時間でも二時間でも客の来るのをじっと待っていても不思議はない。

事務室には誰もいなかった。そこには四部屋の個室を監視するモニターがあって、興児は椅子に腰をおろし、何気なく見入った。

なんのことはない、そのうちの一台に沙絵子が映っているではないか。腰まで届く濡れ羽色の見事な髪が、お人形のような白い顔に垂れかかっているからすぐわかる。一人だった。夜具のそばで、真っ白い雪肌にきつく縄を打たれて、きちんと正座している。

「やっぱりな。ククク。可愛いもんだ。よし、俺が行ってやろうか」

少女への愛しさについ表情がゆるんでしまう。そうして歯茎を見せて笑うと興児はいかにもまだ二十一歳の若者の幼さが漂う。

御輿をあげようとしたところで、モニター画面に素っ裸の男が現われた。一瞬、今夜の客かと思った。待ちきれなくて約束の時間を繰りあげさせたのかと。だがそうではなく、男は間宮拓二であった。

シリコン入りの巨根でそれとわかる。半立ち状態のそれをブラブラさせ、缶ビールのプルトップをあけながらなにやら少女に話しかけている。

ビールを取りに行っていたため、一時的に画面から消えていたのだ。フェラチオ奉仕をさせていたに違いなく、自慢のシリコン魔羅の勢いから察するに、沙絵子の口腔で発射を遂げたばかりである。

間宮さんも俺と同じことを考えていたのか……。

興児の表情は険を含んでこわばり、モニターを見つめる目に凶暴な光が宿る。

二人は濃厚な接吻をはじめた。口づけしながら間宮がなにか卑猥なことを言うと、沙絵子は羞じらいを浮かべてうなだれる。その顎を間宮がしゃくりあげた。美少女の火照った横顔には甘い屈伏感がにじんでいる。

「ああ、畜生ッ。なめやがって」

総身を灼くような嫉妬にとらわれつつ興児はモニターのボリュームをいっぱいにあげた。柄にもなく間宮の声には優しい響きがあり、そして沙絵子のほうも間宮に頼りきっている。

〈どうした？　もう泣いたりしねえかよ〉

〈はい……うふん、ごめんなさい。間宮さんのミルク、お口にたくさんいただいて沙絵子、少し気持ちが落ち着きました〉

〈よし。今夜は大切な口開けの客だ。くれぐれも粗相のないようにするんだぞ。お前はこの聖愛クラブ一番のスターなんだからな〉

＊

二人は、まるで興児に見せつけるかのように粘液感にまみれたディープキスを繰りかえすのだ。間宮の手が、いかにも調教師らしい巧みなタッチで乳ぶさを愛撫する。

正座する沙絵子のくびれた腰部が、かすかに悶えている。その鼻先から、興児にもよく聞き覚えのある濃艶な音色があふれている。

〈駄目だぞ、沙絵子。もう気をやらせるわけにはいかねえ。じきに客が来る〉

〈ああーン……は、はい……つらいけど我慢しますわ〉

〈そうだ。我慢して、たまった分を、今夜の客に思いきりぶつけるんだ。これだけオマ×コ濡らしていれば客も大喜びだぜ〉

そんな二人のやりとりを見つめながら興児は狂おしいジェラシーを抱きつつ、沙絵子の媚態に欲情していた。ズボンのなかでいきり立つ肉茎を指で押さえつけて、負けるものか、いつかそのうち沙絵子を自分の情婦にするんだ、と心に誓うのだった。

3

沙絵子が最初に身体を売る相手は、医師の田之倉で、この男はさっき舞台にあがって沙絵子のスカートを脱がせた人物である。ふだんは温厚な紳士を装っているが、快楽のためには異常な執念を燃やす美少女マニアであり制服コレクターだった。

田之倉は、ほろ酔い機嫌で部屋へ入ってきた。四十代半ば、色が白くて全体的にぽっちゃりして、坊ちゃん風に髪を横へ撫でつけている。オタク少年がそのまま中年になった感じの風体である。

夜具のそばに、縛られて正座する沙絵子を見つけるなり、田之倉はもう大変なはしゃぎようである。まず真っ先に少女の下腹部をのぞきこみ、感嘆しきりで「なんと可愛らしい生えっぷりだろう」などと口走りながら、だらりと垂れた一物を指でしごくのだ。するとそれはたちまちムクムク首をもたげる。

沙絵子は目をそむけた。ドス黒い嫌悪感が血管に流れこみ、むかつくような息苦しさを覚える。それでも震えがちの声で、間宮に教えこまれた口上を述べる。

「……沙絵子と申します。あの……お客様の相手を、身体で務めますのは……今夜が初めてなんです。田之倉さまに気持ちよく、ええと……発射していただけるように、せいいっぱい努力いたします……それから」

「どうした？　へへへ。それから？」

「ああ、すみません……も、もし、沙絵子の態度や、お口の使い方や、ア、アソコの……締まりに、ご不満がありましたら、どうかきつく叱ってくださいませ」

輝く黒髪をうねらせ、羞じらいがちに口上を言う少女を、田之倉は好色な笑みを浮かべて熱く見つめている。

「……きっといつか、田之倉さまに、お前は一人前の娼婦だ、と認めていただけるよう……沙絵子は、これからも厳しいレッスンを積んで参りますわ」

「よし。いい覚悟だ。ますます気に入ったぞ」

「ありがとうございます、田之倉さま」

「あー、綺麗だよ、沙絵子。いの一番にお前を抱けるなんて、なんてツイてるんだ。うくく。俺は生まれつき運がいいんだよ。今夜は素晴らしいことが起きる予感がしていた」

ガウンを脱ぎ捨て、さっそく田之倉は沙絵子の肢体にいたずらをはじめるのだ。

「こうしてそばで眺めるともうたまらないね。この肌の白さ、キメ細かさときたら。それにこのおっぱいの美しさはどうだろ。うくく。大丈夫かい。縄がきつくないか？」

猫撫で声で尋ねながら、言葉とは裏腹に、縄目を受けて飛びだした清純な乳ぶさを、指痕が朱くつくほど揉みしだく。そうして、あでやかな桜色の乳頭がコリコリと突起してくるのを眺め、だらしなく口もとをゆるめる。

「はい……大丈夫です」

「そうかそうか。へへ。沙絵子はお人形さんみたいに可愛い顔して大したマゾらしいものな。きっともうオマ×コぐっしょり濡らしてるんだろ」

田之倉の手がそろりと下腹部へ伸びた。甘美に生え揃った柔らかな茂みを撫でさする。

「あ、ああっ、いや」

「うくくく。やっぱりな」

閉じ合わせた白い内腿を押し開いて、秘苑をまさぐる。美少女のそこがねっとり樹液をたたえているのを知って、田之倉は得意げに喉の奥を鳴らした。

「まったく不思議だよ。お前、聖愛学園でトップクラスの成績なんだろ。現役で東大へ入れるというのに、なんでこんなところでマゾ娼婦として働いてるんだい？　もし東大へ入っても、まだ娼婦を続けるつもりなのか」

「さあ……どうでしょう。わかりません。沙絵子は、ただ、調教師の方に命令されるとおりに生きていくだけですもの」

腰まで伸びた黒髪をさらりと軽く払い、沙絵子は、やや上気した二重瞼の瞳を気弱そうに相手へ向けた。

「へえ。本気かよ、お前」

田之倉は中年オタクといった生白い顔をみるみる紅潮させている。

「はい。だって、そ、それが、マゾの沙絵子の悦びなんですもの」

血を吐くような思いで沙絵子は言った。

なにしろモニターで一部始終を観察されているので、もし変なことをしゃべって客を興ざめさせたらどんな折檻を受けるかもしれない。頭のいい沙絵子には、どういう言動が秘密クラブの客や間宮たちを満足させられるか、これまでの恥辱の積み重ねからおおよその見当がつくのだった。

少女の口ぶりに田之倉は興奮しきって、激しい勢いでキスを奪う。

さすがに沙絵子は一瞬狼狽し、緊縛された裸身を棒のようにつっぱらせた。しかしすぐに観念し、仕込まれたとおりの舌使いをみせ、甘美な粘液感をたっぷり相手に味わわせてやるのだ。

「甘い口だな。たまらんキスだ。ウーン」

田之倉はしきりに唸り、沙絵子の華奢な肢体へ勃起をこすりつけている。美少女のこの痺れる紅唇でフェラチオさせたらどんなにいい気持ちかと期待に胸をふくらませる。

「今夜は泊まりになるぞ。いいな。さっきホステスに一発呑ませたんだが、まだまだいける。沙絵子のせいで信じられないほどムスコが元気なんだよ。くくく。せいぜい仮眠ぐらいしかさせないつもりだから覚悟しておけ、こら」

「うふんっ、アア、うれしいですわ」

「お前、家のほうは大丈夫なのか。外泊して親は心配していないのかよ？　まさか可愛い娘が、こんなみじめな姿で売春しているなんて、知らないんだろう」

「…………」

「いったいどんな嘘をついて出てきたんだ？」

神経を逆撫でされる問いかけだった。両親には結城里美の家へ泊まりに行くといってあるのだが、嘘をつく時、心臓が止まりそうな苦しさだったのだ。

それまで上々の娼婦デビューを見せていた沙絵子であるが、両親のことを思いだした途端に胸がつまり、言葉をかえせない。

優しくて素敵な母親や、いつもリビングでぶあつい英語の原書を読みふける父親の顔が目の前にチラついた。哀しみに襲われてうなだれると、豊潤な黒髪が前へざっくり垂れ落ちて、たちまち美貌を覆い隠してしまう。いけない、いけないと自分に言い聞かせるが、涙があふれ、瞼から一筋、二筋流れ落ちてくる。

「どうした、沙絵子？」

「……うう……ご、ごめんなさいっ。本当に申しわけありません。な、なんでもないんです」

「今さら里心がついたわけでもないだろ、お前のようなとびきりマゾ性の強い娘が。くくく。俺の気を引こうとして臭い演技なんかするなよ」

田之倉は冷たく言い放ち、うなだれている少女の腰まで伸ばした黒髪をつかんで強引に顔を引き起こす。すべすべの滑らかな髪の手触りを楽しみつつ、さらに上へ引き絞り、ぐらぐら頭を揺さぶった。間宮や東原とはタイプの違うサディストらしく、ねちっこく迫りながら勃起が勢いよく跳ねている。

4

まだ沙絵子は細い肩を震わせ、悲しげに涕泣をもらしている。

「客の前でしくしく泣く、そんな娼婦があるか。馬鹿者！」

田之倉は頬へ軽く平手打ちを飛ばした。

二度、三度……。

白く冴えた沙絵子の頬が朱くなる。この中年医師にすれば、とかく少女のあまりの知性と美貌に圧倒されがちな自分自身に、そうしてハッパをかけている意味もあるのだった。

「ううっ……ごめんなさいっ、田之倉さま。ああ、沙絵子を許してくださいっ」

「いくらお人形さんのように美しいからといって、それだけでチヤホヤされると思ったら大間違いだぞ。俺がどれだけの大金を払ってると思ってるんだ！　淫売なら淫売らしく色気でお客を悦ばせたらどうだ」

少女の弱みに卑劣につけこむことで、田之倉はすっかり精神的優位に立つことができた。おまけに嗜虐の興奮によるエネルギーで全身が活性化している。

「アア、ごめんなさい、田之倉さま。どうか沙絵子のお口で、ご奉仕させてくださいお願いします」

沙絵子は身をよじり、縄目から飛びでた双乳をプルンプルンさせて哀願する。

「仕方ない。しゃぶらせてやるか」

恩着せがましく言って、まがまがしくそそり立つ肉棒をその口にぶちこんだ。

極上の唾液にねっとり包まれ、バラ色の唇でキュッ、キュッと粘っこくしごかれ、思わず田之倉は会心の笑みを洩らす。想像したよりもはるかに素晴らしい快感である。しかも美少女は「ムフン、ムフーン」というマゾっぽい陶酔の音色をたえず響かせている。ご奉仕できてうれしくてならないという気配がこちらにはっきり伝わってくるのだ。

口のなかでたっぷりしごいてペニスを充分に屹立させると、いったん吐きだす。唾液にぬめる裏筋へ、舌腹をぴたりと押しつけ、甘美な粘液感を与えながらネバネバと愛撫する。その間も「ごめんなさい、田之倉さま」とか「どうか沙絵子を許してください」と、マゾっぽく哀願する。

「間宮に言いつけてやるかなあ。くくく。プレイ中にめそめそ泣かれて、すっかり白けちまったよって」

本当は美少女の行なう愛撫に痺れきって田之倉は天国をさまようのだったが、わざと意地悪くそんなことを言う。

「ああっ、ごめんなさい。どうか、間宮さんにはおっしゃらないで……」

沙絵子は必死である。少しでも相手のご機嫌を取ろうと緊縛された裸身を揺すり、懸命にフェラチオを行なう。肉茎ばかりでなく陰毛だらけの鼠蹊部や内腿へも濃厚なナメナメ愛撫を注ぎ、唾液でぐっしょりにさせて、その合間にはきらきら乱れ落ちる黒髪の束を女っぽい仕草で後ろへ払う。

あまりの悩ましさと快感に、怒張はピクンピクン反応しながら、濃いカウパー氏腺液をふりまくのだ。

「本当は沙絵子、田之倉さまと一晩一緒にいられるのがとてもうれしいんです。ああン、信じてください、ねえっ」

「調子のいいことを言って。うくく。少しでも気を抜いたところを見せたら即、間宮にクレームをつけるから覚悟しとけ」

「わ、わかりましたわ」

「ホラ、しゃぶれしゃぶれ！　根元までずっぽりチ×ポ咥えてみろ」

縛られた少女の顔面へ向けて、田之倉は容赦なく腰を前後に動かしはじめた。可憐な口を割ってズブズブと肉棒が押しこまれていく。

むごいイラマチオを強要して、いつ少女が音をあげるかと心待ちにするのだが（そうしたらまたネチネチいじめてやれるからだ）、しかし意外なことに、沙絵子は美しい眉根に苦しげに皺を寄せながらも耐えてみせる。

「す、すごいな、お前！　本当に根元まで咥えちまったじゃないか……」

「ム、ムフン、うむん」

「アア、いい気持ちだぞ。ウーン、こりゃたまらない」

ついには田之倉も感動の声を放つ。

こんな美しい少女がまさか本格的なディープスロートまでこなせるとは信じられなかった。

両手で少女の頭上をがっちり押さえつけ、どぎつい欲望のままにズンッ、ズンッと肉茎を突き立てる。温かな口腔が膣肉にも似た快美感をもたらす。喉奥までみっしり貫いているはずなのに、しかし沙絵子は相変わらずマゾの音色を響かせ、イラマチオに耐えている。

そればかりか田之倉が手を離すと、沙絵子は、みずからすすんで首を激しく振る。そうして最深部までディープスロートしてみせ、そこでチュプチュプと悩殺的なピストン運動を行なうではないか。それを繰りかえす少女のざわめく黒髪からはなんともいえない官能的な香りが立ちあがってくる。

「いいぞ、沙絵子、お前、すごいぞ。もう許してやろう。すっかりご機嫌が直ったぞ」

田之倉は狂喜して言う。

ぷっくり隆起した乳ぶさを両手でそっくり包みこみ、大きく揉みしだく。そして深々と股間に吸いつく美少女を悠然と見おろし、勝ち誇ったような笑みを浮かべる。

こんなにも理想的な奴隷少女がこの世に実在することがいまだに信じられない思いだった。沙絵子に奉仕を受けることで全能感がみなぎる。

じわじわと射精感が近づいてくる。手のひらに伝わる、清純で弾力にみちた乳ぶさの素晴らしい感触と、そしてペニスの根元をピクピク緊めつける紅唇の感触が悩ましくリンクして、あまりの興奮にはじけそうになる。

「ようし。もういい」

限界ぎりぎりまで我慢し、あわてて田之倉は一物を引き抜いた。

5

「さあ。お前のなかにぶちこんでやる。欲しかったんだろう?」

「アアン……」

夜具に少女をうつ伏せにさせて、バックから肉交のかまえに入る。

田之倉のまがまがしい青竜刀は、甘美な唾液でとろとろに濡れ光っている。それをぐいっと押しだすと、ひめやかな花園がこじ開けられる。

沙絵子が後ろ手に縛られた白い裸身をこわばらせ、微妙な声音で喘いだ。

いくら覚悟はしていたとはいえ、しょせんは上流家庭で愛情いっぱいに育てられてきた少女である。これでとうとう娼婦に堕ちてしまうという恥辱の思いが、一気に胸にこみあげ、紅蓮の炎と化すのだ。

「あっ、あううっ」

「どうした。いつも間宮のデカ魔羅をはめられてるんだろ？　今さらなんだと言うんだ。うくくく。ほりゃっ、ほりゃっ」

「ううッ……い、いやッ、いやです」

剛直が粘膜にはまりこんで沙絵子は身悶えする。そのたびに縄目の走る背中で、豊潤な黒髪が千変万化してつやつやとうねる。

それは売春というよりもレイプだった。少なくとも沙絵子にとっては。縛られて身動きもできずに放りだされ、今まで会ったこともない中年男に嬲られるのだから。なんとも屈辱的な体位で、怒張が秘宮にめりこんでくるのをどうすることもできない。

「いいぞ。うほっほっ。こりゃ最高だ。ああ、沙絵子のオマ×コは最高だよ。たまらん。ほりゃっ、ほりゃっ」

小太りの体をダイナミックに前後させて、みっしりと狭まった肉路へこすりつけるようにピストン運動すると、温かな粘膜がキューッと密着して、海綿体全体を快美に絞りあげるのだ。

噂以上の名器の感触に酔いしれて田之倉は熱く抽送する。背後から揺さぶられて前のめりになる少女を、縄瘤をつかんで引き起こしては、カサにかかって責め立てる。最初のうちは嫌悪感を濃くにじませていた沙絵子の声音にも、情感の溶けたニュアンスが漂う。ミルクを溶かしこんだような雪白の肌が、ねっとりとピンク色に上気を帯びる。

「なあ、いいんだろう、沙絵子。うくく。お前のようなマゾが、縛られてバックから犯されて感じないはずがない。いい、と言ってみろ、オマ×コいい、と」

「うふんっ……ああん……いい！　ああ、オ、オマ×コ、いい！」

「へへ。ざまあみろ。俺さまのチ×ポずぶずぶハメられてこんなによがり狂いやがって。どうだよ。なあ、どうにもなるまい」

右手で縄瘤をつかみ、左手では若くはじける乳ぶさをモミモミしながら、田之倉は征服感を噛みしめている。

「いやん、うふんッ」

サディスチックな言葉を浴びせられて、少女の肉襞がさらに濃厚にペニスにからみつく。その灼熱の一体感を味わいつつ田之倉はますます巧みに肉茎を操作して、収縮する蜜肉をまんべんなく攪拌する。

「ほりゃっ。娼婦らしく、腰を使ってみろ」

「ああっ、恥ずかしい。ねえ、田之倉さま、あふ～ん、いや～ん」

「いいぞ。沙絵子の可愛いケツがくねくね動いて、うーん、チ×ポが甘くこすられるのがたまらんねえ」

「ああっ……」

乳ぶさをきつく揉みにじられ、バックから荒々しく貫かれ、沙絵子の涕泣がにわかに高まる。間宮の徹底調教により開花させられたマゾの肉体に愉悦がひろがっていく。

「そら！　沙絵子、どうだ」

「あン、いい、田之倉さまの、おチ×ポ、いい。ねえ、たまりませんわ」

沙絵子の理想的な丸みを帯びた臀丘が妖しくうねり、すらりとした首筋が突っ張る。黒髪をはらはらと流れ乱され、沙絵子は愛らしい声で「イク」と短く叫んだ。

絶頂の発作が終わっても田之倉は休みなくシャフトを送りつづける。

「こら、娼婦のくせに自分だけ先にイキやがって。謝れ」

「ごめんなさい……本当にごめんなさい。ああ、沙絵子を許してください」

「ほりゃっ、ほりゃっ！　うへへ。俺は頼もしい男だろ」

「はい、とても。あ、ああ、恥ずかしい。沙絵子、オマ×コまた感じてしまいますわ」

「可愛いぞ、沙絵子……オオ、締まる、また締まるぞ……」

濃い蜜液に潤んだ膣肉が、ふたたび反応を示す。それがたまらない快美感をもたらす。小太りの身を激しく動かしながら田之倉は高揚しきったうめき声を放つ。

「うわ、出るぞ！」

「ああん、あふん、イクう、沙絵子、またイクう」

ドクンッと肉茎が脈動する。子宮口からあふれんばかりの勢いで粘液が叩きつけられる。

沙絵子は縄掛けされた裸身を狂ったように痙攣させて、田之倉と一緒に天国まで昇りつめていった。


東原尚文は事務室でモニターを眺めながらブランデーをすすっている。ネクタイをゆるめてすっかり寛いだ格好だ。

ショーが終わり、客と娼婦はそれぞれ個室に入っている。四人の美女による強烈なエロショーに、官能の限界ギリギリまで刺激された男たちは今、淫獣となって、こらえにこらえたエネルギーを女たちにぶつけている。四台のモニターにはその様子がはっきり映しだされていた。

ドアがノックされ、間宮が入ってきた。『聖愛クラブ』オープンの興奮を引きずっているのか、顔が紅潮して輝いている。

「どうやら初日は大成功でしたね、社長」

「ご苦労だったな。お前の司会も上出来だったぞ」

「ありがとうございます。社長にそう言われると、頑張った甲斐がありますよ」

うれしそうに細い目をさらに細くした。

「どうです。女ども、うまく客の相手していますか?」

東原の隣りに腰をおろし、モニターを一緒に眺める。と、珍しく東原が高級ブランデーを注いでやり、間宮に手渡す。

「ウム。短期間でまさかここまで調教できるとはな。見ろ、沙絵子のやつ、あんなに腰を振って」

東沙絵子がバックから犯されていた。ズンズンと貫かれるたびに長い髪がひるがえり、細腰が卑猥に蠢く。

〈ウリャ、どうだ、このアマっ〉

犯しながら男は、少女の優美なヒップをバシバシ叩いていた。甘ったるい沙絵子の悲鳴が響き渡る。

「なるほど……あれ？　真澄はさっそく浣腸されてますね」

「あの男は肛門マニアだからな。憧れの聖愛学園の女教師とアナルファックできるというんで泣いて喜んでおった」

レザー張りの長椅子に四つん這いに縛りつけられた真澄。その形いい双臀に、太い浣腸器が何度もブチこまれている。

「へっへっ。これで社長の復讐もどうやら完成というわけですな」

東原は答えない。ブランデーを口に流しこみながら、じっとモニターに見入る。

あの女、本物のマゾ娼婦になりおって……。

真澄への復讐は、いわば東原の生き甲斐となっていた。それをやり遂げた今、射精を終えた後の虚しさに似た感慨が、東原をとらえていた。

（完）

本作は『【完全増補版】牝猟』（ハードXノベルズ）を修正し、改題の上、刊行した。

フランス書院文庫X

【限定版《げんていばん》】牝猟《めすりょう》

著　者　綺羅　光（きら・ひかる）
発行所　株式会社フランス書院
東京都千代田区飯田橋3－3－1　〒102-0072
電話　03-5226-5744（営業）
　　　03-5226-5741（編集）
URL　http://www.france.jp
印刷　誠宏印刷
製本　若林製本工場

ISBN978-4-8296-7661-5 C0193

フランス書院文庫X 偶数月10日頃発売

【完全増補版】年上の美囚
継母と若叔母
麻実克人

「いけない子。叔母さんとママを並べて責めるなんて…」美臀を掲げ、恨めしげな目を誠一に向ける沙貴。36歳と28歳、年下の青狼に溺れる牝達!

【限定版】牝猟
綺羅 光

女教師の木下真澄と教え子の東沙絵子と結城里美。別荘での楽しい夏休みは、一瞬で悪夢の修羅場に。生徒を救うため、25歳は獣達の暴虐に耐えるが…。

以下続刊